6 x Jom Kippur

Paula Zimerman Targownik

Roman

Aus dem Portugiesischen
von Carolina Glar
und Ann

compania München

Das Projekt wurde gefördert von der Stiftung
ZURÜCKGEBEN
Stiftung zur Förderung Jüdischer Frauen
in Kunst und Wissenschaft.

FSC www.fsc.org
MIX
Papier aus verantwortungsvollen Quellen
FSC® C083411

Dieses Taschenbuch wurde auf
FSC®- zertifiziertem Papier gedruckt.

1. Auflage 2013

Umschlagfoto: ddpimages/AP/Ariel Schalit (Ausschnitt)
Lektorat: Monika Hofko, Scripta, München
Satz und Layout: Maximiliane Wanninger
Druck und Bindung: CPI, Clausen & Bosse, Leck
Printed in Germany
ISBN 978-3-9815728-0-3

www.compania-verlag.de

Von meiner Mutter hörte ich diese Geschichten,
meinen Töchtern erzählte ich sie,
und mein Mann überredete mich, sie aufzuschreiben.

Erstes Jom Kippur

Prolog

»Sind Sie die Begleitperson?«
Ich nickte stumm. Wir standen im tosenden Lärm der Straße zwischen all den Menschen, die an uns vorbeihasteten. Rings um mich drängten sich die Nachbarn, die teilnahmsvoll wissen wollten, was geschehen war. Noch bevor ich ihnen antworten konnte, schlug mir die nächste Frage des Mannes in Weiß entgegen:
»Sind Sie die Tochter?«
»Ja«, antwortete ich schüchtern.
»Jamile?«
»Ja.«
Der Mann schien mir etwas zu erklären. Ich hörte ihn sprechen, verstand aber nicht, was er sagte, und kletterte in den Krankenwagen. Blendende Helligkeit umfing mich. Niemals zuvor war ich im Innern eines Krankenwagens gewesen. Niemals zuvor meinem Vater so nah gewesen.

Die Türen wurden zugeschoben, und ich erhaschte noch einen letzten Blick nach draußen. Wie jäh die Dämmerung heute kam. Jetzt waren wir allein, nur ich und mein Vater. Alle Geräusche verstummten. Nichts war mehr zu hören, weder die plärrenden Straßenverkäufer noch die Sirenen der vielen Fabriken, die das Ende der Schicht verkündeten, auch nicht die erste Strophe von Beethovens Neunter Sinfonie, die aus einem Gaslaster dröhnte, oder die aufgeregten Wendemanöver der Autos um den parkenden Gaslaster herum, noch die ohrenbetäubende

Hupe des Omnibusses, dem der Krankenwagen den Weg versperrte.

Alles wurde still. Der Fahrer schaltete die Sirene ein, und die Fahrt begann. Mein Vater lag vor mir auf der Krankenliege, die knochigen Hände auf dem weißen Tuch. Ich saß auf dem Stuhl neben ihm. Wir schaukelten um die Schlaglöcher in der Straße herum; der Fahrer kurvte um die Hindernisse und erkämpfte sich den Weg durch die vollgestopfte Stadt mit ihren 17 Millionen Einwohnern. Ob wir es wohl rechtzeitig schaffen? Kraftlos lag mein Vater auf der schmalen Bahre und sah mich aus tief liegenden Augen an. Scheu wich ich seinem Blick aus. Seine Lippen bewegten sich.
»Nair …«
Nair? Ich kannte diesen Namen nicht, was wollte er mir sagen? Ich beugte mich tiefer über ihn.
»… bleib bei mir«, flüsterte er und versuchte, die Arme zu heben. Wie im Reflex antwortete ich auf seine Bewegung. Zuerst fühlten sich meine Arme hölzern an und verkrampften sich bis zu den Schultern. Ich fühlte einen stechenden Schmerz, so angespannt machte mich diese Nähe. Dann löste sich meine Angst, und ich nahm ihn in die Arme. Es war das erste Mal in meinem Leben. Ich begann zu weinen. Eine Weile fuhren wir zusammen, Arm in Arm, und vergaßen das Schaukeln des Krankenwagens und das Heulen der Sirene.
»Verzeih mir. Jamile, bitte verzeih mir!«
Ich schob meinen Arm unter seinen Nacken und barg ihn in meiner Nähe, wie eine Mutter ihr Kind. Mit einer Hand strich ich ihm über die lichten Haare und wandte den Blick nicht von seinem Gesicht. Er versuchte, noch etwas zu sagen, aber die Stimme versagte ihm.
»Verzeihen?«, fragte ich ihn.
Ich verstand nicht. Er öffnete langsam den Mund und

schloss ihn wieder. Ich wünschte mir so sehr, zu verstehen, was er mir sagen wollte, und bat ihn fortzufahren, flehte ihn an, es weiter zu versuchen.

»Nur noch ein bisschen, bitte! Versuch es noch ein bisschen!«

Es war gegen jede Vernunft, ihn so anzustrengen. Nach einigen vergeblichen Versuchen gab er auf und schloss die Augen. Sein Kopf fiel kraftlos auf die Seite. Ich hielt meinen Vater fest in den Armen und begleitete ihn auf seiner letzten Reise, während sich der Krankenwagen weiter durch die Marginal do Tiête, die Hauptverkehrsader von São Paolo, kämpfte. Er wollte doch bis Jom Kippur warten, den Tag der Vergebung.

Aber ich hatte ihm bereits vergeben.

Die Hühner

Für einen Mann gab es einen Hahn. Für eine Frau eine Henne. Für eine Schwangere kaufte man drei: eine Henne für die Frau, ein Hühnchen und ein Hähnchen für das Ungeborene, da keiner wissen konnte, ob es ein Junge würde oder ein Mädchen. An Jom Kippur gab's ein Federvieh für jeden!

Strahlend stieg die Sonne an diesem Frühlingsmorgen im September 1945 über São Paulo empor. Ich erinnere mich genau. Ich war ein Kind von sieben Jahren. Aufgeregt sprang ich aus dem Bett. Es war sechs Uhr morgens, und ich brauchte kaum fünf Minuten, um mich anzuziehen und meine Milch zu trinken. Meine Mutter weckte gerade meine Schwester Sarah.

»Sarah, steh auf! Ich gehe mit Jamile die Hühner kaufen; die Milch steht noch auf dem Herd. Pass auf, dass sie nicht überkocht. Wenn sie heiß ist, weck Isaac und dann deinen Vater.«

Nach der Milch schauen war die beste Methode, die sich meine Mutter je ausgedacht hatte, um uns aus dem Bett zu holen. Sogar im Tiefschlaf drang der Satz *die Milch steht auf dem Feuer* in unsere Träume, verwandelte sie in einen Albtraum und schleuderte uns augenblicklich aus dem Bett. Lief die Milch nämlich über, hieß es putzen. Weiß schäumend stieg sie aus dem Topf, überzog klebrig alle Flächen, kroch in alle Ritzen, verbrannte zu einer schwarzen Kruste, verstopfte alle kleinen Rohre, Ventile und diese Eisenteile mit all den winzigen Löchern, durch die die Flammen die Töpfe erhitzten. Die Stahlbürste raute die Finger blutig auf, und an dem glühend heißen Metall verbrannten wir uns die Hände. Denn alles musste ganz schnell gehen, damit mein Vater nichts merkte. Für ihn war übergekochte Milch ein Gräuel!

»Da könnt ihr doch gleich das Geld zum Fenster rauswerfen. Hinaus damit, auf die Gasse geleert wie einen Kübel Dreckwasser!«, geriet er außer sich, wenn ihm dieser Geruch wieder einmal in die Nase stieg. Grund genug, um in aller Frühe hurtig aus dem Bett zu hüpfen.

An diesem Morgen hatte meine Mutter bereits alles vorbereitet: Der Kaffee war aufgegossen, und die Butterbrote für Sarah und Isaac, die zur Schule mussten, waren geschmiert. Am Kopfende des Tisches hatte sie für meinen Vater einen Teller hergerichtet, auf dem eine frisch aufgeschnittene Tomate lag, dazu Käse und Butter und unter einem Häkeldeckchen ein Brötchen. Unsere Küche war nicht so geräumig, dass wir alle gemeinsam hätten essen können, aber sie war auch nicht zu klein. So wie unser ganzes Haus. Unter der Wohnung befand sich eine

Garage, die mein Vater einem Schuster vermietet hatte. Stieg man vom Erdgeschoss die Stufen hinauf und folgte dem Korridor, gelangte man in den Arbeitsraum meines Vaters, in dem er Stoffe zurechtschnitt und Kredite durchrechnete. Abends verwandelte sich dieser Raum in mein Schlafzimmer. Auf der anderen Seite des schmalen Flurs lagen die Türen zum Wohnzimmer, zur Küche, und eine weitere Tür öffnete sich zu einem ummauerten Hinterhof. Am Ende des Flurs führte eine kleine Treppe hinauf zu zwei Schlafzimmern und zum Badezimmer.

Eilig verließen wir die Wohnung. Meine Mutter trug meinen kleinen Bruder David auf dem Arm, und wir hetzten die Rua Augusta hinunter. Noch lag die Stadt schläfrig im Morgenlicht, doch bald schon würden sich die zwei Millionen Bewohner wieder den Weg durch die Straßen bahnen.
Ich mühte mich nach Kräften, den fliegenden Schritten meiner Mutter hinterherzuhasten, und wir ließen im Wettlauf um die besten Plätze in der Hühnerschlange weitere hektisch laufende Frauen hinter uns. Die Straße erwachte. Geschäftige Portugiesen öffneten lärmend ihre Bäckereien, emsige Japaner karrten Obst und Gemüse auf den Markt. Menschen von überall her prägten diese Stadt. Die jüdischen Familien, die wie wir aus dem Libanon stammten, hatten sich fast alle in einem Stadtviertel namens Moóca niedergelassen, doch wir wohnten in einem anderen Viertel, nah am Zentrum. Mein Vater war nämlich der Ansicht, dass es in der Moóca zu viel Geschwätz gab und sich jeder in das Leben des anderen einmischte. So zogen wir in die Rua Fernão Cardim und lebten dort zusammen mit Juden, die aus Deutschland kamen.
Außer Atem erreichten wir endlich den Markt. Zwar hatten wir einen vorderen Platz in der Warteschlange

ergattert, doch die Ersten waren wir leider nicht. Ich setzte mich auf den Bordstein, um ein wenig zu verschnaufen. David war inzwischen aufgewacht, aber noch zu schlaftrunken, um zu quengeln. Neidisch blickte ich zu ihm hoch. Lieber hätte ich mich wohlig in die Arme meiner Mutter gekuschelt, als hier auf dem harten Boden zu kauern. Was für ein Glückspilz David doch ist! Der Kleinste und noch dazu ein Junge. Er wird nie in der Küche helfen müssen ... Müde ließ ich das geschäftige Treiben an meinen Augen vorbeiziehen. Um uns polterten die Markthändler. Sie bauten ihre Stände auf, schleppten Tomaten, Salat, Paprika, Rüben und Gurken herbei. Orangen, Bananen, Mangos und Guaven wurden aufgestapelt und 20-Kilo-Säcke mit Reis, schwarzen Bohnen, Maniokmehl herangewuchtet. Eiserne Pfannen, Siebe und Trichter schepperten aneinander. Schwämme, Zwiebeln, Knoblauch, Pfefferschoten und Kräuterbüschel baumelten an langen Holzstangen. An unseren Stand wurden riesige Käfige geschleppt. Jetzt ging es bald los, und ich stand auf. Hinter den Gittern quetschten sich die lebenden Federbündel zu einem wilden Haufen: prachtvolle Hähne, große Hühner, kleine, schwarze, weiße, sonnengelbe und bunt gesprenkelte. Als sie an uns vorbeigetragen wurden, musterte meine Mutter die passierenden Käfiginsassen ganz genau und zeigte mit dem Finger auf die Wohlgenährten inmitten der aufflatternden, gackernden, sich plusternden, flügelschlagenden Schar. Ich folgte ihrem Finger mit den Augen, reckte und streckte mich, stellte mich auf die Zehenspitzen und beugte mich zur Seite, um mir nicht von den üppigen Hüften vor mir die Sicht auf die Hühner versperren zu lassen.

»So eine schlecht erzogene Göre!«, gifteten die Frauen, sobald ich unseren Platz in der Reihe verteidigte.

»Jamile, sei nicht so frech, lass das!«, wies mich meine

Mutter pflichtschuldigst zurecht. Erst als sich die Wartenden auf den Platz in der Schlange geeinigt hatten, beruhigten sich die Gemüter, und das gereizte Gezänk löste sich in Schwatzen auf.
Markttag war immer dienstags, und bis Jom Kippur dauerte es dieses Jahr noch volle sechs Tage.
»Sechs Tage sind lang«, stöhnte die Schlange.
So lange gastierten die Hühner in unserem Hof – bis der Schochet kam, um die Kapara zu machen. Familien, die keinen Hof ihr Eigen nannten, sperrten die Hühner ins Badezimmer oder in den Waschraum.
»So ein Durcheinander!«, jammerten die Frauen, die viele Kinder hatten, im Chor, denn für jedes Kind musste ein Huhn her. Ich jedenfalls war stolz auf meinen Vater und auf unser Haus mit dem Hof.
Meine Mutter war eine schwierige Kundin, auf dem Markt und immer und überall. Sie nörgelte viel, war mit der Ware unzufrieden und befand stets, alles sei viel zu teuer. Als wir endlich an der Reihe waren, deutete sie auf ein Huhn, und als der Händler in den Käfig kletterte und es packte, änderte sie unvermittelt ihre Meinung und verlangte von ihm, ihr noch ein anderes zu zeigen. Der Mann packte das nächste Huhn an der Gurgel und hielt es ihr vor die Augen.
»Nein, nein … ich dachte … es sah vorher anders aus, es war dicker, das ist doch viel zu mager. Aber vielleicht ist das da hinten besser«, und wies auf ein weiteres Huhn.
»Das ist ja ein schwarzes«, entrüstete sie sich. »Das können Sie für eine Macumba verkaufen, aber nicht mir. Ich mache doch keine schwarze Magie. Nein, das auch nicht. Das ist ja noch rachitischer als das andere da. Meister Zé, was ist denn los? Letztes Jahr waren die Hühner viel besser! Woher kommt das?«
Hätte der Händler Hundert Hühner gehabt, hätte er meiner Mutter mindestens 99 zeigen müssen. Sie prüfte je-

des Huhn, drückte dem zappelnden Tier auf den Bauch, schaute ihm tief in die Augen, zog die Flügel hoch und entschied dann: »Das nicht.«

So gingen alle durch ihre Finger, bis sie letztendlich wieder zu dem ersten griff.

Die hinter uns wartenden Frauen fluchten und zeterten, doch meine Mutter stellte sich taub. Der Vogelhändler schnürte die Hühner an den Beinen zusammen und wickelte sie in das Zeitungspapier, das wir mitgebracht hatten. Mein kleiner Bruder David nuckelte zufrieden am Daumen. Er wurde auf den linken Arm verlagert, und mit der rechten Hand fasste meine Mutter nach dem großen Korb, in den vier Hühner gestopft wurden. Die anderen beiden trug ich, eins links und eins rechts, beide mit dem Kopf nach unten, die Schnur, die ihre Krallen fesselten, fest in den Händen haltend. Auf dem Nachhauseweg versuchten die Hühner den Kopf zu heben um die Umgebung zu erkunden. Sie beäugten mich, und leise gackernd beschwerten sie sich: Djock, djock, djock, djock. Was wohl das eine zum anderen sagte? »Schau mal, so eine schöne Straße, und so ein nettes Mädchen, das uns da so vor sich hin trägt, nicht wahr?« Oder vielleicht war es eher so etwas wie: »Ah, wie tut mir der Kopf so weh! Warum kann mich dieses Mädchen nicht richtig herum tragen? Meinst du, ihr würde es gefallen, wenn ich mit ihr kopfüber herumspazieren würde?«

Ich hielt den Kopf gesenkt; schämte ich mich vor den Hühnern, oder war es mir peinlich, diese protestierende zappelnde Begleitung herumzuschleppen? Es ekelte mich vor diesen kaltschuppigen Krallen, und Unbehagen beschlich mich, als ich an die Hühnersuppe von Jom Kippur dachte.

Zu Hause angekommen lockerte meine Mutter die Schnüre um die Füße der Hühner, damit sie ein bisschen umherstaksen konnten. Ich kicherte, als die aufgeregten

Hühner über ihre eigenen Füße stolperten. Dann riss sie jedem Huhn drei Federn aus einem Flügel aus.
»Mit zwei ungleichen Flügeln können sie nicht fliegen«, sagte sie.
Danach überließ sie die Hühner dem Hof. Dort würden sie ausharren müssen, bis zum Tag vor Jom Kippur.

Es war großartig, Tiere im Haus zu haben. Schade nur, dass die Hühner nicht gestreichelt werden wollten. Manchmal schnappte ich mir eines und tat so, als wäre es ein Hündchen: Ich legte den Kopf auf sein kleines Körperchen und kraulte es. Das tat ich natürlich nur, wenn ich sicher wusste, dass ich ganz allein war und mir keiner zuschaute. Außer David, der ja noch ein Baby war. Er konnte mich nicht verraten. Mein älterer Bruder Isaac wollte von den Hühnern nichts wissen. Er war sehr ernst, lachte und spielte nie und nervte mich mit seiner Anwesenheit. Meine ältere Schwester Sarah hatte nicht mehr als einen argwöhnischen Blick aus den Augenwinkeln für die gackernde Schar übrig und verzog dabei das Gesicht vor Ekel. Sie fasste die Hühner nur an, wenn sie tot waren und für Jom Kippur gerupft und hergerichtet werden mussten. Ich jedoch mochte die Hühner, ich plauderte mit ihnen und lauschte ihren Antworten. Manchmal versuchte ich auch, sie hoch hinauf zu werfen, um zu sehen, ob sie fliegen konnten. Wir machten Wettrennen, oder ich wurde zum Hühnerdompteur und versuchte ihnen Kunststückchen beizubringen, wie *gib Kralle*.
Die ersten Tage war das sehr lustig. Doch neben meinen täglichen Pflichten wie Geschirr abtrocknen und aufräumen, die Fliesen im Gang wischen und den Reis verlesen, musste ich während dieser ganzen Woche noch zusätzlich den Hof schrubben. Jeden Morgen überzog ihn ein Teppich aus Flaum, Federn und Hühnerdreck … Und

noch bevor ich mit Putzen fertig war, begannen die Biester von Neuem, Dreck zu machen. Auch meine Mutter war erschöpft und dies vor der eigentlichen Arbeit, die mit der Ankunft des Schochet noch auf uns wartete…

Die weißen Hemden

Die sehnlichst erwarteten Stunden vor Jom Kippur nahten. Der große Tag, an dem wir unsere Sünden bekennen, um Entsühnung bitten und neu in das Buch des Lebens eingeschrieben werden.

Die Aufregung im Haus sollte nun bald ein Ende haben. Bis zur letzten Minute mühte sich meine Mutter, alles im Haus geputzt und erledigt zu haben, um sich dann den Hühnern und den Speisen für Jom Kippur widmen zu können. Obwohl Sarah und ich sie so tatkräftig unterstützen, wie wir konnten, war sie nie zufrieden mit uns. Wir waren vier Geschwister, und sie kochte jeden Tag mittags und abends. Sie wusch die ganze Wäsche im Waschtrog und bügelte sie mit dem Kohleeisen. Der Wäsche galt ihre ganze Sorgfalt, wobei sie die weißen Hemden meines Vaters noch einer besonderen Behandlung unterzog. Die weißen Hemden waren eine Plage und Grund genug für heftige Kopfschmerzen. Mein Vater, der ausschließlich blütenweiße Hemden trug, wechselte sie, da er stets kleckerte, nach jedem Essen. Also zweimal täglich. Die Hemden waren wie die Thora in der Synagoge: Jegliche Fürsorge, die man ihnen angedeihen ließ, war zu wenig. Meine Mutter weichte sie erst ein und begann dann, die Kragen und Manschetten zu wringen.

Sie wrang und wrang. Immer anders, mal mit Wut auf den Schmutz, dann erstickt in Sorge, mal sah sie dabei in den Himmel und unterhielt sich mit Gott, dann hielt sie dabei ein Schwätzchen mit einer Nachbarin. Wringend, immer wringend. Nachdem sie alle Kragen und Manschetten unzählige Male durch ihre Hände gepresst hatte, wurden die eingeseiften Hemden in einem blechernen Bottich in kochendes Wasser gelegt. Währenddessen wurde die übrige Wäsche gewaschen, nicht jedoch ohne die Hemden aus den Augen zu lassen, die, sobald sie an die Oberfläche schwammen, wieder in die beißend heiße Lauge getaucht wurden. Nach dieser Prozedur wurden sie zum Bleichen in die pralle Sonne gehängt. Brannte die Sonne zu heiß vom Himmel, wurden sie erneut mit Wasser bespritzt, damit sie nicht zu schnell trockneten. Dann wurden sie in einen Eimer mit Waschsoda getaucht, damit sie noch blütenweißer wurden. Die weißen Hemden waren heilig, und die Sache mit den Hühnern erschwerte diesen Götzendienst.

Auch am letzten Morgen vor Jom Kippur befahl mir meine Mutter in aller Frühe, den Hof zu putzen. In die Vorfreude mischte sich ein letztes Mal die Wut, die ich allmählich auf die Hühner empfand, auf den Dreck und auf die lästige Arbeit, die sie mir aufhalsten. Ich lief in die Küche und holte Eimer, Wischlappen und Borstenbesen. Im Hof kippte ich Wasser auf den Boden und bemerkte mit Schadenfreude, wie die nass gespritzten Hühner erschrocken auseinanderstoben. Ich kicherte, schwenkte den Eimer herum und bürstete aus Leibeskräften, bis die Hühner immer aufgescheuchter wurden. Mit den zusammengebundenen Beinen rutschten sie auf dem nassen Boden aus und schlitterten auf der Flucht vor mir mit den Schnäbeln voraus in die Pfützen. Ich lachte los, bis ich mich über meine andere, meine schlechte Seite

zu wundern begann und ein wenig beschämt war. Meine Wut verwandelte sich in Mitleid.
Eines von den Hühnern, das Schönste, das weiße Huhn, sah mich seltsam an. Seit wir es auf dem Markt gekauft hatten, schaute es mich auf diese besondere, merkwürdige Weise an, die ich nicht deuten konnte. Zögerlich ließ ich den Lappen fallen und flüsterte dem weißen Huhn zu:
»Flieg, flüchte von hier! Komm schon, flieg! Ich habe dir doch beigebracht zu fliegen. So flieg doch!«
Das weiße Unschuldshuhn reckte den Kopf nach oben in den Himmel und nahm dann mich ins Visier. Es starrte mich an, dann reckte es den Hals, hob den Kopf, schaute ausgiebig um sich und breitete zu meiner Überraschung die Flügel aus. Es hatte viel größere Flügel als die anderen. Wie eine Möwe segelte es in die Luft empor. Staunend blickte ich ihm nach, wie es sich höher und höher schwang. Hoch oben am Himmel schwebte es, von dort blickte es unverwandt auf mich herab.
»Jamile! Jamiiiiiile, was ist los?«, schrie meine Mutter gellend. »Hör auf, Löcher in die Luft zu starren. Hast du vergessen, was noch alles zu tun ist?«
Ertappt klaubte ich den stinkenden Wischlappen auf und schmiss ihn blitzschnell in den Eimer neben mir. Meine Gedanken waren noch bei dem fliegenden Huhn. Das Huhn aber verharrte unbeweglich und stumm auf derselben Stelle im Hof. Verwundert griff ich in das Wasser, meine Hand tastete nach dem Lappen, doch was ich herauszog, war eines der weißen Hemden meines Vaters. Oh nein! Voller Entsetzen suchte ich den Blick meiner Mutter. Noch hatte sie die Tragödie nicht bemerkt. Und jetzt? Was tun? Mein Herz pochte, jeder Schlag schmerzte. Meine Wangen glühten auf, fingen Feuer, während meine Beine am Boden festfroren. In der nächsten Sekunde musste das Gewitter losgehen.

»Jamile? Was ist denn los? Putz weiter!«
Verzweifelt blickte ich zu ihr hoch. Sie ahnte, dass etwas Schlimmes passiert sein musste und rannte herbei.
»Jamile?«
Ich konnte mich nicht bewegen. Neben mir stand der Eimer, in dem die Hemden meines Vaters nun in einer Dreckbrühe statt in klarem Wasser lagen. Im ersten Moment traute sie ihren Augen nicht, stand sprachlos neben mir, dann entlud sich ihre Wut. Sie schnappte sich den Lappen voller Kot und Seifenlauge und rieb ihn mir laut schreiend über das Gesicht. »Warum hast du das getan? Warum hast du das getan?«
Schluchzend versuchte ich ihr zu erklären, wie es passiert war. Dass es ein Versehen war. Aber sie hörte nicht auf zu kreischen und drückte mir wieder und wieder den Schmutzlappen ins Gesicht. Als könnte die Wut, die sie an mir ausließ, gegen die Angst vor meinem Vater helfen.
»Das ist, damit du lernst, so etwas nie wieder zu tun!«, keuchte sie. »Nie wieder, verstehst du mich. Heute Abend kommt der Schochet, da müssen die Hemden getrocknet und gebügelt sein. Alles muss fertig sein, bevor die Kapara beginnt. Du bist ein ungezogenes Ding!«

Erster Schultag

Wie an jedem Tag ging ich auch heute um elf Uhr in die Schule. Ich lief mit gesenktem Kopf, alle mussten mir doch ansehen, wie der Hühnerdreck mein Gesicht verschandelt hatte. Verstohlen beobachtete ich die anderen Kinder, doch natürlich wussten sie nichts von der Katastrophe am Vormittag, wie hätten sie es auch wissen sollen? Ich besuchte erst seit Kurzem die Schule. Und schon der erste Schultag war schrecklich gewesen.

Das Schuljahr begann nach dem Karneval im März und zwar genau an meinem Geburtstag. Ich wurde sieben Jahre alt, das Alter, ab dem man zur Schule gehen durfte. Nur ich durfte nicht. Ich musste noch zwei Monate warten. Schuld daran war mein Vater. Als ich auf die Welt kam, waren seine einzigen Worte: »Schon wieder ein Mädchen?«

Vor Enttäuschung und Wut hatte er meine Geburt und meinen Namen nicht sofort auf dem Amt gemeldet. Meine Mutter nutzte diese Gelegenheit, über meinen Namen zu entscheiden und nannte mich nach ihrer Mutter: Jamile. Mehr als zwei Monate lang ignorierte mein Vater meine Geburt, und nur auf heftiges Drängen von Verwandten, Freunden und Nachbarn entschloss er sich schließlich, zum Meldeamt zu gehen. Die amtliche Frist war eine Woche ab der Geburt. Als er am Schalter mein Geburtsdatum nannte, kündigte ihm der Beamte eine Strafe wegen des Verzugs an. Doppeltes Pech: erst ein Mädchen und dann noch eine Geldstrafe. Das war zu viel für ihn. Er rumpelte auf, stob hinaus und verschanzte sich auf der Toilette, um einen kühleren Kopf zu bekommen. Kurz darauf suchte er erneut das Anmeldefenster auf, zog den Stuhl erneut heran und erklärte demselben Beamten:

»Ich wollen Tochter anmelden. Heute geboren.«

»Bitte?«, entgegnete ihm der verdutzte Beamte. »Haben Sie nicht gerade gesagt, sie ist im März geboren?«

»Entschuldigen, Portugiesisch sein schwere Sprache. Heute geboren, heute passiert. Nix März, Mai! Verstehen? März nein, Mai ja.«

So kam es, dass ich, als alle Kinder meines Jahrgangs ab März in die Schule gehen durften, noch bis Mai, meinem amtlichen Geburtsmonat, damit warten musste. Als ich mich zu meinem ersten Schultag aufmachte, war ich ein Nachzügler und eine Fremde in der Klasse. Meine Mutter führte mich zu einer streng blickenden Lehrerin und überließ mich meinem Schicksal. Bevor sie ging, raunte sie mir noch ins Ohr, dass ich mich benehmen solle. Die Lehrerin schrieb meinen Namen in eine Liste, und der Unterricht begann. Alles war neu. Stumm saß ich auf meinem Platz und musterte die Kinder, den Raum, die Stühle, die Tische, die Lehrerin, nichts entging mir.

Bis ich von einem schrecklichen Gefühl überwältigt wurde, dass mich die Beine fest zusammenpressen ließ. Mein Bauch verkrampfte sich: Ich musste zur Toilette. Ob es hier wohl eine gab? Verzweifelt versuchte ich den Drang auszuhalten, bis ich wieder nach Hause gehen durfte. Wenn ich einfach nur sitzen blieb, konnte doch nichts passieren. Wie angewurzelt klebte ich auf dem Stuhl. Ich hatte nicht den Mut, die Lehrerin oder eines der Kinder zu fragen. Alles war so fremd …

Was half in so einer Bedrängnis? Was konnte man in so einer Stunde tun? Gott. Sicher, Gott. Gott war doch für ausweglose Situationen zuständig. Ich neigte den Kopf, schloss die Augen und begann leise zu beten, das einzige Gebet, das ich kannte. Ein hebräisches Gebet, das meine Mutter jeden Abend vor dem Schlafengehen mit mir aufsagte. Es war wunderbar. Eine große Erleichterung. Ein ganz kurzer Glücksmoment, von dem man sofort weiß, dass er nur von kurzer Dauer sein kann. Entsetzt spürte ich, wie Pipi in einem dünnen Rinnsal unter dem Schulrock hervorsickerte und auf den Boden tropfte. Als die Lehrerin aufmerksam wurde und langsam näher kam, hatte sich bereits eine kleine Pfütze unter meinem Stuhl gebildet.

»Was ist denn das?«, entrüstete sie sich. »Was um alles in der Welt …? Kind, hast du in die Hose gemacht? Hast du

denn keine Manieren?«
Wir waren fünfzig Kinder in der Klasse, von denen keines mit Namen angesprochen wurde. Ich war das erste Kind, das einen Namen bekam: das Pipimädchen. Nachdem die Lehrerin mich Ferkel geschimpft hatte, wies sie zwei Mädchen an, dem Pipimädchen den Weg zur Toilette zu zeigen. Jetzt war es allerdings schon zu spät … Schluchzend folgte ich den beiden.

An diesem ersten Tag wurde ich zum Gespött der ganzen Schule. Ein Jahr lang. Jeden Tag hatte ich unter meinen Mitschülern und unter den Lehrern zu leiden. Besonders die Schulgesundheitstage, an denen wir geimpft, auf Läuse untersucht wurden und Wurmkuren verabreicht bekamen, waren eine Qual. Ich mochte die Schule nicht. Ich verstand nicht, warum ich dorthin musste. Da ich niemanden fragte, weil es niemanden gab, den ich hätte fragen können, erhielt ich auch nie eine Antwort.

An diesem Tag, dem Tag mit den Hemden meines Vaters, hatte ich das Gefühl, jeder könnte mir die Schmach von heute Morgen ansehen. Zu meiner Erleichterung schien aber niemand etwas Seltsames an mir zu finden. Leichteren Herzens kehrte ich nach Hause zurück. Doch als ich die Küchentür aufschob, heftete sich mein Blick auf das weiße Huhn. Da stand es, bewegungslos, und starrte mich an. Ich hielt inne und erwiderte seinen Blick. Da sagte es irgendetwas, was ich nicht verstand. Einen Moment lang zögerte ich und überlegte, mich ihm zu nähern, um es besser verstehen zu können, denn manchmal, wenn ich ein bisschen traurig war, tröstete es mich. Doch ich tat es nicht.

Der Schochet

Heute würde der Schochet kommen. Dieses Jahr würde ich zum ersten Mal mithelfen dürfen. Heute war ich stolz darauf, eine Frau zu sein. Das gab mir das Recht, an allem teilzunehmen und nicht wie ein Mann untätig, um nicht zu sagen, unnütz, herumzusitzen.

Einen Moment lang streifte mein Blick meine Mutter, die David in den Schlaf wiegte. Sie sah unglücklich aus und sehr müde. Da sie so wortkarg war, wusste ich nie, was ihr durch den Kopf ging. Ob es wohl wegen mir war – wegen der Hemden? Sie hatte alle noch einmal waschen müssen. Manchmal machte ich wirklich alles falsch. Nach dem Abendessen wuschen wir das Geschirr ab, räumten die Küche auf und blieben dort sitzen, meine Mutter, Sarah und ich, und warteten auf den Schochet. Er wurde *der Afrikaner* genannt – wegen seiner dunklen Hautfarbe. Heute hatte er am frühen Morgen in der Moóca angefangen und zog von Haus zu Haus. Von der Moóca bis zum Zentrum nahm er die Straßenbahn, dann ging er zu Fuß von Tür zu Tür weiter, die Rua Augusta hinauf, um dann in die Seitenstraßen abzubiegen. Bis er zu unserem Haus kam, würde es ungefähr Mitternacht werden. Sarah und ich wurden immer müder. Mein Vater wartete im Wohnzimmer und döste vor sich hin. Meine Brüder schliefen schon längst. Nur meine Mutter konnte nicht still sitzen, sie lief herum, räumte auf oder bereitete irgendetwas vor. Endlich kam der Afrikaner, und als Erstes bat er um einen Kaffee und ein Glas Wasser. Meine Mutter brühte Kaffee auf und reichte ihm auf einem Glasteller Bananen und Orangen dazu. Der Schochet trank den heißen Kaffee, danach das Wasser, dann schälte er das Obst. Wir hatten Geschirr aus Glas im

Schrank für Gäste wie ihn oder meine Großmutter aus Rio, die nur koschere Speisen aß. Seit dem großen Skandal um den koscheren Metzger, der normales Fleisch zu koscheren Preisen verkauft hatte, weigerte sich mein Vater beharrlich, teures Geld für koscheres Fleisch auszugeben. So mussten wir das koschere Essen aufgeben. »Wir werden nie wissen, ob das Fleisch wirklich koscher ist. Jetzt ist Schluss damit, ich werde diese Gauner nicht länger unterstützen.«
Meine Mutter hatte sich nie damit abfinden können, normales Fleisch zu kochen. Sie und alle Verwandten hatten gehofft, sie könnten meinen sturen Vater umstimmen. Doch er blieb bei seiner Entscheidung, so wie bei allen Entscheidungen, die seinen Geldbeutel betrafen. Nachdem der Schochet gegessen und getrunken hatte, entschuldigte er sich und verschwand auf die Toilette. Jetzt war es an der Zeit, meinen Vater und meine Brüder zu wecken. »Der Schochet ist da!« Mein Vater schrak aus dem Schlaf auf, wischte sich den Speichel ab, der ihm in dünnen Fäden aus den Mundwinkeln lief, sobald er halb sitzend einnickte, griff nach dem Geld, das er vorher bereitgelegt hatte, und ging hinaus in den Hof. Das abgezählte Geld war stets etwas weniger, als der Schochet verlangte. Eine Taktik meines Vaters, die allerdings selten klappte, denn meistens gab es Streit. Der Schochet nahm das Geld in Empfang, zählte es nach und hielt es meinem Vater wieder hin.
»Schon wieder teurer geworden?«, fragte mein Vater scheinheilig.
»Es ist genau derselbe Preis wie letztes Jahr. Herr Salím, es ist immer das Gleiche mit Ihnen!«, erboste sich der Schochet.
»Ich verstehe nicht, warum das so teuer sein muss. Hühner schlachten ist doch nicht schwer, das mache ich ja sonst auch«, beschwerte sich mein Vater und zog wider-

strebend einige weitere Scheine aus der Hosentasche.
»So, mehr habe ich nicht. Das ist mehr als genug!«
Erst als der Schochet drohte, er würde wieder gehen, versenkte mein Vater die Hand in die andere Hosentasche und zog das restliche Geld hervor. Der Schochet zählte akribisch nach, küsste das Geld und dankte Gott mit einem kurzen Gebet. Dann verschwanden die Scheine an einer geheimen Stelle unter seinem Gewand. Mein Vater setzte die Kippa auf und hängte sich den Tallith um. Der Schochet packte das erste Huhn und begann, das Gebet zu sprechen. Mein Vater sprach es nach, während der Schochet das Huhn in einem Kreis um den Kopf meines Vaters führte. Dann packte der Schochet das nächste Huhn. Ich wurde traurig und suchte mein weißes Huhn. Es tat mir leid. Hatte ich meine Wut vergessen? Wegen ihm hatte ich Ohrfeigen bekommen. Mochte ich es nun, oder war ich zornig? Ich konnte es nicht erklären. Huhn für Huhn vollzog der Schochet die Kapara und schlachtete dann Huhn für Huhn. Die Worte, die er dabei murmelte, konnte ich nicht verstehen, genauso wenig wie meine Mutter und schon gar nicht mein Vater. Der Schochet betete auf Hebräisch. Was wir alle verstanden, war, dass Jom Kippur unser heiligster Tag war, weil wir an diesem Tag um Vergebung für unsere Sünden beteten. Den Rest verstand niemand, und niemand fragte danach, das war etwas, was immer so vonstattenging, seit über 5000 Jahren.
»Es ist unsere Pflicht, das Gleiche fortzuführen«, pflegte meine Mutter zu sagen, wenn sie unsere Fragen nicht beantworten konnte. Wir dachten angestrengt an all unsere Sünden, und über das Gebet des Rabbiners gingen sie in die Hühner über. Daher wurden die Hühner geschlachtet. Ich war etwas durcheinander: Warum aßen wir die Hühner, wenn in ihnen doch jetzt unsere Sünden steckten? Dieser Gedanke ließ mich nicht los, während

der Schochet seine Arbeit verrichtete. Als mein weißes Huhn an die Reihe kam, als ich sah, wie der Schochet es am Hals packte, ihn lang zog, wie das Messer in seiner Hand aufblitzte und das Huhn seine Äuglein schloss, sprang ich auf und rannte ins Bad. Ich weinte und spürte ein Ziehen tief in meinem Herzen. Alle Gefühle um das Leben und den Tod der Hühner mischten sich zu einem großen Leid - ich war unendlich traurig.

Als ich mit verheultem Gesicht wieder auf den Hof trat, war der Schochet bereits gegangen. Es herrschte eine gespenstische Ruhe, die Hühner lagen still auf dem mit Zeitungspapier ausgelegten Boden. Ich wollte den Sinn der Kapara von meiner Mutter erfahren. Doch jetzt war nicht die richtige Zeit zu fragen und zu philosophieren, wie meine Mutter es nannte. Jetzt war Zeit zu arbeiten. Die Uhr zeigte schon weit nach Mitternacht.
»Seit sechs Uhr morgens bin ich auf den Beinen«, seufzte sie.
Mein Vater und meine Brüder waren inzwischen zu Bett gegangen, und ich wünschte mir, ich wäre ein Mann, damit ich einfach ins Bett fallen konnte, genau wie sie. Obwohl Sarah und ich nachmittags ein wenig geschlafen hatten, konnten wir das Gähnen kaum unterdrücken. Wir hockten uns auf den Boden, meine Mutter setzte sich auf ein niedriges Bänkchen, dann wurden die Hühner gerupft. Ich vermied es, nach dem reglosen Körper des weißen Huhns zu sehen, das ruhig auf dem Boden schlief, und zog ein anderes Huhn zu mir heran, hob es auf meinen Schoß. Der Kopf hing nach unten. Ich begann zu zittern, doch dann knüllte ich Zeitungspapier zu einem Bällchen zusammen und schob es wie ein Kissen unter den Kopf des Huhns. Mit den Fingern schloss ich dem Huhn die Augen, damit es mich nicht so anstarrte, während ich an seinen Federn zerrte. Die

Krallen hielt ich fest in einer Hand, während ich mit der anderen rupfte. Die größeren Federn lösten sich einfach vom Rumpf, und ich war ganz stolz auf meine Arbeit. Doch die Flaumfedern waren winzig, und meine Fingernägel waren viel zu kurz und meine Fingerspitzen zu klebrig-fettig, um sie einzuzwicken. Zog ich zu heftig an dem leblosen Körper, rutschte die fettige Haut durch meine glitschigen Hände, und das Huhn flutschte mir davon. Die Hühner, die ich putzte, konnten fliegen, sogar tot und ohne Federn. Mein Huhn entwischte mit baumelndem Kopf zu meiner Mutter. Ich kicherte.

»Warum trödelst du nur herum, anstatt zu helfen?«, fuhr meine Mutter mich an.

Ein Glück, dass sie nicht laut mit mir schimpfen oder mich gar schlagen konnte, sonst wäre vielleicht mein Vater aufgewacht. Aus dem Schlaf gerissen, würde er wütend über sie herfallen. Ausnahmsweise beschützte mich also mein Vater. Ein gutes Gefühl. Die gerupften Hühner hielt meine Mutter ans Feuer, um die letzten Federkiele abzusengen. Sarah und ich mussten unterdessen den Hof schrubben, damit der üble Gestank nach Hühnern, nach Blut und nach Federn verschwand. Als wir damit fertig waren, zerteilten wir die Hühner auf dem Tisch – mit äußerster Vorsicht, damit ja nichts auf den sauberen Boden fiel. Meine Mutter zerlegte die Keulen und die Brust. Ich musste die Haut vom Bürzel ziehen, dort wo der Kot des Huhns klebte. Sarah schnitt langsam und sorgfältig die grünen Stellen von der Leber, damit das Fleisch nicht bitter wurde. Die Leber wurde gleich in der Nacht gewürzt und eingelegt, weil es das Erste war, was gegessen wurde, da Leber schnell verdarb. Den Rest des Huhns würde meine Mutter am kommenden Tag würzen und kochen.

Um halb drei Uhr nachts war alles schön ausgeputzt: die Hühner, die Küche und der Hof. Nun war es Zeit, sich die Flöhe, die Federn und das ganze Hühnerblut abzuwaschen, bevor wir uns endlich schlafen legen durften. Ich war so müde, dass ich einschlief, noch bevor mein Kopf das Kissen berührte.

Der Kühlschrank

»Jamile. Jamile, wach auf! Steh auf, du musst Eis kaufen«, weckte mich Isaacs Stimme am nächsten Morgen in aller Frühe. Widerstrebend öffnete ich die Augen und sah meinen großen Bruder vor meinem Bett stehen.
»Was ist«, murrte ich schlaftrunken. »Was soll ich? Wir haben gestern so lange gearbeitet und du bist früh schlafen gegangen. Ich geh' nicht, geh doch du!«
»Jamile, hol das Eis. Mutter sagt, dass es sehr heiß ist, und wenn wir nicht bald Eis haben, verderben die Hühner", bestimmte er. Und weg war er.

Der Kopf befahl *Aufstehen*, aber die Beine gehorchten nicht. Es war die Angst vor meinem Vater, die mich dazu brachte, aufzustehen. Ich bahnte mir einen Weg zwischen den Stoffballen im Zimmer hindurch und taumelte in die Küche. In kleinen Schlucken trank ich die warme Milch. Am Küchentisch saß mein Vater und durchforstete alte Zeitungen. Laut kommentierte er die neuesten Schlagzeilen: »Ob Deutschland jetzt Ruhe geben wird? Und diese Atombombe, die sie da erfunden haben, was für ein gewaltiges Ungeheuer das ist.«
Er zerpflückte die Zeitung, sortierte die Artikel nach Wichtigkeit, um zu entscheiden, welche er aufbewahren und welche er wegwerfen wollte. In den letzten Mona-

ten schienen die Nachrichten bedeutungsvoll zu sein, denn die gehorteten Seiten stapelten sich. Zeitungen waren wichtig: für meinen Vater, der voller Sorge und Zweifel die Entwicklung der Weltpolitik verfolgte, für meine Mutter, weil sie ohne Zeitungspapier kein Eis holen konnte, und weil ohne Eis die Hühner verdarben.
Sie verscheuchte die Weltnachrichten aus ihrer Küche. »Kriege hat's schon immer gegeben, kaum ist einer zu Ende, fängt schon der nächste an. Bomben sind immer schlimm, oder hast du schon mal von einer guten Bombe gehört? Die werden immer neue erfinden, diesmal ist es eine *atomische*, dann ist es wieder eine andere.«
Sie verachtete die Sorgen meines Vaters und äußerte ihre Geringschätzung auf gewohnte Weise: Sie schnaubte laut, trommelte gereizt mit den Fingern auf den Tisch, schritt im Stakkato zur Tür und wieder zurück. Ihre Stimme setzte zum Crescendo an, damit mein Vater hörte, dass ich nun losgehen müsse, um Eis zu kaufen. Schließlich griff sie zu ihrer wirksamsten Waffe: Sie jammerte über die Ausgaben für die Hühner und für den Schochet. Mit einem tiefen Seufzer verkündete sie: »Schade, bei dieser Hitze werden die Hühner schon in einer Stunde verdorben sein.«
Verwirrt schaute mein Vater auf. Wie sollte er sich zwischen den Nachrichten über Hitlers Tod, über Hiroshima, zwischen den entsetzlichen Schilderungen aus Auschwitz und dem Einwickelpapier für meine Mutter entscheiden? Schließlich warf er das zerfledderte Konvolut auf den Küchentisch und tröstete sich damit, dass Brasilien weit weg von all diesen Dingen sei.
»Hier will niemand etwas von diesem Krieg wissen!«, schimpfte er.
»Morgen holst du ja eine neue!«, versuchte meine Mutter ihn zu beschwichtigen, auch wenn sie nicht verstand, was so wichtig war an einem Stück Papier, da er doch

täglich neue Zeitungen mit nach Hause brachte. Die Zeitungen bekam er von dem Zeitungshändler geschenkt; es waren die vom Vortag, die er mit nach Hause brachte, studierte, sortierte, und dann je nachdem freigab, damit wir damit die Mülltonne auslegen, frischen Fisch einwickeln oder Fenster putzen konnten oder eben um Eisstangen zu befördern. Die Nachrichten von gestern zu lesen, machte ihm nichts aus, denn er hatte sie ja zuvor schon im Radio gehört. Zudem beschäftigten ihn die Ereignisse, die nicht direkt mit seinem Broterwerb, mit den Preisen oder seinen Finanzen zu tun hatten, grundsätzlich nur am Rande. Aber in den letzten Wochen und Monaten waren die Nachrichten immer wichtiger geworden. Er lauschte dem Radiosprecher und vertiefte sich in die bedruckten Blätter. Meiner Mutter war dieses Warten auf Leseabfall lästig. Hinter seinem Rücken begann sie heimlich, einige Blätter aus dem Innenteil der Zeitung heraus zu zupfen, ganz vorsichtig, mit spitzen Fingern, damit er nichts bemerkte und wir Kinder auch nicht, um uns, seinen bedrohlichen Blick fürchtend, nicht zu Komplizen zu machen. Doch öfter erwischten wir sie, wie sie mit einigen losen Seiten herum huschte und den Zeigefinger auf die Lippen legte.
Aber so kurz vor Jom Kippur waren solche Tricksereien ausgeschlossen. Außerdem war mein Vater zu Hause. Meine Mutter schnappte die Markttasche, stopfte alte Stofflappen hinein, raffte die Zeitungsblätter vom Tisch und knüllte sie in den Beutel. Der Einmarsch der Roten Armee in Deutschland, die politische Propaganda in Brasilien, die Atombombe auf Japan, die Aufstände gegen Getúlio Vargas und das Ende des Zweiten Weltkrieges mochten sehen, wie sie sich mit den Lumpen vertrugen.
»Hast du deine Milch immer noch nicht ausgetrunken?«, herrschte sie mich an. »Die Hühner werden schlecht!«

Sie drückte mir die Tasche in die Hand, mahnte mich zur Eile und stob aus der Küche, angeblich um unsere Kleider für den Besuch der Synagoge aufzubügeln. Hm? Hatte meine Mutter es etwa vergessen? Ich hatte kein Geld. Sofort war alle Trägheit aus meinem Körper gewichen. Meine Mutter und meine Geschwister schienen sich in Luft aufgelöst zu haben, sie waren nirgends zu sehen. Ich würde meinen Vater um Geld bitten müssen. Das war erniedrigend und unangenehm.
Ich näherte mich ihm vorsichtig, starrte ihn mit dem bettelnden Blick eines Straßenköters an, streckte ihm die Hand hin und fragte mit schüchterner Stimme: »Könnten Sie mir das Geld für das Eis geben?«
Mein Vater grunzte und jammerte, dass *um Geld betteln* das Einzige sei, was wir könnten. Er begann mit seinem berühmten Vortrag und erörterte die ewigen Themen, die wir alle schon zur Genüge kannten. Dass er nicht verstand, warum Jude zu sein und den Traditionen zu folgen immer mit hohen Kosten und Ausgaben verbunden sein musste. Angefangen vom Maschgiach, der ein richtiger Halsabschneider sei und ein Vermögen für das koschere Fleisch verlange, das sicherlich weder frisch noch koscher sei, über den Schochet, der ein Halunke sei und viel Geld für eine Arbeit verlange, die sogar ein Kind verrichten könnte, und der außerdem jedes Jahr die Preise erhöhe, bis hin zum Mohel, der ein Snob sei und überall erzählte, dass er ein studierter Mann sei, und dass er deshalb mehr verlangen könne als der Schochet. Seit wann musste man studieren, um kleine Jungen zu beschneiden? Und dann noch die Unsummen für das Essen. Sein Sermon endete damit, dass wir nicht einmal im Hochsommer das Geld für Eis ausgäben, aber sobald diese Feiern anstünden, bräuchten wir Eis, und alle Ersparnisse würden dahinschmelzen.
Endlich hörte er auf zu lamentieren und gab mir die

notwendige Summe für den Eisblock und für die Straßenbahn.
Fünf Haltestellen war der Eisstand von unserem Haus entfernt. Eine Fahrt kostete 40 Centavos, und mein Vater ließ eine 50-Centavos-Münze und drei 10-Centavos-Münzen in meine bittend ausgestreckte Hand klimpern. Sofort als ich die Geldstücke sah, ahnte ich, dass der Kassierer behaupten würde, er habe kein Wechselgeld, um mir die 10 Centavos auf die 50 Centavos-Münze nicht herausgeben zu müssen. Die brauchte ich aber für die Rückfahrt! Wechselgeld gab es grundsätzlich nur für Männer. Frauen und Kinder, vor allem ein Mädchen, das allein unterwegs war und viel zu verschüchtert, um sich zu beschweren, hatten keine Chance auf Rückgeld. Ich trabte zur Haltestelle. Die Straßenbahn bimmelte heran, und ich stieg ein und hockte mich auf die Holzbank. Ungeduldig schob ich das Fenster auf, hielt mein Gesicht in den Fahrtwind und genoss das Gefühl der Geschwindigkeit. Nach vier Haltestellen zückte ich die 50 Centavos und näherte mich ängstlich dem Drehkreuz am Ausstieg. Langsam legte ich das Geldstück auf die Handfläche des Kontrolleurs, einem Furcht einflößenden Italiener mit grimmigem Gesicht. Manchmal trügt der Schein, dachte ich tapfer und blickte ihm mutig in die Augen. Er griff nach der Münze und sah mich an. Vielleicht half ein Gebet? Ich betete, was mir gerade einfiel. *Schma Jisrael, Baruch Ata Ad'nai Eloheinu* ... Bis er mich anherrschte: »Geh weiter.«
Ich blieb wie angewurzelt stehen. Dieses Gebet hilft also nicht immer, dachte ich. Um Gnade bittend schaute ich ihn an.
»Mädchen, vai, na los. Du durchgehen, presto, presto!«, schnauzte er mich an. »Ich nix Wechselgeld!«
Er schob das Drehkreuz an, stieß mir das Metall in die Rippen und schob mich aus der Bahn hinaus.

Die italienischen Kontrolleure waren berüchtigt. Meine Mutter glaubte nicht an diese üble Nachrede, für sie war es das Geschwätz neidischer Portugiesen, die schon lange im Land lebten und immer noch nicht reich geworden waren - aber sicherheitshalber hatte auch sie stets abgezähltes Geld dabei. Wie sollte ich die Rückfahrkarte mit nur 30 Centavos bezahlen?
Mit sorgenvollen Gedanken wartete ich in der glühenden Sonne vor dem Eisstand, bis ich an die Reihe kam. Der Verkäufer griff zuerst nach dem Geld, dann nach den mitgebrachten Zeitungen und mit jedem Weltereignis umwickelte er einen Teil des großen gefrorenen Blocks. Als das Eis in Krieg, Bomben und Zerstörung steckte, ließ er es in meine Tasche gleiten. Ich umhüllte es noch mit den Stofffetzen und deckte damit die schlechten Nachrichten zu. Ich war froh, dass ich in Brasilien lebte, dem besten Land der Welt, wie mein Vater immer sagte. Aber ich traute mich nicht, das Risiko mit der Straßenbahn einzugehen und schleppte die schwere Tasche zu Fuß nach Hause. Es ging nur langsam vorwärts, da ich viele Pausen einlegen musste. Ich setzte mich auf die Gehsteigkante, tastete mit meiner heißen Hand nach dem kühlen Eis und erfrischte mich. Ich leckte meine Finger ab, als ob es Speiseeis wäre. Wie kühl es war!
Als Wasser durch den Stoff zu tropfen begann, schrak ich auf. Was, wenn der ganze Block schon geschmolzen war? Ich presste die Tasche an die Brust und rannte so schnell ich konnte nach Hause.
Der Kühlschrank war schon vorbereitet: eine Holzkiste mit Löchern im Boden, sodass das Schmelzwasser abtropfen konnte. Meine Mutter eilte mit Lockenwicklern im Haar herbei, griff unwirsch nach dem Eis und wickelte es in ein sauberes Tuch, auf das sie hektisch die Hühnerteile legte, während der Rest bereits in Tiegeln und Töpfen brutzelte. Ob das weiße Huhn in der heißen

Brühe schmorte oder ob es sich auf dem Eis erfrischte? Die drei Eisenringe auf dem Herd glühten emsig. Sobald ein Gericht gar war, wurde der freie Platz sofort durch die nächste zischende Pfanne ersetzt, unentwegt dampfte und brodelte es auf dem Herd. Der wohlriechende Duft der verschiedensten Gewürze durchzog das Haus. Ich legte die triefende Tasche und die nassen Lappen auf den Tisch. Dann verschwand ich im Bad, wechselte das nasse Hemd und zählte das Geld, das ich durch das Nichtfahren gespart hatte: 30 Centavos! Jedes Missgeschick birgt etwas Gutes, und in jedem Unglück ist ein bisschen Glück verborgen. Wie oft hatte ich den Satz von den Frauen in der Synagoge gehört: *Gam so le tova.*

Zufrieden mit mir selbst ging ich zu meinem Bett, um ein sicheres Versteck unter der Matratze zu suchen. Das Bett warf mir einen einladenden Blick zu, und erst der Essensruf um halb fünf riss mich jäh aus einem tiefen Schlaf. Müde löffelte ich die Hühnersuppe. Die helleren Fleischstücke schob ich heimlich an den Tellerrand, bestimmt stammten sie von dem weißen Huhn, das nun als weiße Leiche in der heißen gelben Suppe schwamm. Mit jedem Löffel ließ ich das dunklere, zarte und duftende Fleisch, das Gemüse und die Eiernudeln langsam und genussvoll im Munde zergehen. Jom Kippur war ein trauriger Tag. In der Synagoge hieß es, dass es der traurigste und demütigste aller jüdischen Festtage war. Und ich wunderte mich, während ich diese köstliche Suppe löffelte, über den Sinn. Jahr für Jahr aßen wir diese leckerste und teuerste Speise, die es gab, ausgerechnet an Jom Kippur.

Die Synagoge

Am nächsten Tag erwachten Sarah und ich in aller Frühe und schlüpften in die Kleider, die meine Mutter für uns bereitgelegt hatte. Die weiße Bluse für mich war an den Ärmeln schon etwas zu kurz, spannte aber über dem Leib noch nicht. Sarahs Bluse, die schon zwei Jahre im Schrank auf sie gewartet hatte, war immer noch zu groß und schlotterte an ihr herum. Sie zeterte. Doch meine Mutter befahl ihr, die Bluse zuerst ordentlich zuzuknöpfen, bevor sie sich beschwerte. Kritisch befühlten beide den überlappenden Stoff. Dann ging meine Mutter entschlossen zum Schrank und zog die Bluse vom letzten Jahr hervor, die stark nach Mottenpulver roch.

»Versuch es mit der hier.«

Sarah zwängte sich hinein, hielt den Atem an und zog den Bauch ein, bevor sie die Knöpfe schloss.

»Nein, zieh doch lieber die andere an. Die sieht besser aus! Steck sie einfach in den Rock.«

»Kann ich nicht die von Rosch haSchana anziehen?«

»Bitte? Du willst die Bluse von Rosch haSchana an Jom Kippur anziehen?«

Rosch haSchana verlangte nach neuer Kleidung. Für das Neujahrsfest eine Woche vor Jom Kippur erhielten wir stets neue Kleider. Mein Vater brachte die Stoffe mit, und meine Mutter, die das Nähen nie erlernt hatte, versuchte etwas Flottes daraus zu schneidern. Vor allem galt es, ein anderes Modell zu kreieren als das vom Vorjahr. War der Stoff knapp, wurde es ein schlichter Rock, ohne Taschen, ohne Falten und sogar ohne Saum für spätere Jahre. Von Jahr zu Jahr war die Stofflage - unabhängig von unserer wirtschaftlichen Situation - eine andere, denn die Stoffe führten ein Eigenleben: zufällige Sonderangebote oder auch Restposten, die mein Vater nicht verkaufen konnte. Überhaupt war mein Vater viel zu geizig, um zwei verschiedene Stoffe herauszurücken. Er drückte meiner Mutter für uns beide denselben gemusterten Stoff in die Hand, was trotz ihres großen Geschicks die Fantasie lähmte. Es war eine Herausforderung, zwei verschiedene Modelle für Sarah und mich aus einer Stoffbahn zu schneidern.

Lange Stunden mussten wir stehend verharren und mit Nadeln gespickte Stoffpartien anprobieren. Mit spitzen Schreien warnten wir unsere Mutter, dass sie uns nicht aufspießte, wenn sie zwischen Kochtopf und Nähmaschine an uns herumzerrte. Sie schnitt ein Stück Stoff heraus und nähte es als Tasche auf das anprobierte Kleid. Mit prüfendem Blick eilte sie in die Küche, um den Reis umzurühren. Vom Reistopf kam sie mit neuen Ideen wieder, riss die gerade aufgenähte Tasche ab, band eine Schleife, befestigte sie mit einer Sicherheitsnadel und rannte wieder zurück, um die schwarzen Bohnen zu würzen. War sie zufrieden oder müde, schnitt sie die Krägen zurecht. Nach endlosem Stehen, ohne die Arme senken zu dürfen, nahmen wir bereitwillig alles hin. Es war uns einerlei, welches der Kleider die Schleife und welches die Tasche bekommen würde, welches lange, welches kurze Ärmel bekam; selbst das bunte Durcheinander der Knöpfe störte uns nicht, wir wollten nur, dass dieses Martyrium bald ein Ende hatte. Wenn sich meine Mutter schließlich bis zur letzten Etappe, dem Saum des Kleides, hinuntergearbeitet hatte, schöpften wir Mut. Der Saum war der Schlüssel, der uns aus diesem Stecknadelteppich befreien würde.

Ich mochte Rosch haSchana.

Meine Mutter und mein Vater anscheinend nicht. Sie würden erst zur Ruhe kommen, wenn sie an Jom Kippur in der Synagoge saßen. Mein Vater beschwerte sich schon wieder bei meiner Mutter über die hohen Ausgaben für die jüdischen Feste. Meine Mutter versuchte, es zu überhören, und widmete sich dem Haushalt, doch sie konnte sich einen Kommentar nicht verkneifen und rechtfertigte sich. »Habe ich das etwa erfunden, dass man neue Sachen zu Rosch haSchana braucht? Es steht geschrieben. Es ist eine Mitzwah. Alle schneidern neue Kleidung!«

»Willst du mir jetzt weismachen, dass Gott in der Thora geschrieben hat, dass man neue Kleidung haben muss?«

Meine Mutter kannte die religiösen Gesetze nicht gut genug, um meinem Vater zu widersprechen. Sie wusste nur, dass sie es in ihrer Kindheit so gelernt hatte und alle ihre Bekannten, Freunde und Familienangehörigen dasselbe taten: An Rosch haSchana, dem Beginn des neuen Jahres, mussten die Gläubigen neue Kleider haben, auch in Zeiten äußerster Not. Genauso wie die Leute an Jom Kippur, dem traurigen Tag, helle Kleidung aus dem letzten Jahr tragen mussten, die nach dunklem Schrank und nach Mottenpulver roch.

Meine Mutter stopfte nun Sarah die zu große Bluse, Erbstück einer Cousine, in den Rock, zog energisch daran und stopfte den restlichen Stoff in die Unterhose. Dann nähte sie noch schnell das Ärmelbündchen enger. »Fertig. Perfekt«, rief sie aus und biss den Faden mit den Zähnen ab. »Ein bisschen groß, aber das macht nichts, es ist ja Jom Kippur, da braucht man sich nicht so herauszuputzen.«

Fertig eingekleidet, geschniegelt und gestriegelt, mit einem Handtuch auf dem Schoß, tranken wir ganz vorsichtig unsere Milch und brachen zur Synagoge auf. Für uns Kinder war das Mittagessen vorbereitet, während meine Eltern bis zum Abend fasteten.

Von überall her strömten die Menschen in die Synagoge. Wir kannten viele der Kinder, es kamen Männer mit Gebetbuch und umgehängtem Tallith, die Frauen mit hochtoupierten Haaren und einer dicken Schicht Haarspray, damit der Wind und die langen Stunden des Jom Kippur die Frisur nicht zerzauste. Einige der Frauen waren elegant gekleidet und farbenfroh geschminkt, man ahnte kaum, dass sie zu Jom Kippur kamen. Einige sprachen Arabisch, andere Ladino und viele Italienisch oder Französisch. Trotz des babylonischen Sprachgewirrs meinten die vielen Worte, mit denen sie sich – die Lippen rot geschminkt – lebhaft begrüßten, doch dasselbe. Alle umarmten und küssten sich. Mein Vater mischte sich unter die Menge vor dem Eingang der Synagoge, wo er mit Familienangehörigen und Freunden auf Arabisch sprechen und scherzen, Kindheitserinnerungen austauschen und laut lachen konnte. Meine Mutter lehnte es ab, Arabisch zu sprechen, und tat sie es wegen meinem Vater erzwungenermaßen doch, veränderte sich ihr Gesichtsausdruck.

Meine Geschwister und ich tauchten in diese Welt der Erwachsenen ein, ohne deren Gespräche zu verstehen, uns langsam vorwärtsschiebend, während wir versuchten, uns durch das enge Eingangsportal zu drängen. Für knapp fünf Meter Weg brauchten wir eine halbe Stunde und wurden unablässig geküsst. Lippenstift stempelte unsere Wangen. Fragen auf Arabisch prasselten auf uns nieder, worauf wir verlegen lächelten.

»Du kannst nicht einmal die Kinder richtig erziehen«, beklagte sich mein Vater unwillig. Der übliche Vorwurf, bevor sich ihre Wege in der Synagoge trennten. »Was für eine Schande, dass keines der vier Kinder Arabisch sprechen kann!«

Die Angesprochene blickte an ihm vorbei und erwiderte nichts.

Auch alle anderen Jugendlichen und Kinder sprachen nur Portugiesisch, genau wie wir; es war so, als ob das Ladino, Italienisch, Französisch oder Arabisch die Sprachen der Alten wären. Mein Vater schimpfte weiter, doch das freudige Stimmengewirr der Eintretenden verschlang seine harten Worte.

Wir bahnten uns den Weg durch das Geschiebe und Gedränge. Eine Mischung aus Naphthalin und zu viel Parfüm durchwehte den Raum. Mein Vater schritt in den mittigen Bereich, der den Männern vorbehalten war, und meine Mutter ging, je weiter sie sich von ihm entfernte, desto entspannter, die schmale Treppe zur Empore der Frauen hinauf. Sarah und mich im Schlepptau. Oben angekommen löste sich der stockende Zug auf, die Frauen verteilten sich auf die Plätze. Es gab acht ansteigende Reihen mit jeweils fünfzehn Sitzplätzen, sodass man von jedem Platz aus einen Blick auf das Geschehen unten im Saal hatte.

Ich schielte zu Sarah und musste kichern. Ihr Gesicht war von den Kussmündern rot gesprenkelt.

»Du siehst aus wie ein falsch adressierter Brief, der verstempelt zurückkommt«, neckte ich sie.

»Und du wie ein Fleischklops mit Paprika.«

Wir wollten zu einem Spiegel und kämpften uns durch das Gewühl zur Toilette. Unsere Wangen waren übersät mit Lippenabdrücken von Frauen, die wir nicht kannten. Mit viel Seife versuchten wir, den Lippenstift abzurubbeln. Ich ging zurück zu meiner Mutter. Sie saß meistens auf dem gleichen Platz. Sie hatte zwar keinen Stuhl, der gegen eine Spende ihr Namensschild trug, aber sie setzte sich stets auf denselben der schlichten, namenlosen Holzstühle. Mein Vater, der es strikt ablehnte, für so etwas zu spenden, holte sich einen der an der Wand lehnenden Klappstühle. Sarah war noch ein bisschen verärgert über mich und ging lieber nach draußen, um mit den anderen Kindern im Innenhof der Synagoge zu spielen. Ich aber wollte vorerst noch bei den Frauen mit den roten Mündern bleiben, um ihren Geschichten zu lauschen. Der lange Tag in der Synagoge bot genügend Zeit und Gelegenheit, den neuesten Tratsch und die skandalösen Höhepunkte des Jahres auszutauschen.

Unten, im Bereich der Männer, nahmen vier Reihen mit je fünfzig Sitzen den geräumigen Saal ein. Vier Reihen links und vier Reihen rechts, dazwischen war ein langer breiter Gang freigelassen, in dessen Mitte, erhöht auf einem Podest aus drei Stufen, sich die Bima befand. Das war der Ort, an dem die Thora entrollt wurde und wo das Gebetbuch während der Lesung ruhte. Gegenüber vom Eingang, an der Wand, die nach Jerusalem ausgerichtet war, befand sich hinter einem schweren Vorhang der kostbare Schrank, dessen zwei Türen mit goldverzierten Beschlägen verschlossen waren. Dieser Schrank war sehr groß; sieben Thora-Rollen hatten darin Platz.

Die Männer, die in den Reihen nahe der Bima saßen, kannten den Wortlaut der Gebete und beteten laut im Gleichklang mit dem Rabbiner. Je weiter weg von der Bima die Gläubigen saßen, desto mehr verlor sich das Mitbeten. Die Männer in den mittleren Stuhlreihen beteten nicht, sie hatten das Gebetbuch aufgeschlagen, legten es auf die Klappe an der Lehne des Stuhles vor ihnen, und wenn sie nicht gerade mit dem Nebenmann redeten, blätterten sie darin und nuschelten dabei unverständliche Worte. Die Männer am Rand des Geschehens nahmen erst gar kein Gebetsbuch in die Hand und taten auch nicht so, als würden sie beten. Genau wie die Frauen steckten sie die Köpfe zusammen und achteten wenig auf das Beten in der Mitte der Synagoge. Sie standen auf, liefen umher, winkten zu den Frauen hinauf, um irgendeine Bekannte zu grüßen, oder versuchten die Kinder zu zügeln, die ab und an in kleinen Grüppchen vorbeitobten. Von den Frauen hatte kaum eine ein Gebetbuch in der Hand, nur die sehr religiösen widmeten sich dem Gebet. Die meisten zwängten sich grüßend durch die Reihen, schwatzten und lachten. Wenn alles außer Rand und Band zu geraten drohte, ertönte der Ruf des Rabbiners, der zur Ruhe mahnte. Für einen kurzen Moment verstummten alle, und die Unruhe legte sich. In der Stille waren nur die Stimme des Rabbiners und das Murmeln der Betenden zu hören. Doch nur wenige Minuten später keimte das Geflüster und Getuschel wieder auf, eine Frage wurde gestellt, Antworten folgten, ein Ausruf war zu hören und das Orchester der Plaudernden setzte wieder ein, bis ein donnernder Ruf des Rabbiners wie ein Taktstock gebieterisch dazwischenfuhr.

Nazira und Latife

Der Ruf des Rabbiners, der wieder einmal der allgemeinen Redseligkeit Einhalt gebot, hallte noch durch die Synagoge, als eine Frau mit großem Hut vorsichtig schreitend die Stufen zum Bereich der Frauen hinaufstieg. Alle Blicke richteten sich auf sie; unter ihrem gerafften dunklen Kleid wölbte sich deutlich ein Bauch. Als sie den Kopf hob und ihr Gesicht zu erkennen war, lief ein Raunen durch die Reihen.

»Nazira? Ja, das kann nur Nazira sein!«

Die Schwangere schob sich langsam mit einem stummen Augengruß an allen vorbei bis zur letzten Reihe. Dort setzte sie sich und versteckte sich wieder unter der ausladenden Hutkrempe.

Meine Mutter reckte sich lauschend in das Geflüster.

»... sie war sehr schüchtern, erinnerst du dich noch an

sie?«
»An Nazira?«
»Ja, genau die. Damals hat doch Fortuna, ihre Mutter, weil sie sich Sorgen machte um die Zukunft ihrer Tochter, sie gebeten, ein Huhn zu Elías zu bringen, zu diesem tollen Ägypter, ja der, der Französisch spricht und der letztes Jahr kinderlos Witwer wurde. Er lag krank im Bett, keine Frau, die sich um ihn kümmerte, und er musste wieder zurück ins Geschäft.«
»Was für ein Geschäft?«
»Kurzwaren, glaube ich. Garn und Wolle, ein großer Laden! Und, so hat Fortuna gedacht, wenn ihre Tochter ihm eine Suppe bringen würde, hätte er vielleicht eine Arbeit für sie in seinem Laden. Doch Nazira weigerte sich mit jeder Faser ihres Leibes, dorthin zu gehen, sie ist doch so schüchtern, wenn sie mit jemandem redet, schaut sie verschämt zu Boden. Aber Fortuna ließ nicht locker, und die Tochter ging schließlich doch. Sie nahm das Huhn mit, um es dort zuzubereiten. Und dann … tja … Hast ja gesehen, was dann passiert ist!«
»Was denn?«, entfuhr es meiner Mutter. »Was ist denn dann passiert?«
»Wie, was ist passiert? Siehst du das nicht? Sie bekam einen dicken Bauch. Sie ging, um Hühnersuppe zu kochen, und kam schwanger wieder. Zu ihrer Mutter machte sie keinen Mucks, aber Fortuna hat gesehen, dass das Mädel nicht mehr aufhörte zu heulen, und der Bauch wuchs und wuchs … Nach fünf Monaten ist Fortuna zu dem Ägypter gegangen, um ihn zur Rechenschaft zu ziehen … Dann haben die beiden überstürzt geheiratet … ein Glück für sie. Naziras Familie hatte nicht mal Geld, um zu sterben!«
Ich bemerkte den entsetzten Gesichtsausdruck meiner Mutter und kam ins Grübeln. Wo war die geheimnisvolle Verbindung zwischen der Suppe, der Schwangerschaft

und dem Gesichtsausdruck meiner Mutter? Dieses Geheimnis ließ sich nicht so einfach lüften.
»Und wo ist Fortuna? Begleitet sie ihre Tochter nicht?«
»Nein, sie schämt sich. Sie geht in die Synagoge in der Moóca zum Beten, ohne ihre Tochter.«
Ich spähte zu Nazira und versuchte, ihren Blick aufzufangen, aber das Dunkel unter der weit schwingenden Krempe barg ihr Gesicht. Die Frauen beruhigten sich wieder, und die Minuten verstrichen. Bis die Geschichte von Latife durch die Reihen rollte.

Latife war eine Frau, die ich sehr bewunderte. Zum ersten Mal hatte ich sie vor einer Woche an Rosch haSchana in der Synagoge bemerkt. Sie stammte aus dem Libanon und war sehr gebildet. Sie konnte Arabisch, Französisch und Hebräisch lesen und schreiben und war eine der wenigen, wenn nicht die Einzige, die das Gebetbuch verstand und Gebete mitlesen und nicht nur bruchstückhaft mitsprechen konnte.
Latife war sehr groß, sehr schlank und sehr gläubig. Ein Kopftuch verbarg ihre Haare und ihre Jugend. Gekleidet war sie in einen hellen wadenlangen Rock aus schwerem Stoff und in eine hochgeschlossene Bluse. Sie saß in der vordersten Reihe, direkt an der Brüstung, von wo aus sie der Bima am nächsten sein konnte. Allein, vertieft in ihr Buch, begleitete sie alle Gesänge und blätterte im Gleichtakt mit dem Rabbiner das Gebetbuch um. Näherte sich ihr jemand, um sie zu begrüßen, erwiderte sie den Gruß ohne das zutrauliche Lächeln, das zu einem Gespräch einlud. Hin und wieder drehte sie sich vorwurfsvoll zu den anderen Frauen um, die über ein pikantes Thema immer aufgeregter wurden. Nach einem dieser strengen Blicke folgte zumeist der aufgebrachte Schrei des Rabbiners von unten: »Ruhe!«
An diesem Jom Kippur blickte Latife kein einziges Mal

von ihrem Gebetbuch auf. Trotzdem waren die Augen aller Frauen auf sie gerichtet. Meine Mutter rutschte unruhig auf ihrem Stuhl hin und her, bis das Geflüster auch endlich sie in das Geheimnis von Latife einweihte.

»Zwei Nächte vor Jom Kippur hat sie sich bei ihrem Mann, dem David, ausgeheult. Wissen Sie, wen ich meine?« Die Stuhlnachbarin zwinkerte verschwörerisch mit den Augen. »Schauen Sie da unten, dieser Kleine.«

»Sie so riesig und er so klein?«

»Klein und faul! Dieser David kam hier ins Land und stellte sich vor, dass in Brasilien der Reichtum über Nacht im Schlaf kommt. Vom Arbeiten hält er nicht so viel. Jetzt sind sie schon seit acht Monaten hier und hausen immer noch in einer armseligen Hütte.«

»Deshalb hat sie geheult?«

»Nein, nicht deswegen. Seit acht Monaten versucht sie nun schon, schwanger zu werden, und sie glaubt, dass es damit zusammenhängt, dass sie seit ihrer Ankunft in Brasilien nicht in die Mikwe gegangen ist. Und ihr David hat ihr versprochen, eine Mikwe zu finden und hat ganz São Paulo auf den Kopf gestellt.«

»Und dann?«

»Dann hat er beschlossen, sie zum Tiête Fluss zu bringen.«

»Was?«

»Ja, denken Sie nur! Im Libanon hatte er nie so viel Wasser auf einmal gesehen. Aus Angst vor dem reißenden Fluss hatte er ein Seil mitgebracht, an das sich Latife in der Strömung klammern konnte. Die beiden haben ein nicht allzu steiles Flussufer gesucht. Latife hat bis zur Dämmerung gewartet, dann hat sie die Kleider abgelegt und sich im Unterrock ins Wasser getastet. Und ausgerechnet an diesem Abend ist ein Unwetter aufgezogen. David musste sich beeilen, der Wind wurde immer stärker. Er hat das lange Seil mit dem kurzen, das sie um die Hüfte geschlungen hatte, verknotet und es extra zuvor noch mit einem Messer - seinem Prachtstück aus dem Libanon - geglättet, damit sich Latife die Haut nicht aufschürft. Dann ist er die Uferböschung hinaufgestiegen und hat nach einem starken Ast gesucht, um das Seilende zu befestigen. Als Latife schon fast im Wasser war, hat der Donner stärker gegrollt, und Blitze zuckten über ihren Köpfen. Er hat sich umgedreht und ihr zugewinkt, dass sie sich beeilen soll. Und da plötzlich tauchen wie aus dem Nichts zwei Polizisten auf, die die beiden schon länger von Weitem beobachtet hatten. Die nehmen David das Messer ab, fesseln ihm die Hände auf den Rücken und hieven Latife an dem Seil die Uferböschung herauf. Auf die Frage, was sie hier treiben, haben die beiden keine Antwort gegeben und einfach geschwiegen.«

»Warum haben sie denn den Mund nicht aufgemacht?«

»Wie hätten sie das erklären sollen? Die beiden sprechen doch kaum Portugiesisch! Das Ende vom Lied: David wurde des versuchten Mordes angeklagt. Können Sie sich das vorstellen? Beide mussten die Nacht im Knast verbringen und erst vor Jom Kippur, hat man bemerkt, dass sie nicht da sind, und sie da rausgeholt.«

»Wer hat sie denn vermisst?«

»Der Schochet. Sie hatten einen Termin mit dem Schochet. Er kam zu ihrem Haus und hat vergeblich an die Tür geklopft, niemand hat geöffnet, ... man hat herumgefragt nach ihnen, und so ist man bei der Polizei gelandet.«

Meine Mutter war zu überrascht, um diese unerhörte Begebenheit zu kommentieren. Mir tat Latife leid. Stumm saß sie in diesem neugierigen Geplätscher, das ihr Innerstes nach außen stülpte und ihren heimlichen Wunsch durch die Stuhlreihen trieb. Wenn sie auch kaum Portugiesisch verstand, so war ihr doch klar, dass sie die Zielscheibe der spitzen Zungen war.

»Ruuhhheee!«, donnerte der Rabbiner erfolglos dazwischen. Doch die aufgepeitschten Frauen schenkten ihm kein Gehör mehr; es war, als hätten sie selbst Hunger und Durst vergessen.

Je weiter der Tag voranschritt und je mehr Menschen in die Synagoge strömten, desto stickiger wurde es darin. Über der Empore lastete die Luft schwer auf den toupierten Hochfrisuren. Mit heißem Atem und leerem Bauch warteten die Frauen, dass die endlosen Stunden verstrichen. Allmählich wurden die Lippen müde, die Gespräche erstarben. Es nahte der Moment, in dem der Klang des Schofar das Ende von Jom Kippur verkündete. Nun schoben sich auch die Besucher, die draußen gewesen waren, in den überfüllten, überhitzten Raum. Die spielenden Kinder wurden vom Hof hereingerufen und wurden durch die Fenster hereingezogen, wenn die Tür zu verstopft war. Die Jugendlichen, die sich vor der Synagoge tummelten, drängten ebenfalls herein. Mütter mit Kindern an der Hand eilten herbei, ältere, gebrechliche Frauen wurden ehrfurchtsvoll hereingeführt. Es gab mehr Menschen als Stühle, aber niemand achtete darauf, denn alles erhob sich. Es war der erste Moment völliger Stille. Die Männer griffen nach dem Tallith und bargen ihre Kinder darunter. Wie Küken unter den Fittichen einer Glucke.
Die Frauen schlossen die Augen, bedeckten das Gesicht mit den Händen. In diesen Minuten spürte jeder seine Sünden. Alle zusammen, aber jeder für sich. Ich schloss die Augen nur halb und wagte einen verstohlenen Blick auf die Frauen, die kurz zuvor noch über Nazira, Latife, David und Fortuna gelästert hatten. Baten sie deswegen um Vergebung? Denn über jemanden schlecht reden war eine schwere Sünde. Während des Klangs des Schofar war ich wohl die Einzige, die nicht in die Dunkelheit hinter den gesenkten Lidern blickte, sondern stattdes-

sen zwischen den Fingern hindurchblinzelte, um meine Mutter zu mustern und mir zu überlegen, welche Sünde sie wohl begangen habe. Meine eigene Sünde war leicht zu benennen: Ich hatte die weißen Hemden meines Vaters auf dem Gewissen. Ein schwerwiegendes Vergehen, eine große Sünde - sonst wäre meine Mutter nicht so aus der Haut gefahren! Und sie hatte ja recht: Ich hatte nicht aufgepasst, aber war das auch schon eine Sünde? Gewiss, sonst hätte meine Mutter mich nicht so furchtbar bestraft.

So schloss ich die Augen, verband mich mit der allgemeinen Stille und bat Gott um Vergebung. Meine Augen wollten sich schon wieder neugierig öffnen, doch ich kniff sie krampfhaft zu, um mich dem Tönen des Schofar zu überlassen. Aber sie öffneten sich ohne mein Zutun erneut, und ich sah, wie der Rabbiner tief Luft holte, um mit seinem ganzen Atem den Klang ertönen zu lassen. Sein Gesicht rötete sich, er blies weiter, presste den schrill trompetenden Ton aus dem Widderhorn. Der klagende Laut hallte von den Wänden der Synagoge wider, dröhnte in unseren Ohren und füllte noch den Raum, als ich mich vorsichtig an das Mäuerchen vor der ersten Stuhlreihe lehnte, um heimlich zwischen gespreizten Fingern nach meinem Vater zu suchen. Er saß, den Tallith umgehängt, umfangen vom Klang des Schofar, in einer weit entfernten Welt. Ich nutzte die Gelegenheit, ihn unbemerkt zu beobachten. Ob mein Vater wohl auch gesündigt hatte? Der Klang des Schofar erstarb. Meine Gedanken waren so lebhaft bei meinen Vater, dass ich alles um mich herum vergaß. Ich bemerkte nicht einmal das langsame Verhallen des Tons.

Die Gläubigen, glücklich, wieder ein Jahr im Buch des Lebens eingeschrieben zu sein, eilten mit Glückwünschen und Segenswünschen von links nach rechts und strebten geläutert und hungrig weiter zum Ausgang, wo die drei Roscas und das Glas Wasser gereicht wurden. Vergeblich versuchte der Rabbiner das allgemeine fröhliche Stimmengewirr zu dämpfen und die Gläubigen zur Aufmerksamkeit zu mahnen, da der Gottesdienst noch nicht vorbei war. Doch niemand kümmerte sich mehr um ihn.

Mein Vater hatte die Augen bereits geöffnet, stand aber noch abseits der hungrigen Schlangen und harrte auf das wiedereinsetzende Gebet des Rabbiners. Gedankenverloren faltete er sorgfältig seinen Tallith zusammen, hob plötzlich den Kopf zu mir und ertappte mich. Er erschrak und ich auch. Augenblicklich war er wieder ganz mein Vater, wie ich ihn kannte, zurück aus dieser fernen Welt, in die er entschwunden war.

»Was machst du da? Wo ist deine Mutter?«, rief er zu mir herauf.

»Schon gegangen. Sie kommt die Treppen herunter«, schrie ich hinab.

»Dann komm du auch runter! Ich habe Hunger!«

Ich entschwand seinem Blickfeld, blieb aber noch eine Weile in der nahezu menschenleeren Synagoge sitzen und dachte über meinen Vater nach.

Die Schiffspassage

Anfang des 20. Jahrhunderts lebten meine Großeltern, die Eltern meines Vaters, als Händler in Yafo in Palästina. Eines Tages entschloss sich mein Großvater, in den Libanon auszuwandern. Er teilte diesen Entschluss meiner Großmutter mit, und sie folgte ihm mit zwei Kindern an der Hand und einem weiteren unter dem

Herzen: meinem Vater.
Beide Regionen gehörten damals zum Osmanischen Reich, aber mein Großvater war der felsenfesten Überzeugung, dass das Leben im Libanon einfacher sei. Nach vier Jahren, vier weiteren Kindern und drei Beduinen-Überfällen musste mein Großvater sich eingestehen, dass der Libanon kein Ort des Wohlstands war. Es gab keine Arbeit für ihn, er verdiente kein Geld, und er spielte sogar mit dem Gedanken, Jacó, seinen begabten 14-jährigen Sohn, von der Schule zu nehmen, um das Schulgeld zu sparen. Enttäuscht von der Vergangenheit und besorgt um die Zukunft, beschloss er, sein Glück woanders zu suchen, in der Neuen Welt, im fernen Amerika, von wo die fantastischsten Erfolgsgeschichten über den Ozean zu uns drangen. Es gelang ihm, Geld für eine Schiffspassage aufzutreiben, und er ließ seine Frau Sarah – meine Großmutter –, mit den sieben Kindern allein im Libanon zurück. Am letzten gemeinsamen Schabbat-Mahl segnete er jedes seiner Kinder und versprach ihnen, sie bald alle wieder in die Arme zu schließen.
»In Amerika ist das Leben anders. War es nicht dort, wo der große Rabbiner Isaac Abuhab da Fonseca im Jahre 1642 die erste Synagoge der Neuen Welt gegründet hat? Ein Rabbiner, der unseren Namen trug! Ein Mitglied unserer Familie! Und jetzt werde ich, Isaac Abuhab, ein Nachkomme des großen Isaac Abuhab da Fonseca, dessen Blut durch meine Adern fließt, dorthin zurückkehren. Sarah, der Kreis schließt sich! Dort werden wir glücklich sein.«
Drei Monate nach seiner Abreise kam die erste Geldsendung an. Es war nicht viel. Aber es war ein Lichtstrahl aus einer anderen Welt, und es nährte die Hoffnung auf eine bessere Zukunft. Das Geld kam mit einem Brief, verfasst von einem Schreiber. Jacó las vor:
»Liebe Frau und liebe Kinder. Mir geht es gut. Ich habe

eine Arbeit. Amerika ist groß. Der Ort, an dem das Schiff anlegte, heißt Brasilien. Es ist hier nicht so heiß, und es gibt viel Wasser, es regnet mindestens einmal in der Woche. Spart das Geld, das ich euch sende, um die Schiffspassagen zu kaufen. Gott beschütze Euch!«
Die Freude meiner Großmutter war so groß, dass sie nicht darauf achtete, was die Radios meldeten: Der Erste Weltkrieg hatte begonnen. Es kam kein Geld mehr, auch kein Brief oder sonst eine Nachricht. Meine Großmutter Sarah wartete tapfer und treu mit ihren sieben Kindern auf den Ehegatten, der sich auf diese abenteuerliche Reise begeben hatte.
»Er lebt«, versicherte sie hoffnungsvoll ihren Kindern und sich selbst.
Ein Jahr ohne eine Nachricht aus der Ferne verstrich, und die finanzielle Lage wurde beklemmend. Das Geld, das sie für die Schiffspassage aufbewahren sollte, war ausgegeben. Sie begann, Gegenstände und Möbel aus dem Haus zu verkaufen, kaufte von dem Erlös Lebensmittel und bezahlte das Schulgeld für Jacó. Dann hörte sie auf zu hoffen, kleidete sich in Schwarz, erfüllte die Trauerzeremonien und dachte an die Zukunft der Familie. Zwei Monate später starb ihr vierjähriger Sohn.
»Er ist vor Schreck gestorben«, pflegte meine Großmutter zu erzählen, wenn sie an seinem Todestag eine Kerze anzündete. »Als das französische Heer den Libanon besetzte, waren die Straßen voller französischer Soldaten. Sie waren nicht alle weiß wie wir, es gab auch einige Große, Kräftige mit wulstigen Lippen und breiter Nase. Und tiefschwarz. Auf der Straße hat der Kleine so einen Soldaten gesehen und konnte die Augen nicht mehr von ihm wenden. Der Schwarze kam auf ihn zu, und das arme Kind erschrak fürchterlich, geriet in Panik und heulte sich zu Tode.«
Kurz nach diesem Ereignis, das niemand aus der Umge-

bung verstand, starb ihr zweijähriger Sohn.
»Dieser starb an Wind!«
Meine Großmutter hatte den Fensterrahmen mit den Fensterläden verkaufen müssen, um den ersten Friedhofskredit abzubezahlen.
»In der Nacht kam ein heftiger Sturm auf, und er hatte kein Nachthemd, lag in der Zugluft und starb.«
Meine Großmutter rang sich zu dem Entschluss durch, dass es so nicht weitergehen könne. Die Kinder starben, der Krieg tobte. Sie nahm Jacó von der Schule und trug ihm auf, sich eine Arbeit zu suchen. Dank seiner Sprachkenntnisse in Englisch, Französisch und Arabisch fand er bald eine Anstellung als Übersetzer beim französischen Militär. Er verdiente Geld und rettete die Familie vor dem Hungertod. Eines Abends kehrte er mit einer Idee nach Hause zurück. »Mutter, die Soldaten laufen in schäbigen Lumpen herum! Wenn du Kleidung nähst, könnte ich sie verkaufen, und wir könnten noch ein bisschen Geld dazuverdienen.«
»Ich? Nähen? Ausgeschlossen!«
Dann bat sie einen arabischen Schneider aus der Nachbarschaft, ihr beizubringen, Hosen zu nähen, und griff zum ersten Mal in ihrem Leben zu Nadel und Faden und - als Erstes - zur Schere. Sie zerschnitt die letzten verbliebenenLaken, Decken und Vorhänge, um daran zu üben. Bald fühlte sie sich sicher und begann für die Soldaten zu nähen. Jeden Tag nähte und verkaufte sie eine Hose. Von dem Erlös kaufte sie das tägliche Essen. Am Samstag, am Schabbat, arbeitete sie nicht. Am Schabbat gab es aber auch nichts zu essen.
So gingen die Tage dahin, und vier Kriegsjahre lang nähte sie Hosen für die Soldaten. Sie klagte nie, nur immer an Jom Kippur war sie von ungewohnter Schweigsamkeit. Aber an diesem Jom Kippur, 1918, war sie von großer Unruhe erfüllt. Der Rabbiner setzte den Schofar an die

Lippen, und sie schloss die Augen. Als das Widderhorn ertönte, stieg das Bild ihres Mannes David vor ihren Augen auf. Erschrocken riss sie die Lider auf. Nach dieser Erscheinung entschloss sich meine Großmutter, den Tag in den Abend hinein zu verlängern und zwei Hosen am Tag zu schneidern. Damit verdiente sie das Geld für den berühmtesten Hellseher von Beirut. Der Seher bat meine Großmutter, die empfindsamste Person aus ihrer Familie mitzubringen. Sie nahm Jacó mit. Jacó wurde auf einen Schemel gesetzt. Vor ihm, auf einem Diwan thronte ein schmächtiger älterer Mann mit schütterem Haar, der den Blick auf ihn richtete.
»Konzentriere dich«, befahl der Seher.
Jacó schloss die Augen.
»Konzentrier dich mit geöffneten Augen.«
Jacó öffnete die Augen.
»Strecke deinen Arm aus und schau auf den Fingernagel an deinem rechten Daumen«, wies ihn der Alte an.
Nach einer Viertelstunde begann Jacós Daumen zu zittern.
Der Seher fragte ihn: »Siehst du etwas?«
»Ich sehe meinen Vater. Er sitzt auf der Decke, die er von zuhause mitgenommen hat.«
Der Seher blickte zu meiner Mutter hinüber, die die ganze Zeit über still in einer Ecke des Raumes saß.
»Er lebt!«
Dann wandte er sich erneut an Jacó. »Was tut er gerade?«
»Er sitzt da.«
»Jacó, frag deinen Vater, was er gerade tut. Stell deinem Vater ein paar Fragen, sag ihm aber, dass es keine Eile hat mit den Antworten. Was siehst du nun?«
»Er steht gerade vom Bett auf, geht zum Schrank … Jetzt hat er die Schranktür aufgemacht und holt ein Kästchen voll mit Zetteln heraus … Er zeigt sie mir gerade.«
Als meine Großmutter Sarah dies gehört hatte, ging sie

zum Hafen und suchte nach Reisenden, denen sie Botschaften nach Amerika, nach Brasilien, mitgeben wollte.
»Brasilien oder Amerika?«
»Brasilien in Amerika.«
»Nein. Entweder Brasilien oder Amerika.«
Meine Großmutter geriet ins Grübeln. Die Länder änderten sich so schnell. Yafo, der Ort, an dem sie geboren war, gehörte nun zu England. Der Libanon war jetzt französisch. Vielleicht war Brasilien ja ein Teil von Amerika und jetzt nach dem Krieg unabhängig … Ob es wohl so war?
»Brasilien!«, entschied meine Großmutter und diktierte Jacó eine Botschaft: »Wir sind auch noch am Leben! Der Krieg ist zu Ende. Wir kommen zu Dir nach Brasilien.«

Jamile

Eine aufregende Nachricht erreichte uns: Die Hochzeit meines Onkels in Rio stand bevor.
Meine Mutter hatte ihre Kindheit und Jugend in Rio verbracht. Als sie meinen Vater heiratete, folgte sie ihm nach São Paulo. Sie hatte nie Zeit noch Geduld gehabt, mir viel über ihre Familie zu erzählen, und ich wusste so gut wie nichts über sie, als ich ihnen zum ersten Mal begegnete.
Nun steckte sie mitten in den Vorbereitungen für die Reise nach Rio, die Stadt, die sie nach ihrer eigenen Hochzeit vor zwölf Jahren verlassen hatte. Zum ersten Mal würde sie in das Haus ihrer Kindheit zurückkehren. Mein Vater lehnte es ab, sich, wie er sagte, in ein so winziges Gehäuse voller Unordnung und voller Menschen

zu quetschen, und wollte erst ganz kurz vor der Hochzeit eintreffen.

Nach gut 400 Kilometern Wegstrecke und mehr als zehn Stunden Zugfahrt rollte die Dampflok zischend in den Bahnhof ein. Meine Mutter stand mit tränenden Augen am aufgerissenen Fenster und versuchte, unter all den Wartenden am Bahnsteig ihre Familie auszumachen. Eine Gruppe winkte uns zu. Meine Mutter stellte uns einander vor, mit weinenden Augen und lachendem Mund. Tanten und Cousinen jeglichen Alters, sodass ich nicht zählen konnte, wie viele sich dort auf dem Bahnsteig versammelt hatten und wie groß die Wohnung sein musste, um alle unter einem Dach zu beherbergen. Von den Männern waren nur zwei gekommen, deren Namen ich mir gut merken konnte: Einer war Onkel Viktor, der Bräutigam, und der andere war sein Bruder José, den ich nicht Onkel nennen wollte, da er kaum älter war als ich.

Das Sobrado, das sie bewohnten, war nicht groß und bot trotzdem Platz für tausend Dinge. Den meisten Platz beanspruchten allerdings die Nähmaschinen! Sie standen mitten im Wohnzimmer: vorn eine mit elektrischem Motor für meine Großmutter Jamile und dahinter die Maschinen mit Handkurbel, eine für jede der sieben Töchter. Tagsüber wachte meine Großmutter über die Nähmaschinen, nachts schlief sie daneben. Ihre Töchter fanden alle im größeren Schlafzimmer Platz, während mein Großvater David und zwei Söhne das kleinere Zimmer für sich beanspruchten. Morgens in aller Frühe ratterten Großmutters Nähmaschinen los, begleiteten unser Aufwachen und trieben jeden noch so schlaftrunkenen Träumer in das geschäftige Leben im Wohnzimmer, wo meine Großmutter Stich für Stich den Stoff durch die Nähmaschine gleiten ließ und sich unförmige

Stoffwülste unter ihren Händen in elegante Krawatten verwandelten. Von der Nähmaschine aus regierte sie das Haus, hier liefen die Fäden zusammen. Von dieser Kommandozentrale aus überwachte sie das fleißige Treiben ihrer Töchter, plante das Hochzeitsessen und fragte uns ein wenig aus, während ihre Hände unentwegt flink weiterarbeiteten, als ob Kopf und Hände zwei unabhängige Leben führten.

Mein Großvater David saß meist am Fenster des Wohnzimmers, das bis zum Boden reichte, und blickte teilnahmslos auf das Treiben auf der Rua Alfândega. Manchmal nickte er dabei ein. Er schien mit diesem Stuhl verwachsen zu sein und kehrte dem Treiben im Zimmer den Rücken zu. Wer arbeitete, das Geld verdiente und alle Entscheidungen traf, das war meine Großmutter. Das Frühstück fand im Wohnzimmer statt. Der Tisch diente für viele Verrichtungen: Dort wurden Krawatten zugeschnitten, Hausaufgaben gemacht, dort wurde das Geld gezählt, und nicht zuletzt wurde dort gegessen. Immer zwei aßen gleichzeitig, wuschen und trockneten die Teller ab, um sie für die nächsten zwei wieder auf den Tisch zurückzustellen.

Ich hatte es immer noch nicht geschafft, die Personen im Haushalt zu zählen, aber nach und nach wurden sie mir immer vertrauter. Alle Hände regten sich emsig. Mir wurde ein langer Drahtspieß mit einem Haken in die Hand gedrückt. Mit dem Spieß angelte ich nach dem spitz zulaufenden Ende einer halbfertigen Krawatte, zog es durch den Stoffschlauch und, fertig gewendet, hielt ich sie in den Händen. Als ich die Handgriffe beherrschte, lauschte ich den Gesprächen. Die Frauen erzählten sich zumeist schlüpfrige Witze, über die sie leise gluckston, oder sie empörten sich genüsslich über unerhörte

Geschichten, ohne sich auch nur im Geringsten darum zu scheren, dass mein Großvater im Raum war.
Meine Mutter plättete die Krawatten mit dem Kohlebügeleisen, und meine Tante Raquel verpackte sie in Zehnerbündeln in bunte Kartons. Die ersten Tage nach unserer Ankunft konnten wir kaum eine Minute verschnaufen. Der Hochzeitstag von Viktor und seiner Braut Margarida rückte immer näher, und meine Großmutter saß unentwegt inmitten der Krawatten und den Hochzeitsvorbereitungen. Der Hochzeitstag bedeutete nämlich einen Verlust für den hoch aufgetürmten Stapel an Krawattenschachteln. Für jede freie Minute mussten die Maschinen eine fleißige Minute länger rattern. Zwei Tage vor der Hochzeit bremste sie die Nähmaschine, marschierte hinüber zum Platz am Fenster und wies meinen Großvater an, alle Kinder einzusammeln und mit ihnen hinauszugehen. Just an diesem Tag war es mir gelungen, die Personen im Haus zu zählen: 18, mit uns, die in anderthalb Schlafzimmern und einem Wohnzimmer hausten, und selbst ich verstand, dass das zu viele Menschen für zu wenig Platz waren.

Meine Großmutter erwies meinem Großvater zwar den gebotenen Respekt – schließlich war er der Mann und damit das Oberhaupt des Hauses –, aber an solchen Momenten konnte sie ihn anherrschen.
»Das sind aber viele Kinder, Jamile, wohin soll ich denn mit denen gehen?«, stotterte mein überrumpelter Großvater.
»Keine Ahnung, geht spazieren. Nehmt die Straßenbahn und fahrt zum Strand.«
Er wagte nicht, ihr zu widersprechen, da er sah, wie nervös sie war. Vernehmlich aufseufzend erhob er sich aus seinem Stuhl. Dies war das erste Mal, dass ich ihn stehend im Haus gesehen habe. Er schlurfte mit langsa-

men, kleinen Schritten dahin, immer schien er müde zu sein. Wortlos griff er nach einer großen Wasserflasche, holte ein Glas und stopfte ein großes Stück Brot in eine Tüte. Er zählte die Kinder, denn unsere Namen konnte er sich nicht merken, und wir marschierten geschlossen los.

Mein Großvater hatte zehn Kinder bei sich: uns vier aus São Paulo, meinen Onkel in meinem Alter und meine Tanten, die drei Töchter von Raquel, der verwitweten Schwester meiner Mutter. Wir stiegen in eine Straßenbahn, die uns lange durch fremde Straßen fuhr. Mein Großvater nickte immer wieder ein, und wir fragten uns, ob er einschlief, weil der Strand so weit weg war, oder ob der Strand so weit weg war, weil der schlafende Großvater den richtigen Ausstieg verpasste. Endlich wachte er auf, und wir stiegen aus. Er ließ den müden Blick über die Straße wandern und sah sich um, als ob er keine Ahnung hätte, wo wir uns befanden. Wir liefen viele Runden zu Fuß und kamen immer wieder an den gleichen Orten vorbei. Er fragte niemanden nach dem Weg, und meine Cousinen flüsterten mir zu, dass er kein Portugiesisch spreche. Manchmal hielt er inne, wandte sich suchend an uns und fragte: »Wo gehen wir hin?«
Als ob er sich nicht daran erinnerte. Er kicherte dann vor sich hin, als hätte er eine Idee, und setzte den Fußmarsch fort. Alle lachten, wir fanden ihn sehr komisch. Nur ich fragte mich, ob er es absichtlich tat oder ob er an Vergesslichkeit litt.
Endlich fand der Marathon ein Ende, und wir erreichten den Strand. Die Jungs zogen gleich ihr Hemd aus und stoben ins Wasser. Die Mädchen streiften langsam ihre Kleider ab und musterten sich gegenseitig in ihren Badeanzügen. Sarah hatte einen gehäkelten Badeanzug an, den ihr die Cousinen geliehen hatten, sie hatte schon ein

wenig Busen. Doch ich … ich war nicht vorbereitet. Ich hatte keinen Badeanzug! Niemand hatte mich gefragt, ob ich einen Badeanzug bräuchte.
»Geh doch in der Unterhose«, schlug Sarah vor, »alle kleinen Mädchen baden doch in der Unterhose.«
Doch dafür schämte ich mich zu sehr vor meinen Cousins. Ich wurde wütend auf sie. Sie rannte zu den anderen und tobte mit ihnen in der Uferbrandung. Mein Großvater machte es sich im Sand im Schatten einer Palme gemütlich. Als er mich neben sich sitzen sah, fragte er:
»Und du? Wer bist du denn?«
»Jamile, die Tochter von Bida.«
»Jamile? Noch eine Jamile?«
»?«
»Gehst du nicht ins Wasser?«
»Nein.«
»Warum nicht?«
»Ich mag nicht ins Wasser gehen.«
»Hast du Angst?«
»Nein. Ich mag einfach nicht.«
»Nicht? Na gut, dann bleib hier, denn ich werde jetzt ein Nickerchen machen.«
Gleich darauf war mein Großvater eingeschlafen. Hin und wieder schreckte er aus dem Schlaf hoch, suchte mit den Augen die Umgebung ab, fragte mich, wo wir seien, und döste kurz darauf wieder ein.
Während mein Großvater friedlich vor sich hin schlummerte, saß ich auf dem heißen weißen Sand der Copacabana. Ich war eifersüchtig auf Sarah, die schon einen Busen hatte und die einen Badeanzug trug, und enttäuscht, weil mich alle behandelten wie ein kleines Kind.

Später am Nachmittag kamen sie vom Meer herauf und setzten sich neben meinen Großvater. Alle bibberten vor Kälte, ihre Haut war nass und salzig vom Wasser, von meiner perlte der Schweiß. Mein Großvater brach das Brot in zehn Stückchen und reichte die Flasche mit dem Wasser herum. Nachdem wir gegessen und getrunken hatten, wollte mein Großvater ein Foto von uns allen machen lassen. Alle hüpften vor Freude. Ich war so begeistert von der Idee, dass ich meinen Neid und meine Wut für einen Moment vergaß. Das war der letzte Schrei an der Copacabana: ein Foto am Strand. In dunklem Jackett mit Krawatte schleppten die Strandfotografen ihre schweren Apparate auf der Schulter über den Strand und suchten nach zahlendem Publikum. Wir stürmten los und winkten einen zu unserem Großvater heran. Obwohl er kaum Portugiesisch sprach, wollte er unbedingt einen günstigeren Preis aushandeln. Alle standen wir im Kreis um ihn, das Feilschen verfolgend und leise betend, dass es keinen Streit gebe. Nach bangen Minuten wurden sie handelseinig, und wir atmeten alle erleichtert auf.

Wir waren gerade dabei, den Anweisungen des Fotografen zu folgen, als mein Großvater plötzlich aufschrie:

»Du da, wie heißt du?«

»Jamile. Ich bin die Tochter von Bida«, antwortete ich erschrocken.

»Jamile, Tochter von Bida?«

»Ja!«

»Zieh dein Kleid aus. Alle in Badezeug und du im Kleid?«

»Ich habe keinen Badeanzug.«

»Dann bleib in der Unterhose, du bist doch noch so klein!«

Und jetzt? Alle Blicke waren auf mich gerichtet, und alle warteten darauf, dass ich mein Kleid auszog. Der ungeduldige Fotograf drängte zur Eile. Ich kämpfte mit den Tränen und schlüpfte aus dem Kleid. Da stand ich dann in der Unterhose und verschränkte die Arme, um meine Brust zu verdecken. Ich machte ein schmollendes Gesicht und schielte nach unten.

Der Fotograf schrie: »Lächeln, Läääächeln! Achtung: Eins, zwei, dreeeeeii!«
Und mit dieser Schnute war ich auf dem Foto verewigt.
Auf der Rückfahrt vom Strand suchte ich mir einen Platz weitab von den anderen. Sie alberten herum, aber mir war nicht nach Scherzen zumute, ich wollte mit niemandem sprechen. Mein Großvater setzte sich neben mich. Plötzlich drehte er sich mir zu und wollte wissen: »Wie heißt du denn?«
»Jamile«, antwortete ich, »die Tochter von Bida.«
»Jamile! Noch eine Jamile«, erstaunt blickte er mich an. »Weißt du, dass du deiner Großmutter Jamile wirklich ähnlich siehst!«
Bei diesen Worten huschte ein Lächeln über sein Gesicht, er senkte die Lider und schmiegte den Kopf wohlig an die Lehne. Aber er schlief nicht ein. Sein Blick ruhte auf meinem Gesicht, als suchte er die andere Jamile in mir. Seine Augen reisten zurück in die Vergangenheit, und nach einer Weile fing er an, mir in seinem radebrechenden Portugiesisch mit arabischen Einsprengseln von meiner Großmutter Jamile zu erzählen. Er berichtete vergnügt, was für eine gescheite Frau sie sei, dass sie Hebräisch gelernt hatte und sie sogar in beiden Sprachen lesen und schreiben konnte.

Meine Großmutter stammte aus einer sehr gebildeten Familie mit vornehm blassem Teint, die nicht unter den sengenden Strahlen der Sonne auf den Feldern buckeln musste. Eine Familie im Libanon, die selbst Töchter zur Schule schickte. Doch Jamile war nicht nur gebildet, sondern zudem versiert in praktischen Dingen: Die Familie finanzierte ihr einen Schnitt- und Schneiderkurs.

Eines Tages, sie war damals 16 Jahre alt, begegnete sie meinem Großvater David, der ihr auf dem Nachhau-

seweg zulächelte. David hatte grüne Augen, groß und schön, die aus seinem sonnengebräunten schmalen Gesicht herausleuchteten, als er sie anlächelte. Sie erwiderte sein Lächeln und betrat das Haus. Er erzählte mir, dass sein Lächeln sie wohl verzaubert habe. Von diesem Tag an passte er sie immer an derselben Stelle auf dem Heimweg von der Schule ab und band sie durch seine blitzenden Augen an sich. Zwei Wochen lang gingen das Lächeln und die Verheißung der Blicke hin und her, bis er es wagte, sich ihr zu nähern. Sie verliebten sich sofort ineinander. Mein Großvater David suchte nun Jamiles Vater auf, meinen Urgroßvater, der ebenfalls David hieß, und hielt um Jamiles Hand an. Doch David, der Vater, der bereits Erkundigungen über David, den Verehrer, eingezogen hatte, als dieser ums Haus geschlichen war, lehnte das Ansinnen mit der Begründung ab, der Verliebte sei viel zu ungebildet und armselig für seine Tochter. »Du kannst ja nicht einmal lesen und schreiben! Und du willst eine Frau heiraten, die mehr kann als du? Ist die Frau gebildeter als der Mann, ist die Ehe von vornherein zum Scheitern verurteilt!«
Mein Großvater war zu verliebt, um diese Kränkung gelten zu lassen: »Ich kann nicht lesen und schreiben, das stimmt. Aber ich bin kein Dummkopf! Ich beherrsche alle Zahlen und bin gut im Kopfrechnen! Das muss man können, wenn man eine Familie ernähren will.«

Mein Urgroßvater schenkte ihm kein Gehör. Es kam ihm nicht in den Sinn, seine Tochter an diesen Analphabeten zu verschwenden. Konnte der eine nicht nachgeben, wollte der andere nicht aufgeben. Ja, lesen kann ich nicht, aber ein Esel bin ich auch nicht, dachte mein Großvater im Stillen. Er wartete ab, bis Jamiles Vater das Haus verließ, ging dorthin und rief leise nach ihr. Er lockte meine Großmutter bis zum Tor, unterhielt sich durch die Eisenstäbe mit ihr und ließ sie noch verliebter zurück. Wenig später überreichte er ihr durch das Gitter ein Geschenk, das sie annahm, und er bat zwei Leute, die gerade vorbeikamen, als Zeugen dazu. Von dieser Stunde an galten die beiden nach alter Sitte als verheiratet.

Mein Großvater blinzelte verschmitzt und versicherte mir erneut, dass er zwar keine Schule besucht habe, dass er aber nicht dumm sei: Er kannte die jüdischen Riten und Gebräuche sehr gut und wusste, dass, wenn sie ein Geschenk von ihm vor zwei Zeugen annähme, es keinen Rabbiner brauchte, damit die Heirat vollzogen sei. Meine Großmutter nahm dann meinen Großvater an der Hand und ging mit ihm ins Haus, wo sie beide auf den Vater warteten.

Als Jamiles Vater zurückkam, sah er die beiden im Wohnzimmer sitzen und verstand nicht, was vor sich ging. Die Nachricht ließ ihn erbleichen, langsam ließ er sich auf einen Stuhl sinken und hörte schweigend zu, was für Pläne sein neuer Schwiegersohn hatte. »Wir werden nach Brasilien gehen. Das ist das Land der Zukunft. Dort werden wir reich sein.«

»Warum Brasilien?«

»Weil alle, die nach Brasilien gehen, reich werden.«

»Reich wird nur, wer viel weiß, viel kann und viel arbeitet.«

»Wir sind verheiratet. Ich brauche eine Mitgift.«

Daraufhin schwieg mein Urgroßvater lange, dann beglückwünschte er seinen neuen Schwiegersohn und übergab den beiden genügend Geld für zwei Schiffspassagen und eine Nähmaschine. Dann sprach der Vater zu seiner Tochter, meiner Großmutter Jamile: »Achte ihn und gehorche ihm.« Und fügte mit bitterer Miene hinzu: »Auch wenn er weder lesen noch schreiben kann. Er ist nun dein Mann.«

Mein Großvater konnte sich gut an alles erinnern, was sich damals im Libanon zugetragen hatte, dafür vergaß er stets das, was sich einige Tage oder seinige Minuten zuvor ereignet hatte. Ich sah meine Großmutter Jamile vor mir, die sich in David mit den leuchtenden Augen und der schimmernden Haut verliebt hatte, der nun tagsüber im Sessel saß, während sie über die Nähmaschine gebeugt war. Es gab keine Bücher in ihrem Haus. Ob sie ihn noch immer liebte oder ihn respektierte, weil dies der Auftrag ihres Vaters war? Es gab Dinge, die ich nie erfahren würde. Ich schaute meinen Großvater an, der neben mir eingeschlummert war und vermutlich schon beim Aufwachen wieder vergessen haben würde, was er mir erzählt hatte. Lange betrachtete ich ihn so, während die Straßenbahn weiter tuckerte und sich auf den Schienen vorwärts durch die belebten Straßen schlängelte.

Mikwe vor der Hochzeit

Dank der Cousinen, die sich an die Haltestelle erinnerten, an der wir eingestiegen waren, verlief der Rückweg glimpflich. Mein Großvater war sehr schläfrig, und wir konnten ihn kaum wachrütteln, als wir uns der Rua Alfândega näherten. Ich glaube, der Strandbesuch hatte Großvater sehr angestrengt. Wir beeilten uns, nach Hause zu kommen, denn um vier Uhr sollte die Mikwe beginnen. Kurz vor vier kamen wir zu Hause an. Die Gesichter der Daheimgebliebenen waren ernst, niemand sagte etwas, nicht einmal ein Augenzwinkern begrüßte uns. Die Füße wippten im Takt auf dem Fußpedal, und das surrende Auf und Ab der Nadeln machte mich

schwindlig. Den Näherinnen blieb noch eine knappe halbe Stunde, um das nötige Krawattenkontingent zu fertigen, damit während der Mikwe und am Hochzeitstag keiner arbeiten musste.
Nun trafen kleine Grüppchen von zwei oder drei Frauen ein. Sie erklommen die Stiege, zwängten sich in den spärlichen Platz zwischen den Nähmaschinen und füllten den Raum mit ihren fröhlichen Stimmen und mit ausgelassenem Lachen. Ich drängte mich durch die aufgeregten Besucher, um herauszufinden, warum sie schon jetzt da waren, wo doch die Hochzeit erst morgen stattfand.
Ich flüchtete in den ruhigen Hof und ließ den Blick über das Haus meiner Großmutter schweifen. Der Boden im Hof war aus gestampfter Erde und von vier Mauern umsäumt. In der Eingangsmauer war das Tor zur Straße, eine gemauerte Treppe führte zu den oberen Räumen. Niedrige Seitenmauern trennten die Nachbarhöfe ab. Zwei Wäscheleinen waren quer über den Hof gespannt, an denen schmale weiße Handtücher hingen. Wie sollte man sich damit abtrocknen können?
An der gegenüberliegenden Ecke vom Eingangstor war in die Mauer eine kleine Tür eingelassen, die zu einem winzigen Bad führte. In den Boden war ein Holzgitter eingelassen; dies war die Stelle, an der geduscht wurde. Am Eingang zum Bad stand auf einem wackeligen Tischchen ein Gaskocher, der auf kleiner Flamme brannte und der Wasser in einem blechernen Ölkanister erhitzte. Daneben stand der kleine Krug, der dazu diente, das Wasser beim Baden über sich zu schütten und nach den religiösen Geboten die Hände zu waschen.
Genau in der Mitte des Hofes befand sich die Wasserpumpe. Ich konnte nicht herausfinden, ob es im Haus keine Wasserleitung gab, weil Rio de Janeiro nicht so fortschrittlich war wie São Paulo oder weil die Familie so arm war. Wasser wurde mühsam aus diesem Brunnen

gepumpt. Doch meine Großmutter beklagte sich nie wegen des fehlenden fließenden Wassers. Sie beklagte sich in ihrem Leben nur über zwei Dinge: über die Feuchtigkeit in Rio und über meinen lethargischen Großvater, der nicht arbeiten wollte.

Meine Gedanken wurden vom Quietschen des Eisentores unterbrochen, durch das ein junges, hübsches Mädchen von etwa 16 Jahren hereintrat. Es schaute mich neugierig an, und auch ich sah die Unbekannte unverwandt an, doch bevor wir irgendetwas sagen konnten, stürmten die Frauen freudig erregt die Treppe herunter. Sie schlugen die Hände über dem Kopf zusammen, stießen den trillernden Schrei der arabischen Frauen aus, die als Ausdruck der Freude die Zunge im Mund hin und her schnellen ließen. Das Lärmen der Nähmaschinen verstummte, und die vielen Tanten und Cousinen füllten nun den Hof. Da schoss eine dieser dicken Tanten mit ausgebreiteten Armen und gespitzten Lippen auf mich zu. Aber ich war schneller als sie. Als ob ich große Sehnsucht nach ihr gehabt hätte, umschlang ich ihre Beine mit meinen dünnen Armen und entwischte so ihren Küssen, bevor ich in die andere Ecke des Hofes flüchtete. Dort, neben der Badezimmertür, stand das 16-jährige Mädchen, Margarida, die Braut. Sie zog sich gerade aus und überreichte jedes einzelne Kleidungsstück einer anderen Frau. Würde sie sich jetzt etwa duschen? Warum ging sie nicht in das Bad und schloss die Tür hinter sich?
Ich suchte meine Schwester und zupfte sie am Ärmel. »Sarah, warum zieht sie sich vor allen Leuten aus?«
»Das ist die Mikwe!«, flüsterte Sarah mir ins Ohr. »Es kommt niemand von ihrer Familie, weil sie gegen diese Hochzeit sind, sie mögen Onkel Viktor nicht. Großmutter Jamile wird die Hochzeit ganz allein ausrichten.«
Ich dachte sofort an die Geschichte, die mein Großvater

David mir über seine eigene Hochzeit erzählt hatte. Ob wohl immer ein Teil der Familie nicht mit der Hochzeit einverstanden war?
Mir blieb jedoch nicht viel Zeit, darüber nachzudenken, denn auf einmal stand das Mädchen splitternackt im Hof. Über die Mikwe wusste ich nur so viel, dass es ein traditionelles Bad mit Regenwasser war, das jede jüdische Frau vor der Hochzeit nehmen musste. Das hatte ich aufgeschnappt von der Geschichte von Latifes Bad im Fluss Tiête. Ich wollte wissen, ob das Wasser der Pumpe im Hof auch Regenwasser war.
»Jamile, hast du schon einmal Wasser gesehen, das nicht vom Regen kommt? Alles Wasser ist irgendwann einmal vom Regen gekommen ...«
Das stimmte. Wieso wusste ich so etwas Einfaches nicht? Nach dieser Antwort stellte ich keine weiteren Fragen mehr. Nicht einmal, wann meine Großmutter Jamile die Mikwe gemacht hatte, wenn ihre Hochzeit sich doch am Gartentor vollzogen hatte.

Gebannt schaute ich auf die unbekleidete Margarida. Sarah stand neben mir und betrachtete sie mit offenem Mund. Die Braut begann sich mitten unter all den anderen Frauen die Haare zu kämmen, die Fingernägel zu schneiden und mit dem Krug Wasser aus dem Ölkanister über sich zu gießen. Dann kam das Einseifen. Sie reichte den Schwamm mit Seife zuerst meiner Großmutter, die sie zu schrubben begann, um dann den Schwamm reihum weiterzureichen. Jede der Frauen musste einen Körperteil einseifen: eine die Hände, eine andere ein Bein und so fort. Sie rubbelten, lachten und schrien, schnalzten mit der Zunge: Lá lá lá lá lá lá lá! Und alle antworteten mit einem fröhlichen Lá Lá Lá Lá Lá! Und ich ... ich hatte noch nie irgendjemanden nackt gesehen! Weder Frau noch Mann. Nicht einmal meine Schwester. Auch

hatte ich mich noch nie nackt im Spiegel betrachtet, da unser einziger Spiegel an der Innenseite der Schranktür meines Vaters angebracht war.
Margarida verschwand nun im Bad und zeigte sich darauf zuerst in einem Morgenmantel, dann in einem Nachthemd, einem Unterrock und so fort, bis sie alle Kleidung ihrer Mitgift, die die Frauen als Geschenk mitgebracht hatten, anprobiert hatte. Ich war fassungslos. Auch Sarah war schockiert und machte keinen Hehl daraus. Sie raunte mir zu, dass sie erst heiraten würde, wenn all diese alten Schachteln tot wären.
»Ich würde mich nie nackt vor der ganzen Welt ausziehen! Und schon gar nicht vor diesen dicken, kreischenden Weibern!«

In der folgenden Nacht fand ich kaum Schlaf. Die Frauen hantierten bis spät in die Nacht in der Küche herum, sie kochten, würzten, brieten das Hochzeitsessen: Taboulé und gebratenes Kibeeh, Humus, gefüllte Weinblätter, Reis mit Mandeln, Kartoffeln, Mahshi, gefüllten Kohl, eingelegte Paprika, Zwiebeln und Gurken und als Nachtisch karamellisiertes syrisches Zuckerwerk aus getrockneten Aprikosen, Nüssen und Pistazien. Diese Köstlichkeiten gab es nur zu ganz besonderen Anlässen. Keiner durfte davon probieren, denn wir waren 18 Personen, und wenn jeder auch nur ein bisschen davon naschte, bliebe für die Hochzeit nichts mehr übrig. Bevor die fleißigen Frauen sich endlich auch schlafen legen konnten, rollten sie sich noch Lockenwickler in die Haare, um am nächsten Tag schön zu sein. Meine Großmutter und zwei meiner älteren Tanten schliefen diese Nacht allerdings im Sitzen, um das Haargebilde nicht zu gefährden.

Die Zeremonie am folgenden Tag fand ebenfalls bei uns im Hinterhof statt. Die Handtücher wurden abgehängt und die Wäscheleinen eingezogen. An den Wänden lehnten aus der Nachbarschaft ausgeliehene Stühle. Als der Rabbiner kam, eilte meine Mutter die Stiege hoch, um es Margarida, die oben wartete, anzukündigen. Onkel Viktor begrüßte den Rabbiner und geleitete ihn zu einem freien Stuhl im Kreis der wartenden Männer im Hof. Der Rabbiner zog die Ketuba, den Ehevertrag, aus seiner Tasche und begann laut vorzulesen. Ich stellte mich ganz nah zu ihm: Ich konnte alles hören, aber ich verstand nichts. Alles war auf Hebräisch.

Nach der Lesung unterzeichnete jeder der anwesenden Männer die Ketuba, und sie schüttelten einander die Hand. Der Rabbiner drehte sich um und sah, dass ich genau hinter seinem Stuhl stand. Ich erschrak. Er fasste mich am Arm und wies mich an, der Braut Bescheid zu geben, dass sie nun herunterkommen könne.
Ich flog die Stufen hoch und überbrachte die Botschaft. Unten im Hof entfalteten vier Männer einen Tallith, um die Chuppa zu machen, unter die sich der Rabbiner, mein Großvater David und Onkel Viktor stellten. Großmutter führte die Braut nach unten. Jeder Schritt wurde von den Trillern der jubelnden Frauen begleitet, bis Margarida im Klangrausch der hochgestimmten Frauen in den Hof gekommen war.

Meine Großmutter und die Braut an ihrer Hand gingen sieben Mal um den Bräutigam herum. Die Braut blieb vor ihm stehen, und er schlug sacht den Schleier vor ihrem Gesicht zurück und gab ihr einen Schluck Wein zu trinken. Dann zog er einen Ring hervor und streifte ihn ihr über den Zeigefinger. Für ihn, den Mann, gab es keinen Ring. Er segnete sie, indem er das Gebet, das der Rabbiner gesprochen hatte, vor ihr wiederholte. Der Rabbiner griff nach einem kristallenen Glas, zeigte es dem Brautpaar und allen Geladenen und verkündete laut, dass sich ein getrautes Paar ein Leben lang an die Zerstörung des Tempels in Jerusalem erinnern müsse. Noch während er dies sprach, wickelte er das Glas in ein Tuch und legte es vorsichtig auf den Boden. Onkel Viktor hob sein schmales Bein und trat kräftig aus das Glas, sodass es zerbrach. Das knirschende Zersplittern war in dem Jubel der trillernden Frauen und den freudigen Stimmen der Männer kaum zu hören. Massel Tov! Der Glückwunsch an das Brautpaar flog von Mund zu Mund.

Nun wurden die Tabletts mit den Speisen herbeigetragen, und die Gäste bedienten sich von den Leckerbissen auf den festlich angerichteten Platten. Wir stürzten uns auf das Essen. Alles schmeckte köstlich. Die Frauen rannten mit Stapeln schmutziger Teller und mit Wassereimern die Stiege hoch und kamen mit frisch gespülten und gefüllten Tellern wieder herab. Die Männer blieben unten sitzen und leisteten dem Rabbiner Gesellschaft.
Mein Vater, der kurz vor der Zeremonie angekommen war, hatte sich oben hingelegt, um sich von den Strapazen der Reise zu erholen. Morgen in der Frühe würde er wieder abreisen. Und wir, die Kinderschar, wurden wieder einmal auf die Straße geschickt, weil im Haus zu wenig Platz war.
Meine Mutter wirkte sehr gelöst; so glücklich kannten wir sie nicht. Sie unterhielt sich, lachte viel, lief beschwingt auf und ab, half gut gelaunt mit, als wäre die Hausarbeit hier irgendwie anders als zu Hause. Mit meiner zufriedenen Mutter fühlte ich mich leicht, frei und glücklich, und ich vergaß an diesem Tag selbst die Anwesenheit meines Vaters.

Servietten

Daran, wie und wann ich an diesem Tag ins Bett kam, erinnere ich mich nicht mehr. Benommen wachte ich am nächsten Morgen auf und fand mich allein im Zimmer. Ganz leise betrat ich das Wohnzimmer, niemand achtete auf mich. Die Frauen arbeiteten bereits mit Volldampf. Ich hatte Hunger. Auf dem Tisch bot sich mir ein Stillleben aus Geschirr, Brot, Krumen und einer Butterdose mit einem fettigen Messer. Ich setzte mich an den Tisch und wartete darauf, dass mir jemand ein Frühstück anbot. Doch niemand blickte von der Nähmaschine auf.

Mein Cousin José, der Kleinste von allen, kam herein, um anzukündigen, dass die Kinder auf den Markt gingen, um den Fisch zu kaufen.
»José, hast du schon Wasser gepumpt?«, fragte ihn meine Großmutter. »Geh doch bitte pumpen. Lass es mich bitte nicht noch einmal sagen.«
José war das Nesthäkchen, gelegentlich pumpte er Wasser, doch meistens tat er nichts. Er war verwöhnt und faul, verbrachte die meiste Zeit mit Witze erzählen und entlockte den Schwestern auch in schweren Zeiten ein Lächeln und ein kleines Taschengeld. Ich war so hungrig, dass mir der Magen knurrte. Pfeifend ging ich um den Tisch herum, starrte auf das Brot und blickte dann anklagend zu meiner Großmutter. Doch niemand sah mich, niemand bemerkte mich; meine Mutter war nicht da. Ich stand allein gegen sieben Nähmaschinen. Meine Tanten wirkten müde. Sie hatten wohl die ganze Nacht aufgeräumt; von der Hochzeit waren keine Spuren mehr zu sehen. Und meine Mutter? Wo steckte meine Mutter? Wem konnte ich sagen, dass ich Hunger hatte? In diesem Moment bemerkte mich zum Glück meine Großmutter.

Da erhob sich auch Raquel, deckte den Frühstückstisch ab und wischte mit einem Lappen die Brotkrumen zusammen. Ich steckte eine Krume in den Mund und blickte sie an wie ein hungriger Hund.
»Jamile, hast du Hunger? Hast du noch nicht gefrühstückt?«
Endlich die lang ersehnte Frage.
»Nein!«
»Dann setz dich hierher, ich bereite dir etwas zu. Warum hast du nichts gesagt?«
Warum habe ich nichts gesagt? Ich wusste es nicht.
Hungrig aß ich das Brot, das sie mir brachte.
Auf einmal war ein leises »He« zu hören. Ich schaute mich um, doch ich sah niemanden außer meinen Tanten und meinen Cousinen mit ihren Krawatten in dem einlullenden Gesang der Nähmaschinen.
»He.«
Da war es wieder. Ich stand auf und entdeckte José unten an der Treppe. Er winkte mir zu. »Komm runter!«, zischelte er.
»I-c-h?«, formte ich geräuschlos mit dem Mund und zeigte auf mich.
»Nein, meine Oma.« José verdrehte die Augen. »Natürlich du. Komm runter!«
Mein Cousin war sehr hübsch. Er war elf Jahre alt, vier Jahre älter als ich. Alle Frauen respektierten ihn, als wäre er bereits ein gestandener Mann. Er hatte die strenge Schönheit eines Orientalen und das Benehmen eines Brasilianers, der den Frauen schöne Augen macht, nie mit einem Lächeln geizt, mit den Augen zwinkert und sich geschmeidig bewegt. Jedes Mal verspürte ich ein flaues Gefühl im Magen, sobald sein Blick mich streifte. Sobald er sein Lächeln zeigte, sprudelte mein Blut aus den normalen Bahnen, schoss durch den Kopf, und meine Wangen wurden rot und heiß. Dann strömte es in

meinen Bauch zurück, sodass ich erzitterte. Ich wurde verlegen, wenn sein Blick mich streifte. Wenn ich seine Stimme hörte, wurde mir schwindelig.
Warum lockte José mich so geheimnisvoll nach unten? Zögernd stieg ich die Stufen hinab. Als ich unten war, nahm er meine Hand, zog mich von der Treppe weg, näherte seine Lippen meinem Ohr und flüsterte mir zu: »Wenn du das Wasser für mich heraufpumpst, gebe ich dir was Süßes.«
Ich bekam Gänsehaut von seinem heißen Atem an meinem Ohr.
»Was ist? Hast du einen Geist gesehen?«, unterbrach er mein verdutztes Schweigen. »Willst du jetzt was Süßes oder nicht?«
Ich holte den Eimer aus der Ecke des Hofes, stellte ihn unter die Wasserpumpe und begann kräftig zu pumpen. Ich war es gewohnt zu arbeiten. Das Wasser floss langsam heraus, so langsam, wie ich manchmal von Begriff war.
Ich füllte den Eimer randvoll und goss das Wasser in den Vorratstank im Badezimmer. Acht Mal wiederholte ich diesen Vorgang, da der Eimer sehr klein war. Dann füllte ich die beiden anderen Behälter für die Küche und einen für den Waschzuber. José saß da, faul wie sein Vater, die schönen Augen triumphierend auf mich gerichtet.
»Fertig!«, gab ich ihm Bescheid und schöpfte Mut.
»Willst du was Süßes? Dann gehen wir.«
»Warte, ich muss erst meine Mutter fragen.«
»Deine Mutter ist nicht da, sie ist mit Viktor und Margarida auf Hochzeitsreise gefahren.«
»Was? Wann kommen sie wieder?«
»Keine Ahnung, aber ich glaube, in drei Tagen. In drei Tagen muss Viktor jedenfalls wieder zur Arbeit.«
Ich wusste nicht, was ich denken sollte. Eigentlich hätte ich traurig über die Abwesenheit meiner Mutter

sein sollen, aber stattdessen stieg eine große Freude in mir auf. Drei Tage ohne meine Eltern – ein unerklärliches Glücksgefühl. Ich begann zu strahlen.

José gab mir die Hand, und wir rannten händchenhaltend durch die Straßen. Hier gab es keine Geschäfte wie bei uns in São Paulo, sondern lauter Gassen voller Krämerläden mit Süßwaren, arabischen Gewürzen und mit Stoffen. Diese waren auf großen Papprollen aufgewickelt, die neben dem Eingang standen wie Zinnsoldaten. Vor den Läden posierten die Händler, die sich lauthals schreiend mit denen von gegenüber verständigten.

»Sie schreien nicht, sie unterhalten sich«, erklärte mein Cousin, der Arabisch verstand.

Die Rua Senhor dos Passos gehörte den Arabern, Juden und Muslimen; nur eine Minderheit waren Christen. Die Läden waren winzig klein und vollgestopft mit Waren, die auf der Straße feilgeboten wurden und die die Passanten behinderten. Wir betraten den ersten Laden, und José kaufte mir eine syrische Süßigkeit, süß und klebrig, in tropfendes Zuckerwasser getunkt. Wir aßen sie aus der Hand, Kinder bekamen keine Serviette. Es schmeckte himmlisch, noch viel besser als die selbst gemachten meiner Mutter. Aber leider war der Genuss viel zu schnell vorbei, die Stückchen waren winzig. Ich schleckte mir alle Finger und die Handfläche ab und wünschte mir die raue Zunge einer Katze, um auch noch die allerkleinsten Zuckerkrümel zu erwischen.

»Jamile, gefällt dir der Stoff da?«, wandte sich José an mich und fuhr mit der Hand über den ausgebreiteten Stoff vor dem Laden.

»Er ist schön.«

»Nicht nur schön. Er ist auch weich. Fühl mal, was für ein seidenweicher Stoff!«

Lächelnd erklärte mir mein Cousin den Unterschied zwischen Baumwolle, Leinen, Flanell und Samt. Ich be-

fühlte alle Stoffe, wischte mir die klebrigen Hände sauber und lachte mit ihm. »So schöne Stoffe!«
Mit sauberen Händen und voller Angst vor dem Geschäftsinhaber schlichen wir uns davon, bis wir in die Rua Alfândega einbogen. Von dort aus rannten wir nach Hause, wir prusteten vor Lachen. An den folgenden Tagen wiederholte sich dieses Spiel. Morgens rief er mich augenzwinkernd zu sich und deutete auf den Eimer. Ich versuchte unbemerkt den Blicken meiner Brüder zu entkommen und sprang erwartungsvoll in den Hof. Freudig pumpte ich Wasser und füllte alle Gefäße des Hauses. Er blieb sitzen und schaute mir zu. War die Arbeit beendet, rannten wir zur Straße der arabischen Geschäfte. Jeden Tag probierte ich eine neue Süßigkeit und eine andersfarbige und anders gewebte Serviette.

Das Telegramm

Drei Tage verbrachte ich in einer anderen Welt. Ohne meine Mutter auch nur einmal zu vermissen. Die kehrte vergnügt und in Erzähllaune zurück. Margarida, die Jungvermählte, setzte sich still in eine Ecke, betrachtete prüfend ihre Nägel und strich sich hin und wieder gedankenverloren durch die Haare.
»Bida«, meine Großmutter streckte meiner Mutter einen Umschlag entgegen, »da ist ein Telegramm für dich gekommen. Gestern schon.«
»Für Viktor?«
»Nein, für dich.«
»Für mich?«, lachte meine Mutter fröhlich auf. »Ich bin zwar mit in die Flitterwochen gefahren, aber ich bin

nicht die Braut!«
Das Telegramm war von meinem Vater. Meine Mutter ließ sich auf einen Stuhl fallen und begann zu lesen. Alle schauten neugierig auf sie. Die Freude erlosch aus ihrem Gesicht, ihr Lächeln erstarb, und sie verstummte. Lange starrte sie auf das Stück Papier, auf dem nur ein Satz stand. Sie konnte nur mühsam lesen, da sie kaum die Schule besucht hatte. Hilflos blickte sie um sich.
»Isaac, lies das bitte.«
Ich verstand nicht, warum sie ihn herbeirief, wo ich doch gleich neben ihr saß und für das erste Schuljahr schon sehr gut lesen konnte!
»Entweder du kommst jetzt zurück oder nie mehr«, las mein Bruder laut vor und wandte sich zu ihr: »Vater möchte, dass Sie zurückkommen.«
Wortlos verharrte meine Mutter auf dem Stuhl. Erschrockene Blicke waren auf sie gerichtet.
»Lasst uns die Sachen packen, wir fahren jetzt nach Hause«, befahl uns mein Bruder und schritt entschlossen aus dem Zimmer.
Meine Mutter blieb sitzen. Ob sie wohl Pläne schmiedete, ganz hier zu bleiben und nie wieder nach Hause zurückzukehren?
Ganz langsam erhob sie sich, während Großmutter ihr auf Arabisch etwas ins Ohr flüsterte. Obwohl wir kein Arabisch verstanden, konnten wir ahnen, was sie sagte. Schließlich lebte ja schon meine Tante Raquel, die verwitwete älteste Tochter, seit dem Tod des Ehemannes mit ihren drei Mädchen im Haus der Eltern. Wie sollte es da noch Platz für meine Mutter mit uns vier Kindern geben! Noch dazu war sie ja nicht einmal Witwe geworden. Im Gegenteil, mein Vater schien lebendiger denn je zu sein! Was würden die anderen sagen?
Meine Mutter faltete das Telegramm zusammen und steckte es in ihren Büstenhalter. Wortlos packten wir un-

sere Taschen. Es war ein stürmischer Tag. Die Blätter der Bäume wirbelten durch die Straße. Wir verabschiedeten uns vor dem Haus. Meine Mutter umarmte alle weinend. Auf dem Weg zum Bahnhof begleitete uns niemand. Der Bahnhof war voller Menschen, genau wie der Zug. Sobald sich die Türen öffneten, drängten die Menschen hinein, um einen Sitzplatz zu ergattern. Ich versuchte, durch das trübe Glas des Zugfensters einen letzten Blick auf Rio de Janeiro zu erhaschen, und verabschiedete mich von meinen ersten Ferien, von dem schönen José und vom Gefühl der Freiheit.

Als wir die Zugtüren in São Paulo öffneten, schlug uns eine Welle kalter Luft entgegen. Unwillkürlich zuckte ich zusammen. Der Abendhimmel über der Stadt war fahl, und ich fühlte schon jetzt Sehnsucht nach dem azurblauen Rio. Meine Mutter schwieg den ganzen langen Weg vom Bahnhof bis nach Hause. Das Haus war dreckig. In der Küche surrten Fliegen über den klebrigen Essensresten auf dem Herd. Die Böden waren staubig, im Flur türmte sich die Schmutzwäsche. Als wir die Tür zum Wohnzimmer öffneten, lag mein Vater im Unterhemd auf dem Sofa. Er stand auf und gab uns Kindern einen Kuss. Meine Mutter begrüßte er mit dem Vorwurf: »Ich habe kein einziges gebügeltes Hemd mehr. Schau nur, wie ich heute zur Arbeit gehen musste!«
Meine Mutter sah den Zustand des Hauses und den Blick meines Vaters. Sie band sich die Schürze um und fragte ihn: »War Safira heute nicht hier?«
»Sie kann weder Ordnung halten noch Wäsche waschen.«
Seltsam. Meine Tante schaffte es nicht aufzuräumen und kümmerte sich nicht um die Wäsche? Sie wohnte zwar weit weg, wollte aber trotzdem einmal in der Woche zum Putzen und Kochen vorbeikommen. War sie vielleicht

Schuld an diesem Telegramm und an unserer überstürzten Rückreise? Meine Brüder warfen die Koffer und Taschen einfach in den Flur und legten sich schlafen, meine Mutter füllte schon den Waschzuber mit Wasser, um die Hemden meines Vaters einzuweichen, und Sarah packte die Koffer aus. Erschöpft von der langen Reise, bat ich darum, ins Bett gehen zu dürfen. Sarah protestierte, sie sei schließlich auch müde. Daraufhin spritzte ich mir kaltes Wasser ins Gesicht und half mit, die frischen und die schmutzigen Kleidungsstücke aus den Taschen zu klauben und die Koffer zu verstauen. Dann konnten wir beide uns endlich auch schlafen legen. Meine Mutter tat mir sehr leid, sie würde die ganze Hausarbeit sicherlich nicht bis morgen aufschieben. Aber ich musste einfach schlafen. Und so war es dann auch: Der Schlaf übermannte mich, sobald ich unter die Decke gekrochen war.

Wirre Träume quälten mich in der Nacht. Alles zog an mir vorbei: Rio, São Paulo, der volle Zug, die kreischenden arabischen Frauen, dick, mit Schweißflecken unter den Armen, Margarida, die in der Mikwe abgeschrubbt wurde, ich, die die Hände heimlich an den Stoffen abwischte und davonjagte. Mein Foto am Strand ohne Kleid, meine Großmutter Jamile, die den Mut gehabt hatte, heimlich zu heiraten, mein lustiger Großvater, der immer alles vergaß. Meine weinende Mutter, mein schreiender Vater. Meine Mutter, noch lauter aufschluchzend. Meine Mutter weinte ohne Unterlass, und mein Vater schrie und schrie. Erschrocken riss ich die Augen auf. Es musste gegen Mitternacht gewesen sein. Mein Vater brüllte. Dazwischen die heisere Stimme meiner Mutter.

Benommen richtete ich mich auf. Mein Herz klopfte: Ich kannte diese Streitereien schon, sie waren Wirklichkeit. Ich verbarg den Kopf unter dem Kopfkissen und versuchte krampfhaft, wieder einzuschlafen. Doch vergeblich. Schlotternd vor Kälte schlang ich die Arme um die Knie, bis ich es nicht mehr länger aushielt. Ich stand auf. Langsam tastete ich mich die Stufen zum Wohnzimmer hinauf. Je näher ich kam, desto deutlicher verstand ich die gebrüllten Worte.

»Wie soll ich arbeiten, wenn ich nichts zu essen und nichts anzuziehen habe? Warum bist du nicht ein für alle Mal dort geblieben? Du hast nichts mit in die Ehe gebracht, nichts haben sie dir gegeben. Du warst so arm, dass du nicht mal eigene Kleider hattest!«

Meine Mutter weinte, doch er fuhr unbeirrt fort: »Du bist ohne irgendetwas aus Rio gekommen. Nicht mal die Kleidung am Leib hat dir gehört. Alles was du heute hast, verdankst du mir. Du musst mir ewig dafür danken.«

Schluchzend bat ihn meine Mutter aufzuhören. Aber er schrie weiter. »Ich bin mit elf Jahren aus dem Libanon gekommen und habe gleich angefangen zu arbeiten. Glaubst du, dass mir jemals irgendeiner geholfen hat? Mir hat keiner was geschenkt. Ich musste sogar noch dich ausstaffieren, nicht mal die Kleidung am Leib brachtest du mit…«

Ich schlich mich in Sarahs Zimmer, die verängstigt und hellwach aufrecht in ihrem Bett saß. Nur Isaac schlief.

»Lass uns Isaac aufwecken!«, flüsterte Sarah ängstlich.

»Geh du.« Ich hatte genauso viel Angst vor Isaac wie vor meinem Vater. Sarah ebenfalls, auch wenn sie das nicht zugab. In diesem Moment begann das Schluchzen meiner Mutter in Schreien überzugehen. Panisch rannten wir zum Wohnzimmer und sahen die Tür halb offen stehen.

»Ich bin also ohne Kleider am Leib gekommen?«, heulte meine Mutter auf. Sie hatte sich verändert, sie schien nicht mehr derselbe Mensch zu sein. Mit aufgelösten Haaren riss sie sich die Kleider vom Leib. »Da hast du

deine Kleider, da, nimm! Hast du mir diese Schuhe gekauft!«, fauchte sie ihn an und schleuderte einen Schuh auf den Boden. »Dann nimm ihn zurück! Wie teuer war dieses Kleid? Diesen Unterrock, den ich selbst genäht habe aus dem Stoff, den du mir gebracht hast, mit der Nähmaschine, die du gekauft hast, mit dem Faden, den du gekauft hast? Da! Nimm sie zurück!«
»Oje. Sie hat nur noch Unterwäsche an«, brach es aus Sarah heraus.
»Und der Büstenhalter? Ist deiner! Verkauf ihn doch! Diese Unterhose? Nimm deine ganze Wäsche zurück, ich will deine Wäsche nicht mehr tragen, ich werde gehen!«
»Weck Isaac auf, schnell, beeil dich!«
Ob sie wohl wirklich gehen würde? So nackt?
»Geh doch! Willst du mir etwa drohen?«
»Isaac, wach auf. Isaac, so wach doch auf!«, rüttelte Sarah ihn wach. »Sie streiten. Bitte wach doch auf! Mutter verlässt uns, sie will nackt auf die Straße gehen! Du musst machen, dass sie aufhören!«, jammerte Sarah.
Isaac sprang mit einem Satz aus dem Bett und rannte Sarah hinterher.
»Was geht hier vor?«, rief er. »Mutter, zieh sofort die Kleider wieder an! Lass die Türklinke los und geh ins Bett. Ich will kein Geschrei mehr hören.«
Seine Worte waren magisch. Er war erst vierzehn Jahre alt. Seine Worte waren Gesetz, niemand widersprach. Meine Mutter schloss die Tür, klaubte die verstreuten Wäschestücke zusammen und ging ohne ein Wort und ohne einen Blick an uns vorüber ins Schlafzimmer. Vielleicht schämte sie sich, oder sie verließ uns doch nicht, weil sie nicht wusste, wohin sie gehen sollte. Mein Vater rückte die Stühle zurecht, die wohlgeordnet um den Tisch standen, prüfte, ob die Haustür versperrt war, und löschte das Licht.
»Ihr geht jetzt schlafen!«, bestimmte Isaac. »Macht das

Licht aus, alle gehen jetzt schlafen!«
Wie konnte mein Bruder so herrisch sein? Wo hatte er das gelernt?

Am anderen Tag erwachten wir alle mit einem flauen Gefühl im Magen, in das sich Müdigkeit und Traurigkeit mischten. Ein schlecht geschlafener Schlaf, der Kopf war schwer, die Augen verquollen. Mein Vater war zur Arbeit gegangen, im frisch gewaschenen und gebügelten weißen Hemd. Wir hatten noch Ferien. Draußen schrubbte meine Mutter die Hemden meines Vaters, die im Einweichwasser schwammen.
Niemand verlor ein Wort über gestern Nacht. Hatten sie es schon wieder vergessen? Ich konnte es nicht vergessen, ich wollte meine Mutter fragen, warum sie nicht gegangen oder warum sie nicht gleich in Rio geblieben war. Ich wollte wissen, warum sie Isaac so gehorchte. Ich brauchte irgendeine Erklärung.
In den kommenden Tagen schluckten wir schwer an dieser Stille, während wir in unserem Essen stocherten. Ich kannte dieses Schweigen schon, es verletzte mein Ohr mehr als der dröhnende Gaslastwagen mit laufendem Motor. Wir erledigten all unsere Pflichten, ohne zu murren. Nächste Woche waren die Ferien zu Ende, und noch nie hatte ich mich so auf die Schule gefreut.

Zweites Jom Kippur

Spiegelbilder

Ich wuchs heran, und São Paulo wuchs mit mir. Als ich zwölf Jahre alt wurde, feierte die Stadt ihr 400-jähriges Jubiläum.

Einmal im Jahr, immer zwei Wochen vor Rosch haSchana, öffnete mein Vater für mich die Tür seines hohen Schranks, an deren Innenseite ein großer Spiegel in einem schweren Holzrahmen hing. Er rief mich zu sich, stellte mich vor den Spiegel und maß gewissenhaft, ob ich wieder gewachsen war. Für Rosch haSchana gab es neue Kleidung, und er prüfte, wie viel Stoff er für ein neues Kleid für mich zu veranschlagen hatte. Ganz genau berechnete er jeden Zentimeter, um nur ja nicht zu viel von einem Ballen abzuschneiden. Kerzengerade stand ich vor der geöffneten Schranktür und blickte neugierig auf mein Spiegelbild, während er mit dem Maßband hantierte.

Ich stand mit dem Rücken zu dem Fenster, das zur Straße zeigte, und der Spiegel vor mir warf den Ausblick auf die vielen Baustellen und die hoch aufragenden Neubauten zurück. São Paulo wuchs und wuchs, blähte sich auf und füllte sich mit Menschen. Auf jedem kahlen Fleck Erde schoss plötzlich ein Haus empor. Mitten zwischen zwei Häuser quetschte sich ein drittes, auf ein einstöckiges wurde ein weiteres Geschoss daraufgepfropft. Hinterhöfe wurden von Häusern überwuchert. Plötzlich ragten Häuser mit drei, vier, fünf und sogar sieben Stockwerken auf und türmten sich in den grauen Himmel. Die schicksten hatten einen Aufzug, in dem ein Liftboy in Anzug und Krawatte den Knopf für die gewünschte Etage drückte.

Wie von einem Zauberstab aus dem Nichts zum Leben erweckt, sprossen immer mehr Märkte, Straßenverkäufer, Läden, Autos und Sprachen aus den Straßen hervor. Die Baustellen lärmten, Autos hupten sich in wildem Rhythmus den Weg frei, und die endlosen Ansagen der Lautsprecher schwollen zu einem dröhnenden Crescendo, das meinen Vater zwang, das Radio lauter zu drehen, damit er in den Nachrichten die Anzahl der Schiffe verstehen konnte, die täglich mit neuen Einwanderern im Hafen anlegten.
Die Italiener wurden bereits am Kai von zahlreichen Verwandten erwartet und stürmisch begrüßt. Die Ankömmlinge retteten sich in die Arme ihrer großen Familien, und in jedem ihrer Häuschen wurde die Anzahl der Bewohner und der Betten von fünf auf zehn aufgestockt. Ihr auserkorenes Revier war das Stadtviertel Bexiga, wo fast nur Italienisch zu hören war.
Die Portugiesen wiederum fühlten sich aufgrund ihres Sprachvorteils allen anderen Einwanderern überlegen. Sie organisierten sich in familiären Verbänden und rissen die Vorherrschaft in ganzen Bereichen an sich. Mit Vorliebe betrieben sie Bäckereien, sodass in São Paulo fast alle in ihrer Hand waren. Die Deutschen waren anders. Ihre Mienen waren verschlossener. Unentwegt schienen sie über irgendetwas sehr beunruhigt zu sein. Sie blieben unter sich. Wenn sie sich miteinander unterhielten, was sie sehr gern taten, redeten sie stets mit gedämpfter Stimme, fast schienen sie zu flüstern. Vielleicht weil sie so abweisend wirkten, machten viele einen Bogen um sie. Kaum jemand suchte ihre Gesellschaft,

und so blieb ihr Portugiesisch kümmerlich. Mühsam suchten sie nach den Worten, und so gut wie immer gebrauchten sie bei Begriffen den falschen Artikel. In ihrer Welt waren weiblich und männlich anders auf die Wörter verteilt. Auch Japaner gab es nun in Brasilien. Ihre Domäne war der Ackerbau, sie lebten außerhalb der Stadt und verkauften ihr Obst und Gemüse auf den Märkten in São Paulo, doch immer mehr von ihnen versuchten ihr Glück auch in der Stadt. Die Japaner kannten wir nur kichernd. Wurden sie angesprochen und verstanden das Gesagte nicht, lächelten sie als Antwort. Stets hatten sie ein Grinsen im Gesicht. Meine Mutter erklärte mir aber, dass dadurch, dass sie ihre Augen nur zu einem Schlitz öffnen konnten, sie ständig den Kopf auf und ab bewegen mussten, um alles zu sehen, und dass ihre Sprache außerdem so kompliziert war, dass sich ihr Mund beim Sprechen in die Breite formte und es nur deswegen so aussah, als ob sie lächelten. In Wirklichkeit täten sie es nicht.

Menschen aus aller Welt strömten herbei. São Paulo sei ein Spiegelbild der ganzen Welt, erklärte mein Vater, und die Stadt der Zukunft. Nachdem er mich abgemessen hatte, rollte er das Maßband auf, warf einen schnellen Blick auf mich im Spiegel und wandte sich zum Fenster um. So standen wir Rücken an Rücken und betrachteten die Silhouette São Paulos, er durch das Fenster, ich in dem gespiegelten Ausblick in seinem Schrank.
»Wer wird zuerst aufhören zu wachsen, São Paulo oder du?«, sprach er unwillkürlich aus, was er dachte.
Ich kann nicht sagen, wie lange er dort stand, es kam mir vor, als wären es Stunden, in denen er jede kleinste Veränderung in sich aufsog. So nutzte ich die Chance, mich in dem einzigen großen Spiegel des Hauses zu betrachten. Aufmerksam erforschte ich mein Gesicht und

sah kein kleines Mädchen mehr. Ich war noch sehr dünn, aber unter dem dünnen Stoff meines Kleides zeichneten sich erste Rundungen ab. Obwohl das Kleid zu weit war, konnte man ahnen, wo die schmale Taille in die Hüfte überging. Ich mochte das Gefühl, mich von meiner Kindheit zu verabschieden. Mein Spiegelbild lächelte mich an, und ich fand mich schön. Als mein Vater sich vom Fenster abwandte, blickte er zu mir, als hätte er mich seit langer Zeit nicht mehr gesehen, und rief erstaunt aus, wie groß ich doch geworden sei. Sein Blick und sein leichtes Lächeln drückten in diesem Moment Zuneigung aus. Verlegen senkte ich den Kopf, daran war ich nicht gewöhnt. Mit einem Blick auf die Uhr bemerkte er, dass die Zeit verflogen war, und bat mich, das Zimmer zu verlassen, schloss hastig die Schranktür, drehte den Schlüssel um, zog ihn ab und steckte ihn wieder in die Tasche.

Mein Bruder Isaac, sechs Jahre älter als ich, begann mit 18 Jahren zu studieren. Fasziniert vom Fortschritt und vom Wachstum der Welt, die ihn umgab, wählte er Ingenieurwissenschaften. Mein Vater wünschte, er solle sich in der aufblühenden Stadt eine vielversprechende Zukunft aufbauen.

»Pssst!« war das häufigste Wort, das wir nun zu hören bekamen und mit dem Ruhe für die Lernenden angemahnt wurde. Doch es war nicht die angespannte, lähmende Stille, wie wir sie nach einem Streit kannten, sondern ein optimistisches, fröhliches Schweigen. Anders als in der Familie meiner Mutter, in der die Frauen in der Überzahl waren, gab es in der Familie meines Vaters überwiegend Männer. Alle meine Cousins studierten nun ebenfalls Ingenieurwissenschaften, egal, wie arm die Familien waren. Klaglos trugen die Studenten abgelegte Klamotten, die selten richtig passten, und machten sich in zu kleinen oder zu großen Schuhen auf den Weg zur Universität. In den Häusern wurde nur mehr geflüstert. Wir schlichen auf Zehenspitzen umher. Die Eier für ein Omelette wurden nurmehr gerührt und nicht geschlagen. Die Fenster blieben trotz drückender Hitze im Sommer geschlossen, um den Lärm der Straße draußenzuhalten. São Paulo konnte Ingenieure gebrauchen. Beeindruckt von den Plänen meines Bruders und meiner Cousins änderte ich meinen Berufswunsch: Nicht Schneiderin wollte ich werden, sondern Ingenieurwissenschaften studieren!

Sahra Babuí

An einem Montag kam Sarah früher als erwartet aus der Schule. In einem verschlossenen Umschlag hatte sie einen Brief des Schuldirektors bei sich, den sie den Eltern aushändigen sollte. Sie rannte in die Küche und übergab ihn meiner Mutter, die sich erschrocken die Hände an der Schürze abtrocknete und den Umschlag öffnete: »An die Eltern der Schülerin Sarah: Bitte erscheinen Sie morgen um 15.00 Uhr im Direktorat.«

Ungläubig ließ sie sich auf einen Küchenstuhl sinken und wiederholte die Worte des Schreibens. Laut las sie die einzelnen Silben vor: »An die El-tern der Schü-lerin Sa-rah.« Sie blickte auf. »Sarah? Warum müssen wir morgen zum Direktor?«

»Ich weiß nicht«, erwiderte meine Schwester verunsichert.

Wir hatten gute Noten, wurden für unser Betragen gelobt. Es konnte also keine allzu schlechte Nachricht sein. Wir versuchten, Sarah zu entlocken, was passiert sein könnte, aber vergeblich. »Ich weiß es doch nicht! Ich habe ja schon gesagt, dass ich keine Ahnung habe, um was es geht!«

Meine Mutter rief nach meinem Vater, der das Schreiben überflog, von dem Blatt aufsah und stirnrunzelnd fragte: »Was möchte der Direktor denn mit mir besprechen?«

»Keine Ahnung. Sarah weiß es auch nicht.«

»Vielleicht will er Stoff von mir kaufen?«

»Ich glaube nicht, dass es das ist. Woher soll er denn wissen, dass du Stoff verkaufst?«

Mein Vater beschloss, auf jeden Fall den Musterkoffer mitzunehmen. Nach dem Gespräch würde er sofort wieder an die Arbeit zurückkehren.

Mein Vater hatte keinen Chef. Er kaufte ballenweise Stoff im Großhandel, schnitt ihn zu, zwei Meter für einen Rock oder vier bis fünf Meter für ein Kleid. Er faltete die Stoffbahnen zusammen, heftete einen Preis an jede, verstaute sie in einem großen Koffer und verließ damit das Haus jeden Morgen. Zum Mittagessen kehrte er zurück, aß und hielt anschließend ein Nickerchen, das er halb sitzend, halb liegend auf dem Sofa verbrachte. Bald war er mit offenem Mund eingeschlafen und begann zu schnarchen, bis er pünktlich nach einer halben Stunde von seinem lauten Schnarchen wieder aufwachte. Er wusch sich das Gesicht, wechselte das Hemd, steckte Rechnungsblock und Stift in die Tasche seines frisch gestärkten und gebügelten Hemds und machte sich daran, die Abrechnungen zu erledigen. Morgens verkaufte er, nachmittags rechnete er. Morgens gebrauchte er seinen Charme und seine Beredsamkeit: Er redete viel, mit angenehmer Stimme und einschmeichelndem Lächeln. Nachmittags war sein Charme verbraucht, sein Ton wurde strenger. Das Lächeln verschwand in der Schublade mit den offenen Rechnungen, und seine gewinnende Miene wich einem finsteren Blick.

An diesem Nachmittag rief er nach meiner Mutter, die nach der Handtasche griff, Sarah im Vorbeieilen anwies, die Küche aufzuräumen, und beide verließen das Haus. Ich spürte, wie unruhig Sarah war. Sie wurde sehr still und schaute nachdenklich hinter den beiden her, wie sie die Straße hinuntergingen und immer kleiner wurden. Was würde die beiden wohl erwarten - eine gute oder eine schlechte Nachricht? Erst das Weinen von David, der gerade aufgewacht war, unterbrach die Stille. Ich holte ihn aus dem Bettchen und gab ihn Sarah. David sollte sie ablenken, schließlich gab es keinen Grund für so viel Angst.

»Der Direktor will bestimmt Stoff kaufen«, versuchte ich sie zu beruhigen.

»Unsinn. Ich habe doch nie erzählt, dass Vater mit Stoffen handelt.«

Sarah blieb unruhig. Sie setzte David auf den Boden, wusch das Geschirr ab und malte sich das Schlimmste aus. Ihre Anspannung war ansteckend. Vater bestrafte uns nicht oft; dafür war meine Mutter zuständig. Von ihr gab es kleine Schläge auf die Hände, sobald wir unerlaubt nach etwas griffen. Es setzte Klapse auf den Po, wenn die Hausarbeit schlampig verrichtet war, und sie klatschte uns mit dem Handrücken auf den Mund, wenn wir »hässliche Dinge« sagten oder etwas fragten, was uns nicht zustand. Wie oft rüffelte sie uns draußen auf der Straße, wenn wir trödelten, und wenn sie es besonders eilig hatte, zog sie uns am Ohr.

Während wir uns an unsere tadelnde Mutter gewöhnt hatten, waren die Strafen meines Vaters seltener und schlimmer. Sie waren schlimmer, weil er keine Zeit damit verlor, herauszufinden, wer etwas falsch gemacht hatte. Er fragte nichts, sondern schrie nach uns, brüllte uns an, die Hose herunterzuziehen und uns auf alle viere niederzulassen. Er zog seinen Gürtel aus den Schlaufen und drosch uns auf den bloßen Hintern. Wenn wir etwas verlegt hatten und er nicht fand, was er suchte, befahl er uns, die Ärmel hochzukrempeln und die Handflächen nach oben zu drehen. Auf vier kleine ausgestreckte Hände peitschte dann der Gürtel nieder. Die Bestrafungen meines Vaters taten sehr weh. Sie schmerzten an der Hand, auf dem Po und im Herzen. Am schlimmsten war, vor ihm mit heruntergelassener Hose auf die Hiebe zu warten.

Der Nachmittag verstrich. Sarah spähte aus dem Fenster. Als sie meinen Vater auf das Haus zustürmen sah - meine Mutter musste rennen, um ihm folgen zu können - gab es keinen Zweifel mehr: Es war eine schlechte Nachricht. Wie gelähmt stand sie da. Mit hochrotem Kopf riss mein Vater die Tür auf. Meine Mutter hetzte hinter ihm her, schloss in Windeseile die Tür und die Fenster, die zur Straße gingen.
»Saaaaaaaarahhhh!«, brüllte er außer sich vor Wut.
«Saaaaarah, komm sofort hierher!«
Sarah kam angerannt und sah mit angstgeweiteten Augen auf meinen Vater. Ihr Atem ging stoßweise, und dennoch fragte sie ihn, was vorgefallen war. Doch ihr Stammeln wurde jäh unterbrochen: »Zieh die Hose runter!«
Mein Vater konnte kaum sprechen vor Wut und zerrte an seinem Gürtel.
»Was hat der Direktor denn gesagt? Was habe ich getan?«, stammelte sie, während sie die Unterhose auf die Knie schob.
»Halt den Mund! Du weißt genau, was du getan hast!«, schrie er.
Und ich? Was war mit mir? Würde er diesmal nicht uns beide schlagen? Nein. Diesmal war die Tortur offensichtlich nur für Sarah bestimmt. Einen Moment lang atmete ich erleichtert auf. Wenigstens einmal war mein Vater

gerecht und verschonte mich. Aber meine Erleichterung wich dem Mitleid, als ich sah, wie Sarah sich vorbeugte. Sie musste etwas Furchtbares angestellt haben. Dann drosch er mit dem Gürtel auf sie ein. Er bedachte nicht, wie viel Kraft sein Arm hatte. Sarah schluchzte auf. Ich schluckte. Noch nie zuvor hatte ich meinen Vater so zuschlagen sehen. Und nie zuvor hatte ich Sarah so jämmerlich weinen sehen. Mein Vater zitterte vor Wut. Was für ein Unheil musste Sarah angerichtet haben? Und meine Mutter? Warum griff sie nicht ein, warum verteidigte sie Sarah nicht? Warum blieb sie stumm? Vater schlug Sarah immer weiter auf den nackten Po. Als sein Arm erlahmte, zerrte er sie hoch, blickte ihr in die Augen und schrie: »Jetzt sagst du mir, wie du mir das Geld gestohlen hast?«

»Ich habe nicht gestohlen!«, schluchzte sie.

Er schlug sie hart auf den Mund.

»Hast du noch nicht genug Schläge bekommen?«, bellte er ihr entgegen.

»Ich habe nie Geld genommen!« Sarah wimmerte, ihr Gesicht war verquollen.

»Hast du Geld aus meiner Brieftasche geklaut?«

»Ich habe kein Geld genommen. Ich schwöre es.«

Wieder setzte es einen harten Schlag auf den Mund. Ihre Lippe platzte auf, und kleine Tropfen Blut mischten sich unter ihre Tränen.

»Du bist nicht nur eine Diebin, nein, auch eine Lügnerin bist du!«

Dann herrschte er seine Frau an: »Was für eine Mutter bist du eigentlich, dass du nicht einmal deine Kinder richtig erziehen kannst! Den ganzen Tag bist du zu Hause und siehst nicht, dass sie mich bestiehlt. Hast du ihr nicht beigebracht, was gut und was böse ist?«

Sosehr er Sarah auch bedrängte zu erfahren, woher sie das Geld hatte, sie antwortete nicht darauf. Dann sagte

er leise mit einem warnenden Blick in ihre Augen: »Pass bloß auf. Wenn du noch ein Mal Geld klaust, machst du dir keine Vorstellung, was dann passiert!«
Mein Vater ließ von Sarah ab, warf sich die Jacke über, stürmte hinaus und knallte die Tür hinter sich zu.
Wir überschütteten Sarah mit Fragen, doch sie schüttelte stumm den Kopf und rannte laut aufschluchzend in ihr Bett. Ich hatte von diesen Diebstählen nie etwas bemerkt, doch ich wollte unbedingt herausfinden, was sie mit dem Geld gemacht hatte. Doch die grausame Strafe zog ein Schweigen nach sich. Wortlos machte sich meine Mutter wie gewohnt an die Hausarbeit. Nur aus Sarahs Bett war ein unterdrücktes Weinen zu hören. Ich ging zu ihr, setzte mich vorsichtig an die Bettkante, aber sie drehte sich zur Wand. Da ging ich wieder hinaus und ließ sie allein.

Am darauffolgenden Schabbat stand der übliche Besuch von Tante Safira und Onkel Jacó an. Ich musste unbedingt herausbekommen, was hier im Haus vor sich ging, schließlich ging es um meine Schwester. Ich machte mir in der Küche zu schaffen, dienerte mich meiner Mutter an und belauschte, was sie Tante Safira berichtete.
Der Direktor habe Salím gebeten, Sarah kein Geld mehr in die Schule mitzugeben, begann sie. Andauernd gebe sie mit Geld an und mache die anderen Kinder neidisch. Salím erklärte ihm, dass Sarah von ihm nicht die kleinste Münze bekommen habe. Aber der Direktor versicherte uns, dass sie jeden Tag viel Geld in die Schule mitbringe.
»Woher hat sie dann das Geld?«, hakte Tante Safira nach.
»Salím denkt, dass sie es ihm gestohlen hat. Von mir hat sie es jedenfalls nicht, denn ich habe doch nie Geld. Sie muss es von ihm haben, vielleicht hat sie es heimlich aus seiner Jackentasche genommen. Merkwürdig ist nur, dass ihm nichts aufgefallen ist, ihm fehlt kein Geld. Und

Salím weiß doch immer ganz genau, wie viel Geld er mit sich herumträgt! Das ist doch seltsam, findest du nicht?«
»Bida, du musst das Mädchen besser erziehen! Wenn sie als Kind schon stiehlt, was ist dann erst, wenn sie älter wird? Willst du wirklich, dass sie auf die schiefe Bahn gerät? Vergiss nicht, ein Zweig, der schief wächst, wird nie wieder gerade! Du musst strenger sein oder sie sofort in eine Besserungsanstalt schicken. Da werden sie ihr schon die Leviten lesen und ihr die Flausen austreiben!«
»Ich weiß, aber ich habe sie noch nie beim Stehlen ertappt! Salíms Schrank ist doch immer verschlossen, und den Schlüssel hat er in der Hosentasche bei sich. Seine Brieftasche steckt in der Jacke, und sobald er das Haus verlässt, hat er die Jacke dabei. Sie muss es ihm mittags aus der Jacke gestohlen haben, während er geschlafen hat. Wer kann denn ahnen, dass sie uns heimlich beklaut! Nächste Woche müssen Salím und ich wieder zum Direktor.«
»Wenn sie sich nicht bessert, musst du dir überlegen, was du mit ihr machst. Wenn sie hier bei euch bleibt, verdirbt sie dir womöglich auch noch die anderen drei Kinder. Du hast nur vier, Bida. Also, pass auf!«
»Jamile! Warum wäschst du nicht weiter ab? Bist du hier, um den Milchtopf zu schrubben, oder belauschst du uns? Was für ein neugieriges Lieschen du doch bist! Schrubb den Topf und verschwinde aus der Küche! Lass die Erwachsenen sich in Ruhe unterhalten.«
»Oje«, seufzte meine Mutter und schüttelte bedrückt den Kopf, »die eine klaut, die andere spioniert! Stibitzen und Kiebitzen, und das sollen meine Töchter sein.«
Widerstrebend verließ ich die dampfende Küche. Was sollte ich tun? Sarah weitersagen, was ihr drohte, wenn die Diebstähle nicht aufhörten? Das konnte ich ihr nicht antun, sie würde noch verängstigter werden. Sobald jemand sie bedrängte, warum sie gestohlen hatte, brach sie

in Tränen aus und behauptete stets von Neuem, dass sie nichts von irgendwelchem Geld wisse. Sie wollte nicht darüber reden und offensichtlich weiterhin bei der Lüge bleiben. Aber ich konnte Tante Safiras Vorhaben vor Sarah nicht verheimlichen und erzählte ihr alles. Ich bat sie auch, nicht mehr zu stehlen oder zumindest das gestohlene Geld nicht mehr in die Schule mitzunehmen. Sarah antwortete mir nie darauf, ihr Gesicht war immer noch geschwollen, sie hörte nicht auf zu weinen, und irgendwie war sie verändert.

Ich konnte an nichts anderes denken als an Sarah. Unruhig erwartete ich den Tag, an dem die Eltern nochmals den Schuldirektor aufsuchen sollten. Die Unterredung war nach dem Mittagessen anberaumt, und für den Nachmittag hatte sich erneut Tante Safira angekündigt. Als ich aus der Schule nach Hause kam, gab es nichts Auffälliges, alles schien normal zu sein. Die Eltern waren von der Unterredung zurückgekehrt. Mein Vater schlief sitzend und mit offenem Mund auf dem Sofa, und meine Mutter war in der Küche beschäftigt. Ich ging schnurstracks zu meiner Schwester, um zu erfahren, ob sie wohl wieder Schläge bekommen hatte. Sarah saß zusammengesunken auf dem Bett in ihrem Zimmer.
»Sarah, was ist passiert? Was haben sie in der Schule besprochen?«
»Weiß nicht.«
»Hat er dich geschlagen?«
»Nein.«
»Er hat nichts gemacht?«
»Nein. Er ist gekommen, hat gegessen und hat sich auf das Sofa gelegt, um zu schlafen.«
»Hast du diese Woche kein Geld geklaut?«
»Raus hier!«, fuhr sie mich an. »Ich habe kein Geld geklaut. Geh, und sprich nie wieder mit mir!«

Ich musste also warten, bis Tante Safira kam. Und bis dahin musste ich alles erledigt haben, was es zu tun gab. Ich schlang das Essen hinunter, räumte rasch die Küche auf, hängte die Wäsche auf und brachte David in sein Bettchen. Kaum war ich fertig, quietschte das Hoftor. Noch vor meiner Mutter rannte ich hinaus und kauerte mich hinter ein Laken auf der Wäscheleine. Ich wusste, dass Tante Safira es nicht erwarten konnte, meine Mutter mit Fragen zu löchern. Sie würden zwei Schritte gehen, sich unterhalten und nach zehn Minuten wieder zwei Schritte gehen. Die wenigen Meter über den Hof würden sie nicht unter einer halben Stunde bewältigen.
»Und?«, fragte Tante Safira, nach Neuigkeiten lechzend. »Seid ihr wieder dort gewesen? Was hat der Direktor gesagt? Habt ihr euch schon um ein Heim gekümmert?«
»Du weißt ja nicht, was passiert ist«, flüsterte meine Mutter hinter vorgehaltener Hand.
In diesem Moment kam auch Sarah unbemerkt in den Hof und kauerte sich neben mich. Mahnend legte sie den Zeigefinger auf die Lippen und bedeute mir, still zu sein.
»Wir sind hingekommen und haben uns gesetzt«, begann meine Mutter mit gedämpfter Stimme. »Der Direktor war sehr aufgebracht. Vor einer Woche seien wir doch bei ihm gewesen und er sei doch wohl deutlich genug gewesen! Wir sollten Sarah kein Geld mehr geben. *Und Sie, Herr ...*, der Direktor hat gezögert und dann auf einen Zettel geschaut, *Senhor Ignácio, Sie geben Ihrer Tochter weiterhin Geld mit in die Schule; dafür habe ich überhaupt kein Verständnis!* Seine Stimme wurde immer lauter, aber Salím, du kennst ihn ja, kann ja auch nicht ruhig bleiben und brüllt: *Mein Name ist nicht Ignácio, nennen Sie mich gefälligst bei meinem richtigen Namen, und schreien Sie mich nicht an!*«
»Er hat den Direktor der Schule angeschrien? Nur weil der seinen Namen verwechselt hat?«, fragte meine Tante

erstaunt.
»Aber das ist doch gerade der springende Punkt! Verstehst du? Als Salím verlangt hat, dass der Direktor ihn mit seinem richtigen Namen anreden soll, hat der wütend Sarahs Karteikarte vom Tisch der Sekretärin geholt und laut einen Namen abgelesen: nämlich Senhor Ignácio Babuí! Vater von Sarah Babuí! *Mein Name lautet Salomão Abuhab*, schreit Salím da, *Vater von Sarah Abuhab!* Der Direktor hat ihn ungläubig angestarrt. Dann schnauzte er seine Sekretärin an und sprach von einem bedauerlichen Irrtum. Das Wichtigste war aber, dass es nicht um unsere Sarah ging, dass Sarah unschuldig war, der Rest war doch egal ... Dann gab der Direktor uns die Hand, und das war´s. Es war gar nicht unsere Sarah!«
»Es war nicht Sarah?!«
»Nein.«
Tante Safira war enttäuscht. Sie hatte eine schillernde Geschichte mit einem dramatischen Ende erwartet. Sie schlug die Tasse Kaffee ab, die ihr meine Mutter anbot, und antwortete, dass sie heute keine Zeit habe und nun gehen und sich um das Abendessen kümmern müsse.
Verstohlen schaute ich Sarah von der Seite an, um zu erfahren, ob sie nun froh war. Sie wandte ihr Gesicht ab, und als ich mich ihr näherte, sah ich, dass sie weinte.
»Warum weinst du?«, fragte ich sie beklommen. Ich verstand es nicht. Sarah weinte wortlos vor sich hin, das Gesicht in den Händen versteckt.

Eiertanz

São Paulo wuchs weiter. Immer dichter wurde das Gedränge in den Straßen, prächtige Bauten verdrängten die kleinen Häuschen. Besonders begehrt waren die Wohnungen in den schicken Hochhäusern, die allen nur denkbaren Komfort boten. Eines Tages überraschte uns mein Vater mit der Nachricht, dass er eine solche Wohnung gekauft hatte. Die Wohnung war in der Avenida Paulista gelegen, einer breit angelegten Straße und Hauptader des geschäftigen São Paulo, durch die sich die Passanten und Straßenverkäufer den Weg durch das Gewühl erkämpften.

Unsere Wohnung lag im vierten Stock, zu dem man in einem ultramodernen Aufzug ohne Liftjungen gelangte. Die Bedienknöpfe waren so niedrig angebracht, dass auch wir Kinder sie erreichen konnten. Begeistert fuhr ich die Stockwerke hinauf und hinunter, bevor ich den Aufzug auf unserer Etage halten ließ. Mein Vater, misstrauisch wie immer, stand der neuen Technik argwöhnisch gegenüber; er lehnte es ab, ihr sein Leben anzuvertrauen, verzichtete auf diesen Komfort und nahm stets die Treppe, statt sich in die verspiegelte Kabine zu zwängen. Wir wussten, was es hieß, zwischen den Etagen steckenzubleiben, denn Stromausfälle waren keine Seltenheit in São Paulo. Aber das hielt mich nicht davon ab, den Aufzug in die Höhe steigen zu lassen und wieder zurück in die Tiefe zu gleiten. Nie wäre es mir zuvor in den Sinn gekommen, dass unserem alten Domizil etwas fehlte, aber nun war ich überwältigt.

Neue Wohnung, alte Gewohnheiten. Nach wie vor war für meinen Vater Sparsamkeit oberstes Gebot. Jede Geldausgabe war eine Qual für ihn. Für die kalte Jahreszeit erhielten wir Pullover, ausgebessert mit bunten Wollfäden, zum Mitwachsen angestückelt, selbst gestrickt aus aufgetrennter und wieder aufgewickelter Wolle. Aus den Fäden, die sich nicht mehr aufwickeln ließen, häkelten wir Taschen für die Schule. Schulhefte schneiderte mein Vater selbst: Er sammelte das weiße Einwickelpapier, in dem das Brot verkauft wurde, glättete und presste es, schnitt es zurecht und heftete es an einer Seite mit einer breiten Naht zusammen. Brauchten wir Kleber für die Schule, wurde er aus Maisstärke und kochendem Wasser in großen Töpfen zusammengerührt. Nie wäre es ihm eingefallen, meiner Mutter mehr Geld zu geben, als sie für den täglichen Einkauf brauchte, penibel zählte er ihr die Münzen auf die Hand. Trotzdem gelang es meiner Mutter, etwas Geld auf die Seite zu legen: mit dem Eiertrick. Ausgeklügelt und mit demselben Schweigegebot belegt wie die Geschäftsgeheimnisse der Männer.

Auch in der neuen Wohnung entdeckten Sarah und ich in den Winkeln und Ecken von Küche, Waschküche und sogar Schlafzimmer kleine Verstecke, die ein Ei bargen! Eier! Meine Mutter pflegte von jedem Dutzend Eier, das sie kaufte, eines zu verstecken: Unter den Reiskörnern, tief in der Zuckerdose, im Kühlschrank unter den Salatblättern, in der hintersten Ecke der Besteckschublade oder in der Kommode im Schlafzimmer zwischen Laken und Handtüchern. Werkelten wir im Haushalt, hieß es Vorsicht. Ein kurzes Knacken und das Ei zermatschte zu einem klebrigen gelben Brei.

Vor Festtagen wie Pessach, für das besonders viele Eier gebraucht wurden, zogen wir unsere Strümpfe nur mit äußerster Vorsicht aus der Schublade. Sobald meine Mutter ein Dutzend Eier in den Verstecken gehortet hatte und der Eiervorrat im Kühlschrank zur Neige ging, heuchelte sie auf den Wunsch meines Vaters nach einem Spiegelei Bedauern: »Die Eier sind leider alle«, ließ sie

verlauten.
»Schon? So schnell?«
Mein Vater, zwischen Ärger und Hunger, händigte ihr erzürnt, aber widerspruchslos das Geld für das nächste Dutzend Eier aus. Sie nahm es und schickte sich an, frische Eier zu kaufen.
»Bidá, warum schickst du nicht Jamile?«
»Nein, ach, die Kinder sind zu unvorsichtig, die zerbrechen die Eier doch nur.«
Auf zwölf Dutzend Eier, die sie kaufte, trickste sie um ein Dutzend: Bei jedem Dutzend Eier zweigte sie eines ab, bei zwölf Dutzend hatte sie das Geld von einem Dutzend für sich gespart. So sparte sie Münze für Münze. Viele Eiergerichte später hatte sich ein stattlicher Betrag angesammelt, der für einen Lippenstift, neue Schuhe oder gar für ein Kleid reichte.

Nun stand sie jedoch vor einem neuen, weitaus größeren Problem: Wie die Neuanschaffungen meinem Vater erklären? Sie verbrachte zwei Morgen damit, einen Brief aufzusetzen. Sonst bat sie mich um Hilfe, diktierte mir ihre Briefe, Zettel, Listen und überhaupt alles, was geschrieben werden musste. Aber diesmal bat sie mich nicht.
»Das ist eine private Angelegenheit«, sagte sie abweisend. Unablässig schlich ich um den Wohnzimmertisch herum und versuchte von Weitem ein Wörtchen, einen Satzfetzen zu erhaschen. Über dem Schreiben vergaß sie sogar die Hausarbeit. Ich starb fast vor Neugierde.
Am Morgen des dritten Tages faltete meine Mutter mit zufriedener Miene den Brief zusammen und legte ihn auf den Küchentisch, bevor sie aus dem Zimmer eilte, um sich für den Gang zur Post umzuziehen. Mit klopfendem Herzen schnappte ich mir den Brief. Meine Mutter las und schrieb so langsam, dass sie nicht im

Traum daran dachte, ich könnte einen doppelseitigen, auf Einwickelpapier gekrakelten, krummzeiligen Brief in zwei Minuten lesen.
Ich habe ihn gelesen.
Natürlich.
Libe Raquel, wie get es Mutter? Wie get es Euch allen? Wie get es den Mähdchen? Und die Kravatten? Und Vater? Macht er dir vil Arbeit? Wir sind in die Avenida Paulista umgezogen. Hier ist es ser schöhn. Wir haben unsere Wohnung gekauft, nicht gemiehtet. Ich bin ser froh, habe aber imer noch kein Geld. Salím gibt mir nie nix. Ich habe Geld gespahrt mit dem Eiertrick. Weißt Du noch? Es dauert lange, aber ich habe es geschafft! Jetzt brauch ich deine Hilfe: ich möchte balt ein Kleid kaufn, ich kann kein schöhnes nähn. Kannst du mir bitte einen Brieff schreiben, in dem du sagst, das du mir 100 Cruzeiros schänckst? Erklähre, es ist für ein schöhnes Kleid für die Sinagoge, weil bald Pessach ist. Rede mit niemand darüber! Es ist unser Geheimnis. Ein Kuss für Mutter und an alle andern.
Von deina Schwester Bida.

Die Sandale

Dienstags war unser Putztag. An diesem Tag machte mein Vater sein gewohntes Nickerchen nicht auf dem Sofa, sondern ausgestreckt auf dem Bett im Schlafzimmer. Vorsichtig tappte er umher, um auf dem frisch gewachsten Boden nicht auszurutschen. Er beendete das Mittagessen mit einem großen Schluck Zuckerrohrschnaps, zog das weiße Hemd mit den Spuren der schwarzen Bohnen vom Mittagessen aus, warf es acht-

los auf den Haufen schmutziger Wäsche und legte sich wohlig aufprustend auf das Bett.
Ich stand noch im Bann des Eiertricks meiner Mutter. Begeistert beschloss ich, einen eigenen Trick auszuhecken, möglichst einen, der weniger kompliziert wäre und schneller zum Ziel führte. Ich schlich ins Schlafzimmer, wo mein Vater Siesta hielt. Um ja kein Geräusch zu machen, zog ich die Sandalen aus und näherte mich ihm auf Zehenspitzen. Mein Blick ruhte auf seinem schlafenden Körper, und ich versuchte, mich auf die Eingebung einer zündenden Idee zu konzentrieren. Er schlief tief und fest. Hin und wieder schnappte er schnarchend nach Luft, beim Ausatmen schloss er den Mund wieder bis auf einen kleinen Schlitz, durch welchen die Luft entwich. Manchmal trocknete sein Mund aus, dann hustete er auf und schloss ihn, doch bald darauf öffneten sich die Lippen wieder, und das Schauspiel begann von Neuem. Ich beobachtete ihn weiterhin und konzentrierte mich auf seine Atmung. Nach dem dritten Aufhusten hatte ich seinen Rhythmus gefunden und atmete im Gleichtakt mit ihm wieder ein. Ich kannte die Abfolge schon auswendig. Leise schnarchend schnappte ich mit offenem Mund nach Luft, presste dann die Lippen zusammen und pustete die Luft durch einen kleinen Spalt im Mund. Ich kicherte verstohlen. Nach einiger Zeit wusste ich genau, wann der Husten einsetzte, und ahmte ihn nach. Plötzlich bewegte er sich. Ich erschrak und rannte wie der Blitz aus dem Zimmer. Mein Herz schlug wie wild. Ich ging in die Küche zu meiner Mutter, die den Reis verlas. Sie schien nichts zu bemerken und schickte mich ins Wohnzimmer, damit ich den Boden befühlte, ob das Wachs schon getrocknet war, damit wir mit dem Bohnern anfangen könnten. Ich atmete erleichtert auf und mied das Schlafzimmer für diesen Nachmittag. Sobald mein Vater das Haus verlassen hatte, verschwand

ich schnell im Badezimmer und betrachtete mich prüfend in dem kleinen Spiegel über dem Waschbecken. Ich versuchte ihn nachzuahmen, das tiefe Einatmen, den Mund, der wie ein Fischmaul auf- und zuschnappte, das Schnarchen, das Hüsteln, die seitlich entweichende Luft - es gelang mir perfekt. Ich schloss sogar ein Auge, in dem Bemühen, mich schlafend zu stellen. Begeistert gluckste ich wieder los.

In dieser Nacht erwachte ich vom Gebrüll meines Vaters. Schon wieder ... Ich war nun nicht mehr so klein und fast schon gewöhnt an dieses Schreien, das mitten in der Nacht ausbrach und die Nachbarschaft verstörte. In der morgendlichen Stille des anbrechenden Tages trompetete die laute Stimme meines Vaters noch durchdringender durch die Wände und befeuerte die Fantasie der Nachbarn. Ich presste wie immer das Kopfkissen fest auf meine Ohren, um dem Geschrei zu entrinnen. Es funktionierte. Das Kissen verschluckte die Schreie meines Vaters. Langsam zog ich das Kissen von meinem Kopf und bemerkte erstaunt, dass mein Vater tatsächlich aufgehört hatte zu schreien. Dieses Mal war die Schlacht sehr schnell vorbei, schneller als sonst. Ich atmete erleichtert auf und schob das Kopfkissen wieder unter meinen Kopf. Gerade als ich wieder am Einschlafen war, bemerkte ich, wie jemand mir die Decke wegzog.
»Mutter?«
Ich sprang erschrocken auf.
»Psssst!«
»Was machen Sie hier? Was ist passiert?«
»Dein Vater ist aufgestanden, um ins Bad zu gehen«, sagte sie mit flatternder Stimme, »und ist über deine Sandale gestolpert, die neben dem Bett lag, und er hat getobt, dass ich euch nicht erziehen kann. Was um Himmels willen macht deine Sandale in unserem Zimmer?«

»Ooh ...«
Zum Glück war es dunkel, sodass sie mein schamrotes Gesicht nicht sehen konnte.
»Ich schlafe heute Nacht bei dir«, sagte sie. »Dein Vater ist wie eine Furie. Er hat sich verletzt und hat mich samt der Sandale aus dem Zimmer geschmissen.«
Der Streit musste heftiger gewesen sein, als ich dachte. Sie war noch nie gekommen, um bei mir im Bett zu schlafen. Sie legte sich neben mich, mir den Rücken zudrehend.
»Jetzt mach die Augen zu und schlaf.«
Sie murmelte noch etwas, aber bald verrieten mir ihre regelmäßigen Atemzüge, dass sie eingeschlafen war. Hellwach lag ich neben ihr. Wie hätte ich schlafen können? Mit weit aufgerissenen Augen lag ich wach bis zum Morgengrauen. Mit verklebten Lidern blinzelte ich in die Helligkeit, die durch das Fenster drang. Aber irgendwann musste ich doch eingeschlafen sein, denn als ich mich umdrehte, war meine Mutter fort. Für einen kurzen Moment kuschelte ich mich an die Stelle, an der sie gelegen hatte.

Bedrückt schleppte ich mich in die Schule. Ich war die Schuldige an dem Streit meiner Eltern: Meine Sandale war schuld. Wäre mein Vater nicht über meine Sandale gestolpert, hätte er nicht mit meiner Mutter gestritten. Und eines der Gebote lautete ja: Du sollst Vater und Mutter ehren. Und was hatte ich getan? Weder das eine noch das andere. Ich war traurig, ich hatte keinen Hunger, mein Kopf schmerzte, mein Bauch schmerzte, meine Muskeln schmerzten ... Schließlich fühlte ich mich so müde, dass mir das Sitzen schwerfiel. Den ganzen Tag erging es mir so. Die Stunden verrannen zäh. Nach dem Abendessen legte ich mich gleich ins Bett. Ich schlief augenblicklich ein, doch mitten in der Nacht wachte ich auf und musste dringend auf die Toilette. Barfuß schlich

ich über den dunklen Flur, um niemanden aufzuwecken. Erst im Bad machte ich Licht, schob meine Unterhose hinunter und setzte mich auf die Toilette. Doch was war das? Entsetzt sah ich auf die blutigen Flecken in meiner Unterhose. Mein Herz hämmerte. War ich krank? Oder hatte ich mich verletzt? Aber wann, jetzt im Schlaf vielleicht? Oder musste ich jetzt sterben? So jung? Ich weinte leise vor mich hin. Das war bestimmt die Strafe für meine Sünden. Wie konnte ich auch meinen Vater bei seinem geheiligten Mittagsschlaf auslachen. Und warum hatte ich auch meine Sandale dort vergessen, wo sie zur Stolperfalle wurde und meinen Vater verletzt hatte. Jetzt war ich die Verletzte. Gott wollte das Warum meines Verhaltens ergründen, er verlangte eine Antwort von mir, und das Blut war das Zeichen dafür.

Plagen

An Pessach stellten wir für jeden einen mit Wein gefüllten Kelch und eine leere Schale auf den Tisch. Gemeinsam zählten wir die zehn Plagen auf. Für jede der Plagen gossen wir etwas Wein aus dem Kelch in die Schale. Nach der Ausrufung der zehn Plagen war die Schale mit Wein gefüllt. Die Schale wurde in die Toilettenschüssel geleert, um die Plagen wegzuspülen. Der Wein gurgelte den Abfluss hinab. Die Plagen aber kamen wieder.

Pessach war schon seit jeher mein Lieblingsfest gewesen. Seit ich sie das erste Mal gehört hatte, zog mich die Geschichte von Moses in ihren Bann: Der kleine ausgesetzte Moses, der hilflos in einem Korb auf dem Nil trieb, der

große stotternde Moses vor dem Pharao, die Israeliten, die trockenen Fußes durch das zurückweichende Meer schritten, der Brotteig, für den keine Zeit zum Gären verblieb ... Sogar die Plagen faszinierten mich.
Doch nun, eine Woche vor Jom Kippur, hatte ich Angst vor Pessach-Plagen. Da mich die erste der Plagen, das Blut, bereits heimgesucht hatte, würden die anderen sicherlich nicht lange auf sich warten lassen.
Ich zog drei Unterhosen übereinander an und stopfte sie mit Unmengen Papier aus. Ich lief mit zusammengekniffenen Beinen und trippelte in kleinen Schritten. Sitzen stellte ein Problem dar, denn dann drohte der Stuhl Flecken zu bekommen, und jeder konnte sofort sehen, dass etwas nicht in Ordnung war. Ich litt ganz allein. Ständig ging ich auf die Toilette und hoffte inständig, der rote Fluss möge aufhören.

Meine Mutter fing an, mein Treiben mit seltsamen Blicken zu verfolgen. Den ganzen Tag kam kaum ein Ton über meine Lippen. Früh am Abend, noch vor dem Abendessen, ging ich zu Bett. Mir war übel, und ich konnte mir die heftigen Kopf- und Bauchschmerzen nicht erklären. Ich zog zwei Schlafanzughosen an, um nur ja keine Flecken ins Bett zu machen. Was, wenn meine Mutter mein Unglück bemerkte? Doch kaum war ich zwischen die Laken geschlüpft, schlief ich auch schon ein.
Am darauffolgenden Tag half ich meiner Mutter schweigend bei der Hausarbeit und bei den Vorbereitungen für Jom Kippur und versuchte ihren Argusaugen auszuweichen. Ob sie wohl etwas wusste? Warum schaute sie mich so an?
Sehnlichst wünschte ich mir Jom Kippur herbei. So schnell wie möglich musste ich diese Plage loswerden. Hilfe suchend schaute ich zu meiner Schwester, aber seit

der schmerzhaften Verwechslung mit Sarah Babuí war sie in sich gekehrt und schweigsam. Vielleicht dachte sie darüber nach, ob Vater sie wohl an Jom Kippur um Vergebung bitten würde? An Jom Kippur mussten sich alle wieder miteinander versöhnen. Plötzlich bedeutete mir meine Mutter, ihr unauffällig zu folgen, und sie ging voraus in die Waschküche. Ich holte tief Luft, schöpfte Mut und folgte ihr. Da sah ich, dass sie mir die Hand entgegenstreckte, in die sie drei kleine weiße Tüchlein geknüllt hatte.

»Hier ist etwas für dich. Nimm es und leg es in deine Unterwäsche. Sobald eine Binde schmutzig ist, wechsle sie. Die blutige wäschst du und hängst sie sofort zum Trocknen auf, aber nur hier hinten, damit sie nicht den Augen der anderen ausgesetzt ist. Nach drei Tagen geht das vorbei. Wenn es vorbei ist, nimm die Binden und verwahre sie in deiner Schublade, ganz unten, unter der ganzen Wäsche, damit niemand sie sieht ...«

Sie wusste es also. Ich blickte sie entsetzt an.

»Hast du verstanden?«

Ich nickte verschämt.

»Dann geh.«

Binden hießen die Tüchlein also, ich nahm sie und ging ins Badezimmer. Meine Mutter war sehr klug. Wie hatte sie es herausgefunden? Wusste nur sie es, oder wussten alle anderen es auch? Diese kleinen Stofftücher hatte ich doch schon einmal gesehen, im Hof meiner Großmutter in Rio. Auch hier in unserem Hof hatte ich sie schon hängen sehen. Ob wohl meine Mutter auch solche Binden benutzte? Und meine Großmutter, meine Tanten und meine Cousinen in Rio? Wurden wir alle mit der gleichen Plage gestraft?

Eva

An diesem Jom Kippur war ich zwölf Jahre alt, und zum ersten Mal würde ich wie die Erwachsenen fasten. Mit der Gnade Gottes würde alles wieder ins Reine kommen, und ich würde von der Pessach-Plage erlöst! Das Fasten würde bestimmt helfen.

Während ich die Knoblauchzehen zerquetschte und das ausgenommene Huhn mit den Gewürzen füllte, kam in unserer Straße ein Lastwagen unter lautem Hupen und mit kreischenden Bremsen zum Stehen. Es regnete. Die Nachbarn liefen mit Schirmen herbei. Vom Fenster aus konnten wir Tante Safira erkennen. Meine Mutter wischte sich die Hände an der Schürze ab, drehte die Flammen am Gasherd aus und begab sich hinunter.

Ich eilte ihr nach, so gut es ging mit meinen vorsichtig trippelnden Schritten. Oben auf dem Lastwagen inmitten von Möbeln, Schachteln und Koffern standen drei dunkelhäutige zahnlose Männer, die aufgeregt gestikulierten und in einer ungewohnten, seltsamen Sprache Kommandos gaben. Italienisch – wusste meine Tante und teilte es meiner staunenden Mutter mit. Die Männer packten die Sachen auf die Schultern und schleppten sie zu dem Sobrado gegenüber von unserem Hochhaus.

»Schau mal, was für schwarze Pfannen die haben! Ob die Frau wohl nie ihre Pfannen schrubbt?«, kommentierten die beiden Hausfrauen fachkundig das Spektakel.

»Guck doch mal, die dicke Decke, das ist eine Steppdecke. Wie schick! Damit werden sie hier sicher nicht frieren!«

»Sieh nur, dieser Kerzenleuchter! Das müssen vornehme Leute sein.«

»Der ist aus Silber, oder? Ob sie wohl reich sind?«

»Wenn sie reich wären, würden sie in einem Hochhaus

wohnen, nicht in einem Sobrado.«
»Wenn sie arm wären, hätten sie keinen silbernen Leuchter.«
In diesem Moment kam eine Frau aus dem Haus und erteilte den Männern mit rauer Stimme Befehle:
»Warrrrte! Haalt, langsam mit dem Piano!«
»Es regnet, wird nass!«, radebrechte einer der Männer.
»Macht nix! Laaaangsam, sonst kaputt!«
Diese merkwürdige Frau stellte sich ohne Furcht den stämmigen Kerlen in den Weg.
»Meinst du, sie hat keinen Mann?«, überlegte meine Mutter laut.
»Doch«, vermutete Tante Safira und bekräftigte: »Die Frauen von dort sind wie Männer und benehmen sich genauso.«
Die Frauen von dort. Von wo dort, fragte ich mich.
Die drei Männer hoben nun vorsichtig das Klavier herunter, während die Frau ihnen den Weg wies. Die Tür des Sobrado sprang auf, und ein Mann mit heller Haut und blauen Augen kam der Frau entgegen. Er redete leise und langsam in einer fremden Sprache mit ihr. Sie entgegnete ihm etwas, und er antwortete darauf. Und er antwortete erst, als sie den Satz beendet hatte. Und sie sprach erst, nachdem er fertig war. Sehr seltsam. Der Mann ging zum Lastwagen, öffnete die Vordertür und reichte einem Mädchen die Hand, dem er beim Aussteigen behilflich war. Leichtfüßig sprang das Mädchen heraus, schaute auf die Nachbarn und entdeckte dann mich: Es sah mich an und lächelte! Der Mann spannte einen Schirm auf und begleitete sie ins Haus. Auch das Mädchen war schneeweiß. Eine große Brille mit dickem Rand zierte ihr Gesicht, sie hatte einen knielangen Rock an, und wie die Frau trug sie, obwohl es sehr heiß war, Söckchen in den Sandalen.
»Sind das auch Juden?«, wollte ich sofort von Tante Safi-

ra wissen, die immer über alles Bescheid wusste.
»Juden aus Deutschland. Sie sind vor dem Krieg geflohen. Sie sind schon länger in Brasilien, aber erst jetzt nach São Paolo gezogen.«
Ich schaute dem Mädchen nach und lächelte vergnügt. Ein jüdisches Mädchen, das genau gegenüber unserer Wohnung einzog? Ein Mädchen, das ich nach Hause einladen durfte? Sofort hatte ich die erste Plage von Pessach vergessen. Was für ein ungewöhnlicher Tag für einen Umzug. So kurz vor Jom Kippur!

Überglücklich begann ich, Pläne für meine neue Freundin zu schmieden, von der ich noch nicht einmal den Namen wusste. Sobald meine Eltern zur Synagoge aufgebrochen waren und Sarah und ich die Küche aufgeräumt hatten, rannte ich zu unseren neuen Nachbarn, fasste mir ein Herz und klingelte. Doch statt des Mädchens öffnete mir die Mutter. Ich erschrak, warum war sie nicht in der Synagoge? Zaghaft fragte ich nach dem Mädchen. Eva hieß sie, und sie durfte mit mir kommen. Eva war sehr dünn, aber nicht so dünn wie ich, ihre Beine waren nicht so dürr wie meine. Ihre langen Haare waren dunkelblond, sie waren aus dem Gesicht gekämmt und mit Propellerschleifen hinter den Ohren festgesteckt.
Sie kam, und wir setzten uns ins Wohnzimmer. Meine Brüder verließen den Raum, es schickte sich nicht für sie, mit uns Mädchen zusammenzusein. Lange saßen wir so da und wussten nicht, worüber wir reden sollten. Schließlich zog ich Eva mit in mein Zimmer, um ihr meine Schulhefte zu zeigen. Sie warf einen flüchtigen Blick darauf, dann entdeckte sie den Kamm, den ich aus Versehen auf dem Bett hatte liegen lassen, und kämmte sich die langen Haare. Ich war wie verzaubert und bat sie, ihr eine Frisur machen zu dürfen und schlug vor, Friseur zu spielen. Sie lächelte zustimmend. Keine der Frauen in

unserer Verwandtschaft hatte lange Haare, stets hieß es, lange Haare seien umständlich zu waschen, und überhaupt zögen sie die Läuse an.
Ich kämmte Eva die Haare, legte ihre langen blonden Haarsträhnen an meinen Kopf und versuchte, mein Spiegelbild im Fenster zu erkennen. Ob mir wohl lange Haare stehen würden? Und ob ihr wohl kurze schwarze Haare stehen würden? Eva lachte auf. Meine neue Freundin war lustig. Sie lachte so viel, dass sie mich ansteckte, bis wir beide schallend lachten. Sie lachte laut, weil sie es lustig fand, und ich lachte vor Glück, weil ich eine Freundin gefunden hatte.

Polen und Libanon

In der Synagoge setzte ich mich neben meine Mutter. Gesprächsfetzen drangen an mein Ohr, aber ich hörte nicht hin. Alle Sünden und die Plagen des letzten Jahres wog ich ab gegen all meine guten Taten. Vieles, was mir einfiel, konnte ich nicht verstehen, nicht zuordnen, nicht beurteilen, ich konnte nicht immer sagen, was gut und was böse war.
Da war zum Beispiel der Eiertrick meiner Mutter. Ich wusste, dass mein Vater belogen wurde, was schlecht war, andererseits achtete ich damit meine Mutter, weil ich ihre Lüge deckte, was wiederum gut war. Ich fragte meine Mutter, wie dies zu klären sei, aber mit einem strengen Blick hieß sie mich schweigen.
»Solche Dinge bespricht man nicht in der Synagoge!«, zischte sie und winkte eine Bekannte herbei, der sie von den Heiratsplänen ihrer Schwester Irene berichtete.

»Die Dokumente sind jetzt endlich gekommen. Salomão geht in zwei Wochen nach Rio, heiratet Irene und kommt mit ihr wieder zurück! Es wird großartig! Ich werde meine Schwester ganz in der Nähe haben!«
»Und Salomão, ihr Ehemann? Wie ist er? Wo kommt er her?«
»Ich glaube, er ist aus Polen.«
Das war der neueste Tratsch in der Synagoge: Meine Tante Irene aus Rio würde einen in die Jahre gekommenen Junggesellen heiraten und nach São Paulo ziehen!

Am Freitag nach Jom Kippur waren wir bei Dona Mindale, der Schwester dieses Salomão, eingeladen, um gemeinsam den Schabbat zu feiern. Die Familien von Braut und Bräutigam sollten sich vor der Hochzeit endlich kennenlernen, denn in Zukunft würden wir eine Familie sein. Als wir ankamen, war die Tür, nach dem Schabbat-Gebot, angelehnt, sodass wir nicht klingeln mussten. Dona Mindale begrüßte jeden von uns in holprigem Portugiesisch. Sie versicherte uns mit freudestrahlendem Gesicht immer wieder, wie sehr sie sich freue, dass die Familie jetzt wieder wachsen werde, nachdem all ihre Verwandten in den Lagern umgekommen waren.
Vorsichtig betraten wir das kleine Wohnzimmer. Sie stellte uns Salomão vor, der an dem großen Tisch mitten im Zimmer lehnte und uns eine lasche Hand zur Begrüßung entgegenstreckte. Der Tisch wirkte fast größer als das Wohnzimmer, die Stühle um ihn streiften fast die Wände. Wuchtige Kristallgläser waren auf zwei schmalen, wackligen Regalbrettern zur Schau gestellt. Auch die anderen Möbel wirkten riesig in diesem winzigen Raum. Es gab kaum Platz, sich einmal umzudrehen.
Vorsichtig schoben wir uns um den Tisch herum, um Dona Mindales ältesten Sohn Saul zu begrüßen. Er war 24, hinter ihm stand die 21-jährige Ana, und am anderen

Ende des Tisches lehnte der 16-jährige Jaime. Niemand verriet uns das Alter von Herrn Salomão, aber er schien wirklich deutlich älter zu sein. Eine Zeit lang traten wir von einem Fuß auf den anderen, ohne zu wissen, was wir tun oder was wir sagen sollten, bis Dona Mindale uns aufforderte, uns zu setzen. Dona Mindale war eine sehr sanftmütige Frau, die alles tat, um uns freundlich zu stimmen und das Schweigen ihres schwerfälligen Bruders zu überspielen. Dann entschwand sie in die Küche, aus der ein köstlicher Duft hereinströmte. Meine Mutter, die bereits Platz genommen hatte, sprang schnell wieder auf und warf Sarah und mir einen unmissverständlichen Blick zu. Doch Dona Mindale erschrak, als sie uns in der Küchentür stehen sah, und scheuchte uns wieder zurück ins Wohnzimmer.

»Besser, wir setzen uns, hier bei denen ist alles anders.«

Enttäuscht schob meine Mutter uns weiter; lieber hätte sie geholfen, statt sich wieder in die stumm sitzende Runde zu begeben. Mein Vater wurde allmählich ungeduldig.

»Es ist wärmer geworden heute.« Zaghaft versuchte meine Mutter den Auftakt für ein Gespräch. Saul ging zum Fenster und öffnete es weit.

»Ja. Es ist heiß.«

»Ihr seid aus Polen, oder?«

»Ja. Polen.«

»Aus Berlin?«

»Berlin liegt nicht in Polen.«

»Ah.«

Die große hölzerne Wanduhr tickte. Da polterte mein Vater los: »Hat es dir die Sprache verschlagen? So sag doch was! Kriegt ihr den Mund nicht auf, nur weil wir kein Jiddisch sprechen? Könnt ihr denn kein Portugiesisch?«

Wir wussten, wie wenig Anlass es für meinen Vater brauchte, um einen Streit vom Zaun zu brechen. Wenn sie streiten würden, würde es keine Hochzeit geben. Meine Mutter verkrampfte die Hände ineinander, bis die Knöchel weiß hervortraten.

»Salomão, was ist nun mit Portugiesisch?«, wiederholte mein Vater.

»Ein bisschen.« Salomão lächelte schüchtern.

»Verstehst du Arabisch? Wie willst du dich mit Irene unterhalten? Die kann doch nur Portugiesisch und Arabisch.«

»Herr Salím, möchten Sie den Kiddusch machen?«, versuchte Salomão, die Situation zu retten, und bot diese Ehre meinem Vater an. Er hob die silberverzierte Glaskaraffe vom Tisch, goss daraus den Wein in einen großen silbernen Kelch und reichte ihn meinem Vater mit den versöhnlichen Worten:

»Sie sind doch der Älteste, nicht wahr?«

»Ja. Aber doch nicht der Herr des Hauses! Sie müssen es machen, wollen Sie denn nicht bald heiraten?«, antwortete ihm mein Vater schroff.

»Doch. Komm her, Onkel Salomão, setz dich hierher, ich setze mich dort neben Sarah. Du heißt doch Sarah, oder?«, hörten wir auf einmal Saul sagen.

Mein Vater blieb mit offenem Mund sitzen. Saul war ein sympathischer und schöner Mann. Sarah wurde sehr verlegen; wir schämten uns immer, sobald ein Mann in unsere Nähe kam. Aber wir mussten das schlechte Benehmen meines Vaters wieder wettmachen.

Dona Mindale kam mit dem frisch gebackenen Schabbat-Brot herein. Sie bedeckte den Kelch und das Brot mit einem Tuch und stellte beides vor Salomão hin, der sich bereits erhoben hatte, um den Kiddusch zu halten, und bedeutete ihm, er solle anfangen. Offensichtlich hatte in diesem Haus Dona Mindale das Zepter in der Hand. Salomãos Gesten waren sehr bedächtig, genauso wie sein träger Blick, selbst seine lang gezogenen Worte verließen seinen Mund nur sehr zögerlich. Er hob die schöne Karaffe hoch, nahm den silbernen Verschluss ab und legte ihn bedächtig auf den Tisch. Dann schloss er die Augen, hob den Kelch bis auf Schulterhöhe und fing laut an zu beten. Auch sein Gebet war schleppend. Während er betete, wippte er mit dem Oberkörper vor und zurück. Bei jeder Bewegung schwappte etwas Wein auf sein Hemd und tropfte auf das weiße bestickte Tischtuch. Meine Mutter bemühte sich sehr, keine Miene zu verziehen. Diese zwei Minuten der Segnung des Weines kamen mir endlos vor. Dann schlug Salomão die Augen wieder auf und nahm einen kräftigen Schluck. Ab diesem Moment konnte alles nur besser werden. So dachte ich ...

Stolz trug Dona Mindale die Speisen herein. Sie hatte, um die Gäste zu ehren, die traditionellen Festtagsgerichte ihrer Küche zubereitet: gefillten Fisch, klein gehackte Leber mit Zwiebeln und hartem Ei, kalte Rote-Beete-Suppe mit Eigelb, glasierte Möhren und kalte Kalbsfußsülze.
Je mehr Schüsseln sie herbeischaffte und dabei die Zutaten erklärte, desto stärker verdüsterte sich die Miene meines Vaters, bis er zuletzt Messer und Gabel nebeneinander auf den Teller legte. Er hatte das Mahl beendet. Er probierte nichts, angewidert betrachtete er jede neue Speise, die appetitlich garniert vor ihm auf den Tisch gestellt wurde. Meine Mutter, beschämt über sein Verhalten, häufte um so mehr von diesem seltsamen Essen auf ihren Teller. Verzweifelt schaute sie auf die Portionen, probierte aber tapfer jedes Gericht und brachte mühsam hervor, wie ausgezeichnet es schmecke. Doch Sarah schien es tatsächlich zu schmecken. Sie fragte nach den Zutaten und nach der Zubereitung und fand alles köstlich. Meine Brüder und ich kosteten nur die Kartoffeln.

Onkel Jacó und Tante Safira

Samstags war der Onkel-Jacó-und-Tante-Safira-Tag. Der Duft des frisch gebrühten Kaffees kündigte den Besuch an. Samstags wurde er in den feinen englischen Porzellantässchen mit rotem Blumenmuster serviert. Die englischen Tässchen hatte meine Mutter auf dem Flohmarkt aufgestöbert, auf dem die Einwanderer aus Europa ihre Kostbarkeiten und Erinnerungen feilboten, um aus alten Schätzen neues Geld zu machen.

Samstags brauchten Sarah und ich keine Uhr. Sobald uns der Kaffeeduft in die Nase stieg, war es Zeit zu gehen. Wir verabschiedeten uns, um die Pfadfinder zu treffen. Mein Vater und Onkel Jacó saßen bei ihrer samstäglichen Kartenrunde; die Ellenbogen fest auf die grüne Filzdecke gestemmt, spähten sie in die Karten des Gegenübers.
»Bida?«, wandte sich Tante Safira an meine Mutter. »Wo ist denn die Uniform der Mädchen?«
»Die brauchen wir nicht«, beeilte ich mich zu versichern.
»Samstags braucht man keine Uniform«, bekräftigte Sarah hastig.
»Wie?«, riefen die beiden erstaunt aus. »Warum denn nicht? Und Tante Safira fügte entrüstet hinzu: »Jetzt hat eure Mutter euch extra die Uniform geschneidert, und ihr tragt sie nicht? Der Stoff war doch von eurem Vater - und so teuer! Rausgeschmissenes Geld!«
Als wir zu den Pfadfindern gingen, freuten sich unsere Eltern mit uns.
»Es ist besser, wenn sie mit diesen deutschen Juden zusammen sind, als mit nichtjüdischen Gören auf der Straße herumzulungern«, überlegte mein Vater laut. Besonders zufrieden war er über den Mitgliedsbeitrag: Jeder gibt so viel er kann. Diese Zeile in den Statuten

bewirkte sein Einverständnis. Gleich bei unserem ersten Treffen wurden wir von den Pfadfindern mit einer passenden Uniform ausstaffiert. Sie bestand aus einem dunkelblauen Faltenrock und einer beigen Bluse mit großen, stoffummantelten Knöpfen, auf der vorn zwei große und auf den Ärmeln zwei weitere, kleinere Taschen angebracht waren. Ein roter Schal wurde um den Hals geschlungen. Meine Bluse schlotterte an mir herum, bis meine Mutter sie, wie fast alles, enger nähte. In der darauffolgenden Woche erhielt mein Vater einen Brief mit der Aufforderung, die Uniformen zu bezahlen.

»Was?«, tobte er. »Diese Deutschen sind doch Gauner, erst sagen sie, jeder gibt so viel er kann, und dann halten sie die Hand auf!«

Mit dem Brief in der Hand befahl er meiner Mutter, die Naht wieder aufzutrennen und uns, die Uniformen mit folgender Botschaft zurückzubringen:

»Es ist eine Frechheit, meine Töchter dafür zu benutzen, an mein Geld zu kommen. Ich bin auch Verkäufer und weiß genau, was diese billigen Stofffetzen kosten, aus denen ihr die Uniformen fertigt. Die Uniformen können hier zu Hause um die Hälfte des Preises geschneidert werden!«

Mit klopfendem Herzen und in abgemilderten Worten richteten wir es aus. Mein Vater besorgte ähnliche Stoffe, und meine Mutter versuchte, die Uniform nachzuschneidern. Doch trotz ihres guten Willens und all ihrer Anstrengung, war das Ergebnis katastrophal. Der Schnitt der Bluse war nicht genau getroffen, die Farbe der Nähte war nicht die gleiche wie der Stoff, die Taschen stülpten sich bauchig nach außen, die Knopflöcher waren per Hand mit unterschiedlich großen Stichen genäht, der Rock hatte nicht das richtige Dunkelblau und legte sich nicht in die vorgeschriebenen Falten, sondern wellte sich eigenwillig.

Meine Mutter wusste um ihre Schwächen. Sie wusste, dass die Uniformen nicht schön waren, aber sie schlug sich sogleich auf Tante Safiras Seite. »Geht und zieht eure Uniform an, husch, husch!«
»Aber Mutter, am Samstag ist das doch nicht nötig. Das wissen Sie doch!«, protestierte Sarah leise.
»Respektier deine Tante, geht und zieht euch um! Das ist mein letztes Wort.«
Meine Mutter wagte es nicht, jemandem aus der Familie meines Vaters zu widersprechen. So verließen Sarah und ich also das Haus in unseren selbst geschneiderten Uniformen, den Spott der anderen schon im Ohr.

Vorsitzende der Pfadfindergruppe war eine gewisse Frau Irmgard Spanger, ich erinnere mich noch genau. Sie ratterte das *R* wie Motorengebrumm. Sie war sehr streng, aber ihre Strenge unterschied sich von der, die bei uns zu Hause herrschte. Alles, was sie uns beibrachte, wurde anschließend sofort abgefragt, damit sie sicher war, dass wir es auch wirklich gelernt hatten. Jede Zusammenkunft dauerte anderthalb Stunden. Draußen lernten wir verschiedene Knoten zu knüpfen, mit drei Stäbchen Feuer zu entzünden und uns in der Natur zu verstecken. Drinnen bekamen wir so nützliche Dinge beigebracht wie Morsetechnik. Danach unterrichtete sie uns ein bisschen in Hebräisch. Am Ende standen wir alle auf und sangen zusammen das Lied der Pfadfinder und die Hymne Israels. Es gefiel mir dort so gut, dass ich gar nicht mehr nach Hause wollte. Wir dehnten den Heimweg aus und schlenderten mit einigen Mädchen über kleine Umwege nach Hause.
An diesem Samstag schien die Sonne nicht mehr untergehen zu wollen und zeichnete uns in langen Schatten auf den Boden. Ab und zu blieben wir kichernd stehen. Auch Sarah lachte, und das machte mich glücklich, denn

sie hatte schon lange nicht mehr gelacht. Wir kamen spät nach Hause, und zu unserer Überraschung war Tante Safira immer noch da. Sie saß mit meiner Mutter in der Küche, doch bereiteten sie weder das Essen vor, noch aßen sie. Mein Vater und Onkel Jacó hatten das Kartenspiel zur Seite gelegt.
»Mutter? Ist irgendetwas passiert?«, fragte Sarah erschrocken in den Raum.

Saul

»Geh ins Wohnzimmer. Dein Vater möchte mit dir sprechen.«
Sarah wurde kreidebleich. Ich hielt den Atem an. Ich musste unbedingt in Sarahs Nähe bleiben. Ich nahm sie bei der Hand und ging mit ihr. Sarah begann zu zittern. Meine Mutter und Tante Safira kamen nach. Keiner sagte ein Wort.
»Willst du nicht sprechen?« Fragend schaute meine Mutter auf meinen Vater.
»Ich? Wieso?«
»Es geht um Folgendes«, meine Mutter suchte nach Worten, »Saul war heute hier.«
»Welcher Saul?«
»Der Neffe von Herrn Salomão, du weißt doch, das ist der, der Irene geheiratet hat. Die den gezuckerten Fisch essen.«
»Und?«
»Er kam mit Dona Mindale hierher, seiner Mutter. Erinnerst du dich?«
»Ja und?«

»Sie sagt, dass er in der Magbit arbeitet, einer Vereinigung, die Geld sammelt, damit Juden nach Israel gehen können ... oder Geld von Juden aus Israel schickt, ich weiß es nicht mehr so genau. Egal, es spielt jetzt keine Rolle, an wen und wohin das Geld geht. Aber er hat gesagt, dass er gut verdient und deshalb schon einen Haushalt und eine Familie gründen kann. Er kommt nächste Woche wieder, um die Antwort zu erhalten.«
»Antwort? Was für eine Antwort? Von wem denn?«
»Ja, von dir. Ob du seinen Antrag annimmst.«
»Was? Heiraten?« Tante Safira schnappte nach Luft. »Aber sie ist doch erst fünfzehn?«
»Ich weiß, dass man heutzutage viel später heiratet, aber ich habe auch mit sechzehn geheiratet und stehe immer noch hier. Wenn man zu lange wartet, besteht die Gefahr, dass man keinen guten Mann mehr abbekommt ... und er ist Jude! Überleg es dir gut. Goijim gibt es genug, aber einen Goi wollen wir nicht. Juden gibt es nur wenige.«
»Aber er ist Pole«, gab Tante Safira zu bedenken. Sie schien nicht sehr erbaut zu sein. »Und die sind so ganz anders als wir. Salím, was meinst du dazu?«
»Ich meine gar nichts. Das muss Sarah wissen.«

Mehr sagte mein Vater nicht. Ich konnte es nicht glauben. Mein Vater, der in dieser Familie immer alles entschied, äußerte sich nicht und überließ die Entscheidung Sarah!
Onkel Jacó durchbohrte seinen Bruder mit Blicken, doch mein Vater wich ihnen aus. Niemand verstand, warum.
»Ja, Jacó. Jeder soll den heiraten, den er will und den er mag«, sagte er.
Onkel Jacó schlüpfte in seine Jacke, verabschiedete sich schnell und führte Tante Safira hinaus. Ich sah, wie ein Lächeln auf Sarahs Gesicht aufblühte und ihre Augen leuchteten.

»Ich will heiraten!«, sprudelte es aus ihr heraus, als sie die Tür hinter Onkel und Tante zugezogen hatte. »Ich werde Saul heiraten. Ihr könnt ihm Bescheid sagen!«

Kleine Freiheiten

Die Tage, die auf den Heiratsantrag folgten, waren sehr hektisch. Alles quoll über vor Süßem und Salzigem und wuselnden Tanten. Sarah besuchte die Schule nicht mehr und hatte die Pfadfinder vergessen. Sie stickte fortan nur noch an ihrem Hochzeitskleid. Innerhalb von drei Wochen verwandelte sich meine heranwachsende Schwester in eine junge Frau.

Nachdem die Heirat beschlossen war, kam Saul jeden Tag zu uns zum Essen. Eines Abends versetzte das meine Mutter in Aufruhr. Sie wusste nicht mehr, was sie ihm kochen sollte, was mit ihm reden und wie sich verhalten. Mein Vater unterhielt sich nie mit ihm, brummte nur ein paar unverständliche Worte und ging dann wieder seinen Verrichtungen nach, genauso wie meine Brüder. Saul saß mit Sarah auf dem Sofa, während ich nun als Einzige in der Küche half. Meine Mutter war unruhig, sie schaute unentwegt zum Wohnzimmer.
»Dona Bida«, Saul steckte den Kopf zur Küche herein, »ich werde mit Sarah einen kleinen Spaziergang machen. Wir bleiben ganz hier in der Nähe - es dauert nicht lange, wir sind bald wieder zurück. Sie sind doch einverstanden?«
Sie quälte sich ein Lächeln ab, wagte nicht zu protestieren,

doch sie war außer sich über dieses Ansinnen. Schnurstracks eilte sie zu meinem Vater.
»Ach, Bida, lass die beiden doch machen. Ich mische mich da nicht ein.«
»Aber ... es ist schon spät am Abend, es ist ja fast schon dunkel draußen, du musst doch etwas sagen, sie kann doch nicht einfach so allein mit ihm spazieren gehen. Was werden die anderen sagen?«
»Ich mische mich da nicht ein!«
Leise schimpfend kam meine Mutter zurück und stieß die Tür hinter sich zu.
»Wie kann er sich nicht einmischen? Er ist der Vater, er muss etwas sagen! Zieh dich um, Jamile, du gehst mit ihnen.«
»Ich?«
Ich fühlte mich stark, da mein Vater dieser Situation keine Wichtigkeit beimaß.
»Ich gehe nur, wenn meine Freundin Eva auch mitkommt.«
»Nein. Ohne Freundin, zieh dich sofort um und geh!«
In diesem Moment klopfte Saul an die Tür, um Bescheid zu geben, dass sie jetzt gehen würden. Wieder lächelte meine Mutter ihn an, trocknete sich die Hände an der Schürze und schüttelte ihm die Hand, während sie ihn bat, zeitig zurückzukehren, da Sarah morgen sehr früh aufstehen müsse.
Und so brach Sarah allein mit ihrem Freund in die Nacht auf.

Drittes Jom Kippur

Kartenspiel

Wieder einmal waren wir umgezogen. Unser neues Stadtviertel Bom Retiro entwickelte sich im Laufe weniger Jahre zu einem Magneten für die Juden der Stadt. Jüdische Schulen wurden gegründet, Synagogen eingeweiht, Märkte und Geschäfte sorgten für lebhaftes Treiben auf den Straßen. Warum ausgerechnet Bom Retiro, wusste niemand so genau. Es war kein besonderes Viertel, aber es galt als schick, dort zu wohnen.
Bis auf wenige Sefarden, die weiterhin in der Nähe ihrer vertrauten Synagoge in der Moóca bleiben wollten, ließen sich die meisten und vor allem die neu ankommenden Juden hier in diesem Viertel nieder.
Bom Retiro gab mir etwas, was ich zuvor nie gekannt hatte: ein Gefühl von Freiheit. Zumindest was meine Familie betraf. Meine Mutter sorgte sich vor allem um meine jüngst verehelichte Schwester und turtelte mit der neuen Verwandtschaft. Isaac, mein großer Bruder, würde bald sein Studium abschließen, und David, der Kleinste, war nun kein Baby mehr, und ich hatte Zeit: endlich Zeit für mich.

Seit Sarahs Hochzeit war *Heiraten* das beliebteste Gesprächsthema unter uns Freundinnen. Lange vor Rosch haSchana begannen wir, Pläne für eine Tour durch die Synagogen an diesem Tag zu schmieden. Wo gab es die meisten Männer? Meine Freundinnen kannten sich aus mit den Junggesellen. Sie wussten, aus welchen Familien sie kamen und wer wann wo war. Die wichtigsten

Informationen kamen stets von Dora, deren Familie ihre Tentakel in der jüdischen Gemeinde überallhin ausstreckten. Meine Rolle beschränkte sich auf das Zuhören. Die einzigen jungen Männer, die ich kannte, waren meine Cousins und die Jungs bei den Pfadfindern. Voller Inbrunst stürzten wir uns auf unsere Pläne. Alle wollten wir endlich einen Freund haben!

Jeden Samstag, wenn wir uns trafen, spazierten wir im Viertel von Synagoge zu Synagoge, spähten alle aus und notierten penibel, wo junge Männer saßen. Erst gegen Abend kehrte ich nach Hause zurück – in die immer leerer werdende Wohnung.

An den Wochenenden waren alle ausgeflogen. Zurück blieb einzig mein Vater. Zunächst vermisste er uns nicht. Er erkundete das Viertel, kundschaftete Preise aus und besuchte die Nachbarn. Doch diese Spaziergänge verloren allmählich an Reiz, und die Aussicht auf einen weiteren langweiligen Samstag ohne Familie machte ihn verdrießlich. Doch den Vorschlag meiner Mutter, samstags gemeinsam mit ihr Sarah zu besuchen, lehnte er schroff ab.

»Ich werde niemanden besuchen! Wenn Sarah mich sehen will, soll sie gefälligst hierherkommen«, brauste er auf.

Er erinnerte sich an die samstäglichen Kartenrunden mit seinem Bruder Jacó, und beschloss, seinen älteren Bruder wieder einzuladen. Als Onkel Jacó und Tante Safira die Einladung zum Kartenspielen und zum Essen freudig annahmen, kochte meine Mutter am Freitag die doppelte Menge vor.

Am Schabbat hieß es für sie Tisch decken, die tags zuvor zubereiteten Speisen servieren, Tisch abräumen, Tisch decken, Kaffee bringen, Tisch abräumen und dazwischen warten. Für den folgenden Samstag machte sie den beiden den Vorschlag, sie sollten doch wiederkommen. Nachmittags zum Kaffee. In der stillen Hoffnung, dass sie dann weniger vorbereiten müsste und dafür am Vormittag Sarah besuchen könnte. Sie besuchte meine Schwester sehr gern und begründete dies mit der mütterlichen Sorge um die verheiratete Tochter. Aber in Wahrheit waren die Besuche ein Alibi, um allein aus dem Haus gehen zu dürfen. Sie schlenderte durch die Straßen, bewunderte die Auslagen in den Schaufenstern und schaute auf einen Sprung in die Synagoge, wo sie Bekannte traf und neue Freundschaften knüpfte.

Doch Onkel Jacó enttäuschte meine Mutter: »Nachmittags? Von der Moóca bis hierher – den ganzen langen Weg für die paar Stunden? Ausgeschlossen.«
»Dann kommt doch gleich nach dem Frühstück, esst mit uns zu Mittag und bleibt danach noch zu Kaffee und Kuchen«, schlug mein Vater vor. Von dem Vorhaben meiner Mutter ahnte er nichts.
»Ist das Bida auch recht?«, warf Tante Safira ein.
»Aber natürlich, warum sollte es ihr nicht recht sein?«, antwortete mein Vater mit einem Achselzucken.
»Nein, natürlich ist es mir recht«, versicherte meine Mutter und schluckte schwer. Doch meinen Tochteraugen entging der schwarze Rauch nicht, der ihr Haupt umwehte. Aber das sind die Probleme meiner Mutter, nicht meine, sagte ich mir. Einzig der Punkt Mittagessen ließ mich aufhorchen, da dies für mich Küchendienst hieß, statt mit meinen Freundinnen die Route für Rosch haSchana auszutüfteln. Meine Mutter zitterte vor Wut, als sie sich den Ablauf der künftigen Besuchstage ausmalte: an den Herd gefesselt, die ideale Gastgeberin für Tante Safira mimend. Den frisch gebrühten Kaffee in die Tässchen aus englischem Porzellan gießend, die Teller auf dem grünen Filz mit den Süßigkeiten für die Kartenspieler auffüllend. Wie dieser Falle entkommen? Ihre

Miene zeigte noch das eingefrorene Lächeln, als ihre Augen plötzlich aufleuchteten und sie, die nie ihre Meinung äußerte, bevor sie nicht danach gefragt wurde, das Wort ergriff und folgenden Satz in die Runde warf: »Warum zieht ihr nicht hierher, hier zu uns nach Bom Retiro?«
Drei Augenpaare starrten sie an. Mein Vater räusperte sich und nahm die Brille von der Nase. Tante Safira war von den Worten meiner Mutter so überrascht, dass sie vergaß, dass sie die Hand nach den Süßigkeiten ausgestreckt hatte; langsam und leer zog sie die Finger wieder zurück. Onkel Jacós Interesse wandte sich sofort wieder dem unterbrochenen Spiel zu. Aus dem Kartenfächer in seiner Hand zog er eine heraus und knallte sie auf den Tisch.
Mein Vater ließ den Blick von meiner Mutter zu Onkel Jacó wandern. »Ja, Jacó, warum zieht ihr nicht zu uns nach Bom Retiro? Ihr seid ja bald ganz allein da in der Moóca. Alle Juden ziehen hierher.«
»Salím, du bist dran.«
»Jacó, denk doch mal darüber nach, wir könnten jeden Tag zusammen Karten spielen. Wenn du hier ganz in der Nähe wohnen würdest, hättest du keinen langen Heimweg und könntest auch für ein paar Stündchen zu uns kommen. Hier im Viertel gibt Synagogen, koschere Metzger, Schochets ...«
»Es gibt aber nur Aschkenasim im Bom Retiro«, unterbrach ihn Onkel Jacó.
»Was?«
»Im Bom Retiro wohnen nur Aschkenasim. Das sagte ich. Das ganze Viertel ist voll von ihnen.«
»Nein, das stimmt absolut nicht! Zugegeben, es gibt viele hier, ja, aber es gibt auch genügend Sefarden.«
So spulte sich nun die Unterhaltung mit Onkel Jacó in den folgenden Wochen nach einem festen Muster ab:
»Jacó, komm doch hierher nach Bom Retiro. Alle ziehen

hierher.«
»Das ist doch nur eine Mode.«
»Was?«
»Ich sagte, dass am Anfang alle, die aus dem Libanon oder aus Syrien gekommen sind, in die Moóca gezogen sind ...«
»Aber jetzt ziehen sie hierher…«
»Nur du wolltest damals nicht in die Moòca, du bist sogar in die Paulista gezogen, wo die deutschen Juden wohnen. Und jetzt bist du hier, in einem Viertel, wo es nur Juden vom Ende der Welt gibt: aus Polen, Litauen, Rumänien oder sonst woher ... alles Länder, von denen keiner weiß, wo man sie überhaupt nur auf der Landkarte suchen soll.«
»Dann bleib doch in der Moóca. Über kurz oder lang wird es dort nur noch Goijim geben.«
»Bin ich hierhergekommen, um Karten zu spielen oder um über die Moóca zu debattieren?«
»Was?«
»Was, was ... Du bist dran, habe ich gesagt.«
Aber die Sache war nicht vom Tisch, nein, sie gedieh im Geheimen weiter.
»Sie wohnen da allein mitten unter all den Goijim. Und wenn ihnen etwas zustößt? Wer wird ihnen helfen?«, fragte mein Vater Jacós ältesten Sohn mit sorgenvoll gerunzelter Stirn.
»Es gibt dort auch Juden ... Und was ist so schlecht an den Goijim?«
»Deine Eltern sind dort allein. Sogar David, der Jüngste von uns, hat nun sein Geschäft im Bom Retiro.«
Meine Mutter bearbeitete den weiblichen Teil der Familie und legte im Hinblick auf künftige freie Stunden all ihre Überredungskünste in diese Kampagne.
Doch ich hatte kein Ohr für die Sorgen meiner Mutter, denn ich fieberte Rosch haSchana entgegen. Ich hatte an-

dere Pläne. Ich wollte endlich einen festen Freund.

Jorge

Rosch haSchana kam rasch heran. An den Tagen davor führten meine fleißigen Hände die Befehle meiner Mutter aus, doch mein Kopf gehörte allein meinen Wünschen. Am letzten Samstag vor Rosch haSchana, als endlich der Duft des Kaffees durch die Wohnung zog, schlich ich mich aus der Küche und probierte fieberhaft die Kleider durch, die ich anziehen könnte. Mit Herzklopfen holte ich die neuen Schuhe aus der Schachtel; das Geld dafür hatte ich seit Langem zusammengespart. Zum ersten Mal würde ich in neuen, endlich passenden und von mir selbst gekauften Kleidern in der Synagoge erscheinen. Ich bürstete mir die Haare, bis sie knisterten und glänzten. Weich und lockig umrahmten sie mein Gesicht. Von den Problemen meiner Freundinnen, die mit mühseliger Geduld und allerlei Mixturen aus störrischen Haaren eine Frisur zaubern mussten, war ich glücklicherweise verschont. Ich drehte und verrenkte mich vor dem kleinen Spiegel und prüfte meine weiblichen Rundungen. Endlich hatte ich die Freundinnen eingeholt, die mir in punkto Kurven voraus gewesen waren. Mein Gegenüber lächelte mir bewundernd zu.

Unser Marschplan für diesen besonderen Tag stand also fest. Eine Wanderung von Synagoge zu Synagoge, um die schönsten Männer zu suchen. Ein Flirtparadies.

Ich entdeckte ihn vor der großen Synagoge in der Rua Newton Prado. Das große Gebäude lag von der Straße

zurückgesetzt, ein breiter Gehweg führte auf das Eingangsportal zu. Er lehnte an dem kleinen Mäuerchen, das die Stufen zum Eingang umfasste. Um ihn herum standen junge Männer, die ihre Unterhaltung mit ausholenden Gebärden begleiteten und Punkt und Komma ihrer Sätze dazu nutzten, den Kopf nach den Vorbeigehenden zu drehen und die jungen Mädchen zu mustern. Er stand schweigend unter ihnen und ließ die Wortkaskaden mit vor der Brust verschränkten Armen über sich ergehen. Zwischendurch kaute er an den Nägeln oder zog einen kleinen Kamm aus der Tasche seines schlecht gebügelten Hemdes und fuhr sich rasch durch die Haare. Sein Blick schweifte umher, bis er meinem begegnete, als wir den Weg entlangkamen. Erschrocken zupfte ich meine Haarschleife zurecht, schaltete meine Mimik auf unbeteiligt, senkte den Blick und zählte das Unkraut in den schmalen Ritzen zwischen den Pflastersteinen.
Im ersten Moment hatte er mich an meine Brüder erinnert, ja irgendwie sogar an meinen Vater. Entsetzt verscheuchte ich diesen Gedanken. Heute war mein Tag, ohne die Familie im Schlepptau.
Verstohlen blickte ich mich nach ihm um und sah, wie er lächelte. Er beteiligte sich nicht an den Gesprächen, hatte aber den Mund leicht geöffnet, als ob er etwas sagen wollte. Die anderen um ihn debattierten leidenschaftlich über die Fernsehgeräte, die es seit Neuestem zu kaufen gab. Vor dem Eingangsportal verlangsamten wir den Schritt und blieben stehen. Wer waren diese jungen Männer? Wir hatten sie noch nie zuvor in unserem Viertel gesehen. Die Mutigste von uns ging hin und fragte sie nach der Uhrzeit, um zu hören, an welcher Stelle im Gebet die Betenden waren und wie viel Zeit bis zum Blasen des Schofar noch verbliebe. Zur Stunde des Schofar musste nämlich jede von uns in der Synagoge sein, in der die Eltern waren.

Verstohlen wandte ich mich nach ihm um, unsere Blicke trafen sich, und er lächelte mich an. Ich versuchte mein Erröten zu verbergen und heftete den Blick auf einen wild gestikulierenden jungen Mann aus der Truppe. Wie ging es nun weiter? Worüber hatte Sarah mit Saul auf dem nächtlichen Spaziergang wohl gesprochen? Stolz dachte ich an meine Schwester, die um diese Geheimnisse wusste. Sarah, die Glückliche, die ohne die Bürde der Familie ein neues Leben führte. Da waren sie schon wieder, die Gedanken an meine Familie.

»Los«, riss mich Doras Stimme aus meinen Gedanken. »Wir müssen uns beeilen ... Der Schofar ... in einer Viertelstunde ist es soweit, wir müssen zurück.«
Ich durfte nicht länger hier stehen bleiben. Meine Mutter hasste es, wenn ich mich verspätete. Ich riss mich los, doch sobald ich mich ein paar Schritte von ihm entfernt hatte, gerieten meine Füße aus dem Takt. »Geh zurück, vielleicht siehst du ihn sonst nie wieder«, flüsterte eine Stimme in meinem Kopf.
Aber ich musste weiter und wollte doch nur eins: umkehren. »Wie kannst du nur davonrennen und etwas beenden, was noch kaum begonnen hat?«, beharrte die Stimme.

Doch ich konnte nichts anderes tun als weitergehen zu der Synagoge, in der meine Mutter mich erwartete. Ich war noch nicht weit gekommen, da legte sich plötzlich eine Hand sacht auf meine Schulter und eine Stimme hinter meinem Rücken sagte:
»Jorge.«
Ich errötete. Mit zittrigen Knien wandte ich mich um.
»Jorge«, wiederholte er, »und du, wie heißt du?«
»Jamile«
»Wo bist du an Jom Kippur, Jamile? Wieder hier in dieser

Synagoge?«
»Ja, auch, bin mal hier, mal da unterwegs«, stammelte ich.
»Ich werde dich suchen.«

Als er wieder in der Menge verschwunden war, ging ich schnellen Schrittes weiter und erreichte die Synagoge, in der meine Eltern waren, wenige Minuten, bevor der Schofar geblasen wurde. Zum Glück entdeckte ich meine Mutter schnell, die vorwurfsvoll auf die Uhr zeigte. Zum ersten Mal konnte ich mich nicht schuldig fühlen, ich war zu glücklich. Wie berauscht quetschte ich mich zwischen die Stehenden. Meine Wangen glühten. So musste es sich anfühlen, wenn man betrunken war.
»Warum bist du so rot?«
Der Rabbiner kam mir zu Hilfe. Energisch schlug er mit der flachen Hand auf das Tischchen vor ihm und gebot Ruhe.
Meine Mutter ließ mich nicht aus den Augen. Bestimmt konnte sie meinen pochenden Herzschlag in der erwartungsvollen Stille vor dem Ertönen des Schofar hören. Ich wich diesem Blick aus, indem ich die Augen niederschlug. Das Staccato meines Pulsschlags verschmolz mit dem vibrierenden Ton des Schofar. Das schrille Heulen aus dem Widderhorn schwoll an, wurde lauter und lauter und hallte im Raum nach. Als es verklang, hatte das neue Jahr begonnen. Aber in meinem Kopf war schon kein Platz mehr für Rosch haSchana: Ungeduldig wartete ich auf Jom Kippur. Auf das Wiedersehen mit Jorge.

Schwiegermütter

Am Tag danach spürte ich, dass die Begegnung mit Jorge mich von der Last meiner Familie befreien könnte. Von nun an gab es etwas, was ich nicht mit ihnen teilte. Und auch was zu Hause vor sich ging, bedrückte mich nicht mehr so sehr. Meine Gedanken galten Jorge. Darüber hatte ich ganz vergessen, dass der Umzug von Onkel Jacó beschlossene Sache war und genau am Tag vor Jom Kippur stattfinden sollte.

Unser erstes Jom Kippur im Bom Retiro stand vor der Tür. Der Schochet wohnte in unserer Straße, ganz in der Nähe. Alles würde schneller und praktischer vor sich gehen, so meinten wir. Vor allem würden wir uns nicht länger mit flügelschlagendem, nach Händen hackendem, laut protestierendem Federvieh durch die Straßen quälen und bis Mitternacht auf den Schochet warten müssen. Alles würde so einfach sein, dass die Kapara - auch ohne Sarah - ihren Schrecken verlor.
Am letzten Markttag vor Jom Kippur tummelten sich unzählige Menschen auf dem Markt. Die mit den noch leeren Einkaufswägelchen bahnten sich den Weg durch das Gewimmel zu den Ständen, während die anderen, bewehrt mit Hühnern, Tüten und quietschend rollenden, vollbepackten Einkaufswagen, sich ruppig aus der dichten Menge hinausdrängten. Am Schlimmsten waren die alten Frauen. Es waren immer die alten Frauen, die auf Respekt pochten, und bei denen ich mir nie sicher war, ob sie nun tatsächlich alt waren oder ob sie nur auf diesen Vorteil bestanden. Meine Miene verfinsterte sich, doch plötzlich überfiel mich der Gedanke, dass Jorge unerwartet um die Ecke biegen könnte. Ich zog die Augenbrauen hoch, um die Zornesfalten zu vertreiben, und

warf den starrsinnigen, verschrobenen Alten ein Lächeln zu, das sie weder verstanden noch verdienten. Vielleicht war eine von ihnen ja die Mutter von Jorge? Die betagten Aschkenasim hier im Bom Retiro waren so ganz anders als die sefardischen Alten der Moóca. Diese hier waren zänkisch, zettelten Wortgefechte an, als fürchteten sie nichts und niemanden, nicht einmal die Männer. Streitlustig versperrten sie die schmalen Wege oder blieben mitten im Gedränge einfach stehen, um ein Schwätzchen zu halten. Unter den Wartenden an den Ständen waren sie es, die sich Gehör verschafften. Sie übertönten sogar die Händler, die sich die Seele aus dem Leib schrien und mit heiserer Stimme und geschwollenen Adern ihre Waren feilboten.

Ich stieß den prall gefüllten Marktwagen durch die Menge und achtete besorgt auf die aufgeregt gackernden Hühner, um sie nicht versehentlich zu massakrieren. Meine Wut auf das stinkende Federvieh perlte an meinem künstlichen Lächeln ab. Meine Mutter ging hinter mir, die Brieftasche fest unter die Achsel geklemmt. Bom Retiro galt zwar als ein sicheres Viertel, doch seit geraumer Zeit tauchten in den Straßen von São Paulo verwahrloste, ausgemergelte und zahnlose Gestalten auf: Es waren Familien mit Kinderscharen, die kaum lesen geschweige denn schreiben konnten. Sie waren kleiner und von dunklerer Hautfarbe als die Einwanderer. Als sie mir zum ersten Mal begegneten, nahm ich an, dass sie vor irgendeinem Krieg geflohen waren, vermutlich aus Europa, wo es wohl offensichtlich immer Kriege gab. Aber nein, wurde ich aufgeklärt, sie kamen von woanders her, wo eine andere Art von Krieg tobte, der ewige Krieg zwischen Mensch und Natur. Sie stammten aus dem Nordosten Brasiliens. Einer Region, in der immerwährende Dürre herrschte, die die Menschen zur Armut

verdammte. Sie waren es gewohnt, unter freiem Himmel zu leben und schlugen ihr Schlafquartier auf den Straßen São Paulos auf. Die rotznasigen Kinder bettelten, und die Eltern, wenn sie keine Arbeit fanden, versuchten sich an den Geldbörsen der älteren Frauen.
So wie meine Mutter ihre Geldbörse hütete, so hütete ich meine Hühner, und wir boxten uns mit den Ellbogen einen Weg durch ein Grüppchen Jiddisch sprechender Frauen.
»Das sind Polinnen«, raunte mir meine Mutter mit einem bedeutungsvollen Blick zu. Dank Sarahs neuer Familie hatte sie den Akzent sofort erkannt.

Endlich lichtete sich das Gedränge am Rande des Marktes. Ich atmete auf und lief schneller, um dem Geschiebe zu entkommen. Da verhakte sich das Rad meines vollen, schweren Marktwagens mit dem Wagenrad einer heranstürmenden Polin, Russin oder einer aus Litauen oder sonst woher, die entschlossen in die entgegengesetzte Richtung eilte. Sie zog und zerrte an den ineinander verkeilten Rädern. Gestenreich versuchte ich ihr zu erklären, wie sie den Wagen bewegen solle. Doch mit einer einzigen jähen Bewegung riss sie ihren Wagen los und verbog dabei mein Rad. Wütend goss sie einen Wortschwall über mich, den ich nicht verstand. Die Frauen um uns nutzten die Gelegenheit und mischten sich, in einem unverständlichen Kauderwelsch keifend, ein. Verzweifelt hielt ich nach meiner Mutter Ausschau. Bei dem kreischenden Gezänk und dem strengen Odeur verschwitzter Leiber und verzweifelter Hühner wurde mir schwindlig. Onkel Jacó kam mir in den Sinn. Ob er wohl diese Frauen meinte, wenn er sagte, dass es so viele Aschkenasim im Bom Retiro gab?
Plötzlich spürte ich eine Hand an meinem Arm, die mich sanft berührte.

»Jamile?«
»Sarah!«
Mitten in dem Durcheinander tauchte meine lächelnde Schwester auf. Frisch frisiert und in Stöckelschuhen, als gäbe sie eine große Vorstellung im Theater.
»Wo ist Mutter?«
Sarah schleppte weder irgendwelche Tüten, noch schob sie ein Wägelchen durch das Gedränge.
»Mutter kommt gleich. Wo sind denn deine Einkäufe?«
»Das ist Maria«, sagte sie und deutete auf eine dunkelhäutige Frau mit breitem Lächeln und lückenhaftem Gebiss, die neben ihr stand und einen Marktwagen zog.
»Maria, das ist meine Schwester Jamile.« Wieder zu mir gewandt fuhr sie nicht ohne Stolz fort: »Das ist meine Angestellte, seit einer Woche hilft sie mir nun schon bei der Hausarbeit. Sie kommt aus Bahia.«
»Aus Sergipe, Dona Sarah«, nuschelte Maria.
»Sergipe. Ja genau, das habe ich ja gemeint. Sie ist vor zwei Wochen nach São Paulo gekommen und hat Arbeit gesucht.«
»Sarah, du musst dich beeilen mit dem Hühnerkaufen, es gibt schon fast keine mehr.«
»Ich brauche keine Kapara zu machen. Dona Mindale gibt Almosen für die Armen.«
»Wie das? Du willst keine Kapara machen?«
»Nein. Das heißt doch, aber anders. Meine Schwiegermutter braucht dazu nur ein paar Geldscheine. Sie machen es eben anders als wir.« Ihre Stimme wurde zu einem Flüstern: »Ich weiß auch nicht so genau. Jedenfalls brauchen wir keine Hühner mehr.«
Besorgt verabschiedete ich mich von ihr. Die Kapara war die Pflicht eines jeden Juden.

In der Warteschlange

Die Zeiger der Uhr jagten vorwärts, und wir hasteten hinterher. Zugegeben, der Markt von Bom Retiro war zwar größer und näher, viel praktischer für uns, aber es kam mir so vor, als ob alles noch länger dauerte als früher. Erschöpft und verschwitzt kamen wir endlich zu Hause an. Meine Mutter setzte sich erst gar nicht hin; sie nahm keinen Bissen zu sich, sondern gab gleich Anweisungen, was zu tun sei.

»Hol zuerst die Lebensmittel aus dem Wägelchen und verstau sie in den Kühlschrank.«

Das Einkaufen auf dem Markt hatte uns mehr Zeit gekostet, als wir dachten.

»Vorsicht mit den Eiern, nimm zwei heraus, versteck sie im Gemüsefach unter dem Salat, die anderen kommen in die Kühlschranktür.«

Wir hetzten weiter durch den Tag. Während ich die Auberginen in der Pfanne briet, aß ich einen Löffel kalten Reis aus dem Kühlschrank. Raspelte die Karotten für die Suppe und schob mir ein paar Schnipsel in den Mund. Verquirlte die Eier für die Mayonnaise und wischte das Schälchen mit einem Stück Brot aus. Ich hatte Hunger, doch es gab keine Zeit zum Essen. Der Stundenzeiger der Uhr über der Kommode im Wohnzimmer jagte uns einen Schreck ein, sooft wir einen Blick darauf warfen.

»Wir müssen zum Schochet.«

Mit den Hühnern in der Hand rannte meine Mutter nach draußen. Sie hatte immer noch die Schürze um.

»Den Rest machen wir nachher. Gleich kommt Tante Safira und will ihre Hühner abholen, und wir waren noch nicht einmal beim Schochet!«

So jagten wir los und hinterließen ein heilloses Durcheinander, ein äußerst ungewohnter Zustand für die Kü-

che meiner Mutter. Wir quetschten uns in den Aufzug, wimmelten alle ab, die die 14 Stockwerke mitfahren wollten, und rasten aus dem Haus. Auf dem Gehweg stießen wir auf eine endlos lange Schlange von Frauen, in deren Händen Hühner baumelten. Was machten die hier, wo der Schochet doch zwei Ecken weiter wohnte?
»He, ihr, ihr müsst euch hinten anstellen«, tönte eine der Wartenden.
»Achtung, die wollen sich vordrängeln!«, kreischte eine andere. Die Schlange wurde aufmerksam und fixierte uns.
»Ihr steht hier für den Schochet an?«, fragte meine Mutter ungläubig.
»Nein! Wir warten auf den verspäteten Zug«, höhnte eine Frau und erntete dafür sarkastisches Gelächter.
»Geh doch mal weiter vor und schau, ob du nicht irgendeine Bekannte von uns entdeckst«, tuschelte meine Mutter und ließ den Blick über die nicht enden wollende Reihe der Wartenden wandern. Doch ich gehorchte ihr nicht, sondern senkte den Blick und schaute zu Boden. Das Letzte, was ich so kurz vor Jom Kippur wollte, war, dass mich irgendjemand sah, hier neben meiner drängelnden Mutter in ihrer geflickten Schürze.

Der Lippenstift

Am Mittag vor Jom Kippur hatte ich nicht einmal Lust verspürt, die Hühnersuppe zu probieren, für deren Zutaten wir stundenlang angestanden hatten. Ich begleitete meine Familie auch nicht in die Synagoge. Müde und erschöpft wie ich war, wollte ich von Niemandem gesehen werden. Wir wohnten im Bom Retiro, dem Judenviertel, wo doch alles so viel einfacher sein sollte. Wir hatten einen richtigen Kühlschrank, der uns das Eisschleppen ersparte, und zwei Ecken weiter gab es sogar eine Fischhandlung. Trotz all dieser Annehmlichkeiten empfand ich die Vorbereitungen anstrengender als je zuvor. Dieser ganze Zinnober, damit mein Vater und meine Brüder ihre Sünden büßen und ausgeruht in der Synagoge beten konnten. Meine Mutter musste sie begleiten.

»Was würden denn die anderen sagen, wenn du nicht hingehst?«, ermahnte mein Vater sie, als er sah, wie sie sich einen Moment lang kraftlos auf einen Stuhl sinken ließ.

»Mutter, um das Geschirr und um den Tisch kümmere ich mich«, sagte ich rasch zu ihr. Sie seufzte tief auf, gab sich einen Ruck und ging ins Bad. Ich begann den Tisch abzuräumen und warf dabei einen schnellen Seitenblick auf meine Brüder, die – wie immer – einfach sitzen blieben. Warum konnten die Männer nicht auch mithelfen? War das auch ein göttliches Gebot? Der Boden musste noch gekehrt werden. Ich fegte die Krümel mit dem Strohbesen absichtlich gegen die frisch polierten Schuhe meiner Brüder, um mich anschließend scheinheilig zu entschuldigen. Als meine Mutter wieder erschien, fragte mein Vater verwundert: »Trägst du etwa Lippenstift?« Meine beiden Brüder drehten sich um und starrten auf

ihren Mund.
»Das ist doch von dem Geld von Raquel«, beeilte sich meine Mutter zu versichern und nestelte an ihrer Bluse. »Ich habe davon doch dieses Kleid und den Lippenstift gekauft, weißt du nicht mehr?« Und sich zur Tür wendend wechselte sie rasch das Thema. »Ich bin fertig. Gehen wir?«
Der Eiertrick verschönte meine Mutter. Ihr Haar glänzte, ihre Haut war makellos glatt. Mit dem Lippenstift und dem neuen hellen Kleid wirkte sie viel frischer und nicht mehr so müde wie sonst. Gemeinsam und ohne mich machten sie sich auf den Weg zur Synagoge.

Ich schleppte mich ins Bett und erwachte nach langen Stunden wohlverdienten Schlafes mit neuer Energie. Die Sonne schien, ein leichtes Lüftchen wehte. Ein ideales Wetter für Jom Kippur. Mit schlechtem Gewissen holte ich meine schönen Sachen aus dem Schrank. Jom Kippur war ein Tag, der Demut verlangte, doch ich konnte mich heute nicht in alten Kleidern auf den Weg machen. Mit meinem Nachthemd streifte ich meine Skrupel ab und machte mich schön.
Wir waren sieben herausgeputzte junge Mädchen in hellen, luftig schwingenden Plisseeröcken mit schmalem Taillenbund, in denen gestärkte Blusen steckten. Große Schleifen zierten die schimmernden, frisch duftenden Haare. Wir zogen durch die Straßen und hinterließen eine Fährte aus Parfüm und Blasiertheit. Mit unserem Lachen, dem Lächeln, Geflüster und Getuschel erregten wir die Aufmerksamkeit aller. Zufrieden über die Blicke eilten wir von einer Synagoge zur anderen, als hätten wir eine wichtige Verabredung. Kaum hatten wir eine Synagoge betreten, wandten sich die jungen Männer nervös nach uns um, als ob sie unsere Anwesenheit gespürt und auf uns gewartet hätten. Wir senkten die Lider und neig-

ten anmutig den Kopf. Hatten wir alle Blicke auf uns gezogen, gluckten wir zusammen und sammelten uns für einen weiteren Auftritt. Und hinfort ging's zur nächsten Synagoge.
An diesem Jom Kippur dachte ich weder an Sünden, noch an Strafe und schon gar nicht an irgenwelche Hühner. Ich fastete, verschwendete aber nicht einen Gedanken daran, ich spürte keinen Hunger. An diesem Tag amüsierte ich mich. Nicht nur bei den Jungen, sondern bei fast allen spielte sich, sofern es nicht regnete, das gesellschaftliche Leben draußen, unterwegs zu den Synagogen ab. Das gesellschaftliche und das geschäftliche Leben. Obwohl es verboten war, an Jom Kippur Handel zu treiben, nutzten viele diesen Tag, um neue Geschäfte anzubahnen. Hinter vorgehaltener Hand wurde beim Betreten der Synagoge noch schnell getuschelt: »Wir reden nächste Woche darüber, nach Jom Kippur. Heute wäre es eine Sünde!«
Auch meine Freundinnen und ich tuschelten. Kaum hatten wir uns gesetzt, ließen wir den Blick über die Reihen junger Männer schweifen, stachelten uns gegenseitig an und kicherten dann: »Schau nicht so viel, das ist eine Sünde!«
Aufgeregt suchte ich zwischen all den Menschen, die sich vor und in der Synagoge drängten, nach Jorge. Irgendwo musste er doch sein.
»Wenn du den nicht findest, findet du einen anderen«, flüsterten mir die anderen leichtfertig zu. Aber ich wollte ihn, ihn mit seinen grünen Augen und dem schlecht gebügelten Hemd. Bis zur Gebetspause hatte ich ihn noch nirgendwo gesehen. Wir hatten nun alle Synagogen abgelaufen, ohne eine Spur von ihm zu entdecken. Selbst Dora, die Quelle allen Wissens und meine letzte Hoffnung, mehr über ihn zu erfahren, konnte mir nicht helfen. »Ohne Nachnamen geht es nicht.«
Enttäuscht verabschiedete ich mich von meinen Freund-

innen und kehrte nach Hause zurück in der verzweifelten Hoffnung, ihn nach der Gebetspause zu treffen.

Streit

Heute sollten Onkel Jacó und Tante Safira bei uns übernachten, da in ihrer Wohnung noch ein ziemliches Durcheinander vom Umzug herrschte. Als sie kamen, bat Tante Safira, sich ein kleines bisschen hinlegen zu dürfen, und schlief prompt auf dem Bett meiner Mutter ein. Ich half mit, den Tisch zu decken, an dem wir entsühnt und hungrig das feierliche Mahl nach der Rückkehr von der Synagoge einnehmen sollten. Onkel Jacó setzte sich zu meinem Vater aufs Sofa. Mein Vater versuchte ein Nickerchen zu machen, doch Onkel Jacó, der im Sitzen nicht schlafen konnte, begann eine Unterhaltung mit ihm. »Die Synagogen hier sind voll, nicht wahr?«

»Was?«

»Ich sagte, dass eure Synagoge hier sehr voll ist.«

»Ja!«

»Warum um alles in der Welt trennen sie denn den Bereich der Männer von dem der Frauen mit einem Betttuch ab?«

»Was?«

»Ich fragte, warum hier ein Bettlaken die Männer von den Frauen trennt?«

»Womit sollten sie denn sonst abgetrennt werden?«

»...«

Meinem Vater fielen die Augen wieder zu.

»In unserer Synagoge in der Moóca ist alles viel größer

und schöner. Es gibt den Bereich für die Frauen oben, und unten, bei der Bimà, sind die Männer«, fing mein Onkel von Neuem an.

Die Synagoge der Sefarden, in die meine Eltern gingen, bestand nur aus einem einzelnen Raum: Es war ein seit mehreren Jahren behelfsmäßig als Gebetsraum genutzter Unterrichtsraum im Gebäude der Talmud Thora, der großen Synagoge der Aschkenasim. Der kleine Gebetsraum der Sefarden und die große Synagoge der Aschkenasim waren zwar im selben Gebäude, doch was für ein Unterschied! Es gab zwei getrennte Eingänge; das der Straße zugewandte, überdachte Eingangsportal der Aschkenasim ruhte auf Steinstufen, der Eingang war mit einer umlaufenden Schrift aus goldglänzenden hebräischen Buchstaben verziert. Die Sefarden gelangten durch einen Hintereingang auf einem schmalen, nicht überdachten Weg, der um das Gebäude herumführte, in ihr Hinterzimmer mit den brüchigen Fliesen. Auf dem Weg dorthin gab es keinen Schutz vor Regen, und bei jedem Guss wurden die Besucher klatschnass.

»Was?«

»Ich sagte, dass die Synagoge der Aschkenasim viel größer ist.«

»Weil es eben mehr Aschkenasim gibt als Sefarden, deswegen ist sie größer. Aber du kannst auch dorthin gehen, alle können dorthin gehen.«

»Glaubst du etwa, dass ich meine sefardische Synagoge in der Moóca verlassen habe, um jetzt hier mitten unter all den Aschkenasim zu beten?«, schnaubte Onkel Jacó.

»Was?«

»Was ist los, Salím? Was? Was? Bist du taub, oder machst du dich über mich lustig?«

Mein Vater war endgültig aus seinem geliebten Halbschlaf gerissen. Meine Mutter hörte das um diese Zeit ungewohnte Knarren des Sofas, und ließ in der Küche alles stehen und liegen, als ahnte sie, dass ein Unheil in der Luft lag. Da war mein Vater schon vom Sofa aufgesprungen. »Du wirfst mir vor, dass ich schwerhörig bin. Und in meinem eigenen Haus nennst du mich taub?«

»Ja, Salím, du hörst mir nicht zu. Bist du vielleicht schwerhörig? Ständig dieses *Was? Was, was.* Bist du taub, oder was hat das sonst zu bedeuten?«

»Hast du *taub* gesagt?«

»Nein, Salím«, versuchte meine Mutter zu beschwichtigen, »du hast ihn missverstanden.«

»Was? Was? Was? Alles muss man zweimal sagen.«

»Hast du *taub* zu mir gesagt?«

»Nein, er hat doch nur Spaß gemacht!«

»Nein, Bida, ich meine es sehr ernst!«, sagte Onkel Jacó zu meiner Mutter. Dann wandte er sich wieder an seinen Bruder. »Wenn du taub wirst, Salím, musst du dringend zum Arzt.«

»Wie bitte? Du verlässt augenblicklich mein Haus! Und betritt es nie wieder! Ich habe alles dafür getan, um dich hier nach Bom Retiro zu bringen, und was ist der Dank? Nennst mich schwer von Begriff. Taub!«

»Taub und ängstlich und wohnst in einem Scheißviertel, wo sie Männer und Frauen neben ein Laken setzen, nur weil wir Sefarden sind! Und erniedrigen uns, indem wir durch die Hintertür ihrer Synagoge eintreten müssen. Nur weil wir Sefarden sind«, schnaubte Jacó.

Er stand auf und schritt entschlossen zur Tür.

»Deine Kinder werden eines Tages noch Aschkenasim heiraten, du wirst schon sehen!«, ließ Jacó verlauten und wies mit drohend ausgestrecktem Finger auf meinen Vater.

»Ja, geh nur«, schnaubte Salím. Und als Jacó aus der Tür war, setzte er hinzu: »Und vergiss nicht, die Frau mit dem Bart mitzunehmen!«

Meine Mutter war ins Schlafzimmer geeilt, um Safira aus tiefem Schlaf wachzurütteln. Sie half der Ahnungslosen auf, drückte ihr rasch das Haarband in die Hand und zog sie hoch. Schlaftrunken starrte Tante Safira auf meine Mutter und folgte ihr verständnislos in den Flur.
»Salím? Bida? Was ist passiert?«, fragte sie verdutzt.
»Geh, geh! So geh doch, sonst wird alles noch schlimmer«, flehte meine Mutter und schob sie rasch zur Tür hinaus.

Als meine Mutter die Tür hinter den beiden zugezogen hatte, blieb sie, die Klinke in der Hand, reglos stehen. Mein Vater schwadronierte weiter laut über das unerträgliche Benehmen seines ältesten Bruders. Meine Mutter blickte mich an und schlug dann unvermittelt vor: »Gehen wir zu Irene. Du kommst mit.« Und zu meinem Vater gewandt: »Salím, ich gehe Irene besuchen und danach gehe ich mit Jamile direkt zur Synagoge. Wir treffen uns dann dort.«
Sie fasste mich am Arm, und wir verließen hastig die Wohnung. Ich wagte nicht, ihr zu widersprechen, dabei wollte ich doch unbedingt diesen geheimnisvollen jungen Mann wiederfinden. Warum musste mein Vater unbedingt heute, am Tag der Vergebung, einen solchen Streit vom Zaun brechen und damit meine Pläne vereiteln. Ich wollte endgültig Abstand von diesen Streitereien. Bald würde ich diese leidigen Auseinandersetzungen hinter mir lassen können, denn bald würde ich studieren und vielleicht heiraten. Und dazu musste ich Jorge finden. Meine Mutter ging die Rua Silva Pinto hoch und schlug einen Weg ein, der aus dem Viertel hinausführte. Vielleicht würde ich hier zufällig auf ihn treffen? Ein winziger Hoffnungsschimmer keimte in mir auf. Meine Mutter suchte ein öffentliches Telefon, weit genug weg, damit sie nicht ertappt werden konnte.

»Warum benutzt du nicht Sarahs Telefon?« Sarahs Wohnung wäre näher gewesen.
»Saul ist doch religiös, dort kann man heute nicht telefonieren.«
Sie rettete sich in Ausflüchte, denn in Wahrheit wollte sie nicht, dass Sarahs frisch vermählter Ehemann Wind von unseren Familienangelegenheiten bekam. Wir suchten ein Telefon in dem entfernter gelegenen Viertel Barra Funda, wo keine Juden unterwegs waren. Endlich fanden wir ein Telefon, das etwas versteckt lag. Sie rief David, den jüngsten Bruder meines Vaters, an, schilderte kurz, was vorgefallen war, und bat ihn dringend einzugreifen, bevor die Situation noch schlimmer wurde. Sie schluchzte ausgiebig, um ihn zu überzeugen, dass der Vorfall keinesfalls eine Lappalie war. Dann legte sie auf. Sie wischte sich die Tränen ab, und wir kehrten auf dem schnellsten Weg nach Bom Retiro zurück. An einer Kreuzung entdeckte ich Dora mit ihren Eltern. Ich rannte zu ihr hin.
»Ich habe ihn gesehen!«, flüsterte Dora mir ins Ohr, während unsere Mütter sich begrüßten. »Ich wusste nicht, wo du bist, habe ihm aber zu verstehen gegeben, dass du auf jeden Fall zur Stunde des Schofar in der Synagoge Talmud Thora sein würdest.«
»Wird er dorthin kommen?«
»Ich weiß es nicht, er ist nicht aus São Paulo, er kommt aus São Caetano. Er war allein ohne seine Eltern unterwegs.«
Mit diesen Worten trennten wir uns. Sie folgte ihren Eltern zur Synagoge in der Rua Correa de Melo. Und ich ging mit meiner Mutter zu unserer Synagoge der Sefarden. Das Gebet nach der Pause hatte gerade wieder eingesetzt, als wir ankamen. Kurz nach uns eilte tatsächlich David mit wehendem Tallith herbei. Außer Atem schob er sich durch die Reihen der Männer und schaute sich suchend nach meinem Vater um. Meine Mutter und ich spähten

durch einen Spalt zwischen den Laken. Sie wollte sehen, wie ihr Schwager den Streit schlichtete, und ich, ob Jorge unter den Männern war. Aber die Männer beteten mit dem Rücken zu uns, alle mit dem Tallith über den Schultern, sodass wir sie unter den vielen Silhouetten kaum ausmachen konnten.
Schließlich entdeckten wir sie. Mein Vater saß an einem Ende der Stuhlreihe, am entgegengesetzten saß Jacó. Dann bemerkten wir, wie David seinen Platz verließ und sich den beiden näherte. Ich steckte den Kopf halb zwischen den beiden Betttüchern hindurch, um besser sehen zu können, wie der jüngste Bruder den Streit zwischen den beiden älteren schlichten würde. Ich konnte nichts verstehen, denn immer, wenn sie etwas lauter sprachen, mahnte der Rabbiner zur Ruhe.
Traurigkeit kroch in mir hoch. Wieder war ich Teil einer Geschichte, zu der ich nicht länger gehören wollte. Und die Chance, mich davon zu lösen, war nicht in Sicht. Aber wie hatte ich auch so viel Hoffnung in jemanden setzen können, den ich noch nicht einmal kannte. Wo war er? Er – mit seinen grünen Augen, die Tag und Nacht vor mir standen.

Meine Mutter, die sich nicht traute, den Kopf durch den Spalt zu stecken, zupfte mich am Ärmel und verlangte nach Berichterstattung.
»Er flüstert Onkel Jacó etwas ins Ohr, ich kann es nicht verstehen«, ließ ich sie wissen. Alle Männer stimmten nun gemeinsam in das gesungene Gebet ein. Onkel Jacó, das Gebetbuch fest in den Händen haltend, schüttelte heftig den Kopf. Onkel Davids Wangen und seine Glatze röteten sich. Nun war der Zeitpunkt für das stille Gebet, die Amida, gekommen. Der älteste Bruder bedeckte sich mit dem Tallith und der jüngste, bestürzt durch den Misserfolg, entfernte sich schnellen Schrittes von ihm.

Ich zog den Kopf zurück, das Laken schwang. Ich erhob mich mit all den anderen Frauen. Bald würde Jom Kippur vorbei sein. Seit 25 Stunden hatte ich weder gegessen noch getrunken. Er war nicht gekommen. Wir bedeckten die Augen mit den Händen. Ich spürte die warme Haut meiner Finger an der Stirn, eine schützende Dunkelheit umfing mich. Das Gefühl der Einsamkeit stieg in mir auf, schlug über mir zusammen und erstickte mein Schluchzen. Meine Tränen waren versiegt – wohl wegen des Fastens, das mich ausgedörrt hatte.

Zum nahenden Ende von Jom Kippur blies der Rabbi den Schofar. Es ging viel zu schnell vorüber. Alle küssen und umarmen einander wie jedes Jahr und wünschen Glück, Freude und Gesundheit. Nun war es Zeit zu gehen.
Plötzlich sah ich ihn im Gedränge beim Ausgang vor mir stehen. Verflogen waren Hunger, Durst und Streiterei.
»Man hat mir gesagt, dass du hier sein würdest.«
Er war gekommen. Er hatte mich gefunden. Ich schwankte vor Glück, doch dieses Gefühl wich sogleich der Enttäuschung. Er war gekommen, ja, doch von woher? Er war nicht aus Bom Retiro. Vielleicht kam er heute und dann nie mehr?
»Kommst du sonst immer hierher?«, fragte er.
»Nur an Rosch haSchana und Jom Kippur. An den Feiertagen.«
Die Menge der hungrigen Menschen, die aus der Synagoge hinausdrängte, schob uns weiter. Meine Mutter zog mich am Arm. Vater winkte uns ungeduldig. Verstohlen flüsterte ich ihm zu: »Ciao.«
»Wo bist du sonst, wo finde ich dich, was machst du, wo studierst du?«
»Du findest mich bei den Pfadfindern. Den Deutschen. Ich werde in sechs Monaten mit dem Studium anfangen. Ich weiß noch nicht wo.«

Ich riss mich los, hastete meiner Mutter hinterher, die kaum meinem Vater folgen konnte, dessen Schritte auf dem Weg nach Hause vom Hunger beflügelt wurden.

Studium

Ich stand ein halbes Jahr vor meinem Schulabschluss. Noch sechs kurze Monate, und meine Zukunft würde beginnen. Seit Neuestem durfte ich die Tanzveranstaltungen der Pfadfinder im Palacio Trocadéro besuchen, die nachmittags stattfanden. Ich liebte es zu tanzen. Für jeweils vier Mädchen gab es einen langweiligen jungen Mann. Die Jungs tanzten die ganze Zeit, die Mädchen standen drei Tänze lang. Um mich herum unterhielten sie sich über ihre Pläne für die Zukunft. Ich hatte noch ein halbes Jahr Schule vor mir, arbeitete an zwei Nachmittagen der Woche in einem Büro, um Geld zu verdienen, und half im Haushalt. Was würde nach der Schule sein? Ich wollte studieren und Ingenieur werden. Doch keiner zu Hause verlor ein Wort über meine Zukunft. Ich wurde nervös. Isaac musste mir helfen.
An einem Montag half ich meiner Mutter, Isaacs Hemden zu bügeln. Ich packte die Gelegenheit beim Schopf und betrat zaghaft, die gestärkten und gebügelten Hemden über dem Arm, sein Zimmer. »Isaac, ich muss mit dir reden.«
»Das dunkelblaue ist nicht dabei«, bemerkte er nach einem flüchtigen Blick auf das Repertoire über meinem Arm.
»Nein, ich habe nur die weißen gebügelt. Das dunkelb-

laue ist noch in der Wäsche. Mutter fühlt sich nicht gut, sie hat sich hingelegt.«
»Ach so, dann bring es mir später.«
»Isaac ...«
»Was ist denn noch?«
»Du weißt doch, in sechs Monaten bin ich mit der Schule fertig ...« Ich zögerte.
»Ja, und?«
»Ich möchte Ingenieur werden.«
»Wie bitte? Was?«
»Ich möchte an der Universität studieren.«
»Du?«
»Ja. Warum nicht? Ich habe sehr gute Noten. Ich weiß, dass ich die Aufnahmeprüfung schaffen kann.«
»Da musst du mit Vater reden. Wenn er es erlaubt ...«
»Das ist ja genau das Problem. Kannst du nicht mit Vater reden?«
»Nein. Auf keinen Fall. Hast du schon irgendeine deiner Cousinen studieren sehen? Nenn mir irgendeine Frau, die studiert.«
»Alle meine Freundinnen bei den Pfadfindern werden studieren.«
»Diese Deutschen sind anders.«
»Gibt es keine Frauen an deiner Universität?«
»Die sind anders.«
Aber die Verzweiflung stärkte meinen Mut. Ich durfte nicht die einzige Chance verlieren, die mir eine andere Zukunft bot als das Schicksal meiner Mutter.
»Isaac«, bettelte ich, »bitte! Wenn du Vater fragst, erlaubt er es bestimmt.«
»Nein. Wenn Vater es erlaubt, helfe ich dir. Kannst du jetzt bitte gehen, ich muss mich umziehen.«
Wortlos schloss ich die Tür und rannte zur Toilette. Ich musste mich übergeben. Ich würgte alles heraus, was ich meinem Bruder gern gesagt hätte. Ich kotzte meine

Tränen aus, meine Enttäuschung.
Später ging ich zurück ins Wohnzimmer, wo meine Mutter sich ausruhte.
»Mutter? Geht es Ihnen besser?«
»Ich bleibe noch ein bisschen hier liegen. Was ist passiert? Du hast gebrochen.«
»Ja. Ich habe zu viel gegessen. Geht es Ihnen besser?«
»Ja.«
»Sie müssen schnell wieder gesund werden, morgen fahren Sie doch nach Rio, nicht wahr?«
»Nein, ich fahre nicht mehr.«
»Nein? Warum denn nicht?«
»Dein Vater will es nicht. Machst du die Tür zu?«
Das also war der Grund für das Unwohlsein meiner Mutter. In letzter Zeit wurde sie bei Problemen mit meinem Vater krank. Sie blieb einfach kraftlos im Bett liegen und ging jeder Auseinandersetzung aus dem Weg. Als ich sie daliegen sah, stieg Wut auf meinen Vater in mir hoch. Eine Wut, die das Mitleid mit meiner Mutter verdrängte. Doch je länger ich sie so sah, niedergestreckt von der Willkür meines Vaters, desto wütender wurde ich nun auch auf sie. Ich wollte, dass sie für mich stritt, dass sie sich für mich einsetzte, damit ich studieren konnte. Aber sie reagierte nicht.
Da verließ ich das Zimmer, ging ins Bad und stellte mich vor den kleinen Spiegel.
»Ich werde mit ihm reden, ich werde mit ihm reden«, sagte ich mir vor und blickte mir aufmunternd in die Augen.
»Jamile!«
Mein Vater klopfte an die Badezimmertür.
»Brauchst du noch lang?«
»Nein.«
Jetzt!, beschloss ich und warf einen letzten Blick in den kleinen Spiegel.

»Vater«, ich riss die Badezimmertür auf, »in sechs Monaten beende ich die Schule. Ich werde auf die Universität gehen und studieren.«
»Was, was sagst du da?« Er blickte mich fassungslos an.
»Ich will studieren. Ich will an die Universität!«
»Studieren? Du?«
»Ja.«
»Bist du denn völlig verrückt geworden? Was geht in deinem Kopf vor? Glaubst du etwa, ich sei Millionär? Will jetzt hier jeder studieren?«
»Aber die Universität ist doch kostenlos.«
»Aber du kannst doch nicht aufhören zu arbeiten.«
»Ich kann doch weiter arbeiten.«
»Und die Ausgaben?«
»Ich arbeite am Tag. Und studiere abends.«
»Abends? Weißt du, was sie von den Frauen sagen, die abends nicht zu Hause sind? Willst du, dass jeder dich eine Hure nennt?«
Und dann kamen die Tränen. »Ich will studieren.«
»Was ist nur in dich gefahren? Hat Isaac dir diesen Floh ins Ohr gesetzt? Wozu studieren? Seit wann müssen Frauen studieren, um Geschirr zu spülen?«
Ich war machtlos gegen meinen Vater.
Mein Vater blickte erst auf mich, dann auf meine Mutter, die der Wortwechsel aufgeschreckt hatte und zu uns eilte. Dann explodierte er. »Was ist das hier für ein Irrenhaus? Ihr denkt wohl, ich bin ein Krösus. Die eine will in die Ferien nach Rio, und die andere will studieren. Entweder ihr seid verrückt oder ich werde es!«
»Jamile, hör auf zu weinen. Komm. Lass es sein.« Meine Mutter zog mich in die Küche. »Du musst es respektieren. Wenn er nicht will, dass du studierst, sei's drum, vergiss es. Reg ihn nicht noch mehr auf, das ist das Allerschlimmste.«
»Wie kann ich es sein lassen? Warum geben Sie immer

nach?«
»Weil man nicht streitet! Wozu denn? Glaubst du, dass man die Dinge durch Streiten löst? Nein. Es ist so und fertig. Schluss, basta. Du musst es einfach akzeptieren!«
»Warum muss ich es akzeptieren?«
»Weil er dein Vater ist.«
»Weil er ein Mann ist?«, schluchzte ich.
»Sei still, es reicht!«, fuhr sie mich an und brach nun ebenfalls in Tränen aus. »Willst du, dass ich mich noch schlechter fühle? Ist es das, was du willst?«
Dann heulte und schrie sie nur noch, ließ ihren ganzen Ärger, ihre ganze Enttäuschung an mir aus. »Willst du, dass es mir schlecht geht?«, stieß sie immer wieder hervor.
Ich erschrak über ihre heftige Reaktion, und jetzt war ich es, die versuchte, sie zu beruhigen. Doch sie hörte nicht auf zu weinen. Sie war außer sich, ihre Stimme wurde immer lauter, mein Bruder Isaac kam dazu, schaute auf die Szene. »Jamile, was machst du mit Mutter?«
»Nichts ... wir ... wir haben nur geredet«, stammelte ich erschrocken.
»Sie will, dass es mir schlecht geht. Sie ist ein aufsässiges Wesen! An allem muss sie herumnörgeln, immer muss sie streiten. Nie kann sie den Mund halten, nichts kann sie gelten lassen«, schleuderte meine Mutter unter Tränen Isaac entgegen und drehte sich mit klagender Stimme zu mir. »Warum akzeptierst du die Dinge nicht, wie sie sind, und gibst endlich, endlich Ruhe.«
Mein Vater kam aus dem Bad und kündigte an: »Ich gehe jetzt Brot kaufen. Heute werden wir früher zu Abend essen.«
Die sechs Monate gingen vorüber. Ich erhielt mein Abschlusszeugnis mit guten Noten, schob es tief in die Schublade und vergaß es.

Die Arbeit

Gleich nach dem Schulabschluss hatte ich mehrere Kurse in Steno und Schreibmaschine absolviert und fand eine Arbeitsstelle in einem Büro. Ich entschied mich, zu Hause nur knapp die Hälfte meines Gehalts abzugeben und den größeren Teil für mich zu behalten. Jeden Monat steckte ich jedoch meiner Mutter heimlich etwas zu, wenn ich sah, dass ihr Lippenstift zur Neige ging.

Im Büro lernte ich als Erstes, wie naiv und unwissend ich war. Einmal am Tag kamen die Bereichsleiter, gaben Anweisungen, kontrollierten die Arbeit, um uns kurz darauf wieder allein zu lassen. Wir waren insgesamt acht junge Frauen an acht kleinen Tischen in einem winzigen Raum. Vor jeder stand eine Schreibmaschine mit einem Schreibblock daneben. Mein Platz war direkt neben der Eingangstür; der Direktor kam stets zu mir, da ich die Einzige war, die Steno so beherrschte, dass ich bei dem ungeduldig schnellen Rhythmus seines Diktierens mithalten konnte. Tippten alle gleichzeitig, klapperten die Tasten so laut, dass wir uns nicht unterhalten konnten. Sobald die Chefs jedoch den Raum verlassen und wir unsere Arbeit erledigt hatten, begann das Gekicher. Meine Kolleginnen waren in meinem Alter, aber sie hatten Erfahrung in Sachen, von denen ich noch nie etwas gehört hatte. Sie waren viel gewiefter als jüdische junge Frauen und scherzten leichtfertig über unanständige Dinge. Sie reichten Bildchen mit nackten Männern herum, erzählten von heimlichen Küssen in dunklen Ecken und hinter hohen Bäumen, von Affären und Freunden, die ihre Brüste streichelten, von Schminke, die Knutschflecken am Hals verdeckte, und sie überraschten mich mit kleinen obszönen Kritzeleien auf meinem Brotpapier. Sie versetzten mich in panischen Schrecken, und ich konnte meine Unerfahrenheit nicht verbergen. Ich konnte nur von einer unerfüllten Liebe zu einem Mann berichten, den ich kaum kannte. Und ich hatte Fragen. Viele Fragen. Bei den Antworten kicherte ich los. Meine Kolleginnen fanden mein Dornröschendasein komisch und brachen bei meinen Fragen in Gelächter aus. Sie nahmen mich, das Küken, unter ihre Fittiche. Wir arbeiteten, aßen und verbrachten den ganzen Tag zusammen. An den arbeitsfreien Tagen trennten sich unsere Wege.

Samstags und sonntags musste ich mich dem Familienleben und dem Zusammensein mit anderen jungen jüdischen Frauen widmen. Sarah hatte bereits zwei Kinder, und ich hatte noch nicht einmal einen Freund ...

Meine Familie beschloss, dass ich zusammen mit den Pfadfindern am Samstagabend zum Tanz nach Macabi gehen durfte. Ihre Sorge, endlich einen jüdischen Verehrer für mich zu finden, schickte mich dahin. Schließlich war ich ja schon zweiundzwanzig! Pünktlich um elf Uhr würde mein Bruder Isaac mich abholen. Selbst heute, wo der große Chanukkah-Ball stattfand.

Vorher trafen wir uns bei Dora. Da ich die Einzige war, die Geld verdiente, brachte ich Schminke mit, die wir großzügig auf unsere Gesichter verteilten. Bereits am Eingang des Salons kicherten wir grundlos und flüsterten uns mit wichtiger Miene belanglose Dinge zu. Wir gingen um den ganzen Saal herum, um die interessanten jungen Männer zu mustern, begrüßten die, die wir kannten, und trafen insgeheim unsere Wahl. Plötzlich zupfte Dora mich aufgeregt am Ärmel.

»Jamile, schau mal, wer gerade hereinkommt.«

Ich drehte den Kopf zur Tür.

»Erinnerst du dich nicht mehr an ihn? Rosch haSchana.«

»Jorge?!«

Dora grinste und flüsterte es den Mädchen neben mir

ins Ohr. Fünf Köpfe wandten sich zur Tür und blickten neugierig auf eine Gruppe junger Männer, die wir nicht kannten.

»Ob sie wohl alle aus São Caetano sind?«, fragte Eva mit halblauter Stimme. Er schritt durch die Tür. Er war immer noch so dünn, und sein verknittertes Hemd war ihm zu groß, aber er wirkte männlicher, als ich ihn in Erinnerung hatte. Ich trat ein Stück zur Seite, um dem Stupsen meiner Freundinnen zu entgehen.

»Geh hin.«

»Nein.«

»Er schaut zu dir her!«

Alle Augen richteten sich auf ihn. Ich wünschte mich weit weg.

Sieben Männer in schwarzem Anzug und weißem Hemd spielten einen ohrenbetäubenden Rock'n Roll auf der Bühne. In der Mitte des Saals wirbelten die Tanzenden. Links neben der Bühne befand sich ein riesiger Chanukkah-Leuchter, auf dem acht Kerzen erstrahlten. Es war der letzte Tag von Chanukkah, den die Feiernden genossen. Im Saal wurden Krapfen herumgereicht, auf die ich aber tapfer verzichtete. Schließlich konnte ich gerade jetzt keine Krümel zwischen den Zähnen gebrauchen.

»Er hat sich unter die tanzenden Paare gemischt ...«, sagte Eva und blickte suchend umher, »ich habe ihn aus den Augen verloren ...«

»Tanzt er mit einer?«, fragte ich ängstlich.

»Nein, er greift gerade nach einem Krapfen. Iiii, er nimmt keine Serviette dazu, das wird eine ziemlich klebrige Angelegenheit. Oh, dreh dich nicht um, er kommt hierher«, flüsterte sie dicht an meinem Ohr.

»Hallo. Jamile?«, hörte ich seine Stimme hinter mir.

Ich wandte mich um und tat so, als wäre ich überrascht.

»Willst Du einen Krapfen?«

Als ich dankend ablehnte, schaute er verwirrt auf den

Krapfen in seiner Hand, verschlang ihn und machte der klebrigen Süße ein schnelles Ende. Er wischte sich mit der Hand über den Mund und versuchte vergeblich alle Zuckerkrümel loszuwerden.
»Wollen wir tanzen?«
Vorsichtig legte ich meine Finger in seine fettige Hand, vergaß den Krapfen und ließ mich mitziehen. Gekicher folgte uns auf die Tanzfläche. Inmitten der Tanzenden legte er die Arme um meine Taille. Ich erschrak, und als er meine Angst spürte, wich er etwas zurück. Gleich darauf schob er sich dicht an mich heran, da die Musik jetzt langsame Boleros spielte, und sein Gesicht berührte fast das meine. Sein zerknittertes Hemd glitt aus meinem Blickfeld. Ich spürte seine Wärme, den Duft seiner Haut, vermischt mit dem durchdringenden Geruch seines reichlich aufgetragenen Aftershaves. Er war kein guter Tänzer. Umso mehr bewunderte ich den Mut, mit dem er mich aufgefordert hatte. Ungeschickt setzte er die Tanzschritte, doch ich war glücklich, bei jedem Stocken streiften unsere Körper aneinander. Er lächelte und bat mich um Entschuldigung. Das Gefühl, ihm so nah zu sein und seinen Atem an meinem Hals zu spüren, war beunruhigend. Als die Musik verstummte, hörte er nicht auf zu tanzen. Alles verschwand aus meinem Kopf. Seine Hände hielten meinen schwerelosen Körper fest, und wir schmiegten Wange an Wange. Da träumte ich, dass mich eine Hand an der Schulter berührte.
»Elf Uhr.«
Mein Bruder Isaac stand mitten auf der Tanzfläche und blickte mich auffordernd an.

Es verging eine Woche, bis mein schöner Unbekannter mich abpasste, als ich das Büro verließ. Ungläubig starrte ich ihn an. Woher hatte er die Adresse? Hastig teilte ich ihm mit, dass ich mich nicht verspäten dürfe und rechtzeitig zu Hause sein müsse, doch da fasste er mich einfach bei der Hand. Er begleitete mich im Omnibus und stieg zwei Ecken vor meinem Haus aus.

»Morgen komme ich wieder«, versprach er beim Abschied.

Die ganze Woche fuhr ich Bus in seiner Begleitung. Meine Freundinnen kümmerten sich mit Schminke um mein Äußeres und versorgten mich mit Tipps. Begeistert nahmen sie am Fortschritt unserer Treffen teil, vermissten aber pikante Geschichten.

Am Freitag lud er mich für Sonntag ins Kino ein. Ich verabredete mit Dora, dass sie mich zu Hause abholen solle, damit ich keinen Argwohn bei meinen Eltern weckte. Sie begleite mich bis zur Omnibushaltestelle, und von dort fuhr ich allein zum Kino. Das Lichtspielhaus war riesig, es hatte mehr als 1.600 Sitze; dabei war es nicht einmal das größte, aber eines der schicksten. Der Eintritt war nur in Jackett und mit Krawatte gestattet. Viele Menschen drängten sich um das Kino und ich sah Jorge erst, als er direkt vor mir stand. Er war im Anzug, frisch rasiert, mit gegeltem Haar und ungebügeltem Hemd. Meine Mutter hätte meinen Vater und meine Brüder niemals ohne gestärktes Hemd aus dem Haus gelassen. Doch ihn schien das nicht zu kümmern, er zeigte mir die Eintrittskarten, lächelte, und wir gingen hinein. Der Empfang war mit einem flauschigen roten Teppich ausgelegt, auf dem Sofas standen, in denen die Wartenden versanken. An den Wänden waren große umlaufende

Spiegel angebracht. Wir nahmen in einem der Sofas Platz. Dann zupfte er einen kleinen weißen Faden von meinem Kleid, schnippte den Fussel weg und machte mir Komplimente. Er lud mich auf etwas Süßes aus der gläsernen Vitrine an der Bar ein, doch ich schämte mich, vor ihm zu essen, und lehnte ab. Ein Portier in goldbetresster Livree kam, um uns abzuholen und uns mit seiner kleinen Lampe in dem dunklen Saal die Sitze vor der großen Leinwand anzuweisen. Wir erhoben uns, ich wandte den Blick nicht von dem Popcornverkäufer neben uns und spürte meinen Herzschlag genauso wild hämmern wie die Maiskörner im Topf. Meine wissenden Freundinnen hatten mir versichert, dass eine pikante Geschichte jetzt nicht mehr ausbleiben konnte, und ich war fast zu aufgeregt, um zu atmen. Gleich nach Beginn des Films würde er meine Hand nehmen, stellte ich mir vor.

Die Nachrichtenschau vor dem Film begann, und das Raunen verstummte. Es gelang mir kaum, dem Sprecher zu folgen, der wie immer mit Fußball begann: Die Nationalmannschaft war stolz auf ihren 17-jährigen Neuzugang. Jorge war von den großartigen Toren der Weltmeisterschaft so begeistert, dass er mich ganz zu vergessen schien. Was mich ein bisschen beruhigte. Jeder hatte es im Radio gehört: Alle feierten, dass Brasilien in diesem Jahr 1958 in Schweden Weltmeister geworden war, aber die wenigsten hatten das Spiel auf den neuen Fernsehschirmen verfolgen können. Es waren insgesamt sieben Tore, und mit den Interviews und den Kommentaren über diesen schwarzen jungen Mann namens Pelé dauerte der Bericht endlos. Das Kino klatschte, und die Männer rauchten pausenlos.

Nach den Nachrichten begann der Film. Nach dem Titel, den Namen der Schauspieler und den ersten Tönen der Musik nahm er meine Hand. Er versuchte mir leise die

Geschichte der zwei Liebenden des Films *La Violetera* ins Ohr zu flüstern, denn er kannte den Film bereits. Mit wem hatte er vor mir diesen Film gesehen? Ich starrte auf die Leinwand und wusste nicht, was sagen, wie reagieren. Nachdem er seinen Monolog beendet hatte, machte er es sich in seinem Sitz bequem, um den Film zu verfolgen. Als der Abspann über die Leinwand flimmerte, legte er endlich die Hand um mein Kinn und zog mein Gesicht zu sich heran. Ich blickte ihm in die Augen, und einen glückseligen Moment später, gab es für den folgenden Tag die pikante Geschichte für meine Freundinnen.

Friedensschluss

Inzwischen waren wieder zwei Jom Kippur ins Land gezogen. Mein Vater und Onkel Jacó sahen sich fast täglich, doch sie sprachen kein Wort miteinander. Im Gegenteil, sie zeigten einander die kalte Schulter, spuckten auf den Boden und wechselten die Straßenseite, sobald sie einander zufällig begegneten. Onkel David gab sich immer noch alle Mühe, die Familie wieder zu versöhnen, gerade jetzt, wo so viele Feste anstanden, wo alle Cousins ihr Studium beendet hatten und es in der neuen Generation eine Hochzeit nach der andern zu feiern gab.
»Er ist bereit, Frieden zu schließen!«, verkündete Onkel David eines Tages meinem Vater, als er nach der Arbeit bei uns vorbeischaute.
»Was?«, fragte mein Vater überrascht.
»Er hat mir auch gesagt, dass er sich sehr darauf freut, samstags wieder mit dir Karten zu spielen. Seit er nach Bom Retiro gezogen ist, hat er keinen so guten Gegner

im Kartenspiel gefunden wie dich.«
Mein Vater wurde still. Nachdenklich stand er da und starrte auf den Fußboden, während er mit den Münzen in seiner Hosentasche klimperte. Eine Angewohnheit von ihm vor einer schwierigen Rechnung oder einer komplizierten Entscheidung. Er bat meine Mutter um eine Tasse Kaffee.
»Manchmal vermisse ich unsere Spielchen ja auch. In der Familie von Bidá kann keiner spielen. Oder es gibt nur Frauen, die mit Aschkenasim verheiratet sind«, fügte er bitter hinzu. Meine Mutter wartete gar nicht erst, bis das Wasser für den Kaffee siedete, sie eilte mit Sesamkeksen auf der Untertasse herbei. »Gut. Sag ihm, dass er hierherkommen soll.«
»Nein!«, widersprach David. »Ihr kommt beide in meine Fabrik, und wir reden dort.«
»Warum nicht hier?«
»Salím, warum machst du die Sache so kompliziert? Ich kann nicht ständig die Fabrik verlassen.«
Meine Mutter, voller Vorfreude auf die Versöhnung der Streithähne, die selbst Jom Kippur für die Aussöhnung hatten verstreichen lassen, ging am nächsten Tag früher zum Markt, um Tante Safira abzufangen, um von ihr das Geheimnis der Meinungsänderung von Onkel Jacó zu erfahren.
»Jacó? Nein! Keine Spur. Jacó hat keinen Ton zu David gesagt«, sagte ihr Tante Safira verblüfft.
»Nicht?«
»Nein. Es war so, dass gestern David zu uns kam und sagte, dass Salím ihn wieder samstags zum Kartenspielen einladen wollte ...«
Die beiden brachen in Lachen aus.
Die Verabredung der Brüder war für Freitagnachmittag getroffen worden, vor dem Schabbat, um einen Kaffee in der Fabrik meines Onkels zu trinken.

»Nein, nicht nur Kaffee«, empfing Onkel David sie, »es gibt auch selbst gebackene Kekse von meiner Frau.«

An diesem Montag bat ich Jorge, mich diesmal nicht abzuholen. Immer montags aß er bei meiner Familie zu Abend. Nach dem Abendessen half ich meiner Mutter in der Küche, und er blieb mit meinem Vater und meinen Brüdern am Tisch sitzen, und sie unterhielten sich. Männersachen. Meine Brüder fanden ihn sehr intelligent, mein Vater ließ keinen Kommentar zu seiner Person fallen, auch nicht darüber, dass er Aschkenasi war.

An diesem Montag aber, sagte ich ihm, würden wir mit einem Onkel essen, der noch nichts von unserer Beziehung wusste. Und er dürfe nicht mit dabei sein, um den Onkel nicht vor den Kopf zu stoßen. Doch in Wahrheit wollte ich nicht, dass Jorge von dem Streit in unserer Familie erfuhr.

Ich brachte einen Teller mit Datteln, Mamule und weiteren Süßigkeiten zur Fabrik. Mamule war die Lieblingssüßigkeit meines Onkels Jacó, der sich gleich bediente, noch bevor ich den Teller auf dem Tisch abstellen konnte. Onkel David bedankte sich bei mir und schob mich dann nach draußen vor die Tür. Die Brüder umarmten sich, tranken zusammen Kaffee, erzählten sich Witze und lachten laut. Sie redeten ein bisschen über Fußball, über das neue süßliche schwarze Getränk namens Coca Cola, über die Dürre im Nordosten, über die vielen Regengüsse in São Paulo und über die Neuigkeiten im Viertel. Sie bestellten bei der Sekretärin einen weiteren Kaffee. Nach drei Runden Kaffee erhoben sie sich und verabredeten sich für nächsten Samstag zum Kartenspielen bei uns, um danach noch gemeinsam ein Fußballspiel im Radio anzuhören. Die versöhnten Brüder umarmten sich und küssten sich. Dann umarmten sie Onkel David und küssten auch ihn.

Als sie gehen wollten, sagte mein Vater: »Ich finde es wirklich gut, dass du nach Bom Retiro umgezogen bist. In den letzten zwei Jahren wollte ich immer wieder mit dir reden. Ich wollte eigentlich keinen Streit mit dir vom Zaun brechen, und ich bin erleichtert, dass die Familie wieder vereint ist, vor allem jetzt, wo ich dich zur Feier meiner ...«
»Ich wollte auch nicht diese ganze Zeit über mit dir zerstritten sein!«, fiel Onkel Jacó ihm ins Wort.
»Aber du hast doch angefangen.«
»Ich? Nein, Salím. Du warst das.«
»Wie bitte? Warst du es nicht, der mich taub genannt hat?«
Und erneut leierten sie ihre Vorwürfe herunter und achteten nicht auf den Friedensengel David. Sie gerieten in Rage und vergessen war der eigentliche Grund für dieses Treffen: die Familien wieder zu vereinen für meine baldige Hochzeit.

Viertes Jom Kippur

São Caetano

»Vergiss vor allem eins nicht: Streite nie mit ihm. Mach ihm keine Probleme. Nimm die Dinge so, wie sie sind. Respektiere ihn, er ist dein Mann.«
Die endlosen Litaneien meiner Mutter im Ohr war ich meine Ehe mit großen Hoffnungen eingegangen, und bald darauf war ich guter Hoffnung. Was die Häme boshafter Zungen heraufbeschwor. »Ob sie wohl noch Jungfrau war?«
Ich ahnte, dass, käme das Kind zu früh auf die Welt, mir als Frischvermählter und, noch schlimmer, meiner neuen Familie, die mir ohnehin mit einer gewissen Distanz begegnete, böse Bemerkungen nicht erspart bleiben würden. Ich betete zu Gott, er möge das Kind so lange wie möglich in meinem Bauch lassen.
Gott erhörte mich. Meine Schwangerschaft dauerte über neun Monate und zerstreute jeglichen Zweifel an meiner Würde als ehrenhafte Frau. Doch meine späte Niederkunft hatte andere schwerwiegende Folgen: Meine kleine Tochter Clara weinte sehr oft, und wenn sie wieder einmal weinte, war sie nur schwer wieder zu beruhigen. Ich wiegte sie lange Stunden in den Schlaf, als mein Bauch sich bereits wieder zu wölben begann.

»Noch ein Mädchen? Gratuliere.«
Alle beglückwünschten mich. Auch bei meinem zweiten Mädchen wählte ich einen Namen aus der Familie meines Mannes: Paula – nach Jorges Großmutter. Dieses Mal gab es kein Fest zur Geburt. Ich spürte, dass alle

auf einen Jungen gewartet hatten und enttäuscht waren. Dann wurde ich zum dritten Mal schwanger.

Wir wohnten in der Nähe der Eltern meines Mannes, in São Caetano, eine Zugstunde von São Paulo entfernt, in einem zweistöckigen Haus, einem Geschenk meiner Schwiegereltern. Fast jeden Tag kamen sie auf einen Sprung vorbei; meine Schwiegermutter beäugte neugierig meine hausfraulichen Fähigkeiten und wachte besorgt darüber, dass es ihrem Sohn an nichts fehlte. Sie waren anders als meine eigene Familie. Als Kinder waren sie aus Bessarabien gekommen; aus einem irgendwo in Europa verlorenem Land, das durch ständige Kriege immer wieder den Namen wechselte. Beide hatten nach dem Ersten Weltkrieg den Ozean überquert. Sie gehörten zu den Immigranten, die einer Vision folgten: Ein reicher Jude, Bankier und Baron in Bayern – noch ein Land, das ich mir nicht vorstellen konnte –, verhalf Juden aus Osteuropa, die unter Pogromen zu leiden hatten, zu einer besseren Zukunft und zu einem Leben in Sicherheit. Dieser Baron von Hirsch kaufte Ländereien im fernen Südamerika auf, besorgte Schiffe für Ausreisewillige, darunter meine Schwiegereltern, die Land in Argentinien erhalten sollten. In den dünn besiedelten Provinzen Santa Fé und Entre Rios sollten sie sich als Bauern und Viehzüchter ein neues Leben nach den jüdischen Traditionen aufbauen und die Kultur ihrer Vorfahren weiterpflegen dürfen - ohne Hunger und ohne Angst.

In den Köpfen meiner Schwiegereltern, die als kleine Kinder ins Land gekommen waren, verblassten allmählich die Erinnerungen an die grausamen Taten, und sie vergaßen den winzigen Fleck auf der Landkarte, der einst ihre Heimat gewesen war. Sie wurden argentinische Gauchos und waren stolz darauf. Aber einige dieser Einwanderer, die sich nicht an die Felder unter sengender Sonne und an die Schwielen des ländlichen Lebens gewöhnen konnten, verließen die kleinen Gemeinden und versuchten ihr Glück in den großen Städten. Viele von ihnen verließen die menschenleere Weite Argentiniens und kamen nach Brasilien, und meine Schwiegereltern wählten São Caetano als Ort, um sich niederzulassen.

Obwohl wir beide, Jorge und ich, aus tüchtigen und erfolgreichen Familien kamen, stellte sich bald heraus, dass wir sehr verschieden waren. Ich gab mir alle erdenkliche Mühe, eine gute Ehefrau zu sein, kümmerte mich gewissenhaft um den Haushalt, um die Kinder und um ihn. Doch ich spürte, dass ich Jorges Erwartungen nicht erfüllte. Und was er von mir erwartete, konnte ich nicht herausfinden. Die Bräuche und Gewohnheiten, die ich von zu Hause mitgebracht und von meiner Mutter erlernt hatte, verwirrten ihn. Er und meine Schwiegereltern übten oft und gerne Kritik an mir, was mich sehr verunsicherte. So begann ich mich zunehmend allein zu fühlen, wurde zu einer Fremden in einer Familie, in der ich alles falsch machte.

Meine erste Tochter weinte sich lange Stunden in den Schlaf, ließ mich nachts kaum schlafen, und ich schleppte mich übermüdet durch den Tag. Meine ständige Müdigkeit, unsere chronischen Geldsorgen und der unablässige Regen gaben den Auftakt zu unseren Ehestreitigkeiten. In diesen Monaten regnete es in São Caetano ununterbrochen. Unser Haus war im unteren Teil der hügeligen Stadt gelegen, und bald fürchtete ich mich vor dem ständigen Wasserschleier in den Straßen. Ich starrte in den ohne Unterlass fallenden Regen und suchte nach einer Lösung für unsere Probleme. Mein Mann hatte gewünscht, dass ich nach der Hochzeit meine Arbeit aufgäbe: Er war der Ernährer der Familie, und so durfte und konnte ich nicht zum Lebensunterhalt beitragen. Ich schaffte es nicht, meine Tochter zu beruhigen, die tränenüberströmt plärrte. Ebenso wenig wie ich das Wasser von oben abstellen konnte. Ich wiegte meine Tochter in den Armen, stand am Fenster und zählte die Regentropfen. Der ewige Regen schwemmte mein Glück und meine Träume fort.

Überschwemmung

Fünf Tage und fünf Nächte lang weinte der Himmel, und ich weinte mit ihm. Während der Gewittersturzbäche schluchzte ich laut auf. Wenn der Regen auf das Dach prasselte, heulte ich jämmerlich, und bei Sprühregen schniefte ich im Badezimmer leise vor mich hin - bei laufendem Wasser, damit mich niemand hörte. Jorge war in diesen Wochen oft in Rio. Vom Fenster aus hatte ich ihm nachgeschaut, als er an diesem verregneten Morgen das Haus verlassen hatte. Draußen auf der Straße begann das Wasser zu steigen. Die Rinnsale bildeten Pfützen, die zu großen Lachen zusammenflossen, und innerhalb von Stunden schwoll das Wasser in unserer Straße zu einem reißenden Fluss an. Meine Tränen schmeckten salzig, während das Wasser sauber und rein vom Himmel tropfte, bis es sich mit der stinkenden Brühe aus den verstopften Gullys vermischte. Die Schlammwalze eines unterspülten Hangs verstopfte die Straßen. Dem braunen Schwall ausweichend, wateten Menschen, vollbepackt mit Koffern, an unserem Haus vorbei. Passanten kämpften sich mit hochgekrempelten Hosenbeinen durch die Flut. Die Geschäfte sperrten zu und verbarrikadierten sich hinter hastig zusammengenagelten Brettern, um das Wasser, den Müll und die Diebe abzuwehren.

Meine Kinder begleiteten das Chaos draußen mit ihrem Weinen drinnen. Ich brachte meine Jüngste nach oben und legte sie in die Wiege, in der sie selig einschlief. Meine Älteste nahm ich fest in die Arme, aber ihr ängstliches Wimmern wollte nicht aufhören. Schuldgefühle übermannten mich: Vielleicht war mein eigenes Weinen der Grund für die Tränen meiner Tochter und für die Wassermassen draußen. Die salzige Flut aus meinen Augen musste endlich aufhören, damit das Wasser in den Straßen nicht noch weiter stieg.

»Dona Jamile?«, rief Hilda, unser junges Hausmädchen. »Soll ich die Teppiche nach oben bringen?«
Der Abfluss in der Küche spuckte dreckiges Wasser aus. Draußen krachte es an die Haustür: Die Strömung trieb Müll und Holzplanken gegen das Haus.
»Jedes Jahr dasselbe!«, jammerte Hilda. »Gott vergisst die Dürre im Nordosten und schickt uns die Sintflut! Dona Jamile, Ihre Mutter ist am Telefon.«
Ich rannte zu dem klobigen schwarzen Apparat auf dem Tischchen neben der Treppe. »Hallo? Mutter? Wie geht es Ihnen?«
»Dona Jamile, entschuldigen Sie«, unterbrach mich Hilda, »aber das Wasser kommt ins Haus! Soll ich nicht doch die Teppiche nach oben bringen?«
»Mutter, ich muss auflegen, unsere Straße ist überschwemmt.«
»Wo ist dein Mann?«
»Ich bin allein.«
»Komm hierher.«
»Mutter, das Wasser kommt ins Haus, ich muss auflegen.«
»Und die Mädchen?«
»Alles gut. Ciao.«
Zuerst schleppten wir die Sachen der Kinder nach oben, dann die Lebensmittel, anschließend die Teppiche und zuletzt den Fernseher. Hilda war eine schlanke Mulattin,

zwar nicht so dünn wie ich, doch auch sie hatte nicht genug Kraft in den Armen, um die schweren Möbel zu tragen. Wir versuchten, das neue Sofa die Treppe hochzuwuchten, scheiterten aber bereits an der ersten Stufe. Es war ein modernes Sofa, ein massiver Kasten aus dunklem Holz mit dicken Polstern aus grünem Samt. Wir machten einen zweiten Anlauf, aber das Sofa wurde immer schwerer. So verzichteten wir auf das Vorhaben, doch wir schafften es stattdessen, das Ungetüm auf den Marmortisch im Wohnzimmer zu heben.

»Wenn das Wasser nicht weiter steigt, rettet es sich!«, versicherte mir Hilda.

Doch auf dem Boden des Wohnzimmers breitete sich lautlos ein kalter spiegelnder Schleier aus. Der Wind pfiff gegen die Fensterscheiben, und Regen perlte in langen Schnüren vom grauen Himmel. Was ging da draußen vor? Was würde uns noch erwarten?

»Hilda? Was ist los? Weinst du?«

»Ich habe Angst, Dona Jamile. Ich habe immer hier gewohnt, und habe noch nie so viel Wasser gesehen.«

Nach dem Regen

Der Himmel klarte überraschend auf. Auf den Straßen wurde es still, das Wasser schluckte die wenigen Geräusche. Im Haus kroch die Stille in jeden Winkel. Das Wasser in unserem Wohnzimmer stand einen halben Meter hoch.

»Und nun?«

»Wir müssen warten«, antwortete Hilda mit einem Achselzucken. »Bevor das Wasser nicht zurückgeht,

können wir nichts tun.«
Schweren Herzens entschied ich mich, die Einladung meiner Schwiegereltern, vorübergehend bei ihnen zu wohnen, nicht länger auszuschlagen. Wir weckten die Kinder und packten notdürftig Fläschchen, Windeln und Kleider ein. Barfuß, mit hoch gerafftem Rock, die Kinder auf dem Arm, kämpften wir uns durch die Brühe und zogen los.
Das Haus meiner Schwiegereltern war, wie alle Häuser in den höher gelegenen Straßen, von der Überschwemmung verschont geblieben und wunderbar trocken. Es war ein Dienstag, der Tag in der Woche, an dem mein Schwiegervater abends das Haus verließ und meine Schwiegermutter alleine zurückließ, die uns nun mit offenen Armen empfing. Meine Schwiegereltern führten eine Ehe, um die sie von allen beneidet wurden. Sie waren wohlhabend genug, um die erste Synagoge in São Caetano mitzugründen und der Stadt die ersten Straßenlaternen für die Straße zu schenken, in der sich diese Synagoge befand. In ihr Haus kam immer viel Besuch. Egal, ob in blank polierten Schuhen oder mit Schlappen an den nackten Füßen, läuteten sie an der Tür und verlangten nach dem *Doutor*. Der Doutor war mein Schwiegervater. Er wurde so genannt, obwohl er nie an einer Universität studiert hatte. Gewöhnlich bat er jeden herein und führte den Besuch in ein kleines Zimmer am hinteren Ende des Korridors. Nach einiger Zeit kamen der Gast wieder heraus, durchquerte den Gang, bedankte sich und ging. Wofür bedankten sich die vielen Besucher? Warum nannten sie ihn *Doktor*? Ich wusste es nicht, und ich traute mich nicht, ihn einfach zu fragen.
Meine Schwiegermutter bügelte gerade eiligst ein weißes Hemd und eine weiße Hose, als wir in ihr Zuhause platzten.

»Wegen der Nässe sind sie nicht rechtzeitig trocken geworden!«, erklärte sie und fuchtelte aufgeregt mit dem Bügeleisen. Trotz der Eile legte sie die Kleidungsstücke sorgfältig zusammen, steckte sie in eine Tüte und stellte sie neben die Haustür. Kurz darauf kam mein Schwiegervater die Stufen herunter. Paula nieste, besorgt nahm er sie auf den Schoß. »Seit wann hat sie das, Jamile?«
»Ich glaube, seit dem Regen.«
Er gab Paula einen Kuss auf die Stirn und ging in die Küche, um mit einer großen Flasche mit gefiltertem Wasser zurückzukommen.
»Ich komme spät zurück, wartet nicht auf mich.«
»Fahren Sie nach São Paolo?«, fragte ich vorsichtig.
»Nein, ich bleibe hier in São Caetano. Vermisst du deine Mutter? Am Wochenende fahre ich nach Bom Retiro, dann kann ich dich im Auto mitnehmen«. Er griff nach der bereitgelegten Tüte und zog endgültig die Tür hinter sich zu.
Was hatte er vor, wohin ging er, überlegte ich neugierig. Ich schickte Hilda zurück nach Hause, brachte die Mädchen zu Bett, und da mich dieser Tag erschöpft hatte, legte auch ich mich schlafen, bis mich spät in der Nacht das Weinen meiner ältesten Tochter weckte. Schnell stieg ich aus dem Bett, nahm sie auf den Arm und ging mit ihr nach unten, um die anderen nicht zu wecken. Dort setzte ich mich ins Wohnzimmer und wiegte meine wieder eingeschlafene Tochter in den Armen, während der Lichtschein der Karbidlampe in der Straße vor dem Haus unruhig helle Flecken auf die Wände des Zimmers malte. In der nächtlichen Stille hörte ich, wie sich ein Schlüssel im Schloss drehte. Auf Zehenspitzen trat ich aus dem Lichtkegel und setzte mich in eine dunkle Ecke. Mein Schwiegervater trug nun das weiße Hemd und die weiße Hose, die schwere Was-

serflasche unter die Achsel geklemmt. Seine geröteten Augen waren dunkel gerändert, die Haare klebten ihm wirr an der Stirn. In seinen Kleidern hing der schwere Geruch nach kaltem Rauch und Zuckerrohrschnaps - der Gestank des billigen Fusels in den Flaschen neben den betrunkenen Bettlern auf den Straßen. Aber der späte Heimkehrer war nicht betrunken. Er ging in die Küche, und ein lautes Klirren weckte meine Tochter, die erschrocken aufjammerte, und ich glitt schnell aus meinem Versteck vor das beleuchtete Fenster, damit er mich sehen konnte.

»Schläfst du noch nicht?«

»Clara ist wach geworden.

»Schläft meine Frau?«

»Alle schlafen.«

Wie absichtslos ging ich in die Küche. Dort griff mein Schwiegervater nach dem Babyfläschchen, füllte es mit dem Wasser aus der geheimnisvollen Flasche und reichte es mir.

»Dieses Wasser ist gut. Gib ihr das, sie wird sich bald beruhigen.«

Dann zog er einen Zettel aus der Hosentasche.

»Hör zu, Jamile, ich habe hier ein Rezept für Paulas Erkältung von Doutor Vicente. Darauf steht der Name eines Medikaments, das du morgen in der Apotheke holen musst. Geh zur Apotheke von Herrn Rodolfo, sag, dass ich dich geschickt habe, und gib ihm dieses Rezept. Gib Paula dreimal täglich fünf Tropfen davon, immer nach den Mahlzeiten, nicht auf nüchternen Magen. Das wird die Erkältung lindern, und sie wird sich bald besser fühlen.«

Er wünschte mir eine gute Nacht und ging. Ich vergaß zu fragen, wer dieser Doutor Vicente war und, ob er Kinderarzt sei. Muss ja so sein, dachte ich schlaftrunken, sonst könnte er ja kein Rezept ausstellen.

Schlamm

Ich war noch nie im Pantanal, dem großen Sumpfgebiet im Mato Grosso, gewesen, aber als ich nach der Überschwemmung in unser Haus zurückkehrte, hatte ich eine vage Vorstellung davon.

Eine stinkende Schicht aus Schlamm überzog den Fußboden. Wo wir hintraten, sanken wir mit den Füßen in eine saugende Masse, die zäh an unseren Sohlen klebte. Bald steckten wir in dicken Schlammschuhen, mit denen wir uns mühsam vorwärts kämpften. Das Sofa auf dem Marmortisch und die Bücher auf den oberen Brettern des Regals hatten das Wasser unbeschadet überstanden. Alles andere war nicht mehr wiederzuerkennen. Das Holz der Sessel war aufgequollen und blätterte ab, die aufgeplatzten Polster quollen über das modrige Holz. Der Gestank im Haus war so widerlich, dass ich würgen musste. Jetzt stand das große Putzen an. Meine Mutter war aus São Paulo hergekommen, um zu helfen. Sarah hatte mir Maria geschickt. Hilda war wieder bei den Kindern im Haus meiner Schwiegereltern. Den Putzlappen in der Hand, starrten wir hilflos auf die Verwüstung. Jorge war inzwischen von seiner Geschäftsreise zurückgekommen. Er überhörte meine Klagen, beschwerte sich über den Gestank, den Dreck und die zerstörten Sessel, die Hilda und ich nicht in den oberen Stock gebracht hatten.

»Macht die Fenster auf. Von diesem Gestank wird einem ja ganz übel. Solange ihr hier putzt, gehe ich zu meiner Mutter.«

Er ging und ließ die Tür hinter sich offen stehen.

Ich schaute meiner Mutter fest in die Augen. »Mutter, glauben Sie, dass das richtig ist?«

»Ach, vergiss es! Wir sind doch hier, um dir zu helfen,

oder etwa nicht?«
»Er könnte genauso gut mithelfen!«
»Aber ihm wird schlecht vom Gestank hier.«
»Uns vielleicht nicht? Mir ist auch übel.«
»Mir ist auch schlecht«, sagte Maria.
»Bitte, Maria, dich hat hier keiner gefragt.«
»Jamile, er ist ein Mann. Lass ihn. Männer und Putzen, das geht sowieso schief. Und vom Streiten wird der Dreck auch nicht weniger.«
»Oh Dona Jamile, ich würde schon mit ihm sprechen. Er ist ein Mann, er ist stark und kann mit anpacken!«, wagte Maria einzuwerfen.
»Maria, was ist nur heute in dich gefahren? Jetzt fehlt nur noch, dass du mir sagst, dass die Männer im Ceará besser sind!«, erwiderte meine Mutter ungehalten.
»Sergipe, nicht Ceará ...«
Ein Blick von meiner Mutter, und Maria verstummte. Wir schaufelten den Schlamm in große Säcke, die wir vor die Tür stellten. Große Lastwagen wurden beladen mit kaputten Möbeln, verschimmeltem Essen, unbrauchbar gewordener Kleidung und überhaupt allem, was zu Müll geworden war. Als das Wohnzimmer endlich wieder betretbar war, kam überraschend Jorge zurück.
»Dona Bida, wischen Sie hier noch mal drüber, da liegt noch etwas Dreck.«
Mit der Schuhspitze tippte er auf einen Fleck am Fußboden. Meine Mutter rutschte auf den Knien zu ihm hin. Ich begann zu zittern. Aus Überanstrengung, aus Wut oder aus Hass? Ich ließ meinen Zorn am Scheuerlappen aus: klatschte ihn auf den Boden, malträtierte ihn mit dem Schrubber und stieß ihn in die Ecken des Zimmers. Ich trampelte auf ihm herum, um nicht zu ersticken. Warum fügte ich mich den Worten meiner Mutter? Sie rutschte weiter auf den Knien herum, über ihr schwebte die Stimme des Herrn des Hauses, der immer weiter

nörgelte. Warum brachte mein Mann seiner Mutter Respekt entgegen, aber nicht meiner, geschweige denn mir. Warum hielt meine Mutter zu ihm und nicht zu mir?
»Hilfe, oje! Dona Jamile«, rief Maria entsetzt aus, »es fängt wieder an zu regnen!«, und schloss schnell die Eingangstür.

Die Hühner von Seu Caetano in São Caetano

Eine Henne für mich und einen Hahn für meinen Mann. Zwei Hennen für meine beiden Töchter und ein Hühnchen und ein Hähnchen für das Ungeborene. Sechs insgesamt. Ich kaufte sie, wo ich immer Hühner kaufte: in São Caetano auf dem Geflügelhof des Seu Caetano. Ich wählte die Magersten.
»Warum, Dona Jamile? Die kosten alle das Gleiche. Nehmen Sie doch schöne Fette!«
»Bloß nicht, Seu Caetano. Ich fahre heute noch bis São Paulo, das wird mir zu schwer.«
»Was haben es die Hühner gut! Fahren nach São Paulo. Ich war erst einmal dort.«
»Mit dem Unterschied, dass Sie hinfahren und heil wieder zurückkommen. Für die Hühner ist dort Endstation.«
»São Paulo sehen und sterben. Und warum nehmen Sie die Viecher lebend mit? Ich schlachte die Hühner doch sonst immer für Sie?«
»Diesmal leider nicht. Ich muss sie so mitnehmen – es geht um einen Brauch von uns. Jedes Jahr dasselbe ... Nicht mal ich verstehe das wirklich.«
»Jüdischer Brauch?«
»Ja.«

»Aber quetschen Sie doch einfach alle ins Auto, und los geht's! Sonst heißt es in São Paulo noch, dass ich verhungerte Hühner verkaufe!«
»Nein, ich fahre mit dem Zug und muss alles mitschleppen, deswegen bitte die Magersten!«
Mit sechs Hühnern beladen kam ich zu Hause an. Jedes in Zeitungspapier eingeschlagen, die Köpfe oben herausgestreckt wie eine Kugel Eis in einer Waffel. Ich stopfte sie in den großen Reisekorb und knüllte alte Zeitungen darüber. Vorsichtig, damit sie nicht erstickten und durch meine Unachtsamkeit bereits auf dem Weg vorzeitig verendeten.
Ich bereitete Fläschchen und Brei vor und machte mich auf den Weg Richtung Bahnhof. An der linken Hand hatte ich Clara, die, obwohl die Ältere, sehr ungezogen war. Sie zog ihre zwei Jahre jüngere Schwester Paula hinter sich her. Mit der rechten Hand umklammerte ich den Korb mit den sechs Hühnern, und im Bauch trug ich mein Baby. Als der Zug fauchend und zischend einfuhr, reckten die Hühner besorgt die Krägen vor.
»Mama, die Hühner hauen ab!«, kreischte Clara.
Ich stopfte die Hühner in den Korb zurück, und wir kämpften uns in den Zug.

Nicht nur São Paulo wuchs rasant weiter, sondern auch die umliegenden Städte und Dörfer: wieder mehr Wohnungen, Hochhäuser, Autos, Geschäfte und noch mehr Menschen. Nur die Zahl der Züge hinkte hinterher. In die schmalen Waggons drängten sich nun nicht mehr die Einwanderer, die inzwischen hinter dem Lenkrad ihrer Autos in die Stadt fuhren, sondern die mageren, kleinen Bewohner des bitterarmen Landstrichs im Nordosten Brasiliens, zwischen denen wir einen Sitzplatz ergatterten. Ich hatte zwar eine hellere Haut als diese Mitreisenden, unterschied mich aber ansonsten in nichts von denen aus dem Nordosten: schwanger, unterwegs mit Kindern und Hühnern, mein Glück im Leben suchend, ohne die Welt um mich herum zu verstehen.

Gegacker in der Warteschlange

São Paulo hatte mich wieder. Auf dem Weg vom Bahnhof zu meiner Mutter stieß ich kurz vor unserer Wohnung auf ein Grüppchen wartender Frauen, die mir freudig zuwinkten. Küsse und Umarmungen begrüßten mich. Wir waren eine stattliche Schar: meine Mutter mit vier Hühnern, Sarah und ihre Maria ohne ein einziges Huhn, Irene mit zwei Karpfen in einem Blecheimer, meine Tante Lilí mit vier Hühnern und schließlich ich mit meinem halben Dutzend und meinen beiden Mädchen.

»Maria soll mit den Kindern schon mal nach Hause vorgehen«, bestimmte Sarah und flüsterte mir zu, »dann können wir in Ruhe miteinander reden.«

Als meine beiden Mädchen an Marias Hand vom Gewühl auf den Gehsteigen verschluckt waren, wurde ich verlegen. Nach einem Moment des Schweigens fand ich ein naheliegendes, unverfängliches Thema:

»Unglaublich, was für ein Durcheinander. Gibt es denn hier für alle nur einen Schochet?«

Das Gedränge um uns herum ließ vom Bom Retiro, dem idyllischen Rückzugsort der Kaffeebarone vor hundert Jahren, kaum mehr etwas ahnen.

»Nein, es gibt jetzt sogar zwei«, teilte meine Mutter mit, »der andere Schochet ist in der Rua Afonso Pena. Der ist viel moderner, er hat sogar eine Maschine, mit der er die Hühner rupft! Stell dir vor: fertig gerupft für den Topf!

Nur der Flaum muss noch abgezupft werden. Aber da ist es noch voller als hier ... außerdem natürlich viel teurer! Wo er die Maschine wohl her hat?«

Meine Mutter liebte diese weiblichen Zusammenkünfte. Nun, da ihre drei Schwestern und auch Sarah in der Nähe wohnten, trafen sie sich einmal in der Woche, um die eigenen Probleme zu erörtern und die der anderen zu lösen.

»Mutter hat mir erzählt, was passiert ist«, begann Sarah das Gespräch vorsichtig.

»Was denn?«, horchte Lilí auf.

Und Sarah berichtete haarklein von dem Auftritt meines Mannes in der Schlammschlacht.

»Wer hat dir das alles erzählt?«, fragte ich Sarah überrascht, »Mutter oder Maria?«

»Und was hast du gemacht?«, fiel Lilí mir ins Wort.

Mit teilnahmsvoller Miene und neugierigen Augen starrte sie auf uns.

»Nichts.« Ich schluckte bitter und blickte auf meine Mutter. »Mutter hat mir nicht erlaubt, irgendetwas zu unternehmen.«

»Ich?«, fragte meine Mutter ungläubig.

»Ja, Sie.«

»Ich habe nur gesagt, dass man nicht streiten soll.«

»Aber was bleibt mir anderes übrig, als zu streiten?«

»Du hättest sagen sollen, dass du nicht putzen wirst!«, mischte sich Lorice ein. »Oder wenn du das Haus putzt, dass du dich scheiden lässt.«

»Wie meinst du das: scheiden lassen?«

»Weiß nicht. Aber man hätte ihm ja einmal damit drohen können.«

»Aber dann hätte es ja doch Streit gegeben. Ich war völlig außer mir. Mutter hat mir ja nicht erlaubt, mich mit ihm zu streiten.«

»Ja klar, Streiten bringt auch nichts. Ich habe da einen

Trick.« Lilí senkte die Stimme. »Die Mutter von meinem Jacques kommt zu mir und zählt mir Unmengen von Dingen auf, die ich für ihn tun müsste. Und ich sage Ja, Ja, Ja und meine Nein, Nein, Nein. Ich tue, was ich will. Aber ich streite mich nicht mit ihr herum.«
»Und du, Irene, was meinst du?«, fragte Sarah. »Du bist so still, du sagst ja gar nichts.«
»Ich meine gar nichts. Wenn ich den Mut dazu hätte, würde ich mich trennen.«
»Du?«, fragte ich fassungslos.
Ich konnte es nicht glauben – die sanfte, stille und fügsame Irene sagte solche Worte.
»Ja, Jamile ... vielleicht. Aber ich habe nicht den Mut. Es ist schwer.«
»Woher weißt du denn, dass es schwer ist? Kennst du jemanden, der sich getrennt hat?«
»Nein.«
»Aber so schwer kann es nicht sein. Eine Frau ohne Mann hat es manchmal besser!«
»Viel besser! Durchaus, jawohl!«, stimmten alle vier Schwestern im Chor zu.
»Aber Mutter, um sich zu trennen, muss man sich streiten«, beharrte ich.
»Ja? Warum willst du dich denn trennen? Wozu? Um allein zu bleiben? Ist das die Lösung? Ich fand es nicht so schlimm, dass er nicht beim Putzen geholfen hat. Putzende Männer: Das geht nicht.«
»Ja, das geht wirklich nicht!«, bestärkte Lilí sie. »Ich lasse Jacques nie in meine Küche. Der Platz des Mannes ist nicht am Herd, sage ich zu ihm, wenn er nur den Fuß über die Schwelle setzt.«
»Aber das war ja keine normale Hausarbeit«, protestierte ich.
»Du bist zu nachgiebig und zu wenig hartnäckig, Jamile, werd doch ein bisschen entschlossener, und du wirst se-

hen, wie er sich bessern wird. Mein Saul gibt mir keine Befehle mehr«, sprudelte es aus meiner Schwester heraus, doch augenblicklich hielt sie inne, als sie eine Frau näher kommen sah. Blitzschnell legte sie den Zeigefinger auf die Lippen. »Pssst! Die da, die jetzt kommt«, tuschelte sie, »das ist eine Tratsche. Alles, was ihr zu Ohren kommt, weiß sofort das ganze Viertel.«
Die Ankommende lächelte, begrüßte uns und unterhielt sich, nachdem sie die familiären Verbindungen in ihrem Kopf geordnet hatte, mit Sarah.
Ich nutzte die Gelegenheit, meinen Gedanken nachzuhängen, und fühlte, dass diese Unterhaltung mein Leben nicht zum Besseren wenden konnte. Die Schlange bewegte sich nicht vorwärts, und die Hühner gackerten aufgebracht in der stickig-staubigen Luft, doch gegen das grelle Hupen und die lauten Stimmen hatten sie keine Chance. Die Einzigen, die sich dem Gewirr enthielten, waren die stummen Fische, die nur hin und wieder mit klatschenden Flossenschlägen die Enge ihres Behälters monierten.
Ich verspürte großen Durst. Meine Hühner verteilte ich unter den Verwandten.
»Oje, was für magere Dinger! Nächstes Mal kaufst du sie lieber hier in São Paulo!«, hörte ich meine Tanten noch nörgeln, bevor ich die Straße hinunter zum Markt ging.
Ich setzte mich auf ein Bänkchen am einzigen Stand, der noch nicht abgebaut war, und bestellte ein Glas Zuckerrohrwasser. Die Presse wurde gerade auseinandergeschraubt, die letzten Tropfen aus der Kanne ergaben kein ganzes Glas mehr, und ich erhielt den Rest kostenlos. Schluck für Schluck trank ich das süße Wasser auf der kleinen Bank. Ich streckte die Beine aus und spürte eine Bewegung in meinem Bauch. Das Glas war leer. Mein Mann hatte versprochen, wenn es ein Junge werden würde, würden sich die Dinge zwischen uns bessern.

Das Blasen des Schofar

Schwangere Frauen fasten nicht. Doch mir wäre das Fasten leicht gefallen, denn ich verspürte keinen Hunger. Ich kam sehr spät in die Synagoge, die bereits überfüllt war.

Die jüdische Gemeinde in São Caetano war nicht sehr groß, so war die Synagoge dort klein und quoll an Jom Kippur über. Von den Stühlen ohne Namensschild war keiner mehr frei. Doch für eine schwangere Frau findet sich ein Platz, auch wenn sie viel zu spät kommt. Die Empore der Frauen war halbkreisförmig gebaut, mit Stuhlreihen um die ausgesparte Mitte, durch die man auf den ebenerdigen Bereich der Männer und auf die Thora hinunterschauen konnte.

Ich setzte mich auf die gegenüberliegende Seite von meiner Schwiegermutter, die vergnügt zwischen ihren Freundinnen saß. Ich winkte ihr kurz zu, sie winkte zurück und zeigte mich ihren Freundinnen. Etwas verkrampft lächelte ich hinüber. Froh, weit weg von ihr zu sitzen: Ich konnte sie nicht länger über das Verhältnis zwischen ihrem Sohn und mir belügen. Egal, was sie über ihn zu hören bekam, sie würde ihren Sohn verteidigen wie eine Löwin. Es gab auch nichts zu kritisieren: Ihre Kinder waren perfekt. Sie war eine gute Mutter. Eine gute Ehefrau. Eine gute Hausfrau. Sie genoss den Respekt von allen. Wie schaffte sie das?

Meine Mutter, die sich, im Gegensatz zu ihr, nie vor uns gestellt und uns, aus Angst, jemandem zu widersprechen, nie verteidigt hatte, die nicht streiten wollte, weil sie Streit unschicklich fand, und die deshalb jegliche Auseinandersetzung vermied – sie hatte sich mit ihrer Friedfertigkeit und Nachgiebigkeit keinen Respekt verschaffen können.

Ich starrte auf das kleine Täfelchen an der Brüstung mit dem Namen Fani Goldberg. Auf ihrem Stuhl saß ich gerade. Wer wohl diese Frau war? Warum war sie nicht in der Synagoge? Vorsichtig hob ich die Klappe, um zu erkunden, was diese Fani in ihrem kleinen Fach verwahrte: eine Brille, ein Taschentuch und ein Buch. Ich schaute mich um, und als ich die angeregt plaudernden Frauen neben mir sah, fühlte ich mich unendlich allein. Wie diese Fani, die jetzt vielleicht einsam zu Hause saß. Ich nahm die Brille heraus und setzte sie auf, doch erschrocken riss ich sie wieder herunter, sie war viel zu stark. Das Taschentuch fasste ich nicht an. Ich nahm das Buch heraus und schloss behutsam die Klappe. Die Schrift war hebräisch; die geschwungenen Buchstaben sprachen nicht zu mir, verbargen ihren Sinn vor mir. Ich suchte einen Aleph, den ersten Buchstaben des Alphabets, den einzigen, den ich entziffern konnte.

Mein Blick wanderte weiter zu den betenden Männern. Von oben betrachtet bildeten sie eine Einheit, den Tallith übergeworfen, im Siddur lesend, in einer gemeinsamen wippenden Bewegung in die Melodie des Gebets versunken. Das Beten war mir vertraut, doch die hebräischen Worte verstand ich nicht. Als Frau war ich verantwortlich für die Erziehung der Kinder und für den Fortbestand der Religion. Ich machte alles so, wie es meine Mutter mir vorgelebt und mir beigebracht hatte. Von dem Wortlaut der Gebete und ihrer Bedeutung verstand ich genauso viel oder genauso wenig wie meine Mutter. Ich schloss das Buch wieder, legte es an seinen Platz zurück und entschied mich, diese Gedanken nicht weiterzuverfolgen.
»Sie können das Buch ruhig benutzen!«
»Wie bitte?« Überrascht wandte ich mich zu der hinter mir stehenden Frau um.

»Dieses Buch, - Sie können es ruhig benutzen. Es gehörte Dona Fani. Sie ist letzte Woche gestorben. Bis jetzt hat es noch niemand abgeholt.«
»Oh, vielen Dank.«
Doch ich ließ das Buch da, wo es gelegen hatte. Ich würde auf meine Art beten, ohne Bücher von toten Frauen und ohne Hebräisch. Gott versteht auch Portugiesisch. Ich schloss die Augen und versuchte die Gedanken, die mich quälten, abzustreifen. Wie gern hätte ich meine Hände, die das Buch der Verstorbenen berührt hatten, unter fließendes Wasser gehalten, doch stattdessen wischte ich sie am Stoff meines Rockes ab. Ich blieb ganz still sitzen, um meine Mutter und meine Schwiegermutter zu vergleichen, um mich zu entscheiden, welcher Typ Mutter ich sein wollte. Ich musste nachdenken.

An diesem Jom Kippur wollte ich diese Gedanken nicht länger verdrängen. Das Verstummen der Gespräche und die eintretende Stille in der Synagoge ließen mich aufschrecken. Alle waren aufgestanden. Hastig erhob ich mich, als sich alle bereits wieder setzten. Das Blasen des Schofar wurde vorbereitet. Man rief die Kinder herbei. Meine Töchter quetschten sich zu mir durch und reckten sich über das Mäuerchen der Empore, um den Schofar unten sehen zu können. Ich schloss erneut die Augen, legte die Hand auf meinen Bauch und bei dem lang gezogenen Ton des Schofar flehte ich zu Gott, mir einen Sohn zu schenken.

Der Regen hört nicht auf

Lange nach Jom Kippur verspürte ich immer noch kaum Hunger und musste mich zum Essen zwingen. Essen war zudem die einzige Abwechslung zwischen unseren Streitereien und den Regenschauern, die weiterhin kein Ende nehmen wollten. Innerhalb von drei Monaten gab es drei Überschwemmungen. Die neuen Möbel, die wir nach der ersten Flut angeschafft hatten, begannen in der ständigen Feuchtigkeit zu schimmeln. Die Mädchen kränkelten in der immerwährenden Nässe. Mein Schwiegervater steckte mir immer wieder neue Rezepte des Doutor Vicente zu, die ich umgehend in den Müll beförderte. Meine Kinder sollten keine Arznei von einem Arzt erhalten, den seine Patienten nicht zu Gesicht bekamen, sagte ich mir. Doch der wahre Grund war meine Wut: Wut auf meinen Mann, auf seine Familie und auf alles, was von dort kam. Wie diese Rezepte vom Doutor Vicente. Oder das Haus, das sie uns geschenkt hatten und das immer voller Wasser lief. Wut auf diese Stadt.

Ich war fest entschlossen, aus São Caetano wegzuziehen, und begann eine Wohnung in São Paulo, in meinem vertrauten Viertel Bom Retiro, zu suchen. Jetzt war ich fast froh über die jüngste Überschwemmung, die das Schicksal der Möbel besiegelt und mein Zaudern weggespült hatte.

Und nur knapp einen Monat nach meinem Entschluss zogen mein Mann, meine Kinder und ich nach Bom Retiro, in die Nähe meiner Mutter, in die Rua da Graça. In die Straße, in der auch der Schochet wohnte.

Bom Retiro brodelte. Mit jedem jüdischen Fest veränderte sich das Viertel: an Rosch haSchana wurde auf den Straßen Honig verkauft, an Pessach gab es Berge von Mazzot in den Lebensmittelgeschäften, und die Nachfrage nach Reinigungsmitteln ließ die Preise steigen. Die Kinder verkleideten sich an Purim, die Männer folgten dem Feiergebot zu trinken und torkelten durch die feiernde Menge. An Sukkot wurden Karren mit Kokospalmzweigen und Bananenblättern durch die Straßen geschoben. Die Synagogen wetteiferten miteinander, und jede versuchte die andere mit dem Kiddusch nach dem Samstagsgebet zu übertrumpfen. Die Sirenen, die im Viertel ertönten, kündigten die Stunde des Kerzenanzündens an, Anfang und Ende des Schabbat. Die Rua José Paulino war gesäumt von Bekleidungsgeschäften, die den Mitgliedern der Gemeinde gehörten. An jeder Ecke wurde Jiddisch gesprochen. Jüdische Schulen wurden gegründet, zehn Synagogen eingeweiht, und zwei Mikwe, vier Jugendbewegungen und eine soziale Einrichtung zur Unterstützung der notleidenden Juden im Viertel entstanden. Das jüdische Leben im Viertel verfügte über immer mehr neu gegründete Einrichtungen: die Sochnut, eine jüdische Einwanderungsagentur, die Keren Kajemet, einen Hilfsfond zur Kultivierung israelitischen Bodens, und die Magbit, den allgemeinen Hilfsfond. Auch die Toten und die Trauernden bekamen einen Ort. Es gab nun einen jüdischen Friedhof und eine Chevra Kadischa, die ihn verwaltete. Für jede dieser wohltätigen Organisationen gab es einige Shnorer, die die Passanten in den Straßen des Viertels um eine Gabe baten und jeden anbettelten. Sie waren bekannt und geachtet, und man ging ihnen tunlichst aus dem Weg. Läuteten sie unaufgefordert an der Tür, wurden sie mit dem Satz *Sag, dass ich verreist bin und erst nach den Feiertagen wiederkomme!* verscheucht. Aber so leicht ließen sie sich nicht abschütteln, ihrem Durchhaltevermögen entging auf Dauer niemand.

Bom Retiro war wie eine große Familie, und so erstaunte es mich nicht, dass, noch bevor die Tinte unter dem

Mietvertrag trocken war, alle im Viertel bereits wussten, dass ich mit meinem Mann und meinen Töchtern hierher zurückkehren wollte. Den Umzug nach Bom Retiro bewältigte ich allein.

»Wo ist Ihr Mann?«, riefen die Nachbarinnen überrascht aus.

»Er muss arbeiten, er kann nicht immer freimachen«, log ich.

Meine Mutter kam mich oft besuchen. Sie gab mir Ratschläge, wie ich meine Ehe retten könnte oder was ich tun sollte, um meinem Mann zu gefallen.

»Wenn du dich wirklich trennst, was werden dann die Leute sagen? Als Frau allein ... noch dazu mit zwei Kindern. Und bald mit dreien! Vor allem in einem Viertel wie diesem, wo jeder über jeden Bescheid weiß?«

So redete meine Mutter, ohne wirklich zu wissen, wozu sie mir raten sollte. Ich spürte, dass sie von ihren eigenen Ängsten sprach.

Eines Abends, als sie uns besuchte, saßen wir gerade beim Essen.

»Dona Bida, kommen Sie nur herein«, begrüßte Jorge sie. »Sie kommen gerade richtig. Schauen Sie sich nur an, was mir Ihre Tochter hier zum Essen vorsetzt. Jamile, bring eine Gabel für deine Mutter.«

»Was ist denn mit meinem Essen?«, wollte ich wissen.

Meine Mutter probierte, nachdem ich ihr eine Gabel geholt hatte, und schaute verunsichert auf Jorge. Kein Wort kam über ihre Lippen.

»Verstehen Sie jetzt, warum wir Streit im Haus haben?« Sein Ton wurde lauter. »Sie kann gar nichts. Weder kochen noch einen Jungen zur Welt bringen noch sonst irgendwas.«

Er sprang vom Tisch auf, schleuderte uns ein *Ich esse woanders* entgegen und stürmte hinaus. Verständnislos blickte ich zu meiner Mutter. Warum verteidigte sie mich nicht? Sie schwieg. Stumm nahm sie alles hin, was er von sich gab. Auch wenn sie anderer Meinung war, machte sie den Mund nicht auf. Warum?

»Fanden Sie das Essen schlecht?«, brach es aus mir heraus, als die Tür hinter ihm ins Schloss gefallen war.
»Ich weiß nicht, ich denke, er hat vielleicht einen ganz besonderen Geschmack. Nimm dir ein bisschen mehr Zeit zum Kochen. Streng dich an, dein Jorge kommt ja aus einem besseren Haus, da sind alle Feinschmecker. Er ist halt an unser einfaches Essen nicht gewöhnt.«
»Das ist es nicht, Mutter. Er sucht nach einem Vorwand, um noch einmal wegzugehen. Er wird nicht vor morgen früh zurück sein. Ich weiß nicht, wo er die Nächte verbringt.« Bitter setzte ich hinzu: »Alles was von mir kommt, ist schlecht, und alles, was ich tue, ist falsch!«
»Lass mich nur machen. Morgen komme ich und bringe euch etwas Köstliches. Du brauchst ihm ja nicht zu sagen, dass es von mir ist. Tu einfach so, als ob du es gekocht hättest. Ich garantiere dir, dass wird euren Streit aus der Welt schaffen.«
Glücklich über ihren Plan machte sie sich auf den Heimweg. Sie hatte etwas gefunden, womit sie mir wirklich helfen konnte, und sie war sich sicher, dass ihr Plan aufgehen würde.

Am nächsten Tag schleppte sie gegen Abend ihre Gerichte an, und wir bestaunten die Köstlichkeiten, die sie vorbereitet hatte. Spezialitäten, die es sonst nur an den Festtagen gab: gefüllte Weinblätter, Kartoffelteigtaschen, Reis mit Erbsen, Sardinensalat und gefülltes Huhn. Für den Nachtisch packte sie süße Kürbisschnitten mit Nelken aus.
»Meinen Sie, er wird es mögen?«
»Natürlich! Das ist das beste Essen, das es gibt! Ich

habe alles frisch gekauft. Du wirst sehen, wie es ihm schmeckt.«
»Aber es sind ja alles sefardische Speisen ...«
»Red keinen Unsinn! Wenn jemand isst und es ihm schmeckt, ist es doch gleich, wer das Rezept erfunden hat – Sefarden, Aschkenasim oder ob das Gericht aus seiner Heimat stammt. Der Magen kennt diese Unterschiede nicht.«

Ich wagte es nicht, meiner Mutter zu widersprechen. Wir füllten die Gerichte aus ihren Schüsseln in meine, und als Jorge zurückkam, zog sie sich in eine Sofaecke zurück. An jedem Gericht, das ich ihm reichte, mäkelte mein Gatte herum. Weinblätter mochte er nicht, nur Schafe und Ziegen fraßen Blätter. Kartoffelteigtaschen waren nichts für ein Abendessen, sondern nur für zwischendurch. Die Sardinen hatten Gräten, das Huhn war versalzen, und die Erbsen waren zu hart und zu grün. Er wandte sich zu meiner Mutter um, die schweigend auf dem Sofa saß, und begann ihr zu erklären, warum es so schwierig war, mit mir zusammenzuleben.
»Sie kann nicht mal kochen, Dona Bida! Schauen Sie sich diesen Fraß an! Das ist doch kein Essen, das ist eine Zumutung.«
Wutentbrannt stapfte er zur Tür und knallte sie hinter sich zu. Ich wartete darauf, dass meine Mutter den Mund aufmachte. Aber sie blieb stumm wie ein Fisch. Sie schaute mich an, wünschte Gute Nacht, ging in das Zimmer der schlafenden Mädchen, um ihnen einen Kuss zu geben, und verließ uns. Ich begleitete sie bis zur Tür. Unsere Blicke begegneten sich, sie zog die Schultern und die Augenbrauen hoch, und ich lächelte sie an. Liebe geht durch den Magen, ja, und in meinem Fall durch die Hintertür. In dem Moment hatte ich meine Entscheidung getroffen: Ich würde mich von meinem Mann trennen.

Wehen im Gehirn

Mein Kaiserschnitt war auf neun Uhr vormittags festgelegt. In aller Frühe packte ich den Koffer, und wir verließen das Haus. Draußen wehte ein starker Wind, der meine frisch toupierten Haare zerzauste. Schnell ging ich zurück, um das Haarspray einzupacken. Nach der Geburt wollte ich schön sein.
Mein Leib war ein riesiger Ballon, ich quetschte mich ins Auto und schob meinen Bauch zurecht, der sich jeden Moment von mir zu lösen drohte. Ohne ein Wort miteinander zu wechseln, fuhren mein Mann und ich ins Krankenhaus. Ich wollte mein Kind strahlend zur Welt bringen und versuchte mich mit Nichtigkeiten zu zerstreuen. Doch die Sorgen fuhren mit. Wenn es wieder ein Mädchen wird, würde er mir das nicht verzeihen. Aber wie kann man das Geschlecht eines Kindes beeinflussen? Ich war nicht abergläubisch, trotzdem hatte ich all die geheimnisvollen magischen Rituale vollzogen, die ich kannte. Drei blaue Kerzen angezündet, sie nachts bei Vollmond unter einem Baum vergraben, ein blaues Schühchen gehäkelt, mit Süßigkeiten gefüllt und auf die höchste Stelle im Haus gelegt. Schließlich noch zwei blaue Schnuller miteinander verknotet. Und ich hatte zu Gott gebetet, während der Schofar erklang. Kurzum: Ich hatte alles getan, was in meiner Macht stand. Der Wagen rollte durch die Straßen, der Wind schüttelte die Bäume durch. Mein Kopf war taub, Gluthitze und Eiseskälte fuhren abwechselnd durch meinen Körper.

»Ziehen Sie bitte die Kleider aus, und legen Sie diesen Kittel an«, bat mich eine Krankenschwester und war gleich wieder aus dem Zimmer verschwunden. Langsam legte ich ein Kleidungsstück nach dem anderen ab.

Wenn ich Wehen gehabt hätte, wären meine Gedanken jetzt wenigstens damit beschäftigt gewesen ... *Schma Jisrael Ad'nai Eloheinu, Ad'nai Echad*, mein vertrautes Gebet, es musste helfen. Mein Verstand rief mir aber in Erinnerung, dass das kleine Wesen in meinem Bauch, Junge oder Mädchen, ja bereits festgelegt war. Auch ein Gebet konnte das Geschlecht jetzt nicht mehr ändern. Und wenn es wieder ein Mädchen würde? Ob ich es lieben würde? Oder nicht lieben könnte? Wie ungerecht wäre das! Ich nahm mir vor, ein Mädchen genauso innig zu lieben wie einen Jungen. Die Angst verzehrte mich. Ich hielt es nicht mehr aus, zog die Tür auf und rief unruhig nach der Schwester. Als sie kam, bat ich darum, schnellstens in den Kreißsaal geschoben zu werden, die Qualen seien zu groß.

»Haben Sie denn schon Wehen?«

»Ja, im Kopf.«

Die Krankenschwester schaute mich verunsichert an. Da sie Angst hatte, es sei etwas Ernstes, rief sie nach einem Arzt und rollte mein Bett in den OP-Saal. Ich schloss die Lider und vertraute darauf, dass sie taten, was notwendig war.

Ein Schrei erlöste mich. Ich öffnete die Augen, aber ich konnte mein Kind noch nicht sehen, weil ein Vorhang zwischen uns gespannt war. Erst viel später wurde es mir gebracht - eingehüllt in viele Tücher.

»Dona Jamile, Glückwunsch. Es ist ein Junge!«

Freudentränen liefen über meine Wangen und tropften auf das Näschen meines wundervollen Sohnes. Neun Monate Anspannung hielt ich nun selig in den Armen, und ich wusste in dem Moment, in dem mir mein Kind in die Arme gelegt wurde: Der Klang des Schofar war unfehlbar. Es war nicht der abergläubische Hokuspokus, es war der Klang des Schofar, der über das Geschlecht des Kindes entschieden hatte. Und ich, ich würde nun die Entscheidung, mich zu trennen, wieder zurücknehmen.

Meine Schwiegereltern gaben zu Ehren meines Sohnes ein großes Fest von Brit Mila in der Synagoge von São Caetano. Dort wurde der Säugling acht Tage nach der Geburt beschnitten. Die Feier war noch pompöser als unsere Hochzeit: Geladen waren 150 Gäste für den Enkel, der ihren Namen trug und der diesen Namen weitergeben würde. Aber eigentlich war es ein Fest, um meinen Mann zu belohnen, dafür dass er einen Sohn gezeugt hatte. Meine Schwiegereltern fassten nun neues Vertrauen in unsere Ehe, da sie der Überzeugung waren, dass ein männlicher Nachfahre unsere Ehe kitten müsste. Ich schöpfte neue Hoffnung: Unsere Ehe konnte nur besser werden.

Doutor Vicente

Aber unsere Ehe wurde nicht besser.
Meine Mutter schaute weiterhin kurz vorbei. Sie hätte mir zu gerne einen Rat gegeben, aber sie wusste keinen. Da sie sich hilflos fühlte, brachte sie meinen Bruder und meinen Vater mit, um gemeinsam zu überlegen, wie ich mein Leben weiter gestalten sollte. Meine Brüder verstanden die Situation nicht, ihrer Meinung nach lag die Schuld bei mir. Ich machte mich schuldig durch das, was ich tat, oder wahlweise durch das, was ich nicht tat. Nur mein Vater wusste einen weisen Ratschlag, auch wenn es nicht gerade das war, was ich hören wollte. »Jeder ist seines Glückes Schmied. Jamile kennt ihre eige-

ne Situation am besten, und sie entscheidet auch, was zu tun ist.« Und zu mir gewandt sagte er: »Nur dass du weißt, dass ich dich nicht mehr unterstützen werde, ich habe meine Kinder schon großgezogen.«
Meine Mutter schaute mich voller Mitleid an und steckte mir ein bisschen Geld zu, das sie vor meinem Vater versteckt hatte. Aber es war nur sehr wenig, da der Eiertrick nicht mehr so ergiebig wie war wie früher, nachdem die Eier im Lauf der Jahre billiger geworden waren.

Mein Mann war schon seit Tagen nicht mehr nach Hause gekommen. In meiner Not rief ich bei meinen Schwiegereltern an und bat sie um Hilfe. »Seit vier Tagen ist Jorge nicht mehr nach Hause gekommen! Ich habe kein Geld mehr, jemand muss mir Geld geben, sonst muss ich wieder anfangen zu arbeiten!«
Niemand wollte, dass ich arbeitete. Denn dann würden alle wissen, dass in meiner Ehe etwas nicht stimmte. So gaben die Schwiegereltern meinem Hilferuf widerstrebend nach. Sie wollten mich besuchen, sobald sie wieder einmal in der Nähe wären.
Meine Schwiegereltern spielten leidenschaftlich gern Karten und besuchten dazu Klubs in São Caetano, Santos und Poços de Caldas. Bei ihrer nächsten Tour würden sie ein Stündchen erübrigen, um bei uns in São Paulo vorbeizukommen.
Am angekündigten Morgen klopften sie an die Tür, nachdem sie sich die ganze Nacht im mondänen Santos amüsiert hatten. Meine Schwiegermutter trug über den Schultern eine Pelzstola, die sie von einer Reise aus Europa mitgebracht hatte, an ihrem Ringfinger funkelte ein großer Diamant. Neben ihr stand mein Schwiegervater in einem schwarzen Anzug aus Satin mit Fliege. Sie wollten nur kurz bleiben und sich gleich

auf den Weg zur nächsten Verabredung im Palace Hotel in Poços de Caldas machen. Den angebotenen Kaffee lehnten sie ab. Sie gaben mir etwas Geld, beschwerten sich jedoch im gleichen Atemzug über meine viel zu hohen Ausgaben.
»Erst vor vier Tagen habe ich meinem Sohn einen Scheck gegeben. Du musst das Geld besser einteilen. Wo ist Jorge denn?«
»Ich weiß nichts von einem Scheck. Jorge hat gesagt, er fährt nach Rio. Er ist schon vier Tage dort.«
Sie verabschiedeten sich mit erhobenem Zeigefinger. »Jorge ist ein guter Ehemann. Du musst lernen, ihn so zu nehmen, wie er ist. Du musst besser auf deinen Mann aufpassen.«
Sie erinnerten mich mahnend an das große und üppige Fest, das sie für meinen Sohn ausgerichtet hatten. Sie verlangten, dass ich mich besser kleiden solle, um ihn zurückzugewinnen, und dass ich ein für alle Mal lernen müsse, meinen Mann zu lenken – die Aufgabe jeder verheirateten Frau.
Ich bewunderte meine Schwiegermutter. Sie schien ihre Ehe und ihren Mann im Griff zu haben. Vielleicht, wenn mein Mann so wäre wie mein Schwiegervater? Oder vielleicht wäre mein Mann anders, wenn ich so wäre wie seine Mutter?
Die Schwiegereltern schauten auf die Uhr, umarmten mich, gaben den noch verschlafenen Kindern einen Kuss und brachen überstürzt zu ihrer nächsten Verabredung auf. Ich habe sie nie wiedergesehen. Sie starben auf der Schnellstraße im Kampf gegen die Müdigkeit und die regennasse Windschutzscheibe. Aber sie starben vereint, so wie sie im Leben vereint gewesen waren.

Die plötzliche Todesnachricht war ein Schock für uns. Wir mussten Verwandte und Freunde benachrichtigen und die Beerdigung organisieren. Sowohl für die Familienangehörigen meines aschkenasischen Mannes als auch für uns Sefarden mussten Verstorbene so schnell wie möglich bestattet werden.

Ich informierte die Bekannten, deren Telefonnummer wir wussten. Mein Mann, der den plötzlichen Tod seiner Eltern nicht fassen konnte, setzte sich ins Auto, kurvte durch São Caetano auf dem Weg zu den Freunden seiner Eltern, denen er die Todesnachricht selbst überbringen wollte.

Und um diesen Doutor Vicente zu suchen, von dem keiner wusste, wo er wohnte. Empört hatte ich feststellen müssen, dass niemand aus der Familie wusste, wo er zu finden war. Niemand kannte diesen Arzt. In der Apotheke, in der ich die Rezepte geholt hatte, verwiesen sie an den Portier eines Hochhauses, der Genaueres wisse. Dieser Portier brachte meinen Mann zu einer Tür, schloss sie auf und bat Jorge, mit ihm zu kommen. Durch diese Tür gelangte man in einen großen, leeren Saal, in dem aufgereihte Stühle vor den kahlen Wänden standen. In der Mitte befand sich ein Bodenaltar mit Heiligenbildchen, Kerzen, einem Davidstern neben einem Kruzifix und einer Batterie leerer Cachaça-Flaschen. Ein Ort für spiritistische Zusammenkünfte, wie es schien.

Sie gingen weiter in einen angrenzenden kleinen Raum, auf einem kleinen Tisch stand ein Telefon, daneben lag ein Zettel, auf den Telefonnummern notiert waren. Der Portier nahm den Hörer ab und wählte die erste Nummer.

Eine männliche Stimme meldete sich: »Hallo?«

»Guten Tag. Ich suche Doutor Vicente. Wo finde ich ihn? Es ist dringend.«

»Doutor Vicente kommt erst Dienstagabend wieder.«

»Ich muss mit ihm sprechen. Es ist wirklich dringend!«
»Sie haben mich nicht verstanden. Er ist immer nur am Dienstagabend hier.«
»Verstehe. Aber ich sagte ja schon, dass es sehr wichtig ist.«
»Können Sie mir sagen, worum es geht?«
»Mein Vater, Senhor Sebastião, ist heute Morgen bei einem Autounfall ums Leben gekommen. Ich wollte Doutor Vicente über die Beerdigung informieren.«
Schweigen. Dann folgte eine Frage: »Sind Sie im Versammlungssaal?«
»Ja.«
»In zwei Minuten bin ich bei Ihnen. Warten Sie auf mich.«
Kurz darauf schnarrte ein Schloss, das Geräusch schneller Schritte folgte. Ein großer Schwarzer mit einem mächtigen Bauch erschien in der Tür.
»Sind Sie der Sohn von Senhor Sebastião?« Mit Tränen in den Augen kam er näher. »Mein herzlichstes Beileid.«
Sie umarmten sich.
»Wie ist das passiert?«
»Ein Autounfall. Er und meine Mutter.«
»Ihr Vater war ein bedeutender Mann.«
»Ja. Kennen Sie Doutor Vicente?«
»Natürlich. Doutor Vicente war ein großer Arzt. Er war immer dienstags hier ... er hat allen hier in São Caetano geholfen und viele geheilt. Jetzt kommt er nie mehr.«
Jorge sah ihn fragend an.
»Doutor Vicente brauchte einen Körper, um zu erscheinen. Er wohnte in ihrem Vater. Doutor Vicente *war* Ihr Vater.«

Angst stieg in mir hoch. Eine dumpfe, lähmende Angst, die durch meinen Körper kroch und meinen Kopf einnahm. Ich weigerte mich, über Geister nachzudenken, aber ich wurde sie nicht los, vor allem nicht nachts. Abends konnte ich nicht einschlafen und grübelte und grübelte. In der Nacht lag ich allein im gemeinsamen Ehebett und kam nicht zur Ruhe. Nach dem tödlichen Unfall seiner Eltern war mein Mann noch seltener zu Hause und blieb tagelang einfach verschwunden.
Verzweifelt rief ich eines Tages Sarah an. Sie bat mich inständig, nicht mehr an Geister zu denken. Verbannte man solche Gedanken nicht aus dem Kopf, könnten sie schlimme Dinge oder gar ein Unheil anziehen, warnte sie.
»Was für schlimme Dinge denn?«
Darauf wusste sie keine Antwort. Aber es sei sicherer, nicht daran zu denken. Dann wechselte sie schnell das Thema und beschwerte sich über ihren Mann. »Saul ist so lahm! Was hilft es, wenn ich schöne Kleider entwerfe und er sie nicht verkaufen kann?«
Diesmal hatte ihre Klage einen ernsten Hintergrund. Saul hatte seine kleine Fabrik schließen müssen. Verkaufen gefällt mir nicht, hatte er mit einem verlegenen Lächeln erklärt, und dass er sich darauf freue, eine andere Arbeit zu suchen, bei der er den ganzen Tag hinter dem Schreibtisch verbringen könne. Für meine ehrgeizige Schwester war das ein Stich ins Herz. Sie wollte mehr: mehr Geld, mehr Ansehen, ein größeres Haus, ein Auto und Schmuck und einen Mann, der dafür kämpfte.
Schon bevor die Fabrik den Betrieb einstellte, hatte meine Schwester begonnen, sich nach Arbeit umzusehen. Wenige Tage später klingelte das Telefon, und mit auf-

geregter Stimme teilte sie mir mit: »Jamile, es gibt eine Arbeit in einem Verlag namens *Abril Cultural.* Ich habe die Anzeige in der Zeitung gelesen, und es ist möglich, dass man sich die Arbeitszeit selbst einteilt! Willst du mit mir hingehen?«

»Was ist es denn für eine Arbeit?«

»Weiß ich nicht.«

»Du weißt nicht, was du da tun musst?«

»Nein. Da steht nichts. Es heißt nur, man muss einen Kurs absolvieren. Ich gehe morgen früh um halb acht hin. Bitte doch Mutter, dass sie dir mit Artur und mit dem Mittagessen hilft. Bring Paula früher in den Kindergarten, Clara bringen wir auf dem Weg zur Bushaltestelle in die Schule.«

Jeder wollte mir auf seine Art und Weise helfen. Sarahs Hilfe bestand darin, Dinge für mich zu entscheiden, die sie für richtig hielt. Ich verlor keine Zeit mit Sinnieren, sondern plante den kommenden Tag. Was sollte ich anziehen, was kochen, und wo konnte ich die Kinder lassen? Die Geister flohen aus meinem Kopf und machten praktischen Gedanken Platz. Auch in dieser Nacht war der Schlaf kurz, aber erholsamer als in all den Nächten zuvor.

Am nächsten Tag versuchten wir unser Glück bei dem Verlag. Die Adresse war ein Rohbau mitten auf einer riesigen Baustelle. Wir kletterten auf behelfsmäßig angebrachten Brettern in den ersten Stock, wo uns Pappschilder an unverputzten Wänden den Weg durch das Labyrinth aus leeren Gängen zu *Abril Cultural* wiesen. Auf einer der Türen klebte das Schild *Neue.* Dort klopften wir an. Neue was, dachte ich noch, als uns ein Mann mittleren Alters in dunklem Anzug und buntem Schlips strahlend begrüßte. Sein Publikum war eine erwartungsvolle Schar von 50 Zuhörern. »Wir sind die neuen Kulturvermittler. Wir arbeiten für eine bessere Welt«, verkündete der Vortragende stolz.

Sarah und ich nahmen in der ersten Reihe Platz. Ich fand Gefallen an der aufgekratzten Atmosphäre, auch wenn ich mir immer noch nicht vorstellen konnte, um was für eine Arbeit es eigentlich ging. Nach vielen weiteren euphorischen Sätzen legte der Vortragende eine kunstvolle Pause ein, lächelte gewinnend und deutete eine Verbeugung an. Das Publikum honorierte sein Engagement mit Klatschen und Jubelrufen. »Bravo! Bravo!«

Wie bei einem Fußballklub. Er war der Chef der Fangruppe, der uns auf Begeisterung einschwor. Eine Woche besuchten wir den Klub, ohne zu erfahren, was für eine Arbeit für uns vorgesehen war. Ich genoss es sehr, aus dem Haus zu gehen, es fühlte sich wie eine neue Phase meines Lebens an. Ich traf fröhliche Menschen, und mit größter Selbstverständlichkeit jonglierte ich alsbald mit Begriffen, von denen ich nie zuvor gehört hatte: Gruppendynamik. Kulturvermittlung. Marketing. Hausfrauenpsychologie. Persönlichkeitsanalyse. Kaufkraft ...

Ich sprach bald wie ein Gelehrter und berauschte mich an meinem Talent. Die Übungen im Kopfrechnen waren für mich überflüssig, ich war immer die Beste im Rechnen gewesen. Die Gruppendynamik steckte an, und nach kurzer Zeit klatschte auch ich zusammen mit all den anderen frenetisch in die Hände und stimmte in die Bravo-Rufe ein. Meine Schwester fand das unsinnig und fragte argwöhnisch: »Was um alles in der Welt macht ein Kulturdiffusor?«

»Er verbreitet Kultur«, erwiderte ich genüsslich.

»Warum zum Teufel sagen sie nicht endlich, um was für eine Arbeit es hier geht?«, murrte sie.

Am Ende des letzten Kurstages wurden Warenmuster verteilt, und wir erfuhren, was wir damit tun sollten.

»Was!?«, entrüstete sich Sarah, »wir sollen Bücher an der

Haustür verkaufen?«
»Wie war noch Ihr Name?«, fragte der Schlips tragende Leiter süßlich und neigte seinen Kopf zu ihr.
»Sarah.«
»Sarah, meine Damen und Herren, liefert uns ein gutes Beispiel dafür, was wir nicht sind!« Der Mann hob die Stimme und blickte ernst in die hinteren Reihen, wo das Geschwätz schnell erstarb.
»Ich betone, wir sind keine fliegenden Händler, die sich in die Züge quetschen, um den Leuten Kugelschreiber und Abziehbildchen anzudrehen. Auf keinen Fall! Wir verkaufen nichts aus dem Bauchladen«, fügte er noch gekränkt hinzu. »Oh nein! Wenn Sarah so denkt, liegt sie ganz falsch.«
Er lächelte seinem Publikum aufmunternd zu. Lautes Klatschen honorierte seine salbungsvollen Worte und seine ehrenwerten Absichten. Sarah hingegen wurde ausgebuht, mit Pfiffen bekundete das Publikum sein Missfallen.
»Wir«, wandte er sich mit bebender Stimme an Sarah, »wir sind die wahren Verbreiter der Kultur! Unsere Aufgabe ist es, zu den Menschen hinaus auf die Straße zu gehen und den Stand der Bildung in der Bevölkerung zu erforschen und zu heben. Wir verhelfen jedem Einzelnen zu mehr Bildung, und Bildung ist die Voraussetzung für ein besseres Leben. Ein höheres Bildungsniveau bedeutet für jeden Einzelnen mehr Chancen, mehr Möglichkeiten, mehr Ansehen, kurz: ein besseres Leben für ihn und seine Kinder. Diese Enzyklopädien sind die Zukunft unseres Landes!«
Ich lächelte selig. Doch meine Schwester raunte mir verärgert zu: »Lass das blödsinnige Grinsen. Kapierst du denn nicht, wie wir die Bücher verkaufen sollen? Es geht um Haustürgeschäfte. Wir sollen Klinken putzen!«
Als wir hinausgingen, bekam Sarah eine sehr schwere

Ledertasche umgehängt, die gefüllt war mit Verkaufsmaterial, Musterbüchern, großen gefalteten Prospekten mit farbigen Abbildungen der Enzyklopädien und mit einem dicken Auftragsblock. Ich erhielt eine Ledermappe mit einem Leitfaden: einem Forschungsinstrumentarium in wohlklingendem intellektuellem Wortlaut.

Die Chicse

Angestellte gesucht – Bitte wenden Sie sich an den Portier.

Am Samstag, ganz in der Früh, bat ich den Portier im Haus, den Aushang aufzuhängen, den ich auf die Innenseite eines Schuhschachteldeckels geschrieben hatte.
»Meister Francisco, passen Sie auf! Schicken Sie mir nicht irgendeine! Ich brauche die Beste, damit ich guten Gewissens wieder anfangen kann zu arbeiten. Schicken Sie mir nur solche, die einen guten Eindruck machen. Sie muss umsichtig und verantwortungsvoll sein und darf keine Arbeit scheuen.«
Der Portier schnappte sich hastig den Karton, wohl um meinen Redefluss zu beenden. Der Morgen verging mit dem Vorbereiten von Fläschchen und dem Mittagessen, ich korrigierte Hausaufgaben und wusch mein bestes Kleid, aber hauptsächlich stand ich vor dem Spiegel. Ich reckte mich, stellte mich ganz gerade hin, lächelte mir zu, probierte mehrere Arten von Lächeln aus und übte unterschiedliche Gesichtsausdrücke für meinen ersten Arbeitstag. Den Text hatte ich vor Tagen auswendig gelernt und sagte ihn in der Frühe meinen Töchtern auf. Die zwei fanden es lustig, verloren jedoch schnell die

Lust, mir zuzuhören, und ließen mich mit den Satzungetümen wieder allein. Sobald ich ins Stottern geriet oder nicht mehr weiterwusste, schlug ich das Handbuch *Wie erobert man sich einen Zuhörer* auf und wiederholte den Sermon.

Ich übte vor dem Spiegel ein Gespräch nach den Regeln des Handbuchs, überlegte mir die Antwort meines Gegenübers, die mir der Mund im Spiegel dann energisch vortrug, und die ich erwiderte und bewies, wie unzutreffend sie doch war. Meine Redeweise war gespickt mit akademischen Wortkaskaden, ich stelzte durch meine wichtige Terminologie und beendete jeden Satz mit einem Blecken der Zähne.

Als es plötzlich draußen an der Tür klingelte, war ich gerade am Telefon, um meiner Mutter mitzuteilen, dass ich heute an keinem Familientreffen mehr teilnehmen konnte. Wenn sie unbedingt die Familie zusammentrommeln wollte, dann ohne mich, heute würde ich den ganzen Tag über beschäftigt sein.

»Die einzig wichtige Angelegenheit momentan bist du und deine Probleme!«, beharrte meine Mutter.

»Dann halten Sie Familienrat ab und erzählen mir anschließend, was besprochen wurde. Ich habe schon alles angehört, ich weiß, was jeder denkt. Ich habe mich entschlossen, mich von ihm zu trennen.«

Der Klingelton draußen wurde immer dringlicher. Meine Mutter weigerte sich aufzulegen, bis ich ihr versprach, mich nächste Woche mit allen zu treffen. Das Klingeln an der Tür zwang mich zu diesem Versprechen.

Ich ging zur Tür, doch meine Töchter rannten an mir vorbei. Sie rissen die Tür einen Spalt auf und wichen erschrocken zurück. Aus einem tiefschwarzen Gesicht leuchtete das Weiß zweier Augen hervor, aus einem Mund, der sich zu einem freundlichen, breiten Lächeln öffnete, blitzten große, strahlend weiße Zähne mit einer großen Lücke zwischen den Schneidezähnen. Den dunklen Lockenkopf zierte ein buntes Tuch. Die Gestalt war sehr hager und riesengroß, ein knielanges Kleid ließ knochige Beine sehen, und die nackten Füße steckten in ausgetretenen Sandalen.

»Ja?«

»Gnä' Frau brauchen eine Haushaltshilfe?

»Bist du Hausmädchen?«

»Ja, bin ich, Gnädigste.«

»Hast du Erfahrung?«

»Hab ich schon, Gnädigste.«

»Schon mit Kindern gearbeitet?«

»Ja schon, Gnädigste.«

»Referenzen?«

»Refe... – was?«

»Wo hast du vorher gearbeitet? Hast du eine Telefonnummer von dort?«

»Das war in Pernambuco.«

»Und hier in São Paulo, - hast du hier schon gearbeitet?«

»Nein Gnädigste, bin erst zwei Wochen hier.«

»Bist du gemeldet?«

»Nein, Gnädigste.«

»Keine Papiere?

»Doch, ja, hier, ein Taufschein.«

»Kannst du schreiben?«

Sie schüttelte den Kopf.

»Lesen?«

»Ein paar Buchstaben.«

»Die Uhr lesen?«

»Ganze Stunden, ja.«

»Wie heißt du?«

»Crispina.«

»Crispina oder Cristina?«

»Crispina. Ich sollte Cristina heißen, aber auf den Taufschein haben sie Crispina geschrieben."

»Crispina, komm herein. Geh in die Küche, wasch das Geschirr ab, damit ich sehe, wie du arbeitest. Ich muss jetzt meinem Sohn die Windeln wechseln. Dann können wir weiterreden. Eine Angestellte, die weder lesen noch schreiben kann, ist hier in São Paulo ein Problem.«
»Dona ...?«
»Jamile. Mein Name ist Jamile.«
»Jandira?«
»Nein.«
»Janiri?«
»Jamile !!«
»Janiri ...«
»Was ist?«
»Haben die Kinder Angst vor mir?«
»Nein.«
»Ist es, weil ich so schwarz bin?«
»Sie gewöhnen sich schon daran.«
Ich ging ins Schlafzimmer, um die Windel von Artur zu wechseln und über Crispina nachzudenken. Die Mädchen fürchteten sich vor ihr; sie hängten sich an meinen Rockzipfel und liefen hinter mir her. Doch sie schien mir eine sehr warmherzige und gutmütige Person zu sein.
Ich ging zurück in die Küche. Da stand sie vor dem Spülbecken und starrte auf das schmutzige Geschirr.
»Warum hast du nicht abgewaschen?«
»Dona Janiri, entschuldigen Sie, aber wie funktioniert der Wasserhahn?«
»Bitte? Wie – du kannst keinen Wasserhahn aufdrehen? Gibt es in Bahia keine Wasserhähne?«
»Keine Ahnung. Ich weiß es nicht, ich war noch nie in Bahia. Ich bin aus Pernambuco. Wir holen das Wasser vom Brunnen.«
»Schon gut, Crispina, vielen Dank, du kannst gehen. Du lässt mir deine Telefonnummer hier, wenn ich mich entschieden habe, sage ich dir Bescheid.«

»Ich habe keine Telefonnummer nicht.«
»Gut, dann gib mir die Telefonnummer eines Nachbarn.«
»Die habe ich auch nicht.«
»Dann lass deine Adresse beim Portier, ich sage dir Bescheid, wenn ich mich für dich entschieden habe.«
»Ich weiß meine Adresse nicht so aus dem Kopf.«
»Geh.« Ich war mit meiner Geduld am Ende. »Komm ein anderes Mal wieder, dann sage ich dir, ob ich dich brauche oder nicht.«
»Dona Janiri, ich setze mich unten vor das Hochhaus und warte so lange.«
»Das kann aber länger dauern.«
»Das macht nix. Ich hab nichts vor.«
Sie war sehr schwarz. Ich hatte noch nie jemand so Schwarzes gesehen. Und wenn die Mädchen Angst vor ihr hatten, konnte ich sie doch nicht ins Haus holen. Den ganzen Tag über putzte, kochte, bügelte ich und passte auf die Kinder auf. Ich übte die »Kulturdiffusion« und schaute auf die Uhr. Kein Klingeln an der Tür - den ganzen Tag über hatte sich keine Hausangestellte mehr gemeldet. Ich schaltete den Fernseher für die Mädchen an, die ungeduldig darauf warteten, dass ich mit ihnen auf den Spielplatz ging. Als es sieben Uhr schlug und immer noch keine Angestellte an die Tür geklopft hatte, ging ich hinunter und holte Crispina. Sie saß tatsächlich neben dem Eingang, schaute seelenruhig auf die Straße und erzählte dem Portier ihr Leben.

Als Erstes zeigte ich ihr, wie man den Wasserhahn aufdrehte. Dann erklärte ich ihr die Knöpfe der Waschmaschine, schob mit ihr den Stecker des Bügeleisenkabels in die Steckdose, schaltete das Licht ein und aus und drehte für sie die Dusche auf. Am besten gefiel ihr das fließende warme Wasser aus dem Duschhahn. Ich brachte ihr bei,

wie die Tür abgesperrt wurde, was ein Kühlschrank war, wie der Herd eingeschaltet wurde, zeigte ihr, wie sie das Telefon bedienen musste, und zuletzt die Säuglingspflege für Artur. Es überraschte mich, wie gut sie mit dem Baby umgehen konnte, wie geschickt und sicher sie ihn im Arm hielt, die Windeln wechselte, das Fläschchen gab und ihn Bäuerchen machen ließ. Wenn er glücklich und zufrieden war, sah er sie mit seinen grünen Augen an und lächelte.
Sie war bewegt und begann zu weinen. »Dona Janiri, ich habe noch nie ein blondes Kind auf dem Schoß gehabt. Er sieht aus wie ein Prinz! Die Prinzen sind doch blond mit hellen Augen, oder?«
»Es gibt alle möglichen Prinzen!«
»Oh nein. Schwarze Prinzen gibt es nicht.«
Ich ließ Crispina Artur in den Schlaf wiegen und rief meine Mutter an. »Ich habe eine Chicse gefunden!«

Amtlich

Das Forum João Mendes Junior war ein ehrwürdiges Gemäuer. So wie ich es sonst nur aus europäischen Filmen kannte: mit wuchtigen zweiflügligen Türen am Eingangsportal und schweren Leuchtern an den hohen stuckverzierten Decken. Prachtvolle Gebäude, die in São Paulo selten zu sehen waren und die zu dem rasanten Tempo der Stadt nicht mehr passten. Eine breite Steintreppe wand sich nach oben.
Mein Herz schlug schmerzhaft schnell. Langsam stieg ich die Treppe hinauf. Stufe um Stufe. Tief einatmen, noch eine Stufe, ausatmen. Oben angekommen, zog ich

vorsichtig die Mappe mit den Unterlagen aus der Tasche, ordnete zum hundertsten Mal die Papiere, lächelte dem Portier an der Eingangstür zu und betrat den großen Flur. Nach zwei Schritten wurde mir der Weg versperrt.
»Frauen in Hosen dürfen hier nicht hinein.«
»Bitte?«
»Frauen dürfen das Haus nur im Rock betreten.«
Mein Puls jagte, doch ich musste Ruhe bewahren; hier war fremdes Hoheitsgebiet. Ich erklärte höflich, dass ich dieses Gesetz nicht kannte, und dass ich auf jeden Fall hinein müsse.
Mein Termin hatte bereits begonnen, und auf diesen Prozess hatte ich sehr lange gewartet! Ich verstünde ja, dass er nur seine Anweisungen befolgte, wandte ich ein, dass es aber doch wohl, wenn er darüber nachdenke, doch nicht so wichtig sei, ob ich eine Hose oder einen Rock anhätte; das Wichtigste sei doch, dass ich nicht zu spät käme.
»Frauen haben nur im Rock Zutritt. Sie kommen hier nicht hinein«, wiederholte er ungerührt.
»Sie verstehen mich nicht. Ich möchte gern Ihren Vorgesetzten sprechen.«
»Möchten Sie mit dem Richter persönlich sprechen?«
»Ja bitte.«
Er nahm den Hörer des schwarzen Telefons ab und las von dem Dokument, dass ich fest in der Hand hielt, die Nummer der Sitzung, den Raum und den Namen des Richters ab. Dann drehte er an der Wählscheibe, während er mich nicht aus den Augen ließ. Er murmelte so etwas wie »schon wieder eine von denen« und reichte mir den Hörer. Noch bevor ich Hallo sagen konnte, wurde ich angeherrscht: »Glauben Sie vielleicht, dass Sie hier zu einem Picknick erwartet werden? Das ist ein ehrenvoller Ort. Sie haben genau zehn Minuten, um sich einen Rock zu besorgen und wiederzukommen. Wenn Sie bis

dahin nicht da sind, wird die Sitzung verschoben.«
Ein Knacken in der Leitung, aufgelegt. Der Portier zog siegreich die Augenbrauen hoch. Ich hatte keine Wahl, musste meinen Stolz hinunterschlucken, senkte den Kopf und stürmte die Treppe wieder hinunter. Ich rannte über den kleinen Rasenplatz und bis zur nächsten größeren Straße, der Avenida Liberdade. Ich kämpfte mich durch das Verkehrsgewühl der sechsspurigen Straße, stürzte in das erstbeste Geschäft und keuchte: »Geben Sie mir einen Rock! Ich brauche einen Rock. Schnell. Nein, Farbe und Schnitt sind egal.«
»Welche Größe?«
»Zwischen 36 und 44.«
Ich hatte keine Zeit für die Umkleidekabine, schlüpfte in einen grünen Wickelrock, zog die Hose aus und zurrte den viel zu weiten Rock mit meinem Gürtel fest, bezahlte und rannte los, um meine Freiheit zu suchen, die auch die rote Ampel der Avenida nicht aufhalten konnte.

Pessach

Wir waren insgesamt 26 Personen: Saul, Sarah und ihre Kinder, die Brüder und Schwestern von Saul mit ihren Kindern und Dona Mindale, Sauls Mutter. Salomão, Irene mit den Töchtern, meine Mutter, mein Vater, ich und meine drei Kinder, mein Bruder Isaac mit seiner Frau und seiner Tochter und David, mein jüngster Bruder. Wir trafen uns bei Sarah, die das größte Wohnzimmer hatte. Nachdem wir alle verfügbaren Tische zusammengeschoben hatten, fing der Kampf um die Stühle an. Im ganzen Hochhaus wohnten ausschließlich jüdische

Familien, wie in beinah sämtlichen Wohnhäusern des Viertels. Wer nicht zum Seder, zum feierlichen Abendessen an Pessach, eingeladen war, lud selbst ein. Die Einladenden mussten sich beeilen, den Eingeladenen in der Nachbarschaft die Stühle abzuschwatzen. Wer zauderte und zu lange wartete, hatte nicht genügend Stühle. Bis wenige Stunden vor dem Seder wurden Stühle durch die Straßen geschleppt.

Saul war der Einzige von uns, der ein Seder von Anfang bis zum Ende leiten konnte, ohne auch nur ein Detail zu vergessen und ohne eines der typischen Gerichte auszulassen - nach aschkenasischer Art selbstverständlich. Maria, Sarahs Haushaltshilfe, arbeitete am Wochenende vor Pessach unentwegt, ohne eine Minute Freizeit, und half bei der Zubereitung der Speisen. Niemand durfte etwas beitragen oder gar Essen mitbringen. Saul und Sarah waren die Einzigen, die streng nach den koscheren Regeln kochten. Sie nahmen nie Essen zu sich, das diesen Regeln nicht entsprach. In der Küche von Sarah gab es zwei voneinander getrennte Bereiche, einer eigens für milchige und der andere für fleischige Speisen. Sie hatten getrenntes Geschirr und Besteck dafür und für die Speisen an Pessach zwei weitere besondere Bestecke und Geschirr. Die Teller, das Besteck und selbst die Töpfe wurden jedes Mal ausgewechselt.

Sobald Saul aus der Synagoge zurückgekehrt war, begann das Abendessen. Jeder von uns erhielt das Buch, das die Geschichte von Moses und dem Auszug aus Ägypten erzählte und aus dem Saul vorlas. Das Lesen begleitete das Abendessen. Zu jeder Episode wurde eine Speise gereicht, die uns zurück in die Vergangenheit brachte. Das Essen endete mit dem Schluss der Geschichte. Ich fühlte mich leicht nach dem heutigen Tag, und zum ersten Mal öffnete ich das Buch mit Lust am Lesen und hörte gespannt auf die Erklärungen von Saul. Saul hatte wenig Geduld, er erzählte die Geschichte aus Pflicht gegenüber der Religion. Niemand hörte ihm zu, die Kinder kicherten und alberten herum, die Frauen dachten nur ans Servieren des nächsten Gangs, und die Männer nickten immer wieder ein, müde von dem vielen Essen und von der Pflicht, vier Gläser Wein zu trinken.

Ich heftete die Augen auf Saul, der überrascht bemerkte, dass jemand ihm zuhörte. Er, daran gewöhnt, die Geschichte stets ohne die Aufmerksamkeit der anderen herunterzurasseln, verlangsamte seinen Rhythmus und erzählte mir die vertraute Geschichte in den altbekannten Worten neu. Es war, als würde er die Geschichte nur für mich erzählen. Es war das erste Mal, dass ich die Bedeutung von Pessach für mein Leben verstand.
»Eine Geschichte«, sprach Saul, »die von Jahr zu Jahr zu wiederholen wir die Pflicht haben, weil wir nicht vergessen dürfen, dass wir Sklaven waren, und dass wir jetzt frei sind. Nur wenn wir uns an die Sklaverei erinnern, können wir unsere Freiheit wertschätzen.«
Und ich war frei! Genau an Pessach, dem Fest der Freiheit. Das freieste Pessach meines Lebens. Ich aß die bittere Wurzel, um den bitteren Zeiten der Sklaverei in Ägypten zu gedenken und der schweren Zeit, die ich bis zu diesem Pessach durchgestanden hatte. Ich aß die Mazzot, um mich daran zu erinnern, dass den Juden in der Hetze der Flucht keine Zeit blieb, den Brotteig gären zu lassen, und dass ich zu lange gewartet hatte, meine Entscheidung zu treffen. Ich goss die zehn Schluck Wein in die Schale, um die Plagen Ägyptens loszuwerden und um die Enttäuschung meiner Ehe abzuschütteln.

Die Kinder waren eingeschlafen, und die Älteren verabschiedeten sich in trunkener Müdigkeit. Doch ich war hellwach. Ich ließ die Kinder bei Sarah übernachten und machte mich allein auf den Weg zurück in meine Wohnung.

Bom Retiro schlief bereits, niemand war mehr unterwegs. Ohne Eile ging ich langsam nach Hause. Unterwegs machte ich den Regenschirm zu; ich schaute nach oben und konnte am klaren Himmel die Sterne sehen, eine Seltenheit in São Paulo. Ich dachte an den grünen Wickelrock, an meine Freiheit und an die Freiheit meiner 5000 Jahre alten Geschichte. Als ich an die letzte Straßenkreuzung auf meinem Heimweg kam, schaltete die Ampel auf Rot und breitete auf der regennassen Straße einen roten Teppich für mich aus.

Fünftes Jom Kippur

Meine Wohnung

Der Immobilienmakler öffnete die Eingangstür. Vor uns lag ein langer schmaler Flur. Die erste Tür führte ins Wohnzimmer, die zweite in die Küche. Auf der anderen Seite des Gangs befanden sich zwei Zimmer und am hinteren Ende das Bad. Die Küche war klein, bot gerade Platz für das Nötigste. Von dort aus gelangte man in das Kämmerchen für die Haushaltshilfe und in das dazugehörige Badezimmerchen. In die winzige Kammer passte genau eine kleine Matratze: ein halber auf gut anderthalb Meter. Wurde tagsüber die Strohmatratze aufgerollt, konnte das Dienstmädchen das Zimmerchen mühelos betreten.

Im Stillen ging ich die Schwachpunkte der Wohnung durch und eröffnete das Feilschen.

»Die Wohnung liegt ja nach hinten raus, die Aussicht ist nicht gerade schön.«

»Ja, zum Glück ist die Wohnung rückseitig gelegen, da dringt kein Krach von der Straße zu Ihnen herauf. Da genießen Sie geradezu die Ruhe.«

»Der Flur ist doch viel zu lang!«

Der Makler war talentiert und konterte meine Einwände gewieft: »Ja, ist das nicht wunderbar? Wenn jemand im hinteren Zimmer schläft, hört er das Geklapper in der Küche nicht.«

»Die Zimmer sind sehr dunkel.«

»Wie angenehm, nicht wahr? Sie haben keine direkte Sonne, die Wohnung ist deswegen besonders kühl. Denken Sie nur an den fürchterlich heißen Sommer letztes

Jahr.«
Die Tür von der Kammer zum Dienstmädchen-Badezimmer ging verkehrt auf: Sie öffnete sich in das Badezimmer und war sehr schmal. Zudem klemmte sie und ließ sich bis auf einen kleinen Spalt nicht öffnen, da der WC-Sitz im Weg war.
»Ach herrje, dieses Loch von Badezimmer ist ja die totale Fehlplanung. Die Tür geht gar nicht richtig auf!«
»Das hat bis jetzt noch niemanden gestört. Die Angestellten sind doch in der Regel schlank und kommen notfalls leicht seitlich durch die Tür. Wenn Sie das Bad vergrößern wollten, müssten Sie den Raum von der Küche wegnehmen.«
»Und die Dusche?«
»Hier, direkt über dem WC. Für eine Dusche schließt man einfach den Klodeckel und setzt sich darauf. Wer hat das schon, im Sitzen duschen und, mal ganz unter uns gesagt, das ist doch um Längen besser als alles dort im Nordosten!«
Für mein schmales Budget war die Wohnung ein Traum. Sie war auch in der Rua da Graça gelegen, und alles, was mir wichtig war, befand sich in der Nähe: meine Eltern, Onkel Jacó, die Tuchfabrik von Onkel David, Sarah, Irene, die Schule der Mädchen und nicht zuletzt der Schochet – alles nur einen Katzensprung entfernt! Und das Allerwichtigste: Sie würde mir gehören! Mir ganz allein! Die Zahlungsbedingungen waren rigoros: Die Hälfte des Gesamtpreises musste sofort bezahlt werden, der Rest konnte in Raten beglichen werden. Ich überschlug mein gesamtes gehortetes Geld, doch es reichte bei Weitem nicht für die geforderte Summe. Selbst wenn ich den letzten Centavo herausrückte, wäre es noch zu wenig. Ich bat den Makler, er möge mit dem Besitzer der Wohnung sprechen, damit ich den Anfangsbetrag in zehn Raten abzahlen könnte. Die zweite Hälfte der

Kaufsumme würde ich wie verlangt abzahlen.
»Leider, leider. Das geht nicht. Das ist völlig unmöglich.«
»Heutzutage kaufen alle auf Raten.«
»Ja, das gibt es schon, aber nicht bei diesem Preis. Der Besitzer hat ihn ja schon extra für Sie um zehn Prozent heruntergesetzt.«
»Sie wissen schon, dass ich die Tochter eines Kaufmanns bin! Bevor ein Verkäufer mit viel Brimborium den Preis um zehn Prozent senkt, hat er ihn zuvor um 30 Prozent erhöht - ein toller Preisnachlass. Ich kenne diese Tricks, seit ich auf der Welt bin!«
»Ja, aber der Besitzer ist kein Türke! Seine Preise sind honett.«
Für den Makler waren wir Juden – wie in São Paulo üblich – *Türken*. Da die ersten sefardischen Einwanderer aus dem damaligen osmanischen Reich stammten, waren sie eben *Türken*. Auch ihm versuchte ich zu erklären, dass ich nicht aus der Türkei stammte, doch vergeblich. Mir blieb nichts anderes übrig, als das *Türke* hinzunehmen, wenn wir ins Geschäft kommen wollten. Bevor es überhaupt in die Preisverhandlung ging, wurde regelmäßig besorgt nachgefragt, ob wir Türken seien. Fiel die Antwort positiv aus, rief die andere Seite stets nach Verstärkung, damit sie mindestens zu zweit waren: Einer führte lautstark die Verhandlungen, der andere rechnete. Nur wir Türken waren im Kopfrechnen so geübt, dass wir mühelos zugleich reden und rechnen konnten.
»Auch wenn der Besitzer Ihrer Wohnung kein Türke ist, so hat er sich von denen doch schon etwas abgeschaut«, erboste ich mich. »Den Preis, den er für diese Wohnung verlangt, ist sie nicht wert. Sie berechnen den Preis nach Quadratmetern, das ist aber nicht korrekt. Denn schließlich ist ein Quadratmeter des Wohnzimmers mehr wert als einer der Angestelltenkammer, in die mit Ach und Krach eine Matratze passt.«

»Gnädige Frau! Wollen Sie eine Wohnung für Ihre Angestellte kaufen oder für sich und für Ihre Familie? Warum machen Sie sich solche Sorgen um eine Angestellte?«
»Weil ich pro Quadratmeter bezahle! Der Besitzer hat ja ohnehin schon draufgeschlagen und macht mindestens 20 Prozent Gewinn mit mir. Dabei ist der absurde Preis dieser Wohnung noch gar nicht zur Sprache gekommen. Sie ist doch höchstens die Hälfte wert. Zumindest muss er die Quadratmeter für das erbärmliche Quartier des Dienstmädchens abziehen.«
»Die Quadratmeter für die Angestellte abziehen?«
»Jawohl. Oder anstatt sie abzuziehen, könnte er auch die Anfangssumme in Raten aufteilen. Das ist das Mindeste, was er für so eine schäbige Wohnung tun kann!«
»Dona Jamile, die Wohnung ist keinesfalls schäbig.«
»Und was ist, wenn ich nur eine dicke Angestellte finde, die sich nicht seitlich in das Badezimmer schieben kann? Soll sie dann unser Bad benutzen?«
»Es gibt so gut wie keine dicken Hausmädchen.«
»Und wenn sie schwanger wird?«
»Dann schicken Sie sie weg!«
»Aber wenn sie gut arbeitet?«
»Würden Sie so einer schamlosen Angestellten Ihre Kinder anvertrauen?«
Dieser Makler war erfahren. Er kannte sich aus mit den Argumenten und Strategien der Türken, noch dazu war er ein Mann, was mich noch angespannter werden ließ und mein Verhandlungsgeschick samt den kleinen Tricks beeinträchtigte. Er wich kein Jota von seiner Position ab und war nicht im Geringsten zu einem Kompromiss gewillt. Der Preis der Wohnung war gut, er war sogar recht niedrig, aber bei diesen Zahlungsbedingungen hatte ich keine Chance.
»Was wird denn der Besitzer mit diesem Batzen Geld machen?«, fragte ich und versuchte damit, eine andere

Möglichkeit auszuloten.
»Das lassen Sie mal seine Sorge sein! Warum bitten Sie nicht Ihren Vater um einen Kredit? Oder Ihre Brüder. Das sind doch studierte Männer.«
Ich verstummte. Jeder kannte meine Familie, und das erwies sich in solchen Fällen nicht als Vorteil. Ich bat darum, aufs WC gehen zu dürfen. Ich klappte den Klodeckel hinunter und setze mich darauf. Ich brauchte ein paar Minuten, um zu überlegen, wie ich ihn packen könnte. Ein Kredit von den studierten Männern kam nicht infrage; schließlich hatte ich mich entschieden, diese Wohnung alleine zu kaufen und ihnen zu zeigen, dass ich auch ohne Studium dazu in der Lage war.
Ich fasste mich, wühlte in meiner Handtasche nach Wimperntusche, trug eine ordentliche Schicht auf die Wimpern auf, atmete tief durch und ging zurück ins Wohnzimmer. Ich pflanzte mich vor dem Makler auf, dachte bei mir: Jetzt oder nie, und brach in Tränen aus.
»Dona Jamile, ich bitte Sie, tun Sie das nicht, beruhigen Sie sich doch bitte.«
Mit diesem Satz hatte er sich verraten: Ich hatte seinen wunden Punkt getroffen. Ich schluchzte also weiter und nutzte die Gelegenheit, um meine angestaute Enttäuschung, meine Verzweiflung und meine Angst loszuwerden. Alles, was seit meiner Trennung in mir festsaß. Ich schilderte ihm, wie schwierig es war, die Kinder allein großzuziehen, dass ich ganz allein auf mich gestellt war, und dass es niemanden gab – studiert oder nicht studiert –, der mir half. Ich erklärte, dass ich hart arbeiten müsse, um genug Geld zusammenzukratzen, und dass ich daher auch unbedingt auf eine Angestellte angewiesen sei, egal, ob dick oder dünn, weiß oder schwarz. Schwarz getuschte Tränen rollten über die Wangen, zwischen den dunklen Schlieren leuchtete rot meine verquollene Nase. Kurzum: Ich bot einen jämmerlichen Anblick. Als ich

den Kopf wieder hob, schaute mich der Makler erschrocken an. Er versuchte mich zu beruhigen und versicherte mir, dass es weder dicke noch weiße Hausangestellte gab, und versprach mir, mit dem Besitzer zu sprechen.

Füße auf dem Tisch

An diesem Donnerstagmorgen machte ich mich zu einer meiner Verkaufstouren auf. Mit dem schweren Musterkoffer in einer Hand und unter den Arm geklemmten Katalogen, zwängte ich mich in den voll besetzten Omnibus. Das altersschwache Gefährt rumpelte durch die verstopften Straßen, und in den engen Kurven machte sich der Fahrer einen Spaß daraus, die Stehenden durch jähe Bremsmanöver zu erschrecken. Endlich an der Haltestelle angekommen, hievte ich den schweren Koffer die hohen Stufen wieder hinunter und schälte mich aus der Menschentraube vor dem Ausstieg.

Ich befand mich direkt vor einem Modegeschäft, dessen Schaufenster das Geschehen auf dem Gehweg spiegelte. Ich blieb stehen. Tat so, als würde ich mich für die Auslage mit den Schlaghosen und den knallbunt bedruckten Blusen interessieren - der letzte Schrei im Bom Retiro -, während ich mein Gesicht im Schaufenster betrachtete. Der Schulterriemen meiner Tasche war abgewetzt, die Hose schlotterte mir um die Beine, die Sandalen waren flach und ganz aus der Mode, die engen Riemen scheuerten an meinem kleinen Zeh. Ich drehte mich ins Profil, wieder nach vorn und dann wieder zur Seite. Ein einziger großer Spiegel, etwas, was ich zu Hause schmerzlich vermisste. Die Sonne verlieh meinem kurz geschnittenen dunkelbraunen Haar einen

glänzend hellen Schimmer. Mein Oberkörper war schmal, und während ich um die Hüften etwas fülliger wurde, war meine Taille schlank wie eh und je. Mir gefiel, was in der abgetragenen, schäbigen Kleidung steckte. Ich verspürte große Lust, mir etwas Neues zu kaufen, eine schöne Haarspange vielleicht oder eine modische Schlaghose und dazu bunte Plateauschuhe. Schuhe, in denen mir die Zehen nicht wehtaten. Aber noch fehlten mir acht Monate, acht Mal ein Verdienst, um die neue Wohnung beziehen zu können. Ich sparte an allem, sogar am Essen. Kurz vor Schluss rannte ich zum Markt, wo die Händler Obst und Gemüse billig verhökerten, bevor sie die Stände abräumten. Selbst an die berühmt-berüchtigte Hühnersuppe, ein Rezept aus dem armen Nordosten, wagte ich mich. Crispina hatte mich belehrt, wie nahrhaft und gesund eine Suppe aus Hühnerfüßen oder Hühnerhälsen doch sei. Köpfe seien sogar noch billiger als Krallen oder Hälse. Ich ließ mich dazu verleiten, wehrte mich aber in letzter Verzweiflung gegen den Kopf.
»Dona Janiri, Hühnerkopf ist gut, hat viele Vitamine, und man wird schlau durch das Hirn.«
Ich vergaß also nie, den Kopf für Crispina zu kaufen, bat sie aber immer inständig, Kopf und Gurgel wieder aus der fetten Brühe zu fischen, abzunagen und wegzuschmeißen, bevor sich die Kinder an den Tisch setzten.

Crispina war eine große Hilfe, besonders als ich anfing, viel und lange zu arbeiten. Als ich den Vertrag für die Wohnung unterschrieben und die Schlüssel erhalten hatte, nahm sie den Umzug allein in die Hand, obwohl wir noch zwei Monate in der alten Wohnung bleiben konnten. Immer morgens, wenn ich aus dem Haus war und die Kinder in der Schule waren, brachte sie die kleineren Möbel, Stück für Stück, in die neue Wohnung, die gleich um die Ecke lag. Erst eines Abends, als ich von der Arbeit zurückkam und mich müde und matt ins Wohnzimmer schleppte, bemerkte ich, was vor sich gegangen war:

»Crispina! Wo um Himmels willen ist das Sofa?«

»Weg. Ich hab es mitgenommen, ist schon weg.«

»Wie *schon weg*?«

»Hä?! Wollen Sie nicht umziehen? Ich habe den Hausmeister gefragt, und der hilft mir. Sie haben es nicht gemerkt, aber Schränke sind alle leer, jetzt noch Fernseher und Betten.«

Crispinas zupackende Art half mir, meine Angst zu überwinden und dazu zu stehen, dass ich nun in eine eigene Wohnung zog.

Einen Monat früher als geplant zogen wir um. Die erste Nacht in der neuen Wohnung verbrachte ich zwischen Träumen und Albträumen. Ich war in *meiner* Wohnung, und das war kein Traum mehr. Herrin über mich selbst, Königin im eigenen Reich! Und doch beschlich mich immer noch eine leise Angst, ich könnte auf dem Weg in ein selbstständiges Leben Schwäche zeigen. Mehr denn je war ich nun auf Crispinas Hilfe angewiesen, da ich noch länger arbeiten musste, um die Raten zu bezahlen. Aber nach nicht einmal einem Monat in der neuen Wohnung kündigte sie mir an, dass sie den Dienst quittieren werde. Ich bekam einen Schock. »Wie? Crispina! Du kannst mich doch jetzt nicht hängen lassen! Ich brauche dich.«

»Dona Janiri. Ich mag Sie. Ich liebe meinen Prinzen mit den grünen Augen. Aber ich kann nix in dieser Kammer schlafen – ist viel zu klein für mich. Matratze ist viel zu kurz, ich strecke Füße durch die Tür! Es ist nicht, weil ich kalte Füße kriege, sondern, wissen Sie, Füße in der Tür rufen Teufel herbei. Böse Geister überfallen mich. Jede Nacht. Machen mir Angst. Ich schlaf hier keine Nacht länger. Hier ist bestimmt schon jemand gestorben.«

»Red keinen Unsinn, Crispina. Die Wohnung ist doch

ganz neu. Das Haus ist eben erst fertig gebaut worden.«

»Ach, was heißt das schon! Da ist bestimmt einer tot gestürzt. Vom Gerüst! Sein Geist steckt in Ziegelsteinen, und meine Füße in der Tür rufen ihn. Dona Janiri, gestern hab ich in Spiegel geschaut, und ich war ganz kreidebleich. Es kann nur der Teufel gewesen sein. Stellen Sie sich das vor: ich ganz weiß!«

»Du und bleich?

»Eben! Weil es der Teufel war.«

»Crispina, den Teufel gibt es nicht.«

»Pssst! Sagen Sie nicht so was, sonst kommt er!«

Es half nichts, mein Zureden verpuffte. Sie weigerte sich schlichtweg, auch nur einen einzigen Tag länger zu bleiben. Crispina verließ mich und fand augenblicklich bei der Nachbarin meiner Mutter eine neue Arbeit, die zudem noch besser bezahlt war. In jener Zeit war es in São Paulo so gut wie unmöglich, eine gute und billige Hausangestellte zu finden. Man jagte sie sich gegenseitig ab, und ich brauchte dringender denn je eine Hilfe, vorzugsweise eine kleine, dünne mit kurzen Beinen!

Um den Kredit für meine Wohnung abzustottern, musste ich - wenn ich mich auf meine Kalkulation verlassen konnte, und alle meine Ersparnisse eingerechnet - pro Tag zwei Enzyklopädien verkaufen! Jeder Tag, an dem ich nichts verkaufte, bedeutete die doppelte Menge für den folgenden Tag, ergo vier Mal alle Bände einer Reihe. Das hieß, doppelt so gut arbeiten. Aber was tun, wenn niemand etwas kaufen wollte? Verzweiflung übermannte mich.

»Es gibt niemanden, der nicht kaufen will!«, tönte mein Chef, »es gibt nur schlechte Verkäufer!«

Als er mich nach solchen Belehrungen losschickte, brannte ich vor Ehrgeiz. Die Sache war klar: Ich musste die Enzyklopädien verkaufen, um den Kredit zu bezahlen. Diese einfache Tatsache gab mir Kraft, verdrängte meinen Hunger und besiegte meine Müdigkeit.

An diesem Donnerstag teilte mein Chef das Verkaufsgebiet in vier Abschnitte ein. Mir fiel der linke Teil am Anfang der Straße, ganz in der Nähe der Bushaltestelle, zu. Fünf Häuser und zwei Hochhäuser. Ich fing bei den Häusern an und läutete lange am ersten. Ob wohl jemand zu Hause ist, sorgte ich mich, und gerade als ich aufgeben wollte und mich zum Gehen wandte, erschien im ersten Stock eine Frau mit Lockenwicklern am Fenster und rief unwirsch: »Was wollen Sie?«
Ich blickte zu ihr hinauf, kniff die Augen zusammen und blinzelte gegen die grelle Sonne. Auf keinen Fall durfte ich nun sagen, dass ich hier stand, um Bücher zu verkaufen. Ich befolgte die erste Lektion meines Chefs, die da lautete: Mit niemandem auf der Straße reden. Ich musste versuchen, ins Haus gebeten zu werden. Darum antwortete ich so leise, dass sie mich nicht verstehen konnte: »Ich muss mit Ihnen reden.«
»Waaaas?«, brüllte sie von oben herunter.
Ich wiederholte flüsternd: »Ich muss mit Ihnen reden.«
»Ich kann nichts verstehen«, schrie sie erneut.
Nun deutete ich mit den Händen auf meinen Hals, um ihr zu verstehen zu geben, dass ich nicht lauter sprechen könne. Warum konnte sie nicht endlich zur Tür herunterkommen?
Sie versuchte es erneut: »Um was geht es denn? Mit wem wollen Sie sprechen?«
Kein leichter Fall, dachte ich. Dann redete ich mit gedämpfter Stimme und wild fuchtelnden Armen weiter, als ob die Angelegenheit von höchster Wichtigkeit wäre.
Die Frau wurde neugierig. »Warten Sie, ich komme runter, ich verstehe kein Wort.«
Als sie öffnete, machte sie die Tür einen Spalt auf, ließ

mich aber nicht hinein. Ich fragte sie nach ihrem Mann und war erleichtert, als ich hörte, dass sie allein war. Die zweite Lektion hieß nun, den Käufer in spe zu überzeugen, dass man ihn nicht aufsuchte, um ihm etwas zu verkaufen, sondern um ihm einen Gefallen zu tun. Ich tischte der Frau die Mär auf, dass sie ausgelost worden sei und ein Geschenk erhalte. Feierlich zog ich eines der Bücher aus dem Koffer, doch bevor ich es ihr die Hand gab, fragte ich sie nach einem Glas Wasser, weil ich doch so lange umhergeirrt sei, bis ich ihr Haus gefunden hätte. Verwirrt ließ sie mich ins Haus - das war der Moment des Sesam-öffne-dich, und sie stieg vor mir die Treppe zur Wohnung hoch. Nun folgte Lektion Nummer drei: Der Käufer muss sich auserwählt fühlen. In ihrer Küche angekommen, lobte ich ihr kunstvoll aufgedrehtes Haar und die Lockenwickler, die prachtvoll aufgetürmt um ihren Kopf festgezurrt waren. Verschwörerisch raunte ich ihr zu, dass meine Wickler immer so schnell kaputt gingen. Daraufhin bot sie mir einen Kaffee an. Ich nahm dankend an und bekam noch selbst gebackene Kekse dazu. Ich fragte sie nach ihrem Friseur, obwohl es offensichtlich war, dass die starre Pracht ihr eigenes Werk war. Als sie geschmeichelt lächelte, fühlte ich, dass ich sie erobert hatte, und ahnte schon, welche Kollektion sie kaufen würde. Dann lobte ich ihren Kaffee und die Kekse. Mit jedem neuen Lob brachte sie weitere Schätze aus ihrer Küche herbei: belegte Brote, Konfekt und Saft. Sie plauderte mit wachsendem Vergnügen und beichtete mir ausführlich alle Einzelheiten aus ihrem Leben, während ich einen verstohlenen Blick auf die Uhr warf. Ich versicherte ihr, dass sie eine überaus interessante Frau sei, und dass ich gern länger bei ihr bliebe, wenn mich nicht andere Pflichten daran hindern würden. Sie bedauerte dies sehr. Ich eröffnete ihr dann, dass ich in meinem Koffer noch ein Angebot hätte, aber da es das

letzte sei, ich es ihr kaum zeigen könne. Worauf sie darauf bestand, es unbedingt gezeigt zu bekommen. Betont vorsichtig zog ich ein Buch heraus und schlug es behutsam auf, so als wäre es ein Kästchen voller Diamanten. Ich erklärte ihr, warum die Kollektion *Handarbeiten* so nützlich für sie wäre, - eine so vielseitig begabte Frau. Dabei ließ ich alle möglichen akademischen Begriffe in meinen Redeschwall mit einfließen, die sie sicherlich nicht verstand, aber wohl sehr bedeutungsvoll fand. Ich flüsterte ihr den sehr günstigen Preis der gesamten Reihe ins Ohr und fügte sofort hinzu, dass ich die Summe in 20 Raten ohne Zinsen aufteilen würde, auch wenn ich wusste, dass mein Chef nicht gerade glücklich darüber wäre. Sie würde die Reihe kaufen, ohne überhaupt zu merken, dass sie etwas kaufte. Sie lächelte geschmeichelt und unterschrieb den Vertrag. Dann umarmte sie mich stürmisch und bedankte sich überschwänglich, da sie sich nun, nach unserer Unterhaltung, sehr viel besser fühle. Plötzlich fiel mir wieder ein, dass heute Donnerstag war, Markttag im Bom Retiro, und ich flink sein musste, um noch rechtzeitig meine Einkäufe zu erledigen.
Ich hastete zum nächsten Haus. Auf mein Klingeln hin wurde die Tür von einem kleinen Mädchen geöffnet. Es sagte, dass seine Eltern nicht da seien, bat mich aber trotzdem herein. Besorgt dachte ich an meine eigenen Kinder, und Angst überfiel mich, als ich mir vorstellte, sie könnten einem Fremden einfach so die Tür öffnen. Vielleicht waren sie bereits in Gefahr? Ich bat das Kind, niemandem mehr zu öffnen, und ging wieder.
Unruhig suchte ich die Straße nach einer Telefonzelle ab, um zu Hause anzurufen, doch ich konnte keine finden. Trotz meiner quälenden Sorge klingelte ich noch an der dritten Tür. Vor mir stand ein Mann in Anzug und Krawatte und fragte mit einem Lächeln: »Sie wünschen?«
»Oh, entschuldigen Sie, ich habe mich in der Haus-

nummer geirrt.«
Schnell entfernte ich mich wieder. Gegenüber Männern mit Krawatte fühlte ich mich hilflos. Sie lähmten meine Beredsamkeit und raubten mir die Zuversicht in meine Taktik. Ich konnte nur mit einfachen Männern reden, mit sehr einfachen, oder eben mit Frauen. Doch da an diesem Tag das Glück auf meiner Seite war, versuchte ich nun die nächste Nuss zu knacken und steuerte ein Hochhaus an. Bereits vor der Eingangstür wurde ich von einem Pförtner aufgehalten.
»Wo möchten Sie hin?«
Wie diese Hürde überwinden? Ich öffnete meine Tasche und tat so, als würde ich nach einem Adressheft suchen. Kurzerhand kippte ich den gesamten Inhalt vor dem verblüfften Mann aus: Kugelschreiber, Schminke, Quittungen, Schlüssel, Geldbörse, Brille, einen Schreibblock. Laut aufseufzend klagte ich über meine Vergesslichkeit und fragte ihn, ob er das von seiner Frau auch kenne. Männer seien ja im Allgemeinen viel ordentlicher. Er nickte zustimmend. Ich gestand ihm, dass ich sogar bereits geplant hätte, wegen dieser ständigen Schusseligkeit einen Arzt aufzusuchen. Schließlich sei es ja ziemlich umständlich, nach einer Person zu fragen, deren Namen man nicht parat hatte. Ich stopfte das Sammelsurium in die Handtasche zurück und fragte, ob nicht der Name dieser Brünetten mit dem Kind Maria sei?
»Maria? Es gibt eine Maria Helena von der Wohnung 42, aber die hat zwei Kinder.«
»Wie alt sind ihre Jungs?«
»Mädchen. Die eine ist zwölf und die andere fünfzehn.«
»Ich glaube, sie hat aber einen Jungen.«
»Dann ist es vielleicht Ana Maria von 31? Die hat einen Jungen und ein Mädchen.«
»Ja, das kann sein, ich bin mir aber nicht ganz sicher. Ist sie ein bisschen fülliger?«

»Nee, das ist die von 52. Aber das ist nicht Maria, das ist Célia. Ich glaube, die ist Lehrerin. Sie trägt immer einen Rock und hat einen Dutt. Ihr Sohn dürfte ungefähr sechzehn Jahre alt sein.«

»Das ist sie! Natürlich: Célia! Wie konnte ich sie nur mit Maria verwechseln ...«

Ich dankte ihm herzlich und ging zielstrebig zum Fahrstuhl. Dort kritzelte ich schnell auf den Schreibblock die drei Wohnungen, die ich aufsuchen wollte. Für die Lehrerin von der Wohnung 52 hatte ich die *Klassiker der Weltliteratur* in petto, die teuerste Reihe, die aber in einem Akademiker-Haushalt keinesfalls fehlen durfte. Bei den anderen beiden, Maria Helena von 42 und Ana Maria von 31, würde ich es mit *Wissen kompakt*, einem allgemeinen Nachschlagewerk, versuchen. Bei den beiden brachte ich die Kinder ins Spiel, die doch für ihren Erfolg im Leben unbedingt ein Wissenskompendium in handlichem Format brauchten. Und konnten denn Hausaufgaben ohne ein geeignetes Lexikon überhaupt sinnvoll erledigt werden? Nein! Und für eine bessere Zukunft der lieben Kleinen ist schließlich nichts zu teuer. Glücklich machte ich mich nach meinen Verkaufserfolgen auf den Weg nach Hause. Vergessen waren das Gewicht der schweren Bücher und der schmerzende Zeh. In Gedanken versunken ging ich weiter, bis ich plötzlich hektische Betriebsamkeit im Bom Retiro wahrnahm. Noch mehr Menschen als sonst schoben sich durch die Straßen. Um Gottes Willen! Jom Kippur! Ich hatte Jom Kippur vergessen! Das wurde mir schlagartig bewusst, als eine Frau mit zwei gackernden Hühnern an einem Strick an mir vorbeieilte. Wie konnte ich nur? Die unendliche Liste an Vorbereitungen für diesen Tag ging mir durch den Kopf, meine Gedanken begannen zu rasen. So schnell ich konnte, humpelte ich Richtung Markt. Doch dann fiel mir wieder ein, dass wir ja bei Sarah eingeladen waren!

Ich seufzte erleichtert auf und drehte wieder um.

Endlich war ich zu Hause! Bereits im Fahrstuhl streifte ich die Sandale ab. Mein Zeh dankte es mir. In der Wohnung warf ich die Tasche aufs Sofa, die Musterbücher auf den kleinen Marmortisch, rannte ins Schlafzimmer und legte die Kleidung der Kinder für den Gang zur Synagoge bereit. Dann eilte ich zurück ins Wohnzimmer, ohne dass mir einfiel, was ich dort eigentlich wollte. Wieder zurück im Schlafzimmer legte ich nun auch meine Kleidung für Jom Kippur bereit und versuchte mich krampfhaft zu erinnern, was ich noch zu erledigen hatte. Dann wurde es mir bewusst: Es gab nichts zu tun.
Es gab keinen Grund für diese Hektik.
Ich würde weder Hühner kaufen, noch stundenlang für den Schochet anstehen müssen. Weder mich um das Abendessen kümmern noch die Wohnung aufräumen, nichts musste ich tun. Keine Babyflaschen vorbereiten, nicht Windeln wechseln, keine Wäsche waschen, nicht kochen oder Hausaufgaben durchsehen ...
Langsam ließ ich mich auf das grüne Samtsofa sinken. Ganz still saß ich da. Was für ein seltsames Gefühl: einfach nichts zu tun in diesen Stunden vor Jom Kippur. Ich bekam ein schlechtes Gewissen. Wahrscheinlich war ich die einzige Frau im ganzen Bom Retiro oder, schlimmer noch, die einzige Jüdin in ganz São Paulo oder gar auf der ganzen Welt, die kurz vor Jom Kippur untätig dasaß. Ich lehnte den Kopf an die Wand und hörte das stetige Ticken der großen Wanduhr. Durch die Stille meiner Wohnung drangen die Geräusche der geschäftigen Nachbarinnen, das Scheppern und Klappern der Teller und Pfannen in fremden Küchen.

Die Stille war eine gute Gelegenheit, über Jom Kippur nachzudenken. Wen sollte ich dieses Jahr um Verzeihung bitten? Zuerst einmal Gott wegen faulen Herumsitzens an so einem Tag. Vielleicht auch Ana Maria von 31. Oft hatte ich ein schlechtes Gewissen nach meinen Verkaufstouren, besonders bei Opfern wie Ana Maria. Als ich an ihrer Tür geläutet hatte, war sie gerade beim Kochen.

»Keine Sorge. Ich verstehe das gut, ich habe auch Kinder und kenne diese Situation bestens. Lassen Sie mich Ihnen kurz helfen, dann reden wir.«

»Aber wer sind Sie? Sind Sie Lehrerin?«

Diese Frage hörte ich ständig, Lehrerin oder Psychologin. Lag es an meiner Brille? Ich entschied mich dieses Mal für den Beruf *Lehrerin* und erklärte, dass ich eine Studie durchführte zur Verbesserung der Lerneffizienz bei Schulkindern. Da sie zwei Kinder im Schulalter habe, sei ich auf ihren Namen gestoßen. Sie wurde neugierig und schon stand ich in ihrer Küche. Hier war es erheblich chaotischer als in meiner. Ich legte mein Arbeitsmaterial auf dem Tisch ab und machte mich an den Abwasch, während Ana Maria das Mittagessen vorbereitete. Sie nahm meine Hilfe dankend an. Welche Frau mit Kindern würde auch Hilfe bei der Küchenarbeit ablehnen? Während ich die Teller wusch, lenkte ich das Thema auf *Wissen kompakt.* Die vollständigste, handlichste Enzyklopädie auf dem Markt, das Nachschlagewerk, das jeder Schüler haben sollte. Sie war begeistert. »Wenn ich das allein entscheiden könnte, würde ich es sofort kaufen.«

»Warum können Sie das nicht allein entscheiden?«

»Mein Mann trifft in diesem Haus die Entscheidungen.«

»Entscheidet er allein?«

»Ja genau. Sie wissen ja, wie Männer sind.«

Was sie da so unbedarft von sich gab, traf mich genau an meiner schwächsten Stelle. Natürlich wusste ich, wie die Männer sind, zumindest die aus meiner Familie. Ich bekam eine Wut auf ihren Mann, auch wenn ich ihn nicht

kannte.
»Aber Sie müssen doch auch Ihre Meinung dazu sagen.«
»Er wird sagen, dass er kein Geld hat.«
»Ich bin überzeugt, dass er sehr wohl Geld hat.«
»Kennen Sie ihn?«
Ich griff nach meinem Block und einem Stift.
»Nein, aber jeder Mensch hat Geld, wenn er will.«
Sie setzte sich. Dann listete ich auf: »Raucht Ihr Mann?«
»Welcher Mann raucht nicht?«
»Eine Packung pro Tag?«
»Keine Ahnung. So genau weiß ich das nicht.«
Ich multiplizierte den Preis der Zigaretten mit 30 Tagen.
»Was für Fleisch kaufen Sie?«
»Roastbeef, manchmal auch Filet.«
»Erste Wahl also, die teuersten Stücke. Haben Sie schon einmal versucht, einen Eintopf mit Kalbsfüßen zu machen? Oder Ochsenschwanz? Und Fleischklöße? Hackfleisch ist am billigsten.«
Ich fragte, wo ihr Sohn seine Hausaufgaben machte.
»Er geht in die Bibliothek.«
Ich rechnete ihr vor, wie viel er mit den Omnibusfahrkarten hin und zurück ausgab.
»Meistens sind es zwei größere Schularbeiten pro Monat, für die er in die Bibliothek muss. Dann isst und trinkt er dort noch etwas.«
Ich rechnete das alles mit dem Fleisch und den Zigaretten zusammen. Als ich meinem Gegenüber den Zettel mit der Summe vor die Nase hielt, erschrak sie. Ich strich die Summe durch, knüllte das Papier zusammen und ergänzte, dass es nicht nur um Geld gehe, sondern auch um die Gefahren in der Großstadt. São Paulo war nicht mehr die Stadt mit den zwei Millionen Einwohnern und Immigranten, die nichts anderes im Sinn hatten, als hart zu arbeiten. Die Stadt platzte mit ihren sieben Millionen aus allen Nähten. Dazu der neue Zustrom von Einwanderern

aus dem Nordosten, hungrigen Analphabeten, die auf der Straße hausten. Ob sie sich bewusst sei, welchen Gefahren ihr Sohn auf dem Weg zur Bibliothek ausgesetzt sei - ganz zu schweigen von den Drogen? Und die Männer, die in den Bibliotheken herumlungerten? Ich wollte über diese Italienerbanden reden, die viel schlimmer waren als die Armen aus dem Nordosten, aber ich erinnerte mich an ihren italienischen Nachnamen an der Tür und biss mir auf die Zunge. Welchen Schutz konnte eine einzelne Bibliothekarin bieten - in dem riesigen Lesesaal?
Sie war entsetzt. Sie erzählte mir, dass sie wegen dem schlechten Benehmen ihres Sohnes letzte Woche in die Schule gerufen worden war.
»Meinen Sie, dass er schon Drogen nimmt?«
»Natürlich nicht!«
Ich riet ihr, ihren Sohn besser zu beschützen. Noch bevor der Preis in 20 Raten ohne Zinsen ausgerechnet war, hatte sie bereits zugesichert, das Lexikon zu kaufen. Leise Befürchtungen meldeten sich; es war keine Lüge, dass in den Bibliotheken gewisse Gefahren lauerten, aber ihre plötzliche Entscheidung würde bestimmt einen Streit mit ihrem Mann heraufbeschwören. Ob sie dem wohl gewachsen war? Ich verließ sie mit einem zweifelhaften Gefühl.

Ana Maria spukte noch lange durch meine Gedanken - selbst dann noch, als ich meinem stolzen Chef und meinen Kollegen von meiner Ausbeute, dem Verkauf von vier Enzyklopädien erzählte. Zufrieden über die dritte Rate für meine Wohnung lächelte ich meine fleißigen Füße an. Zur Belohnung legte ich sie hoch auf den Tisch. Meine Freude über den Erfolg wich jedoch der Angst, dass ich Jom Kippur einfach vergessen hatte. Tiefe Enttäuschung wechselte sich mit dem Hochgefühl über die Rate für die Wohnung ab. Gedanken quälten und umschwirrten mich unablässig, lästig wie sirrende Mücken in einer Sommernacht. Ruhe fand ich erst bei dem Gedanken an die Vergebung an Jom Kippur. Ungeduldig sehnte ich den Moment herbei, an dem der Rabbiner den Schofar an die Lippen setzen würde.

Lawine

Ich wusste nicht, ob ich für zwei Minuten oder zwei Stunden eingenickt war, als plötzlich eine Horde Kinder ins Wohnzimmer platzte. Acht krakeelende, kreischende, streitende Kinder tobten herein: meine eigenen drei sowie zwei von Lorice und noch drei von Lilí. Das Telefon klingelte, und ich fuhr vom Sofa hoch. Es war Lilí, die nach ihren Kinder fragte und mich bat, sie sofort nach Hause zu schicken. Es war höchste Zeit, sich für Jom Kippur umzuziehen. Ich setzte mein bösestes Gesicht auf und mit einem Satz scheuchte ich alle hinaus.
Wir machten uns auf den Weg zu Sarah, wo wir zu einem großen Mahl, der letzten Stärkung vor Jom Kippur, verabredet waren. Die Geschäfte waren bereits geschlossen, weder Autos noch Lastwagen fuhren vorbei. Das ganze Viertel war unterwegs, die Straßen und Gehwege waren voller Menschen. Die Männer mit Tallith und Gebetsbuch; die Frauen sorgfältig gekleidet, nach Parfüm duftend und geschminkt, als gingen sie zu einem fröhlichen Fest.
Sarah erwartete uns zum Essen. Sie hatte ein aschkenasisches Gericht vorbereitet, das wir zum ersten Mal vor vielen Jahren bei Dona Mindale, Sauls Mutter, gegessen hatten. Mein Vater war den Aschkenasim samt ihren

Speisen immer noch abhold. Um keine Missstimmung unter den Familien aufkommen zu lassen, hatte meine Schwester vorsorglich Gerichte aus beiden Küchen vorbereitet. Überhaupt hatte sie ihr Leben völlig verändert. Sie kannte das Missbehagen meines Vaters gegenüber der Familie ihres Mannes, und vielleicht war gerade das der Grund für sie, die Gewohnheiten und Gebräuche ihrer neuen Familie für sie selbst zu übernehmen. Aus Trotz gegen unser Familienoberhaupt und in der Erinnerung an die schmerzhafte Prügelstrafe, die sie nie hatte vergessen können, achtete sie noch stärker als ihre neue Familie darauf, die religiösen Gebote einzuhalten. Am Schabbat ließ sie, um das Schabbat-Gebot einzuhalten, die Tür angelehnt, damit wir nicht klingeln mussten. Ebenso bat sie uns eindringlich, an Jom Kippur die Stiegen zu Fuß zu gehen. Doch mein Vater, der sonst nie den Aufzug nahm, fühlte sich auf einmal bemüßigt, gerade jetzt mit der Kabine hinaufzufahren und, sobald die Tür zur Wohnung nicht sperrangelweit offen stand, kräftig auf den Klingelknopf zu drücken.

Wir setzten uns an den Tisch, und meine Schwester bat alle, sich zu erheben, damit Saul das Brot und den Wein vor dem Essen segnen konnte. Mein Vater stellte sich taub und erhob sich widerwillig erst, nachdem er erneut gebeten worden war, wobei er eine deutlich geringschätzige Miene zur Schau stellte. Nach dem Segen pflegten die Männer dann schweigend den Tisch zu verlassen, um sich die Hände zu waschen. Sie kehrten zurück und teilten stumm das Brot und schenkten den Wein aus, erst dann durfte wieder geredet werden. Dies alles war Bestandteil des Zeremoniells, das meinem Vater zwar bekannt war, das zu akzeptieren ihm aber schwerfiel.

Mit lauter Stimme verkündete er, dass er sich bereits zu Hause die Hände gewaschen habe. Sarah schwieg, doch sie kochte vor Wut. Die ich manchmal zu spüren bekam.

»Jamile, warum hast du eine Handtasche dabei? Du weißt doch, dass man an Jom Kippur nichts tragen darf.«
Die Vorstellung, eine ihrer neuen, religiösen Freundinnen könnte mich am Schabbat mit einer Tasche, in langer Hose oder mit kurzen Ärmeln sehen, war ihr furchtbar. Sie verfiel dann auf die Idee, für mich und meine Töchter Kleidung für den Besuch der Synagoge zu nähen.
»In welche Synagoge geht ihr?«, fragte sie in die Runde und teilte uns im gleichen Atemzug mit, dass sie die Synagoge, die die Gebote am Strengsten durchführte, zu ihrer neuen Lieblingssynagoge erkoren hatte. »Wollt ihr nicht mit mir in die Lubovitch gehen?«
Aber mein Vater lehnte ab. Er blieb bei seiner vertrauten Synagoge. Meine Mutter schloss sich ihm an, und ich wollte nachkommen, nachdem ich die Kinder zu Bett gebracht hatte.
Jom Kippur war der Tag der Sühne und der Synagoge. Mein Vater verbrachte viele Stunden in der Synagoge. Schon in der Früh machte er sich auf den Weg, meine Mutter kam stets etwas später nach. Sie und ich besuchten an diesem Tag mehrere Synagogen. Zunächst gingen wir in die Synagoge der Deutschen, um Lorice zu begrüßen, die dort mit ihrem aus Berlin stammenden Mann war. Anschließend stand die Groisse Schil, die Synagoge der Aschkenasim, auf dem Plan, wo wir Irene und ihren Mann treffen sollten. Lilí ging mit ihrer Familie zur alten sefardischen Synagoge in der Moóca. Meine Töchter würden mit ihren Freundinnen durch die vielen Synagogen streifen, nur Artur würde bei uns bleiben. Einige Stunden vor dem Ertönen des Schofar erreichten wir die Synagoge, in der mein Vater war.
Trotz meiner Müdigkeit versuchte ich den Gebeten zuzuhören. Ich schloss die Augen. Ein leises bohrendes Gefühl machte sich in mir breit: Dieses Jahr hatte ich keine Kapara mit den Hühnern gemacht, und ich hatte

sogar Jom Kippur vergessen! Was mich aber noch mehr erschreckte und was mir Sorgen bereitete, war die Tatsache, dass es mir jetzt nichts mehr ausmachte. Was war nur los mit mir?

Die Augen fielen mir zu, und ich überließ mich den Gedanken, die in mir auftauchten und wieder verschwanden. Das Gerede der Frauen um mich verebbte zu einem nörgeligen Murmeln, das ich aus meinen Ohren verbannte. Ich wollte den betenden Männern zuhören, wollte lauschen, wie ihre Stimmen sich beim Beten zu einem gemeinsamen Singsang formten, als wären sie ein Chor ohne Dirigent. Ich mochte Jom Kippur und diese Kraft der Stimmen, die die Gebete sprachen und im Rhythmus des Gebets zu einem Klang wurden. Meine kreisenden Gedanken lösten sich in diesem Gesang, als meine Mutter mich plötzlich anstupste und mir ins Ohr flüsterte: »Weißt du, dass alle hier nur über dich reden?"

Ich riss die Augen auf.

»Hast du mich verstanden? Ich habe gesagt, dass das Gerede hier *dir* gilt!«, tuschelte sie aufgeregt.

Erschrocken sah ich um mich. Starrende Blicke trafen mich, das Zischeln verstummte. Warum sollten sie gerade über mich reden?

»Dreh dich nicht um«, raunte mir meine Mutter zu.

»Was, glauben Sie, reden sie über mich?«, murmelte ich. »Über meine Trennung oder dass ich arbeiten gehe?«

»Es ist wegen dem Psychologen.«

»Wegen dem Psychologen? Aber woher wissen sie das denn?« Eine Ahnung stieg in mir auf. »Haben Sie es jemand erzählt?«

»Ich wusste doch nicht, dass esin Psychologe etwas für Verrückte ist.«

»Das hat nicht mit *verrückt* zu tun. Ich habe Ihnen doch schon erklärt, um was es geht.«

»Du hast mir nicht alles erklärt. Ich hab die Wahrheit

erst später verstanden.«
»Glauben Sie etwa, dass ich verrückt bin? Mutter, Sie bräuchten auch eine Therapie, damit Sie nicht immer auf dieses Geschwätz hören."
»Ich? Lass die Witze. Du bist die, die immer dagegen und immer gegen alles ist. Du warst und bist immer dagegen. Und jetzt wissen es alle!«
»Aber Sie haben es doch herumerzählt.«
Wut und Enttäuschung brodelten in mir. Ich fühlte mich so unendlich allein inmitten der *normalen* Frauen.
»Lassen Sie es gut sein, Mutter. Bitte.«
Ich versuchte mich erneut in Jom Kippur zu versenken. Mit der Schuhspitze schob ich das zwischen den Stuhlreihen der Männer und Frauen aufgespannte Leintuch ein wenig zur Seite, um einen besseren Blick in den abgetrennten Bereich der Männer zu erhaschen. Einer von ihnen hatte den Schofar, gehüllt in ein weißes Tuch, mitgebracht und legte ihn vorsichtig auf die ausgefranste Decke auf dem abgewetzten Tisch. Einige Männer schienen, genau wie mein Vater, mit den Gedanken weit weg zu sein. Sobald der Rabbiner sich den Tallith über den Kopf zog, taten es ihm die Männer gleich. Mit dem Fuß schob ich das Laken noch ein Stück zur Seite. Ich liebte diesen Moment, wenn die Väter ihre Kinder unter dem Tallith bargen wie eine Glucke ihre Küken. Ich schaute auf all diese Väter und dann auf meinen Vater, der abwesend zu sein schien, er schaute ins Leere. Ich blickte umher und suchte Artur und meine Töchter. Sie wussten, dass sie beim Klang des Schofar bei mir zu sein hatten. Die Mädchen standen nahe der Eingangstür, zwischen den stehenden Menschen, die keinen Platz mehr gefunden hatten. Immer mehr Frauen strömten herein. Ich versuchte, meinen Töchtern zu verstehen zu geben, dass sie Artur im Innenhof suchen sollten. Kinder kletterten durch die weit geöffneten Fenster herein. Endlich hatten

sich meine Küken durch die Menge zu mir geschubst. Ich setzte sie auf meinen Schoß und umfing sie, indem ich mich über sie beugte, genauso wie die Männer es mit ihren Kindern unter dem Tallith machen.

»Mama, du bist doch kein Mann und hast auch keinen Tallith«, kicherten sie, und doch genossen sie es, in meinen Armen dem Schofar zu lauschen. Wir verharrten eng umschlungen. Eine leise Wehmut beschlich mich, wenn ich an die im Tallith geborgenen Kinder dachte. Der Rabbiner nahm den Schofar aus dem Tuch und schlug mit der Faust kräftig auf den Tisch, um sich Ruhe zu verschaffen. Einer der Männer, der nervöseste von allen, riss plötzlich mit Schwung an den Leintüchern und blaffte die Frauen an, dass sie wenigstens das Blasen des Schofar respektieren und den Mund halten sollten.

Der Rabbiner gab uns das Zeichen aufzustehen. Laut genug, dass alle um meine Mutter herum es hörten und sofort verstummten, raunte ich ihr zu: »Achtung, der Schofar. Pssst. Der Schofar wird ertönen!«

Der alte Rabbiner setzte den Schofar an die Lippen und der Klang stieg von dem Instrument auf. Der Ton schwoll an, die Babys hörten auf zu schreien, und sogar die Frauen waren still. Durch den Spalt der Leintücher sah ich, wie die Männer die Augen schlossen. Alle standen hier mit ihren Sünden, die nur sie allein kannten und für die sie um Vergebung baten. Sünden, die in diesem Moment ihre Gedanken beschäftigen. Ich beobachtete sie; mit geschlossen Augen konnten sie mich nicht sehen. Ich hätte gern gewusst, an was sie dachten ... ob sie wohl gerade eine Sünde begingen?

Stehend umarmte ich meine Kinder und flüsterte ihnen zu, sie sollten die Augen schließen und den Klang des Schofar spüren. Auch ich schloss nun die Augen, konzentrierte mich auf den tief brummenden, kreischend anschwellenden Ton, den der Rabbiner aus dem Schofar presste. Ich vergaß, wo ich war, und schüttelte alle Gedanken ab, die ich während des Fastens wiedergekäut hatte und die schwerer wogen als mein Hunger. Fort waren die Gedanken an die ausstehenden Kredite meiner Wohnung, den Teufel von Crispina und Ana Maria. Verscheucht waren die Gedanken an ihren Mann, an meinen Exmann, an den Mann meiner Mutter und an alle Ehemänner in meiner Familie.

Im Wartezimmer

Wieder einmal saß ich im Wartezimmer meines Psychologen und versuchte, meine Familie zu analysieren. War ich seltsam? War das, was in meiner Familie passierte, normal und ich vielleicht doch verrückt?
»Ein guter Waschtag löst alle Probleme.« Das war die Meinung meiner Schwester Sarah, und fast wäre es ihr gelungen, mich von ihrer Theorie zu überzeugen, die Seele auf dem Waschbrett freizurubbeln und den Psychologen sein zu lassen. Doch ich entschied mich anders. Zögernd ging ich hin, nahm auf dem Stuhl vor dem großen Schreibtisch Platz und erzählte dem ernst blickenden Mann von meinen Problemen. Ich redete viel, er gar nichts. Er hatte keine Antworten auf meine Fragen parat, gab mir keine Ratschläge, sondern saß unentwegt bewegungslos da, genau wie mein Vater in der Synagoge. Ich war unzufrieden, mich reute das viele Geld, das ich für jede Stunde bezahlte, und ich fand, dass sein Schweigen kein guter Tausch für mein gutes Geld war. Ich entschied mich aufzuhören. Der Psychologe empfahl mir eine Gruppentherapie. Das würde mir sehr gut

tun, versprach er mir mit einem abschließenden laschen Händedruck.

Doch in der Gruppe geschah genau das Gegenteil. Ich verstummte. Alle redeten wild durcheinander, auch wenn sie nicht angesprochen waren, nur ich schwieg. Ich wartete darauf, dass irgendjemand Interesse an mir bekundete und mich fragen würde, warum ich hier war. Aber dieser Moment kam nie. Ich bezahlte jede Stunde aus einer schmerzhaft leeren Geldbörse, und immer noch interessierte sich niemand für mich. Ich kündigte an, dass ich nicht mehr kommen würde, und musste meine Gründe dafür der Runde vortragen. Das war der Zeitpunkt, an dem ich begann, von meinen Problemen zu sprechen. Ich sprach viel, wie immer, und stellte bestürzt fest, dass meine schwerwiegenden Probleme bei einigen Teilnehmern lediglich auf Spott stießen. Trotzdem war ich zufrieden, dass ich es geschafft hatte, darüber zu reden, und ich beschloss, weiterhin zu den Sitzungen zu gehen, mehr Mut zu fassen, um jedes Mal ein Teil davon loszuwerden. Völlig überrascht hörte ich bei einer weiteren Sitzung auf einmal die Frage an mich: »Wie lange ist es schon her, dass der Motor nicht mehr brummt?«
Alle kicherten, ich verstand nicht.
»Wie lange ist dein Anlasser schon außer Betrieb?«
Jemand lachte und rief: »Wie lange ist es her, dass du mit niemandem mehr schläfst?«
Wie das? Warum lachten sie mich aus? Warum musste ich mir so etwas anhören? Ich brach in Tränen aus. Vor allen. Doch niemand strich mir über den Kopf, niemand tröstete mich. Ich war allen egal. Es war hart.
»Ich leide hier und ihr redet dummes Zeug?« Wütend schnaubte ich in ein Taschentuch. Ich wollte Respekt einfordern von allen, die mich verspotteten. So ging ich weiter hin und kämpfte darum, dass sich niemand mehr

über mich lustig machte. Dass sie mich ernst nahmen. Und dann verstand ich, dass ich mich allein um mich kümmern musste. Niemand anderes würde es für mich tun. Ich ging nun in meine Therapiestunden mit demselben Eifer, mit dem meine Schwester in ihre geliebte Synagoge ging. Der Stuhl im Wartezimmer war unbequem, die Zeitschriften auf meinem Schoß waren uninteressant, aber es half mir, meine Gedanken zu ordnen.

Die Geschichte der Frauen meiner Familie wurde mir nun klarer. Unlängst hatte ich einen Anruf von meiner Cousine aus Rio erhalten, die mir zur neuen Wohnung gratuliert hatte, aber schnell wieder auflegen musste, da sie ihren Mann kommen hörte. Sie konnte gerade noch meine Adresse notieren, dann brach der Anruf ab. Meine Mutter erzählte mir, dass der Mann meiner Cousine nach diesem Anruf ein Schloss am Telefon hatte anbringen lassen.

»Was hat sie dann getan?«, fragte ich verblüfft.

»Was erwartest du? Was soll sie denn tun?«, antwortete meine Mutter mit einer resignierten Gegenfrage.

Diese Cousine war die ruhigste und sensibelste von allen. Sie dachte viel nach, sprach aber wenig. Ihre ruhige und bescheidene Art wurde von ihrem Mann als Dummheit gedeutet. Er ließ nichts gelten, was sie sagte, und machte ihr ständig Vorhaltungen und Vorschriften, bis ihr eigener Wille verkümmert war. Sie tat mir leid. Ich konnte meine Mutter und ihre Schwestern nicht verstehen, die sie so einfach verurteilten. Nach ihrer Hochzeit sei sie faul geworden, meinten sie, und nun schlafe sie zu viel.

»Wie bitte?«

»Faul!«, erklärten sie unisono. »Sie vernachlässigt den Haushalt, schläft sogar tagsüber. Und wenn sie nicht schläft, läuft sie im Nachthemd durch die Wohnung. Sie will sich nicht anziehen, und sie will auch nicht auf die

Straße gehen. Alles entscheiden die Schwiegermutter und der Mann. Sie macht den Mund nicht auf.«

»Ja. Sie macht den Mund nur zum Gähnen auf oder um zu sagen, dass sie wieder ins Bett geht.«

»Ist das nun Faulheit, oder hat sie eine Depression?«

»Jamile! Seit du dich in diesen psychologischen Kram vertieft hast, sind für dich alle Probleme psychisch.«

»Wäre es nicht besser, sie zu einem Psychologen zu bringen?«, fragte ich.

»Warum? Meinst du, sie ist verrückt?«

»Verrückt vor lauter Faulheit!«, bekräftigten meine Tanten und nickten mit dem Kopf. »Wer immer nur schlafen will und sich nicht um den Haushalt kümmert, ist faul.«

»Ein guter Waschtag löst alle Probleme!« Das gleiche Echo auf die Probleme dieser Frau.

Nach ungefähr einem weiteren Monat erhielt ich einen Brief von meiner Cousine, in dem sie meinen Mut zur Trennung und meine neue Wohnung lobte. Sie verstand nicht, was mit ihr los war, aber sie fühlte sich so unendlich müde. Ihr Mann wollte nicht, dass sie Kontakt mit mir hatte, für ihn war ich als alleinstehende Frau eine Streunerin, und deshalb sei ihr Telefon nun abgesperrt. Aber sie wünschte mir das Allerbeste und fragte mich, woher ich nur all den Mut nähme.

»Setz ihr ja keine Flausen in den Kopf, du weißt, wie labil sie ist«, warnte mich meine Mutter.

Die Welt ist voller Tanten

Eine meiner Tanten hatte einen sehr reichen und attraktiven Mann. Es war Liebe auf den ersten Blick. Er hatte sie über einen Cousin kennengelernt und machte ihr großzügige Geschenke wie teuren Schmuck und eine Pelzjacke aus Europa. Wegen ihrer Leidenschaft für ihn schwitzte sie sich in dem dicken Pelzmantel durch den 25 Grad warmen Winter von Rio de Janeiro. Sie heirateten, verbrachten die Flitterwochen auf einem feudalen Schiff, das sie in einem halben Jahr um die ganze Welt führte, und bezogen dann eine Wohnung in São Paulo. Auf dieser Reise erhielt sie noch teureren Schmuck und mehrere Pelzmäntel. An Rosch haSchana führte sie in der Synagoge der Moóca jedes Jahr einen anderen vor, damit alle sie bewundern konnten. Seine Leidenschaft und sein Reichtum hielten vier Jahre. Nachdem er am vierten Jom Kippur für all seine zukünftigen Sünden bereits im Voraus um Vergebung gebeten hatte, wettete er erneut beim Pferderennen. Nach und nach verlor meine Tante alles, was sie bekommen hatte. Sie flehte ihn an, er solle an seine Kinder denken, doch er setzte selbst die Möbel im Haus aufs Spiel. Während meine Tante immer verhärmter wurde, verwandelte er sich vollends in einen Don Juan und setzte seinen Charme und seine Leichtlebigkeit ein, um junge Damen zu verführen. Sie mussten mehrmals umziehen, bis sie am Ende im Bom Retiro in einer Mietwohnung landeten, kleiner als meine. Die drei Autos wurden verkauft, der Chauffeur wurde entlassen, zuletzt verließen der Schmuck und die Pelzmäntel das Haus, stets verabschiedet mit einem vernünftig klingenden, guten Grund: »São Paulo wird immer gefährlicher wegen der Nordestinos. - Es ist besser, wenn wir den Schmuck verkaufen, damit wir nicht überfallen werden. – Der Winter in unserem tropischen Brasilien passt nicht zu den Pelzen. - Im Bom Retiro sind wir näher an unserer Gemeinde. – Omnibusse sind sicherer als Autos, und du kannst ja sowieso nicht Auto fahren ...«

Für die Kinder war Bom Retiro bequemer. Für meine Tante war es schwieriger. Sie verzog keine Miene, versuchte nur ein oder zwei schicke Zweiteiler mit passenden Schuhen zu behalten, die sie für die Festtage in der Synagoge brauchte. Auch wenn alle dort bereits über ihre Situation Bescheid wussten.

»Er bleibt die ganze Nacht weg, kommt erst morgens wieder und behauptet, dass er in einem Zeitungsverlag arbeitet«, erzählte mir meine Mutter.

»Aber in einem Zeitungsverlag wird tatsächlich nachts durchgearbeitet.«

»Sie glaubt ihm nicht, dass er bei einer Zeitung ist, aber das ist nicht das Problem! Das Problem ist, dass er die wenigen Male, die er zu Hause übernachtet, im Schlaf ständig *Maria, Maria* ruft!«

Ich lachte laut. Meine Mutter entrüstete sich.

Kurz darauf zog mich eine andere Schwester meiner Mutter ins Vertrauen. Sie und ihr Mann waren erst vor Kurzem nach São Paulo gezogen, und er betrog sie.

»Mit der Chicse?«

»Ja.« Sie weinte. »Die beiden waren nackt in meinem Bett. Ich bin morgens los in die Stadt, aber da es nach Regen ausgesehen hat, bin ich wieder umgekehrt und habe den Schirm geholt. Als ich nach Hause kam, habe ich im Aschenbecher Zigarettenkippen entdeckt. Ich hab mich gewundert und ihn dann ausgeleert. Dann fiel mir ein, ich sollte doch lieber noch eine Jacke mitnehmen und bin ins Schlafzimmer gegangen, um sie aus dem Schrank zu holen ... Die Chicse fing dann an zu heulen und hat beteuert, dass er sie gezwungen hätte. Sie hat mich angefleht, sie nicht wegzuschicken, da sie keine Bleibe hätte und arbeiten müsste, um das Geld nach Bahia zu ihren Kindern zu schicken. Er wiederum hat alles auf die Chicse geschoben, die sich an ihn rangeschmissen hätte. Er hat behauptet, dass sie schamlos wäre, genau wie alle Frauen aus ihrer Gegend.«

»Und dann?«, wollte ich wissen und überlegte mir, welchen Ratschlag ich geben könnte.

»Nichts. Er hat sich angezogen, hat gesagt, dass er arbeiten gehen müsste und hat wortlos das Haus verlassen. Bis jetzt ist er noch nicht zurück. Die Kinder sind später gekommen und schauen jetzt fern.«

»Die Kinder sind allein zu Hause? Mit der Chicse?«

»Ja.«

»Mit dieser Chicse?«

»Ich habe keine andere!«

Ich starrte sie ungläubig an.

»Ich will, dass du mir beibringst, wie ich mich trennen kann.«

Das wäre das Letzte, was ich tun würde. Ich fragte sie, ob sie nicht Rat bei einem Psychologen suchen wollte.

»Wie? Das ist alles? Einfach nur reden? Mit einem Mann? Eine ganze Stunde lang?«

Wie sollte ich ihr sagen, dass sich trennen eine Sache ist, die man lernt, aber nicht lehrt? Wir verabschiedeten uns, und nach einer Woche wollte sie von dem Vorfall nichts mehr wissen.

Besuch meiner Mutter

Ich legte mich in den weichen Sand und schloss die Augen. Die Sonne brannte von Himmel, hüllte mich ein und wärmte meinen Körper. Von Jom Kippur an bis zum Ende des Schuljahres träumte ich von diesen Ferien am Strand von Santos. Es war schon fast Ende November, der Sommer hatte schon begonnen, und die Schulferien der Kinder dauerten bis nach dem Karneval.
Drei Monate Schulferien!
Der erste Monat war gesichert, wir konnten das Apartment meines Bruders David in Santos nutzen. Die Pläne für die anderen beiden Monate hatte ich aufgeschoben.
Es tat mir gut, Bom Retiro zu verlassen. Die Sonne tat mir gut. Mit dem Wissen, weit weg zu sein von meiner Familie, von meiner Arbeit, meinem Telefon, meinen Freundinnen und von dem ewigen Nieselregen in São Paulo konnte ich nachts leichter Ruhe finden.

Aber São Paulo war nicht nur Nieselregen. Nach sechs Monaten Therapie fing ich an, das Nachtleben meiner Stadt außerhalb der jüdischen Grenzen von Bom Retiro kennenzulernen. São Paulo kennt keinen Schlaf - das war das Motto der Stadt, die 24 Stunden am Tag pulsierte. Als erfolgreiche Verkäuferin wurde ich ständig auf Tanzfeste, Abendessen und Veranstaltungen des Verlages eingeladen. Mein Leben wurde noch hektischer, ich schlief noch weniger und sah meine Kinder unter der Woche kaum.

Ich war glücklich, in Santos zu sein. Nur ich und die Kinder. Jeden Tag bereitete ich das Frühstück vor, packte ein Picknick zusammen, die Strandstühle und den Sonnenschirm und weckte dann alle drei auf. Ich vergaß meine Sorgen. Die Kinder spielten am Strand. Sie bauten Burgen und schaufelten Sand über meine Füße, Beine, Arme und Hände. Ich überhörte ihre Streitereien und war beruhigt, sie in der Nähe zu wissen. Aber eines Tages hörte ich kein Geplapper mehr um mich herum. Ich öffnete die Augen und schaute mich blinzelnd um, als ein Schatten über mein Gesicht fiel.

»Mutter?«, fragte ich staunend, als ich die Gestalt erkannte.

Einen kleinen Koffer in der Hand, flankiert von meinen Kindern, stand sie vor mir.

»Es ist heiß hier, nicht?«, stöhnte sie und blickte über den Strand.

Ich sprang auf, und Sand rieselte von meinem Körper. Ich begrüßte sie mit einem Kuss, sie wischte sich den Sand von der Wange und lächelte mich an. Ich nahm ihren Koffer, hob den Stuhl in den Schatten unter den Sonnenschirm und bot ihr den Platz an. Dort saß sie im Schatten und begann mit den Kindern zu plaudern. Ich musterte sie verstohlen aus den Augenwinkeln und suchte nach dem Grund für ihr plötzliches Erscheinen. Ob sie nur für einen Tag oder bis zum Ende der Ferien nach Santos gekommen war? Ich fragte sie, ob alles in Ordnung sei, und sie bejahte. Auf eine direkte Frage, warum sie gekommen war, würde ich ungefähr folgende Antwort bekommen: Störe ich euch, soll ich wieder gehen? Herauszufinden, was passiert war, erforderte viel Geschick.

»Haben Sie eine gute Reise gehabt?«

»Ja, Isaac hat mich bis zum Busbahnhof gefahren. Es ging ganz schnell.«

»Isaac? Musste er nicht arbeiten?«

»Er hat eine Pause gemacht.«

»Ah, ach so ... Geht es Vater gut?«

»Ja. Alles in Ordnung. Wie lange bleibt ihr noch am Strand?«

Das war wieder so eine Frage, die eigentlich eine andere

Bedeutung hatte, als die ausgesprochenen Worte. Damit meinte sie, ich würde jetzt gerne nach Hause gehen. Deshalb musste ich natürlich antworten: »Wir wollten jetzt bald gehen, Sie müssen müde sein, oder?«
»Es geht. Wegen mir müssen wir jetzt nicht aufbrechen.«
»Nein, nein, es ist nicht wegen Ihnen, sondern wegen den Kindern.«
Doch die Kinder spielten nicht mit.
»Wir wollen aber nicht nach Hause gehen«, plärrten alle drei im Chor.
Doch wir verließen den Strand. Unser Tagesablauf mit Mutter würde ein anderer sein. Die Wohnung musste jeden Tag geputzt werden, und das Mittagessen musste bereits am Morgen zubereitet sein, noch bevor wir das Haus verließen. Auf dem Rückweg stellte ich mir vor, wie meine Mutter die Küche erstürmen und sich über das Geschirr in der Spüle beschweren würde. Ich sah sie vor mir, wie sie sich die Schürze umband, den Schwamm schnappte, um loszulegen, während sie mir einen Besen in die Hand drückte, damit ich die feinen Sandkörnchen wegfegte, um den Boden nicht zu zerkratzen. Ich schloss die Wohnungstür auf, und wir gingen hinein, doch zu meiner Überraschung geschah nichts von alledem. Meine Mutter setzte sich aufs Sofa und bat darum, sich ein Weilchen ausruhen zu dürfen, sie sei müde von der Reise. Ich bot ihr an, sich aufs Bett zu legen, und sie fügte sich widerspruchslos, obwohl es bald Zeit fürs Mittagessen war. Sie ging ins Schlafzimmer, ließ sich in den Kleidern aufs Bett sinken und fiel sofort in einen tiefen Schlaf. Währenddessen schmorten wir in der aufgeheizten kleinen Wohnung. Die Kinder verstanden den Hausarrest nicht und wurden aufmüpfig. Da half nur noch eines: Ich schaltete den kleinen Schwarz-Weiß-Fernseher an und betete, dass er funktionierte. Ich schob den Fernseher ans Fenster, drehte die Antenne in alle Richtungen

und nach zehn Sekunden flimmerten die Bilder und die Kinder waren still.
Ich zog die Zimmertür einen Spalt auf und betrachtete meine schlafende Mutter. Sie schlief sonst nie um diese Uhrzeit. Sie legte sich allenfalls kurz hin, um die schmerzenden Beine zu strecken, wie sie sagte, und sprang wenig später wieder auf, um weiterzuarbeiten. Ich versuchte, sie zum Mittagessen zu wecken. Schläfrig teilte sie mir mit, dass sie keinen Hunger habe, und bat mich, sie noch ein wenig liegen zu lassen. Ich ließ die Kinder vor dem Fernseher essen.
Kaum war ich ins Bad gegangen, klopfte jemand an die Haustür. Ich zog mich schnell an.
»Wer ist da?«, fragte ich durch die Tür.
»Der Hausmeister. Telefon für Sie.«
Ich öffnete.
»Ihr Bruder ist am Apparat.«
»Welcher Bruder?«
»Ach, das weiß ich nicht.«
Das Gebäude hatte 118 Wohnungen, die sich alle das Telefon am Empfang teilten. Ich stieg die 14 Stockwerke hinab. Mein Bruder David rief normalerweise an, um zu erfahren, ob ich gut angekommen sei und ob die Wohnung in Ordnung sei.
»Hallo, David.«
»Hier ist Isaac.«
»Isaac? Ist alles in Ordnung?« Ich erschrak.
»Ja. Und bei dir?«
»Alles gut.«
»Und die Kinder?«
Es musste etwas passiert sein, über das niemand mit mir reden wollte.
»Ist Mutter angekommen?«
»Ja.«
»Ist alles in Ordnung?«

»Ja. Sie schläft.«
»Aber es ist alles in Ordnung, oder?«
»Ja, warum?«
»Nur so.«

Nach vier Stunden Schlafen erwachte meine Mutter, doch sie fühlte sich immer noch müde. Sie wollte nichts essen, trank nur einen Tee. Die Kinder waren des Fernsehens überdrüssig. Wir konnten Mutter überreden, einen kleinen Spaziergang mit uns zu machen, doch zuvor wollte sie duschen. Genau in diesem Augenblick klopfte es erneut an die Tür.
»Telefon!« Es war erneut der Hausmeister. »Ihr Bruder.«
»Schon wieder? Derselbe?«
»Keine Ahnung. Er hat seinen Namen genannt, aber ich habe ihn wieder vergessen.«
Der Aufzug brauchte eine Ewigkeit bis ins Erdgeschoss zum Empfang. Endlich war ich am Hörer. »Hallo, Isaac?«
»Nein, hier ist David.«
»Hallo, David, wie geht's?«
»Gut. Und dir? Was machen die Kinder?«
»Alles in Ordnung.«
»Ist Mutter angekommen?«
»Ja, sie duscht gerade. Möchtest du in einer Viertelstunde wieder anrufen?«
»Nein. Ich wollte nur wissen, ob alles in Ordnung ist.«
»Hier schon. Warum? Ist irgendetwas passiert? Du klingst so besorgt.«
»Nein, ich wollte nur wissen, ob sie gut angekommen ist.«

Wir gingen spazieren, aßen zu Abend, schliefen, standen am nächsten Morgen wieder auf und gingen zum Strand. Um die Mittagszeit bot sich meine Mutter an, zu kochen und das Essen an den Strand zu bringen, und ich widersprach nicht. Am Strand aßen wir zur Freude der Kinder alle aus einem Topf. Beim Essen fiel mir plötzlich wieder ein, dass Sarah für den kommenden Abend zu einem festlichen Abendessen eingeladen hatte. Sie feierte damit die Nachricht, dass ihr Sohn an der besten Universität von São Paulo angenommen worden war.

»Mutter, werden Sie nicht hingehen?«

»Nein.«

»Aber Sie sind die Großmutter.«

»Du kannst gehen, ich passe auf die Kinder auf.«

»Nein, ich hatte ihr ja schon gesagt, dass wir in Santos sein würden. Aber gehen Sie doch! Sie sind viel wichtiger als ich.«

»Geh und nimm Artur mit. Der Kleine klebt an dir; ich bleibe mit den Mädchen da.«

»Aber wird Sarah nicht beleidigt sein, wenn Sie nicht kommen?«

»Nein. Du gehst mit Artur.«

Sie beharrte auf ihrem Vorschlag, bis ich endlich einwilligte. In São Paulo konnte ich auch gleich Artur in der Grundschule einschreiben. Nachdem alles erledigt wäre, könnte ich nach Santos zurückfahren und beruhigt den ganzen Monat bis zum Ende der Ferien dort bleiben. Wenn meine Mutter länger bleiben würde, könnte ich sogar in Santos arbeiten.

Als ich die Wohnungstür in São Paulo aufschloss, klingelte das Telefon. Es war David. »Hallo. Gut angekommen?«

»Ja. Woher weißt du das?«

»Mutter hat es mir gesagt.«

»Ah.«

»Alles in Ordnung?«

»Ja.«

»Und Mutter?«

»Ich dachte, du hättest vorhin mit ihr am Telefon gesprochen?«
»Doch ... Ich komme bei dir vorbei und hole dich zum Essen bei Sarah ab. Ich muss vorher noch mit dir reden und fahre jetzt los.«

Selbst in meinen kühnsten Träumen hatte ich mir nie vorgestellt, mein Bruder könnte mir die Nachricht überbringen, dass meine Mutter das Haus verlassen hatte. Mit 58 Jahren hatte sie sich entschieden, meinen Vater zu verlassen.
»Was?«
»Alle geben dir die Schuld!«
»Mir? Aber ich war ja nicht einmal dabei!«
»Du hast die Trennung ausgelöst. Wegen dem schlechten Einfluss, den du auf sie hast. Das heißt, nicht nur auf sie ... Du weißt, dass eine Menge Frauen wegen dir die seltsamsten Ideen ausbrüten.«

Der Brief

»Ich war am Arbeiten«, begann David zu erzählen, »als plötzlich das Telefon im Büro klingelte.«
Unsere Mutter war am Apparat. »Entweder du kommst in zehn Minuten hierher, oder du siehst mich nie wieder«, sagte sie und legte auf. Nie zuvor hatte sie in diesem Ton mit ihm geredet. Er wählte die Nummer von zu Hause. Sie weinte und wiederholte immer wieder dieselben Worte. »Beruhige dich doch, Mutter. Was ist passiert?«, fragte er sie.
Doch sie hörte nicht auf zu weinen und schluchzte mi-

nutenlang, dann legte sie erneut auf.

David sprang ins Auto und fuhr so schnell er konnte, aber als er nach einer knappen halben Stunde ankam, war sie nicht mehr da. Er fragte Vater, was geschehen war, wo Mutter hingegangen war. »Ihre Familie will, dass ich sterbe«, waren die einzigen Worte, die Vater über die Lippen brachte. Mehr nicht. David stieg wieder ins Auto und kurvte durch Bom Retiro. Doch sie war nirgends, bei keiner ihrer Schwestern, auch nicht bei Sarah.

Mein Bruder holte tief Luft, dann fuhr er fort zu erzählen.
Nachdem er zwei Stunden lang nach ihr gesucht hatte, fand er sie in einer Straße ganz am Rand von Bom Retiro. Er brachte sie zu Sarah, die auch völlig aufgelöst war. Mutter weinte nur und wiederholte, dass sie nicht mehr nach Hause zurückgehen werde. Nie mehr. Sie habe viele Jahre lang ausgehalten. »Mehr als vierzig Jahre!«, warf sie ihnen entgegen und: »Ich halte dieses Leben nicht mehr aus!«
»Aber warum haben sie sich denn gestritten? Was war der Grund?«, wollte ich wissen.
»Der Hausmeister hat die Post gebracht, und da war ein Brief dabei von ihrer Schwester Adélia. Adélia war zu Besuch in Argentinien bei einer ihrer Töchter.«
»Das heißt, dass Problem war, dass Tante Adélia einen Brief an Mutter geschrieben hat?«, hakte ich nach. »Also wegen einem Brief?«
»Ja. Nur dass Tante Adélia so dumm war, bei der Adresszeile den Namen von Mutter zu schreiben, Bida Abuhab, und nicht den Namen von Vater.«
»Aber war der Brief jetzt für Vater oder für Mutter?«
»Der Brief war für Mutter, aber da er der Mann im Haus ist, will er, dass Briefe an seinen Namen gerichtet sind. Er

wirft ihr vor, dass ihre Familie ihn nicht mag, und dass sie seinen Tod wünscht. Weil der Brief an Mutter adressiert war, obwohl er, der Ehemann, noch lebt! Der Hausmeister teilt die Post aus, und normalerweise nimmt sie die Briefe entgegen, aber an diesem Tag hat er die Tür geöffnet ... damit hat der Streit angefangen.«
»Und dann?«
»Sie hat eine Nacht bei Sarah übernachtet. Isaac hat ihr gesagt, dass sie nach Hause zurückgehen muss. Er fing an, ihr Vorhaltungen zu machen, aber sie wollte partout nicht; sie ist unbeirrt bei ihrem Standpunkt geblieben und hat ihn angeschrien.«
»Mutter hat Isaac angeschrien?«
»Ja. Stell dir vor! Wir wussten nicht, was wir tun sollten. Wir haben uns also entschlossen, sie in die Ferien zu dir nach Santos zu schicken und dann, sobald sich die erhitzten Gemüter beruhigt hätten, zu überlegen, was wir tun sollten. Wir wollten nicht, dass du vorher etwas erfährst, damit du dir keine Sorgen machst.«
Fassungslos stellte ich mir vor, wie meine Mutter explodiert war wie ein Vulkan, nachdem es vierzig Jahre in ihr gebrodelt hatte. Einen Moment lang empfand ich Stolz auf meine Mutter. Am liebsten wäre ich jetzt auch explodiert, weil meine Brüder mir den Grund des Besuchs verheimlicht hatten.
»Ist es nicht zu viel für sie, wenn wir sie allein mit den Mädchen in Santos lassen?«
»Nein. Sie soll sich ein bisschen entspannen, dann werden wir sehen, was zu tun ist.«

Am nächsten Morgen stand ich früh auf, ging in den Supermarkt und dann schnell zum Markt. Ich ließ den Wagen mit den Einkäufen zu Hause stehen, und eilte mit Artur zur Schule, um ihn in die erste Klasse einzuschreiben. Von dort hetzten wir weiter, der quengelnde Artur an meiner Hand, der mit seinen kleinen Beinchen mit meinen großen Schritten kaum mithalten konnte. Ich musste so schnell wie möglich zurück nach Santos. Auf der anderen Straßenseite winkte mir Maria zu, die mit vollem Einkaufswagen vom Markt kam. Sie versuchte mir irgendetwas mitzuteilen, was ich nicht verstand.

»Ich habe es sehr eilig!«, schrie ich zu ihr hinüber.

Aber sie ließ sich nicht abwimmeln und winkte mich aufgeregt zu sich. Ich überquerte die Straße, um zu erfahren, was sie von mir wollte.

»Hallo, Maria, entschuldige, ich bin ziemlich in Eile, ich muss weiter.«

»Dona Jamile, es ist besser, wenn Sie sich wirklich beeilen! Ihre Mutter ist mit den Mädchen unterwegs zu Ihnen. Ich war gerade auf dem Weg zum Markt, in der Nähe der Rua Julio Conceição, und hab sie vorbeigehen sehen - in Richtung Ihres Hauses. Wenn sie keinen Schlüssel hat, wird sie wahrscheinlich draußen warten. Ich will nicht tratschen, aber sie hat wirklich nicht gut ausgesehen.«

Ich hob Artur hoch, presste ihn an mich und rannte mit ihm in Richtung meiner Wohnung, Gott dafür dankend, dass alle drei heil zurück waren, und betete um eine Eingebung, wie ich mich verhalten sollte. Meine Trennung war schon Vergangenheit; der einzige Streit, den ich noch durchfocht, war vor Gericht, da mein Mann keinen Unterhalt für die Kinder zahlte. Aber jetzt musste ich auch noch die Trennung meiner Mutter stemmen. Wenn sie nicht nach Hause zurückginge, würde sich meine Wohnung in eine Arena für den Kampf zwischen ihr und ihrem Mann verwandeln, der zugleich mein Vater war und der Großvater meiner Kinder.

Die Situation war verworrener, als mir lieb war. Sollte ich sie verteidigen, oder sollte ich mich neutral verhalten? Sollte ich mich gegen meinen Vater stellen und gegen ih-

ren Ehemann? Ich durfte dabei auch meine Kinder nicht vergessen, ich wollte keinen Streit zu Hause. Aber wenn nicht zu Hause, wo dann? Auf der Straße? Ich bog um die Ecke in meine Straße, setzte Artur ab und verlangsamte den Schritt, blieb einen Moment stehen. Ich hatte Angst. Ich versuchte noch ein paar Minuten zu gewinnen, doch ich wurde von Artur geschubst, dem das viele Stehenbleiben nicht passte. Wir erreichten den Hauseingang des Gebäudes. Ich atmete tief ein, schloss die Augen und betete inbrünstig: »*Schma Jisrael Ad'nai Eloheinu, Ad'nai Echad.*«
Erst dann öffnete ich die Tür.

Der Vulkan

Ich traute meinen Augen nicht. Auf der Treppe, gleich hinter der Eingangstür, kauerte meine Mutter, neben ihr die beiden Mädchen. Sie zitterte. Ich erschrak und fragte sie, was passiert sei. Die Antwort war ein leises Weinen. Sie hatte es ohne mich nicht ausgehalten in Santos. Sie musste über die Situation reden. Sie wollte ihr Leben neu ordnen, und sie wusste, wenn sie zu weit weg war von zu Hause, würden andere ihren zukünftigen Alltag regeln, ohne sie zu fragen.
Ich schickte die Kinder in ihr Zimmer.
»Fernsehen«, forderten sie, wohl wissend, dass in schwierigen Stunden fernsehen erlaubt war.
So überließ ich ihnen das Wohnzimmer und schob meine Mutter in die Küche. Eine ganze Stunde lang erzählte sie mir unter Schluchzen von all den Streitereien, die ich bereits in- und auswendig kannte.

»Du hast nur sieben Jahre ausgehalten, Jamile. Du hast ja keine Ahnung, was vierzig Jahre bedeuten!«
Nie wieder wollte sie nach Hause zurückkehren. Ihr Entschluss stand unumstößlich fest. Sie würde hier bleiben.
Ich gab ihr recht, doch ich konnte nicht verstehen, warum sie von allen ihren Kindern ausgerechnet bei mir, ihrer ärmsten Tochter mit der kleinsten Wohnung, Unterschlupf suchte.
»Bitte lass mich bei dir bleiben. Schick das Mädchen weg, jetzt mach ich alles. Ich passe auf die Kinder auf, kaufe ein, putze und koche, und du gehst arbeiten, ohne dir Sorgen machen zu müssen, und du sparst dir ihr Gehalt. Bitte lass mich hierbleiben. Ich will nicht zurück. Ich kann nicht.«
Es war schon das dritte Glas Wasser, das ich mit viel Zucker gesüßt hatte und das ich ihr nun gab. Zucker hilft gegen das Weinen.
»Ai, Jamile, das schmeckt aber süß!«, protestierte sie.
»Trinken Sie nur, das wird Ihnen gut tun.«
Ich versuchte, Zeit zu gewinnen. Zeit, um keine vorschnelle und falsche Entscheidung zu treffen. Ich ermunterte sie, weiterzureden, dachte über die Situation nach und überlegte mir eine Antwort. Eine Antwort, die ich später nicht bereuen müsste. Als meine Mutter das Spiel durchschaute, griff sie nach der stärksten Waffe aus der Trickkiste aller Mütter, die auch zwischen Aschkenasim und Sefarden dieselbe war: Sie machte mir ein schlechtes Gewissen. Mit rot verquollenen Augen und tränenüberströmtem Gesicht blickte sie mich an und schoss dabei einen Pfeil in mein wundes Herz.
»Ich habe immer alles für meine Kinder getan, und jetzt, wo ich leide, wollt ihr, dass ich in die Wüste zurückkehre, in der ich gesteckt habe. Ihr wollt mich weiter leiden sehen, denn so seid ihr es ja gewohnt. Aber

ich möchte lieber sterben, als dorthin zurückkehren.«
Natürlich konnte sie hierbleiben.
Und natürlich war ich die Einzige, die sie verstand und die sie unterstützte in dieser Stunde. Ich war beschämt, dass ich sie nicht sofort aufgefordert hatte, zu bleiben, und dass ich ihr Ansinnen zuerst infrage gestellt hatte. Aber wie sollte ich das alles schaffen? Meine älteste Tochter Clara kam in die Pubertät, Artur kam in die Schule, Paula war viel zu mager; dazu mein naives Dienstmädchen aus dem Nordosten, das Heimweh hatte nach ihrem Sohn, meine Mutter mit der Bürde ihrer Eheprobleme, die Kredite für die Wohnung, der Prozess gegen meinen Mann, der nie enden wollte. Passten all diese Probleme in 60 Quadratmeter?
»Mutter, Sie können bleiben. So lange Sie wollen. Sie schlafen bei den Mädchen im Zimmer. Aber die Chicse bleibt auch. Ich werde sie nicht wegschicken. Sie sind meine Mutter, nicht meine Chicse.«
»Aber warum? Schick sie weg. Sie ist doch gerade erst aus Bahia gekommen. Sie hat noch nichts gelernt.«
»Sie sagt, sie kommt aus Crato; das ist, glaube ich, irgendwo in Ceará, nicht in Bahia.«
»Umso schlimmer! Die aus Ceará kennen nicht einmal einen Besen. Die putzen den Boden mit den Händen.«
»Mutter, Sie bleiben und die Chicse auch. So, jetzt essen wir etwas, es ist Zeit.«
»Passt sie ins Zimmer?«
»Die passt. Die Leute aus Ceará sind klein.«
Meine Mutter aß kaum etwas, sprach kaum etwas. Sie hob kaum den Kopf, weinte den ganzen Tag. Es schien Ruhe einzukehren in meine Wohnung, doch es schien nur so. Es war die Ruhe vor dem Sturm, wir kannten das schon. Isaac hatte nämlich meinem Vater versprochen, sie nach einer Woche zurückzuholen.

Erster Schultag

Der erste Schultag von Artur war ein Montag. Ich schleppte meine Mutter mit zu der kleinen Schulfeier. Ich hatte ebenso die Chicse im Schlepptau, die meine Mutter nach Hause bringen sollte, da ich später auf Verkaufstour ging. Die Ferien waren vorbei, und ich musste, mit noch einer Person mehr in meinem Haushalt, noch mehr verdienen. Der Gang zur Schule war schwierig. Rechts neben mir weinte meine Mutter, links jammerte die Chicse. An mein Bein geklammert wimmerte auch Artur, aus Angst vor der Schule, nur ich lachte, ohne zu wissen, warum. Ich kämpfte mich mit meinem Tross und meinem Arbeitskoffer durch die Straßen. Alle paar Ecken versuchte ich einen aufmunternden Satz: »Mutter, beruhigen Sie sich. Habe ich das nicht auch durchgemacht? Und jetzt bin ich hier. Schon morgen werden Sie sehen, dass alles besser wird. Und du von Crato, hör auf zu Heulen. Alle Nordestinos, die es in São Paulo zu etwas gebracht haben, haben ihre Kinder daheim gelassen. Willst du lieber betteln gehen, so wie die aus Bahia, die mit ihren vielen Kindern kommen? Arbeite ein paar Monate, spar ein bisschen Geld, und hol dann deinen Jungen. Artur, mein Sohn, du bist doch der Mann im Haus. Du bist schon groß und gehst daher in die Schule. Willst du nun ein kleiner Junge oder ein großer Mann sein?«
»Ich will ein kleiner Junge sein.«
»Nein. Du bist schon groß, ich weiß es.«
Bei der Einschulungsfeier blickte die Direktorin verwundert auf meine drei schniefenden Begleiter. Ich versteckte meine Scham in der Tasche mit dem Arbeitsmaterial, erwiderte die befremdeten Blicke der anderen mit einem Lächeln und erklärte, dass meine Mutter und meine Angestellte sehr an Artur hingen.

»Er ist der einzige Junge der Familie und noch dazu das Nesthäkchen!«, flüsterte ich ihrem fragenden Gesicht zu und zwinkerte mit dem Auge. Daraufhin bat sie uns zu gehen und Artur seinen Tränen zu überlassen.
»Die verwöhnten Kinder weinen immer am ersten Tag, aber sie gewöhnen sich schnell an die Schule«, tröstete sie uns und schickte uns hinaus. Wir hörten noch, wie Artur aufheulte.

Wir trennten uns vor der Schule, und ich musste mich sputen, um den Omnibus nicht zu verpassen. Als ich die Straße überquerte, hupte mich ein Auto an. Ich dachte, es sei ein Bekannter, und winkte vorsichtshalber zurück. An der Bushaltestelle pfiff mir jemand nach, und als ich mich umwandte, sah ich einen Mann mit einem breiten Grinsen hinter mir stehen. Ich verstand nichts. An meiner Haltestelle angekommen, stieg ich aus und ging schnell an einer Baustelle vorbei. »Ei ei ei, o xente!« Was war los? Ich blickte mich suchend um.
»Hier oben!«
Mein Blick wanderte ein Baugerüst hinauf.
»Du bist genau die Tochter der Schwiegermutter, die ich gerne hätte!«, tönte es herab.
Meinte er mich? Galt der Flirt etwa mir? Ich eilte in den Verlag und flüchtete mich verunsichert in die Toilette. Vor dem Spiegel traf ich auf eine Kollegin.
»Ivone? Bist du auch zu spät?«, fragte ich sie.
»Heute war der erste Schultag von Paulo. Eine Menge heulender Kinder!«
Sie wischte sich den Schweiß aus dem Gesicht und schaute überrascht auf mich.
»Jamile. Wow. Was ist denn das für eine Hose? Die macht ja einen tollen Knackpo!«
»Das ist die Hose, die ich immer trage. Nur die Bluse ist zu kurz, normalerweise ziehe ich eine lange Tunika dar-

über. Aber die habe ich heute vergessen.«
»Aber Jamile, mit so einem Körper - warum willst du ihn verstecken?«
»Bist du verrückt? Ich kann doch so nicht auf die Straße gehen. Die Bauarbeiter quatschen einem sonst die Ohren ab.«
»Manchmal tut das auch gut! Was haben sie dir denn zugerufen? Ich wusste nicht, dass in São Paulo Gitarren laufen können. Oder kennst du das: Du bist kein Hals, aber du bewegst meinen Kopf.«
Sie fing an zu lachen und fuhr fort: »Wenn du eine Nacht mit mir verbringen würdest, könnte ich morgen beruhigt sterben.« Ich verdrehte die Augen.
Dann begannen wir zu kichern. Wir lachten. Nach einer Weile hörte Ivone auf und blickte mich an, doch ich konnte einfach nicht aufhören. Ich lachte und lachte, bis meine Wangen tränennass waren. Ivone brachte mir einen Stuhl und ein Glas Zuckerwasser. Dann verließ sie mich, weil sie in unsere Besprechung musste.
Nach einer knappen halben Stunde kam sie mit dem Verkaufsleiter wieder. Doch der Mann mit der Krawatte löste eine neue Sturzflut von Tränen aus. Ich bat ihn um Entschuldigung, weil ich das Bürotreffen versäumt hatte. Er versicherte mir erschrocken, dass das kein Problem sei. Dann führte er mich in sein Büro und bot mir einen Stuhl an. Dann setzte er sich ebenfalls.
»Jamile, beruhige dich. Die schlimmen Phasen im Leben gehen vorbei, auch wenn es uns so vorkommt, als würden sie nie mehr enden. Du brauchst die Versammlungen nicht besuchen, du kannst direkt zur Arbeit gehen. Mach so viel, wie du meinst. Arbeite die Stunden, die du kannst. Halte dich an das, was der Arzt dir geraten hat. Du bist eine meiner besten Verkäuferinnen, und ich will dich gesund und munter sehen!«, sagte er, stand auf und gab mir einen Kuss auf die Stirn.

Ich blieb wie erstarrt sitzen, fassungslos über seine herzlichen Worte, verließ dann wie in Trance sein Büro und versuchte zu verstehen, was er gemeint hatte. Ich ging zurück auf die Toilette, um meine verschmierte Wimperntusche abzuwaschen.
»Und? Was hat er gesagt?« Neugierig steckte Ivone den Kopf durch die Tür.
»Er macht sich Sorgen um mich. Was hast du ihm denn erzählt?«
»Ich habe erzählt, dass dein Exmann einen Haufen Schulden auf deinen Namen gemacht hat. Gestern sind sie in deine Wohnung gekommen und haben die Möbel und den Fernseher gepfändet. Und das Ganze vor den Augen der Kinder. Das hat dich alles überfordert. Mitten in der Nacht bist du dann ins Krankenhaus gegangen. Der Arzt hat dein Herz untersucht, aber das ist in Ordnung, dafür hat er einen Knoten in deiner linken Brust ertastet. Das hat dich dann völlig aus der Bahn geworfen, und deshalb hast du heute hier auf der Toilette die Nerven verloren.«
»Ivone!?«
Ich war sprachlos. Ivone schaute mich an, als wäre das die natürlichste Sache der Welt. Sie streichelte meine Hand. »*Warum hast du solche Geschichten erzählt?* - das ist es doch, was du mich fragen willst.«
Ich nickte.
»Was hätte ich denn tun sollen? Was hätte ich ihm denn sagen sollen? Ich weiß ja nicht, was passiert ist, ich sehe nur, dass du nicht mehr kannst! Und diese Geschichte passt genau zu deinem Zustand!«

Eklat in meinen vier Wänden

Das Erste, was Isaac tat, als er meine Wohnung betrat, war, den Fernseher auszuschalten und die Kinder in ihr Zimmer zu schicken. Die Kinder und die aus Crato wurden wütend, weil die neue Folge der Telenovela gerade anfangen sollte. Maulend verließen sie das Wohnzimmer. Isaac und meine Mutter saßen am Tisch. Es begann mit dem Lamento meiner Mutter, die ihre vierzig Ehejahre beklagte.
Mein Bruder Isaac sagte harsche Worte; für ihn war es die Pflicht meiner Mutter, an der Seite ihres Mannes alt zu werden.
»Sie können nicht einen Mann verlassen, der die ganzen Jahre immer dafür gesorgt hat, dass etwas zu essen auf den Tisch kommt. Niemand zerbricht die Schüssel, aus der er gegessen hat.«
Anklagend wandte sich mein Bruder dann an mich und bürdete mir die Schuld an der Trennung auf. »Wenn du ihr nicht die Tür geöffnet und sie aufgenommen hättest, wäre sie zu Vater zurückgegangen.«

Mein Vater war ungeduldig geworden und verlangte von Isaac, seine Frau zurückzubringen, egal wie. Doch mein Bruder wusste nicht, wie er Mutter umstimmen konnte. Er war enttäuscht und zugleich wütend, weil er seine Macht über uns verloren hatte. Er verschaffte sich Luft und schrie uns an. Sein Geschrei ließ das ganze Haus aufhorchen. Schweigend ließen wir den Wortschwall über uns ergehen. Ich konnte seinem Brüllen nichts entgegensetzen, aber trotzdem fühlte ich mich stärker als er. Meine Mutter ging nicht zurück, und seine Schreie prallten an unserem schweigenden Einverständnis ab.

Eines Abends, kurz vor dem Abendessen – wir waren schon alle um den Tisch versammelt –, klingelte es. Es war wieder Isaac. Völlig aufgelöst. Er kam von unserem Vater, der heftige Magenschmerzen bekommen hatte.
»Du hättest Mutter nicht zu dir lassen sollen!«, stieß er hervor. »Sie muss dahin zurück, wo sie hingehört, und sich um Vater kümmern. Du bist eine ansteckende Bazille, die andere Frauen mit ihren verrückten Ideen infiziert. Du kannst von mir aus so weitermachen! Aber Mutter? Eine ältere Frau! Wie kannst du nur! Wenn du ihr nicht dieses schlechte Beispiel vorgelebt hättest, wäre es ihr nie eingefallen, Vater zu verlassen. Vater ist krank. – Mutter«, befahl er, zu meiner Mutter gewandt, »packen Sie Ihre Sachen, Sie werden jetzt auf der Stelle nach Hause zurückgehen. Ihr Platz ist an der Seite Ihres Ehemannes, nirgends sonst!«
»Nein«, entgegnete ich.
»Wie bitte?«
»Nein, Isaac. Mutter bleibt. Mutter, geh ins Zimmer.«
»Bitte, ihr sollt nicht streiten«, brachte meine Mutter ängstlich hervor.
Ich schaute sie vorwurfsvoll an. Schweigend verließ sie mit den Kindern das Zimmer und wollte die aus Crato mit sich ziehen. Doch diese protestierte: »Nein, Dona Bida, ich bleibe hier bei Dona Jamile!«
Ich ließ sie gewähren und konzentrierte meine Kraft auf meinen ungehaltenen Bruder. »Isaac, jetzt hör mir gut zu. Mutter hängt weder von dir ab noch von Vater. Diejenige, die alles für sie bezahlt, bin ich. Sarah und David helfen auch ab und zu. Du hast nie geholfen, weder mit Geld noch mit Zuneigung. Wer sie nachts zum Arzt bringt, wenn es ihr schlecht geht, wer sich stundenlang ihr Geheule anhört, wer ihr kauft, nicht nur, was sie braucht, sondern auch, was sie sich wünscht, das bin ich. Ich ganz allein! Wer diese Wohnung hier bezahlt, das bin

auch ich, auch wenn ich nicht auf die Uni gehen durfte und nicht studiert habe. Deshalb verlass bitte augenblicklich meine Wohnung, und ich verbiete dir, dass du weiterhin deine Stimme gegen mich erhebst.«
Ich war überrascht, dass mir solche Worte über die Lippen kamen. Mein Bruder wurde rasend vor Wut, und ich bekam es mit der Angst zu tun. Doch dann ging er, nachdem er die Tür mit solcher Wucht hinter sich zugeschmettert hatte, dass der Holzrahmen splitterte.
Das Abendessen auf dem Teller war bereits kalt geworden, und der Appetit war mir vergangen. Einen Moment lang verharrte ich in dem Gefühl, alles sei nur ein Traum gewesen. Ein lange gehegter, aber unausgelebter Wunsch, den Zorn auf meinen Bruder eines Tages hinauszuschreien.
Es war die Frage von der aus Crato, die meinen Wutausbruch als Tatsache bestätigte. »Dona Jamile, jetzt, wo Sie ihren Bruder weggeschickt haben, können wir die Novela zu Ende schauen? Heute kommt die allerletzte Folge.«

Maria von Crato

Die Chicse aus Crato hieß Maria. In São Paulo wurden alle Dienstmädchen aus Crato Maria genannt und - so hieß es - alle landeten früher oder später auf der Straße, egal, ob sie als Hausangestellte oder als Prostituierte in die Stadt gekommen waren. Sie alle waren Verlorene der Straße, abhängig von Freiern, zwielichtigen Beschützern und bunten Pillen.
Die von Crato kam aus einem Ort, der Crato hieß, tief

im Innern von Ceará in der Region von Carirí. So merkwürdig und fremd wie diese Orte waren, so waren auch die Personen, die von dort kamen, fremd und anders. Die von Crato war nicht schwarz, aber auch nicht weiß. Sie hatte langes, schwarzes, üppig fließendes Haar und sah mit ihren kurzen Beinen aus wie eine Indianerin. Sie mochte uns sofort. Sie konnte unseren Gesprächen nicht folgen, aber sie lachte freundlich, sobald sie angesprochen wurde. Dabei bedeckte sie den Mund mit der Hand, um ihre Zahnlücken zu verstecken. Mit 22 Jahren war sie schon geschieden und hatte drei Kinder zu versorgen, die aber nicht bei ihr in São Paulo waren. Ihr einziger Bezugspunkt in São Paulo war eine Cousine, die im Osten der Stadt wohnte. Die von Crato mochte Kinder, sie lachte gern, akzeptierte das Gehalt, das ich ihr zahlen konnte, versprach, immer mit zusammengebundenen Haaren zu kochen, versicherte mir, dass sie keine Läuse hatte, und war sogar begeistert von ihrem kleinen Zimmerchen, da es für sie das erste Mal war, dass sie auf einer Matratze schlief.

»Zu Hause in der Hängematte habe ich immer mit angezogenen Beinen geschlafen, jetzt kann ich sogar die Beine ausstrecken.«

Als meine Mutter zu uns zog, veränderte sich unser Alltag. Mutter wurde zur direkten Vorgesetzten der von Crato. Die Wohnung blitzte. Der Boden wurde einmal in der Woche gebohnert, die Lampen wurden abgestaubt, die Vorhänge gewaschen, Fenster und Türen abgewischt. Wir aßen zweimal am Tag warm, jedes Mal ein anderes Gericht. Nach sechs Monaten hatten wir uns alle an diesen Tagesablauf gewöhnt.

Meine Mutter weinte jeden Tag ein bisschen weniger, und meine Brüder fanden sich allmählich mit der Situation ab. Zum ersten Mal in ihrem Leben beschloss meine Mutter, arbeiten zu gehen. Hauptsächlich um ihre Traurigkeit und ihre Sorgen zu verscheuchen. Sie arbeitete als freiwillige und unbezahlte Kraft in einer jüdischen Organisation für hilfsbedürftige Menschen. Nach einigen Wochen kehrte der Glanz in ihre Augen zurück, sie lachte immer öfter, und wenn sie lachte, zeigte sie ihre schönen Zähne. Sie färbte sich die grauen Haare, sodass sie bläulich schimmerten. Ihr Horizont erweiterte sich. Zum ersten Mal in ihrem Leben lernte sie etwas von Menschen, die nicht zur Familie gehörten. Sie knüpfte neue Freundschaften und wurde am Wochenende zum Tee eingeladen. Meine Mutter begann, die Welt zu entdecken.

Eines Tages kam ich früher nach Hause und überraschte sie, wie sie, neben der von Crato sitzend, mit ihrer Lesebrille die Packungsbeilage eines Medikaments studierte. Sie las laut: »Die o-ra-len kom-bi-nier-ten Ver-hü-tungs-mit-tel dür-fen nicht bei schwe-rer Ve-nen-trom-bo-se an-ge-wen-det wer-den.«

»Was ist das, geht es Ihnen nicht gut, Mutter?«, fragte ich sie besorgt.

»Die von Crato hat mich gebeten, ihr die Packungsbeilage vorzulesen. Sie kann doch nicht lesen. Ich kann das zwar lesen, aber ich verstehe nicht, was das heißt. Sie muss wissen, wie sie es nehmen soll, die Buchstaben sind so klein gedruckt.«

Sie reichte mir den zerknitterten Zettel. »Kannst du das lesen, du verstehst mehr davon?«

»Das ist die Pille! Das ist ein Antikonzeptivum.«

»Was ist denn das?«, fragten beide wie aus einem Munde.

»Mädchen von Crato, woher hast du das?«

»Ich habe es in der Apotheke gekauft.«

»Warum?«

»Dona Jamile, ich wusste nicht, dass es die Pille war. Ich dachte, es wäre etwas, um nicht schwanger zu werden.«

»Warum schwanger? Bist du mit jemandem zusammen«,

wollte meine verblüffte Mutter wissen.
»Mutter, lass, ich lese es ihr vor. Gehen wir in mein Zimmer. Da, nimm.«
Ich gab dem Mädchen die Packung und schämte mich vor meiner Mutter. Obwohl sie nun arbeitete und die Welt etwas besser kennengelernt hatte, wusste sie bestimmte Dinge immer noch nicht.
»Dona Jamile, ich will nicht schwanger werden.«
»Hast du also einen Freund?« Ich blickte sie forschend an.
»Keinen richtigen Freund. Es sind so etwas wie meine Affären, ich brauche ein kleines Zusatzgeld. Und«, raunte sie mir ins Ohr, »ich muss meinen kleinen Sohn hierher holen. Er ist noch so klein. Dona Jamile, ich halte es nicht mehr aus vor Sehnsucht nach ihm.«
»Verdienst du das Geld auf der Straße?«
»Wie meinen Sie?«
»Ob du für Geld mit Männern ins Bett gehst?
»Wie? Sie halten mich für so eine?«, beschwerte sie sich entrüstet.
Sie begann zu heulen. Sie sei doch keine Dirne, nur weil sie mit ihren kleinen Affären ins Bett steige, um nachher ein kleines bisschen Geld geschenkt zu bekommen. Das bei ihr sei doch etwas ganz anderes, schniefte sie. Sie war eine grundehrliche, aber naive Person. Sie verstand die Welt auf ihre Art und glaubte an den Unterschied zwischen kleinen Geldgeschenken für Zärtlichkeiten und schnöden Liebesdiensten gegen Geld.
»Ich lasse mich nicht dafür bezahlen!«, beharrte sie.
Sie vermisste ihren jüngsten Sohn. Am späten Nachmittag setzte sie sich in der Waschküche auf den Boden, während die Wäsche in der Lauge eingeweicht wurde, und trank ihren Kaffee mit fünf Löffeln Zucker. Dann umschlang sie mit den Armen ihre Knie, legte den Kopf darauf und weinte. Sie wollte nicht von mir weggehen,

doch ich konnte sie auch nicht mit mehr Geld unterstützen. Vor allem jetzt nicht, wo Mutter bei uns wohnte und Artur in die Schule ging. Sie wusste das. Wir mussten sehr sparsam sein und jeden Centavo zweimal umdrehen.

Ich mochte die aus Crato, ich wollte auch, dass sie blieb. Ich log meiner Mutter vor, dass die Pillen gegen Bauchschmerzen seien, und belog mich selbst, indem ich ihr zustimmte, dass sie sich nicht prostituierte. Als ich sie so unaufhörlich vor sich hin wimmern sah, hatte ich nicht den Mut zu fragen, was sie mit ihrem Sohn in São Paulo machen würde. In ihr kleines Zimmerchen passte doch keine Wiege.

»Glauben Sie etwa, dass Kinder in Crato in eine Wiege gelegt werden?«

Nun, da meine Mutter bei mir ein Zuhause und in ihrer neuen Arbeit einen Halt gefunden hatte, fand ich es eine gute Gelegenheit, der aus Crato eine Woche freizugeben. Sie sollte heimfahren, das Problem mit ihrem Sohn lösen und dann wieder zurückkommen. Ich gab ihr etwas Geld als Vorschuss, doch mit deutlichen Worten: »Du von Crato, lass mich nicht hängen! Wenn du in einer Woche nicht wieder da bist, hole ich mir eine andere Angestellte.«

»Um Himmels willen, Dona Jamile, natürlich komme ich zurück!«

»Ich kenne euch Frauen aus dem Nordosten. Du fährst nach Crato, der Vater deiner Kinder lächelt dich an, du sinkst wieder in seine Arme und bleibst dort. Nach einem Monat beginnt er dich wieder zu schlagen, dann wirst du dich mit schwangerem Bauch wieder aus seinen Fängen befreien müssen.«

»Dona Jamile«, sie sah mich mit ernsten Augen an, »glauben Sie mir: Ich bin eine starke Frau. Ich nehme das Medikament, damit ich nicht schwanger werde. Natürlich werde ich in seinem Bett landen. Ich werde einen Liter Zuckerrohrschnaps als Geschenk aus São Paulo mitbringen. Er wird trinken, wird mich ins Bett zerren. Im Bett werde ich alles tun, was er von mir verlangt. Sobald er eingeschlafen ist, hole ich meinen Sohn und mach' mich aus dem Staub!«

»Du Wahnsinn aus Crato, das hast du vor? So schlimm ist dein Mann?

»Ich weiß nicht, wie Ihr Mann war, wahrscheinlich viel besser. Aber ich weiß, wie man mit den Männern dort umgehen muss. Meinen Sie, dass ein Macho aus Ceará etwas davon versteht, wie man miteinander redet? Da gibt es nur Schläge oder das Bett.«

Als ich das hörte, begann ich, die aus Crato zu respektieren. Jung, ungebildet und Analphabetin, schien sie doch mehr von den Männern zu verstehen als ich.

Nach genau einer Woche kam sie wieder zurück. Zwei Tage für eine Strecke dauerte die Omnibusfahrt. Sie kam wieder mit einem breiten Lächeln auf den Lippen und einem einjährigen Kind auf dem Arm. Jetzt waren wir sieben Personen in einer Wohnung von 60 Quadratmetern.

Drei Teile und ein Ganzes

Meine Mutter war wie verwandelt. Sie arbeitete fast jeden Nachmittag, lernte viele Leute in der Nachbarschaft kennen, kaufte sich einen neuen Lippenstift und schien ihr Leben ohne das enge Korsett aus den Vorschriften ihres Mannes zu genießen. Die aus Crato auch. Sie war glücklich, und nach einiger Zeit brachte sie den Kleinen zu ihrer Cousine im Osten von São Paulo und besuchte ihn jedes Wochenende.

Ich begann neben meiner Kulturverbreitung für *Abril Cultural*, Kleidung in Büros zu verkaufen. Der Markt für Enzyklopädien hatte sich allmählich erschöpft, und die Türen in der Metropole mit ihren achteinhalb Millionen Einwohnern öffneten sich für ungebetene Gäste immer seltener. Ich verließ das Haus mit einer großen Tasche mit Kulturforschungsmaterial des Verlages und einem Koffer voller Kleidung, die ich im Großhandel erstanden hatte. Ich verkaufte erfolgreich in Raten.

Der Gedanke, dass ich das Verkaufstalent von meinem Vater geerbt hatte, erschreckte mich. Ich wollte ihm in nichts ähneln, aber ich konnte gut verkaufen! Ich arbeitete viel und verdiente immer besser. Bei einer Lohnerhöhung beschenkte ich mich selbst mit ein bisschen Freizeit. Wenigsten zwei Nachmittage in der Woche, sobald meine Mutter zu ihrer Arbeit aufbrach, gab ich der aus Crato frei. Ich wollte ein ruhiges Haus und allein sein mit meinen Kindern. Wir wollten endlich einmal unter uns sein. Die Kinder machten ihre Hausaufgaben, telefonierten, machten sich etwas zu trinken, hörten Musik, sangen und tanzten frei durch unsere 60 Quadratmeter. Ich blieb auf dem Sofa liegen, stellte mich schlafend und sah ihnen zu, ohne dass sie es merkten. Sie vergaßen, dass ich da war, und gingen selbstversunken ihren Beschäftigungen nach. In jeder ihrer Bewegungen, in ihrer Art zu sprechen, in ihrem ganzen Verhalten fand ich mich wieder, die Essenz meiner Persönlichkeit. Es war ein Wunder. Seit meiner Trennung hatte ich wenig Zeit für sie gehabt, und trotzdem spürte ich, wie ähnlich sie mir waren. Ich wusste nicht, ob ich die Gemeinsamkeiten mit meinem Blut weitergegeben hatte oder ob es von dem kam, was ich ihnen vorlebte. Hatte ich sie durch mein Verhalten erzogen, ohne es zu merken? Sie wurden zu kleinen Erwachsenen, die ihr Leben fast unabhängig von mir führten. Clara, die Älteste litt noch unter dem Verlust des Vaters. Sie war so sensibel, dass ein Wort zu viel oder zu wenig für sie wie ein Schlag ins Gesicht war. Die kleinste Kleinigkeit konnte sie aus der Fassung bringen, dann verstand sie die Welt nicht mehr. Ihre Gefühle trieben sie durch alle nur erdenklichen Zustände. An einem Tag war sie verständig, beherzigte, was man ihr erklärte, doch einen Tag später schrie sie gegen alles an, was die Vernunft ihr beibringen wollte. Sie hatte sich nie damit abgefunden, dass ihr Vater weit weg war und sich nicht mehr um sie kümmerte. Sie sehnte sich nach seiner Liebe, die nie erwidert wurde. Ich konnte sie so gut verstehen. Ich glaube, auch ich sehnte mich nach der Liebe meines Vaters.

Als sie älter wurde, zog sie mit ihrem Freund nach Rio - ganz in die Nähe von dem Haus ihres Vaters – und versuchte so eine Annäherung. Doch ihr Vater hatte wieder geheiratet, er führte sein Leben mit einer anderen Frau und zwei Kindern. Er wollte sie nicht bei sich haben. Eine junge Frau mit einer labilen Seelenlage würde den geregelten Ablauf in seinem neuen Haus nur stören. Aber Clara ließ sich nicht beirren und suchte den Kontakt zu ihm. Paula, die Mittlere, war geprägt vom Leben im Bom Retiro und beeinflusst von der kommunistischen Schule, die gegen die Ungerechtigkeiten der Militärdiktatur protestierte, und sie war begeistert von der zionistischen Kibbutz-Bewegung. Sie entschloss sich, ein Jahr zu reisen und gegen die Ungerechtigkeit in der Welt zu kämpfen. Dann wollte sie in einem Kibbutz in Israel leben. Voller Sehnsucht hörte ich von ihrem Verlangen nach Abenteuer und nach Erfahrungen, doch aus Egoismus wollte ich sie nicht so schnell und für eine so lange Zeit hergeben.

»Wie ist es mit Geld? So eine Reise ist bestimmt sehr teuer«, suchte ich eine Ausrede für meine Ängste.

Aber sie wusste schon, dass Geld oder besser der Mangel an Geld niemals ein Hindernis sein durfte. Mit ihren Mitstreitern aus der Jugendbewegung, die auch von Israel träumten, marschierte sie jeden Tag nach der Schule in die Läden und Geschäfte im Bom Retiro und sammelte Geld für die Reise. Sie betrat jedes Geschäft wie eine Verkäuferin von *Abril Cultural*; mit ihrer Redegewandtheit überzeugte sie die Menschen, die reichlich spendeten. Ich war erstaunt über ihr Talent. Sie beherrschte Techniken, die ich selbst mühevoll erlernt, ihr aber nie beigebracht hatte, einfach so. Artur, mein Jüngster, war der Ruhigste und Schüchternste von allen. Er fühlte sich, da er der einzige Mann im Haus war, verantwortlich für uns, und meine Mutter respektierte ihn genau aus diesem Grund mehr als die Mädchen. Sein Wort war für sie wie ein Befehl. Sie fragte nur ihn, was sie kochen sollte. Alles, was sie für uns tat, war stets auf seine Wünsche abgestimmt.

Als er für seine Bar Mitzwah lernte, übte er jeden Tag zu Hause die Stelle der Thora, die er an dem großen Tag in der Synagoge vortragen würde. Ich spähte unbemerkt durch die Tür und sah ihn eifrig lesend in seinem Zimmer. Mit jedem Tag ähnelte er seinem Vater im Wesen und selbst im Aussehen mehr. Eine unbestimmte Wut stieg plötzlich in mir hoch, kalte Wut auf meine Religion, als ich mir vorstellte, dass der Rabbiner Arturs Vater und meinen Vater bitten würde, *meinen Sohn* für die Lesung aus der Thora zur Bima zu begleiten. Sein Vater - mein Exmann - neben meinem Vater! Und ich? Wo war mein Platz? Weit weg von Artur, oben, irgendwo unter den Frauen. Obwohl ich Artur seit seinem zweiten Lebensmonat allein und aus eigener Kraft aufgezogen, gekleidet, genährt, allein auf ihn aufgepasst und den einjährigen Vorbereitungskurs für seine Bar Mitzwah ebenso allein bezahlt hatte. Ich blickte auf das leere Sofa im Wohnzimmer und versuchte, die gefährlichen Gedanken aus meinem Kopf zu verbannen. Ich ging in die Küche und bereitete mir einen Kaffee mit Milch und extra viel Zucker gegen den bitteren Geschmack auf meiner Zunge.

Stille

Eines Tages beschloss meine Mutter, nach Hause zurückzugehen, und sie ging, so wie sie gekommen war: ohne ein Wort zu sagen. In den vergangenen drei Jahren hatte sie erreicht, was sie sich in den vierzig Jahren ihrer Ehe vergeblich gewünscht hatte: Anerkennung, Freunde und die Freiheit, über ihr Leben selbst zu bestimmen. Aus Angst, mich zu enttäuschen, verschwand sie heimlich. Ich erfuhr es erst, als ich abends von der Arbeit nach Hause kam und sie nicht mehr da war. Sie ließ mir ausrichten, dass sie nicht mehr zurückkäme.

Ich war bestürzt und traurig, dass sie nicht den Mut gehabt hatte, mir von ihrem Vorhaben zu erzählen, doch später verrauchte mein Unmut, und ich war glücklich. Ich war sogar stolz auf sie, denn ich war mir sicher, dass sie nun genügend Selbstbewusstsein hatte, um ihrem Mann entgegenzutreten.
Mein Vater fügte sich ihrem Wunsch, ihr ein monatliches Taschengeld zuzugestehen und ihr zu erlauben, dass sie nachmittags zur Arbeit aus dem Haus gehen durfte, natürlich erst nachdem die Hausarbeit erledigt war.
Sie hatte gelernt, aufrecht zu stehen und ihre Wünsche sicher und frei zu äußern. Mein Einfluss? Vielleicht.

Würde mein Vater es schaffen, mit einer unabhängigeren Frau zu leben? Ich würde wieder meine Wohnung und meine Kinder ganz für mich allein haben und konnte endlich tun, was mir gefiel. Vor dem Fernseher im Wohnzimmer essen, die schmutzigen Teller in der Spüle über Nacht stehen lassen oder eine Stunde duschen, ohne wegen der Verschwendung des warmen Wassers ermahnt zu werden.
Kurz nachdem meine Mutter wieder in ihr altes Zuhause gezogen war, erhielten wir die schreckliche Nachricht, dass David, mein jüngster Bruder, Krebs im Endstadium hatte.
Sein Tod war ein Schock. Artur brach es das Herz, er hatte seinen Onkel David als Vaterersatz ins Herz geschlossen. Untröstlich saßen wir an den sieben Tagen der Trauerzeit zusammen. Die leisen Unterhaltungen im Wohnzimmer plätscherten an mir vorbei. Meine Gedanken waren bei meinem kleinen Bruder, wie er mich als kleiner Junge verständnislos angeblickt hatte, als ich mit dem weißen Huhn plauderte. Meine Eltern brauchten sehr lange, um sich mit seinem Tod abzufinden. Doch dann kam die zweite erschütternde Nachricht: Auch Isaac hatte Krebs. Als Sarah es erfahren hatte, ging sie zur Synagoge und vereinbarte mit dem Rabbiner einen Tag, um für Davids Seele und Isaacs Genesung zu beten. Issac erhielt die gleiche Behandlung, die bei David erfolglos gewesen war. Auch er starb. Mein Vater verlor seinen Lebensmut. Meine Mutter hatte keine Kraft mehr zum Weinen. Isaacs Tod war für sie noch schwerer zu ertragen als Davids, vielleicht weil er der Ältere war. Apathisch saß sie auf einem Stuhl und starrte mit leeren Augen in eine Ecke. Die Dinge des Alltags, auf die sie immer so viel Mühe verwandt hatte, hatte sie vergessen. Kochen, Geschäfte, Geld – das alles war nicht mehr wichtig nach dem Verlust beider Söhne in so kurzer Zeit.

Selbst mein Vater hatte keine Lust mehr, das Wechselgeld der portugiesischen Bäcker nachzuzählen. Die Söhne waren der Anker in ihrem Leben gewesen, nun ließen sie sich willenlos treiben.
Ich versuchte sie zu trösten, so gut es ging. Aber ich wusste, dass ich Isaac in ihren Augen niemals ersetzen konnte. Widersprüchliche Gefühle stiegen in mir hoch. Trauer, aber auch so etwas wie Erleichterung. Ich sah meinen strengen, großen, starken, aufrecht stehenden Bruder, der mich immer bevormundet hatte, plötzlich leblos vor mir liegen. Ich konnte diesen Gegensatz nicht begreifen. Sein Tod raubte mir Kraft, und doch befreite er mich unerklärlicherweise auch von einer Last. Unausgesprochene Vorwürfe und Schuldgefühle überwältigten mich immer wieder.

Die Zeit schritt weiter, und die Jahre vergingen. Wir gewöhnten uns an die neue familiäre Situation, und ich gewöhnte mich an die Stille. Artur, der von Haus aus ruhig war, verbrachte viele stumme Stunden über seine Bücher gebeugt. Mein Leben verlief ohne Aufregung, aber unter der Oberfläche schmerzte mich der unausgesprochene Rückzug meiner Mutter, der Tod meiner beiden Brüder, und ich vermisste meine Mädchen, die inzwischen ausgezogen waren.
Vielleicht reagierte ich deshalb besonders heftig, als mir die aus Crato eines Morgens mitteilte, sie wolle bald heiraten.
Ich glaubte ihr die Geschichte mit der Hochzeit nicht. »Du? Du, willst heiraten? Eine, die jede Nacht mit einem anderen schläft? Hältst du mich für dumm?«
Sie war zu glücklich, um mir meine zynischen Worte übel zu nehmen. Ich war mir sicher, dass sie ein bessere Stelle gefunden hatte. Wenn sie doch wenigstens ehrlich wäre und mir die Wahrheit sagen würde. »Ausgerechnet

jetzt! Nach allem, was ich für dich getan habe ...«
»Aber Dona Jamile, ich werde heiraten!«
»Und du lügst mir einfach so mitten ins Gesicht?«
Von heute auf morgen wurde die aus Crato fromm. Aus dem Minirock wurden lange Röcke. Alle kurzen Blusen und Shorts wanderten in den Müll. Sie verabschiedete sich von ihrem Schminkkästchen und von der Antibabypille. Sie verließ laut heulend die Wohnung, und vor Wut schrie ich noch lauter hinter ihr her. War es nur Zorn auf sie oder war es die Angst, allein zurückzubleiben? Erst eine ganze Weile nach ihrem Auszug war ich in der Lage, ihrer Geschichte Glauben zu schenken. Vor allem, als ein Brief mit einem Hochzeitsfoto mit der Post ankam. Sie wollte wirklich heiraten, und ich hatte es nicht geglaubt. Sie hatte einen gläubigen Mann kennengelernt, dreißig Jahre älter als sie, der eine Frau suchte, die den Platz seiner verstorbenen Ehegattin einnehmen könnte.
Ich suchte mir keine andere Angestellte.
»Jamile«, fragte mich Sarah, »möchtest du meine Maria?«
»Ich? Nein, natürlich nicht. Ich glaube, ich möchte keine Angestellte mehr, die bei mir wohnt.«
»Warum denn nicht, das ist doch viel praktischer. Sie kommt nie zu spät ... Wenn du Maria willst, sag es mir. Sie sucht einen Platz zum Wohnen.«
»Maria? Warum denn? Sie hat doch immer bei dir gewohnt, seit über zwanzig Jahren! Ist irgendetwas passiert?«
Sarah eröffnete mir mit einer leichten Verlegenheit, dass sie plante, nach Israel auszuwandern. Sie würde zu ihren Kindern ziehen, die gleich nach dem Studium nach Jerusalem gegangen waren, um dort ihren Glauben zu leben.
»Und Saul?«
»Er kommt mit.«
»Ich dachte immer, er mag Israel nicht.« Ich war über-

rascht.
»Ja, das stimmt. Aber er kommt trotzdem mit.«
Alle um mich herum gingen weg. Es war ein komisches Gefühl.
»Willst du Maria nun oder nicht?«
»Nein. Vielleicht braucht Mutter sie ja. Die Dienstbotenkammer bei ihr ist viel größer als meine.«
Ich half Sarah, das Haus zu räumen. Sie überließ mir ihre Waschmaschine. Die übrigen Haushaltsgeräte wurden verkauft. All ihre Habseligkeiten wurden eingepackt und auf ein Containerschiff geladen. Erst als wir ein letztes Mal durch die leere Wohnung gingen, wo wir so viele Male zusammen gefeiert hatten, und unsere Stimmen von den kahlen Wänden widerhallten, wurde mir die Abreise meiner Schwester bewusst. Es war ein bisschen traurig.
Ich war traurig.

Sechstes Jom Kippur

Der neue Kühlschrank

An einem Montagmorgen, gleich um sieben Uhr in der Früh, rief ich nach dem Hausmeister, damit er mir die Gasflasche austauschte. Ohne Gas gab es kein warmes Wasser und keinen Kaffee. Der Mann mit der Werkzeugkiste betrat spöttisch meine Wohnung. Wenn ich ihn darum bat, eine Gasflasche auszutauschen, eine Glühbirne zu wechseln, bei einem verstopften Rohr zu helfen oder ein schweres Möbelstück zu verrücken, plusterte er sich wie ein Gockel, hob den Kopf und musterte mich abschätzig, bis ich mein strengstes Gesicht aufsetzte. Und während er die Männerarbeit in meiner Wohnung erledigte, lachte er mich hinter meinem Rücken aus. Nach getaner Arbeit bat er um einen Kaffee.

»Einen frischen bitte! Ich trinke keinen abgestandenen Kaffee.«

Ich sah über das schmierige Lächeln hinweg und kochte zähneknirschend Kaffee. In solchen Momenten wünschte ich mir einen Mann herbei. Er ging unaufgefordert ins Wohnzimmer und setzte sich in den Sessel. »Kaffee im Stehen schmeckt mir nicht ...«

Er hätte noch nach meinem Kühlschrank schauen sollen, der nicht richtig funktionierte. Doch ich schickte ihn fort, und beschloss einen neuen Kühlschrank zu kaufen.

Das Geschäft war riesig. Nur Haushaltsgeräte. Zwanzig Kühlschränke. Ich schlenderte daran vorbei, öffnete und schloss jede Tür und schaute verstohlen auf die Preisschilder. Jetzt in der Früh war das Geschäft noch leer. Ein

Mann kam direkt auf mich zu. Ich versuchte ihm genau zu erklären, was ich suchte. Keinesfalls wollte ich ihm zeigen, dass ich mich in den technischen Details nicht auskannte, damit er mir nicht irgendwas aufschwatzte, was den Preis in absurde Höhen trieb. Bevor er auch nur den Mund aufmachte, sagte ich ihm gleich, dass auch ich Verkäuferin sei und alle Verkaufstricks bestens kannte.
Er hörte mir geduldig zu, und erst nach meinem langen Monolog richtete er eine Frage an mich: »Darf ich Ihnen einen Kaffee anbieten?«
Eine sympathische Einladung. Ein richtig guter Verkäufer.
»Einen Kaffee nehme ich immer gern an.«
»Kekse?«
»Wenn Sie welche haben ...«
Ich fragte ihn, was er mir empfehlen könnte. Er lächelte und antwortete, er wisse genau, was ich bräuchte. »Sie brauchen irgendeinen, Hauptsache billig.«
Seine Antwort überraschte mich, doch nach kurzem Zögern musste ich es zugeben: Er hatte recht, das war in Wahrheit meine einzige Bedingung. Es musste ein billiger Kühlschrank sein. Unwillkürlich musste ich lächeln. Er lächelte zurück, und ich begann etwas verschämt, ihm zu erklären, warum der Kühlschrank nicht allzu teuer sein durfte.
Manchmal tue ich das. Ich fange an, von meinem Leben zu erzählen, es sprudelt förmlich aus mir heraus, und ich spare auch keine Details aus. Was mich am meisten beeindruckte, war, wie aufmerksam und neugierig dieser fremde Mann mir zuhörte.
Er erzählte mir, dass er nicht weit entfernt von mir wohnte. Und teilte mir damit mit, dass auch er Jude war. Sein Name war Samuel, und er notierte meine Adresse unter dem Vorwand, dass er in einer Woche die Lieferung des Kühlschranks persönlich überwachen werde.

»Eine Woche? So lange kann ich nicht warten. Mein Kühlschrank hat den Geist aufgegeben. Soll ich jetzt eine Woche lang im Restaurant essen?«
»Das ist doch eine gute Gelegenheit, in der Mittagszeit Verwandte aufzusuchen ...«
»Meine Verwandten wandern gerade alle nach Israel aus.«
»Heute könnte ich Sie zum Beispiel in ein Restaurant hier ganz in der Nähe einladen.«
Samuel gefiel mir. Er war ruhig, ausgeglichen, humorvoll, gut erzogen.
Wir gingen zusammen essen. Wir lachten viel. Ich verlor das Gefühl für die Zeit und für die Welt um mich herum.
Zwei Tage später rückte er um Punkt acht Uhr morgens mit einem Kühlschrank und zwei Trägern an. Nach einer halben Stunde stand der neue an seinem Platz, der alte wurde in den Lastwagen verfrachtet, und Samuel nahm auf meinem Sofa im Wohnzimmer Platz.
»So, fertig. Und wo ist jetzt das Frühstück?«, scherzte er.
Ich erstarrte. Erst jetzt wurde mir bewusst, dass da ein Mann auf meinem Sofa in meinem Wohnzimmer in meiner Wohnung saß und mich bat, ihm ein Frühstück zu machen.
Unentschlossen wie ich war, kämpften zwei Stimmen in mir.
»Ist das jetzt gut oder schlecht?«, fragte die eine.
»Männer, die mir Befehle erteilen? Ist doch schlecht«, sagte die alte, skeptische, misstrauische.
»Aber der da? Der ist anders«, wagte die andere, eine leise Hoffnung zu nähren.
»Nein, sie sind doch alle gleich, ... ich werde ihn wegschicken«, dämpfte die nörglige die fröhliche.
»Er hat ein sympathisches Lächeln.«
»Das ist immer so am Anfang ...«
»Mein Herz schlägt wie wild.«

Das war der griesgrämigen zu viel.
»Bitte, stehen Sie auf und gehen Sie!«, schlug sie vor.
Doch die andere Stimme lachte und erlöste mich von den Zweifeln. Ich hatte mich entschieden.
»Ja, ich mache dir einen Kaffee, und du holst frisches Brot aus der Bäckerei«, sagte ich zu ihm – mit einem strahlenden Lächeln, das nicht mehr aus meinem Gesicht wich. Der neue Kühlschrank veränderte mein Leben.

In diesen Wochen beschloss Artur, nach Israel zu gehen, um die Schule dort zu beenden. Viele andere Jugendliche aus Bom Retiro hatten denselben Plan und sie organisierten die Abreise. Sein Vorhaben schnürte mir die Luft ab. Er war der Letzte. Alle meine Küken waren flügge. Ich begleitete ihn zum Flughafen, und konnte die Tränen nicht zurückhalten. Aber als ich die große Gruppe von Jugendlichen sah, alle zwischen 14 und 15 Jahren, beruhigte ich mich etwas. Ich verstand, dass ich mich mit ihm freuen sollte. Seine Augen leuchteten, und er, der immer so still gewesen war, redete unentwegt mit allen.

Glücklich und zufrieden kehrte ich nach Hause zurück. Jetzt war ich allein. Vollkommen, ganz und gar, absolut allein. Ich verlor mich in der riesigen Wohnung von 60 Quadratmetern. Jeden Tag legte ich mich in ein anderes Zimmer, manchmal auch ins Wohnzimmer. Das Angestelltenkämmerchen probierte ich allerdings nie aus. Ich legte Musik auf und sang laut dazu. Ich tanzte nach Lust und Laune. In mein Schlafzimmer stellte ich einen Fernseher. Ich telefonierte stundenlang, ohne irgendetwas Wichtiges mitzuteilen. Ich zog mich mehrmals am Tag um und räumte die Kleider nicht sofort wieder weg. Es war herrlich.
Mein Kühlschrank funktionierte wunderbar, trotzdem kam Samuel öfter vorbei, um ihn neu einzustellen. Er

blieb zum Mittagessen, manchmal auch zum Abendessen. Er wollte übernachten, aber ich lehnte ab. Ich würde mich vor meinen Nachbarn und vor dem Hausmeister schämen, wenn morgens ein Mann aus meiner Wohnung käme. Aber nicht nur deshalb schickte ich ihn vor Einbruch der Dunkelheit fort.

»Ich komme mir vor wie Aschenputtel, das vor Mitternacht zuhause sein muss«, beklagte er sich.

Vom Wohnzimmerfenster meiner Eltern aus konnte man bei Nacht das Licht in meiner Wohnung sehen, sodass sie genau verfolgen konnten, wann ich vom Wohnzimmer ins Schlafzimmer ging. Sie blickten auf die Uhr, sobald bei mir das Licht anging. Manchmal riefen sie mich sogar an, dass das Licht im Wohnzimmer brannte; das würde die Stromrechnung unnötig in die Höhe treiben.

»Ich möchte nicht, dass meine Eltern sehen, dass spät abends noch ein Mann bei mir ist.«

»Warum? Ist das eine Sünde?«, spöttelte er. »In einem Monat ist Jom Kippur, dann klärst du alles mit Gott.«

Es war keine Sünde, aber mein Vater klebte abends am Fenster und ich fühlte mich nicht frei. Er sprach es nicht an, wenn wir uns trafen. Und auch ich konnte ihn nicht fragen, warum er am Fenster saß.

Eines Abends knipsten wir den Lichtschalter nicht an, wir blieben im Dunkeln. Es war sogar romantischer. Im Dunkeln schlichen wir über den Flur und tasteten nach der Türklinke meines Schlafzimmers.

Samuel verließ morgens meine Wohnung. Nachmittags kaufte ich ein, bereitete das Abendessen vor, deckte den Tisch, lackierte mir die Fingernägel, cremte mein Gesicht ein und schminkte mir sorgfältig die Lippen, um ihn so zu erwarten.

Wir aßen bei Kerzenlicht. Meine Kinder waren groß und weit weg. Meine Mutter war bei meinem Vater im selben Leben wie immer. Mein Vater alterte, er wurde immer

schweigsamer, nachdenklicher. Wenn ich bei ihnen war, musterte er mich eindringlich, so als ob er mir etwas sagen wollte. Ich war das einzige Kind, das ihm geblieben war. Aber er sagte nie etwas Wichtiges, manchmal beschwerte er sich über den Regen.
Ich ging zurück in meine Wohnung und sah ihn am Fenster stehen, stumm zu mir herüberblickend. Ich vermisste nichts. Auch nicht meine Schwester, die ihren Kindern nach Israel gefolgt war und die sich inzwischen von Saul getrennt hatte. Sie telefonierte mit uns an den Geburtstagen und an Feiertagen. Ihre Scheidung war ein Schock für meine Eltern, und ich war diejenige, die es ihnen hatte mitteilen müssen.
Aber noch schockierender war die neueste Nachricht von ihr.
»Jamile, ich werde wieder heiraten«, verkündete sie am Telefon.
»Wirklich?!« Was für eine Überraschung. »So plötzlich? Wer ist es? Wo hast du ihn kennengelernt?«
»Er ist ein sehr orthodoxer Rabbiner. Ich werde zu ihm ziehen, in das religiöseste Viertel von Jerusalem.«
»Was, dein neuer ist noch religiöser als Saul?«
»Saul war nie richtig religiös. Es sah nur so aus. Mein Mann versteht nicht nur viel von der Thora, er gibt auch Unterricht. Leute aus ganz Jerusalem kommen, um ihn zu hören.«
Der Stolz auf ihren Mann schwang in Sarahs Stimme mit. Sie sprach über ihn, wie sie nie über Saul gesprochen hatte. Egal, welches Thema man anschnitt, ihr Mann war der Beste von allen, in allem, was er tat.
Meine Schwester trug die Haare nun nicht mehr offen, sondern versteckte sie unter einer Perücke, manchmal unter einem Kopftuch. Nie mehr trug sie Röcke ohne dicke Strümpfe darunter, nie mehr aß sie, ohne vorher zu beten. Zudem betete sie beim Aufstehen, beim Hän-

dewaschen, beim Essen, beim Verlassen des Hauses und vor dem Schlafengehen. Sie kochte für ihren Mann, putzte das Haus und wusch seine Wäsche. Allein, ohne Maria. Aber meine Schwester beschwerte sich nicht. Sie war glücklich.

Das Leben in den Straßen ihres neuen Viertels ähnelte dem von Bom Retiro am Vorabend von Jom Kippur. Scharen von Kindern schoben sich durch die Menge. Die Männer mit den Schläfenlocken und den wild wuchernden Bärten trugen schwarze Kleidung, unterschiedlich hohe Hüte, Tefillin und die Zizits; die Frauen trugen lange dunkle Röcke, dunkle Strumpfhosen und langärmlige Blusen. Die Verheirateten banden sich Kopftücher um, die Unverheirateten flochten sich Zöpfe. Meine große Schwester und ich, wir lebten beide die große Liebe. Die gleiche und doch so unterschiedliche Erfahrung an verschiedenen Enden der Welt. Ihr Glück beruhte auf Stolz, Bewunderung und Respekt. Bei mir war es Freundschaft, Gleichberechtigung und die Sicherheit, geliebt zu werden. Sarah, hätte ich gesagt, ich bin 45 Jahre alt, und ich hätte nie gedacht, dass dies das beste Alter meines Lebens ist. Aber meine Schwester und ich hatten nie gelernt, ein Gespräch miteinander zu führen.

Besuch in Israel

»Nein, ich habe keine Angst!«, wimmelte ich alle ab, die mir eindringlich die Gefahren einer Reise nach Israel schilderten. Ihre Bedenken und die besorgten Stimmen der Nachrichtensprecher konnten mich nicht von meinem Wunsch abbringen. Bilder der Intifada, von bewaffneten Soldaten und Regierungssprechern mit besorgten Mienen tobten in meinem Kopf. Aber es war nicht Angst, was ich empfand. Diese Frage, ob ich Angst hätte, fand ich immer unangemessen. Schließlich war ich überzeugt, dass die Stimmung in einem Stadion mit Tausenden enttäuschter Fußballfans weitaus explosiver war als in dem Land, in dem meine Kinder lebten.
Es fiel mir schwer, sie mir als Erwachsene vorzustellen. Mein Entschluss stand fest: Ich wollte meine Kinder besuchen.

Der Flughafen in Tel Aviv war entschieden zu voll, oder er war zu klein. Strömten all die Reisenden in das *Heilige Land*, um Gott näher zu sein, ihm ihre Sünden direkt ins Ohr zu flüstern?
Ich ging durch die Drehtür am Ausgang und sah sie mitten in der Menschenmenge: meine Kinder! Eine unbegründete, tiefe Angst fiel von mir ab. Ich rief ihnen zu, aber meine Stimme wurde vom Lärm der gehetzten Reisenden und der aufgekratzten Wiedersehensfreude ringsum verschluckt.
Jetzt entdeckten sie mich. Sie kamen näher, tauchten aus der Menge auf, um gleich darauf wieder aus meinem Blickfeld zu entschwinden. Ich kämpfte mich in ihre Richtung vorwärts. Plötzlich tauchten sie vor mir auf wie aus dem Nichts. Ich umarmte sie fest. Hielt sie endlich in den Armen. Jedes von ihnen war ein Teil von mir. Sie

gehörten zu mir, egal, auf welcher Seite des Erdballs sie lebten. Meine ausgestreckten Arme holten sie wieder in meinen Bauch zurück. Ich fühlte mich selbst wie ein Kind, das erst dann merkt, dass die Eltern ihm gefehlt hatten, wenn sie wieder bei ihm sind. In diesem Moment wurde mir bewusst, wie sehr ich meine Kinder vermisst hatte. Dieses ganze lange Jahr ohne sie stieg während der Umarmung in meiner Erinnerung auf. Und die zwanzig Jahre, die wir zusammen verbracht hatten, wurden in dieser Minute des Willkommens zu einer unbändigen Freude.

Wir stiegen in den Bus. Ich setzte mich ans Fenster, und Israel zog an mir vorbei. Dies war das Land, das meine Großeltern verlassen hatten, als sie in den Libanon ausgewandert waren. Hier waren sie geboren worden. Und ihre Eltern und deren Eltern.
Es begann zu dämmern, der Bus fuhr durch flirrende Straßen, er fuhr an flanierenden und geschäftig dahineilenden Menschen vorbei und hupte sich durch die Karawane der Autos, die im Takt der Ampelschaltung über den glitzernden Asphalt rollten.

Während der zwei Stunden Fahrt vom Flughafen bis zu dem Kibbutz, in dem meine Kinder wohnten, schlief ich fast die ganze Zeit. Ich schlief, den Kopf ans Fenster gelehnt, und suchte meinen Vater, meinen Großvater und meinen Urgroßvater auf dem Weg zu dem Ort, an dem nun meine Kinder lebten. Drei schemenhafte Gestalten kamen durch einen langen Tunnel langsam auf mich zu, als hätten sie mich erwartet, und nickten mir grüßend zu. Sie umarmten meine Kinder und bewunderten die moderne Stadt.
Erschrocken wachte ich auf, als wir im Kibbutz ankamen. Es war schon spät in der Nacht. Lampen säum-

ten die Wege, und schmale, einstöckige Häuschen mit kleinen Vorgärten tauchten aus der Dunkelheit auf. Die Wege dazwischen waren verwaist, die Bewohner schliefen bereits. Meine Kinder führten mich zu den Gästehäusern. Mir war unbehaglich bei dem Gedanken, dort allein zu schlafen, aber meine Müdigkeit siegte über meine Bedenken, und wie so oft schlief ich ein, sobald ich das Kissen unter meinem Kopf zurechtgerückt hatte.

Am nächsten Morgen erwachte ich von fremden Geräuschen. Wo war ich? Ich blinzelte, Helligkeit drang durch die schmalen Ritzen geschlossener Fensterläden und durch den Schlitz unter der Eingangstür, kleine Pfeile aus Licht schossen aus dem Schlüsselloch.
Als sich meine Augen an das Zwielicht gewöhnt hatten, sah ich nichts Vertrautes. Energisch griff ich nach meiner Brille auf dem Nachttisch. Das Bild vor mir wurde klarer, und meine Erinnerung kehrte zurück. Es war mein erster Morgen im Kibbutz.
Als mich meine Kinder abholten und wir das Häuschen verließen, staunte ich über das grüne Gras und den tiefblauen Himmel. Solche leuchtenden Farben sah ich in meinem grauen São Paulo nur in Zeichentrickfilmen. Das Frühstück wartete im Speisesaal auf uns. Im letzten Moment hatte ich noch einen Hauch Rouge aufgelegt und mir die Lippen geschminkt – mit dem dezenteren rosa Stift. Den Roten ließ ich im Koffer.
Im Kibbutz gaben sich die Menschen lässig, viele hatten schlichte Arbeitskleidung an: marineblaues Hemd, Baumwollhose und keine Schminke. Heimlich wischte ich mir den Lippenstift ab. In dem großen Saal warteten lange Tischreihen auf die Hungrigen. Die Kibbutznik kamen nach und nach von den ersten Arbeiten in aller Frühe, nahmen sich ein Tablett und bedienten sich an den Servierwagen, wo der Duft von frisch gebrühtem

Kaffee lockte. Ich nahm von dem Käse, den Tomaten und Gurken und war begeistert von den verschiedenen Sorten und Farben der Oliven. Bei dem Duft des gebackenen Brotes lief mir das Wasser im Mund zusammen, sogar die kleinen Stücke Avocado sahen appetitlich aus, auch wenn sie mit Salz gegessen wurden statt mit Zucker. Trotz des Kaffees ergriff ein seltsames, unwiderstehliches Verlangen, mich einfach träge hinzulegen, von mir Besitz. Doch meine Kinder hatten andere Pläne, und so wurde ich von ihnen durch den gesamten Kibbutz geschleppt. Sie wollten mir alles zeigen, bevor ich am nächsten Tag zu Sarah nach Jerusalem fahren sollte, um kurz vor Beginn von Jom Kippur wieder zurückzukehren – vorausgesetzt, die öffentlichen Verkehrsmittel würden mich nicht im Stich lassen.

Ich passte mich den energischen Schritten meiner Kinder an und gähnte. Sie erklärten mir begeistert ihr neues Leben, und ich nickte, als würde ich alles verstehen: die gemeinschaftliche Arbeit, die Fabrik des Kibbutz, die Wäscherei, das Erziehungssystem, die Landwirtschaft.

Ich musterte sie, während sie erzählten: Ihre Worte, ihre Stimmen, der Tanz ihrer Hände beim Reden, ihr Lächeln, ihre Blicke waren die von Erwachsenen.

Wir näherten uns einem riesigen Stall, der sich auf die Wiese duckte und dessen beißender Gestank mir fast den Atem nahm. Hühner! Hinter den halb geöffneten Türen gab es sechs endlos lange Reihen von Hühnerkäfigen. Zwei Käfige standen jeweils übereinander, und in jedem waren drei Hühner. Die Gitter befanden sich auf Höhe meines Gesichts. Beim Vorbeigehen sah mir jedes Huhn direkt in die Augen. Tausend Hühner. Vielleicht sogar zehntausend oder hunderttausend?

Sie reckten den Besuchern die weißen Hälse entgegen und gackerten. Alle waren weiß, ausnahmslos weiß.

Wegen dem Krach im Stall mussten wir schreien. Ich ließ mich etwas zurückfallen und starrte auf die aufgescheuchten weißen Hühner. In zwei Tagen war Jom Kippur, und ich flog mit den Hühnern direkt in den Hinterhof meiner Kindheit, hielt Zwiesprache mit dem weißen Huhn und tunkte den Wischlappen in die Waschlauge mit den weißen Hemden meines Vaters.
Ich war glücklich. Zum ersten Mal würde ich ein wahrhaftiges Jom Kippur feiern, nach den Traditionen meiner Vorfahren, im Land meiner Großeltern, dort, von wo sie gekommen waren, in dem Land, in dem sie geboren waren. Der Kreis würde sich schließen. Dieses Jahr würde ich mit Sicherheit die Kapara machen und meinen Kindern beibringen, die Hühner so herzurichten, wie ich es von meiner Mutter gelernt hatte.

Mea Sharim

Sarah hatte von ihren zwei Kindern sechzehn Enkel, als sie ihren Rabbiner heiratete. Einen verwitweten Rabbiner mit langem, weißem Bart, Vater von neun Kindern und Großvater von zweiundvierzig Enkeln. Er wohnte im Viertel der orthodoxen Juden in Jerusalem, dem strenggläubigen Mea Sharim, und Sarah zog zu ihm. Ich kündigte ihr meinen Besuch telefonisch an.
»Aber ich habe keine Perücke mehr!«, protestierte ich. Perücken waren längst aus der Mode gekommen. Meine drei alten, damals heiß ersehnt, schmückten niemanden mehr; nach einer kurzen Zweitkarriere in der Spielzeugkiste der Kinder waren sie im Müll gelandet.
»Dann zieh dir ein Tuch über den Kopf.«

»Was für ein Tuch?«
»Ein großes.«
»Kann ich mit einem Strandtuch improvisieren?«
»Lass die Witze. Die Nachbarinnen hier schauen sehr genau hin. Fall mir zuliebe nicht auf.«
»Ich werde mir eines besorgen.«
»Und lass bitte keine Haarsträhne sehen. Mein Mann darf auf keinen Fall Frauenhaare sehen. Lange Ärmel, langer Rock und vergiss nicht, eine dicke Strumpfhose darunter.«
34 Grad, stöhnte ich innerlich, doch lieber biss ich mir auf die Zunge, als Sarah Vorwürfe zu machen. Ich vermisste meine Schwester, und wegen ihr wollte ich gern ein wenig schwitzen. Der Klatsch in ihrem Viertel konnte wohl kaum schlimmer sein als im Bom Retiro.

Alle Männer trugen den langen dunklen Mantel, die Frauen hüllten ihren Körper in freudlose, bodenlange Kleidung aus fest gewirktem, farblos-dunklem Stoff. Für mich sahen sie alle gleich aus, doch Sarah erklärte mir, dass man an den Hüten, der Kleidung und der Haartracht ablesen konnte, welcher orthodoxen Richtung sie angehörten.
Sarahs zweite Hochzeit war ein Schock für meinen Vater gewesen. Seine Reaktion bestand darin, dass er nichts davon wissen wollte – bis auf die Frage, ob sie sich legal von Saul getrennt habe. Seine Verachtung und sein Stolz waren zu groß, um sich Glückwünsche an sie abzuringen. Er verzog die Lippen zu einem schalen Lächeln, zog die Schultern hoch und ließ nur ein Schnauben vernehmen. Er wies meine Mutter an, eine Glückwunschkarte zu schicken und seinen Namen drunterzusetzen. Kein Anruf und kein Geschenk. Nicht nur weil Sarah nun bereits zum zweiten Male einen Aschkenasim heiratete, sondern auch weil sie ihre Zukunft nun ausgerechnet

an einen orthodoxen Rabbiner und an strenge religiöse Vorschriften band, ließ ihn an ihrem Verstand zweifeln. Sie würde ständig eine Perücke tragen müssen, da sie ihre Haare nicht mehr zeigen durfte; auch durfte sie nie mehr einem Mann die Hand schütteln. Nicht einmal innerhalb der Familie. Absurde Verhaltensweisen in den Augen meines Vaters. Vielleicht hatte meine Schwester das alles absichtlich getan, um ihm eins auszuwischen.
Als Sarah ihrem Mann nach der Hochzeit ihre sefardische Herkunft enthüllte, erschrak er. Er konnte nicht verstehen, warum sie ihm diese Tatsache verschwiegen hatte.
»Ich habe es nicht verschwiegen. Ich dachte nur nicht, dass es wichtig ist.«
Aber er war ihr sehr zugetan und bat sie inständig, ihre Herkunft nicht öffentlich auszuposaunen, auch nicht bei den Treffen mit seinen Kindern. Vor allem sollte sie sich vor der Neugier der Menschen und dem Geläster der Frommen hüten. Doch einige Lästermäuler aus der Nachbarschaft ließen nicht locker und setzten alles daran, herauszufinden, warum Sarah kein Jiddisch sprach.
»Es ist so lange her, dass ich Jiddisch gesprochen habe, dass ich praktisch alles vergessen habe! Mein Gedächtnis ist auch nicht das Beste, ich kann mir einfach nicht viel merken«, beteuerte sie den bohrenden Blicken. Sie belegte sogar Jiddisch-Kurse, schaffte es aber nie bis zum zweiten Semester. »Mein Gedächtnis ist nicht so gut.«
Aber ihr Gedächtnis war fabelhaft, genau wie ich es in Erinnerung hatte.
Nach Sarahs Anweisungen schlang ich das Tuch um den Kopf. Ein Blick in den Spiegel, und ich erschrak. Langer Rock, langärmlige Bluse, dicke Strumpfhose. Als wandelnde Auslage eines Stoffgeschäfts machte ich mich auf den Weg und erreichte über eine steile Treppe endlich ihre Wohnung. Die Tür ging auf, und sie drückte mich

fest an sich. Dann musterte sie mich von Kopf bis Fuß. Sie zupfte mein Kopftuch zurecht und zog es mir tiefer in die Stirn – bis knapp über die Augen – und stopfte zwei widerspenstige Haarsträhnen, die unter dem Tuch hervorlugten, wieder zurück. Meine Schwester war gealtert: Ohne Lippenstift, in fahle Farben gehüllt, erkannte ich sie kaum wieder. Statt Stöckel zierten flache Treter ihre Füße.

Sie nahm mich bei der Hand und zog mich in die Wohnung. Ich lernte ihren Mann kennen, gerade noch rechtzeitig zog ich meine Hand zurück, die ich ihm zum Gruß entgegenstrecken wollte. Kurz nachdem ich eingetreten war, verließ er das Haus. Ich fand es besser so. Was hätten wir uns schon sagen können? Wir hatten keine gemeinsame Sprache.

Sarahs Wohnung war ganz anders als ihre frühere im Bom Retiro. Es gab keine Waschküche, in der Küche gab es nur Platz für eine Person, von den Wänden blätterte der Putz. In der ganzen Wohnung gab es kein Sofa, nur Stühle aus dickem Plastik.

»Ich brauche kein Sofa«, versuchte sie sich auf meine Frage hin zu rechtfertigen. »Wenn ich müde bin, lege ich mich ins Bett. Ansonsten setzen wir uns auf die Stühle, das ist viel besser für den Rücken.«

Zwanzig Jahre lang hatte meine Schwester die beste Chicse der Welt gehabt. Sie fasste kein Geschirr an, um ihre Fingernägel nicht zu ruinieren, und hatte jede Woche einen festen Termin zur Maniküre. In ihrem neuen Zuhause gab es keine Kammer für ein Dienstmädchen. Ich fragte auch nicht danach, ich brauchte ein bisschen Zeit, um meine neue Schwester zu verstehen.

»Und der Fernseher?«

»Wozu? Um den ganzen Mist anzuschauen? Bloß nicht. Niemand hier im Viertel hat einen Fernseher. Ich habe mich daran gewöhnt.«

Aber sie schien glücklich zu sein. Sie hatte einen von der Gesellschaft geachteten Mann geheiratet, was sie mit Stolz erfüllte, sodass sie ihre früheren Bedürfnisse nicht vermisste.

Ich betete mit ihr gemeinsam vor dem Essen, nach dem Essen und vor dem Schlafengehen. Beim Aufstehen am nächsten Morgen, vor dem Verlassen der Wohnung, und als wir vom Supermarkt zurückkamen. Nach dem Essen reichte sie mir ein Buch und schlug es auf einer bestimmten Seite auf.

»Sarah, ich kann kein Hebräisch!«, wagte ich sie darauf hinzuweisen.

»Macht nichts, beweg einfach die Lippen. Man muss beim Beten die Lippen bewegen.«

Ich fühlte mich unbehaglich, doch ich tat es ihr zuliebe. Wie immer war sie von ihrer Meinung überzeugt und glaubte, dass sie das Monopol auf den Weg zu Gott gepachtet hatte. Aber ich war mir sicher, dass Gott auch Portugiesisch verstand, und ich fühlte eine unmittelbare Verbindung zu ihm. Unser Gott war der gleiche, und doch unglaublich verschieden. Um sie zu besänftigen, bewegte ich die Lippen, tat so, als würde ich Zeile für Zeile ablesen. Sie war zufrieden. Wir hörten zusammen auf zu beten, ich küsste genau wie sie den Deckel des Buches und gab es ihr zurück. Ob wohl das Glück meiner Schwester echt war? Ob sie wohl wirklich betete, oder bewegte auch sie nur die Lippen?

Als ich mich von ihr verabschiedete, war ich erleichtert. Sarah hatte für Jom Kippur eine Menge Arbeit, und ich wollte sie nicht durch neugierige Fragen und unangebrachte Beobachtungen verstören. Ich wollte auch nicht, dass sie sich vor ihren Nachbarinnen wegen ihrer Schwester schämen musste.

Wir gingen zusammen durch die belebten Straßen bis zur Omnibushaltestelle. Frauen mit bedecktem Kopf und Männer mit Hüten und gezwirbelten Schläfenlocken eilten umher.
Ich hakte mich bei meiner Schwester ein. In ihren körperlosen Verhüllungen sahen die Frauen um mich herum fremd aus und seltsam, und ich sah genauso aus wie sie.
Sarah und ich waren an der Bushaltestelle angekommen. Wir schwiegen verlegen.
»Schau, da kommt dein Bus!«, sagte meine Schwester.
Ich lächelte sie an, umarmte sie lange und fest. Wann würde ich sie je wiedersehen? Ich stieg in den Bus.

Im Omnibus

Der Omnibus war überfüllt. Ich riss mir das Kopftuch herunter und krempelte erleichtert die Ärmel hoch. Es war heiß. Soldaten, junge, ältere, und auch Frauen in Uniform und bewaffnet schliefen auf den hinteren Plätzen oder saßen übermüdet auf dem Boden. Alle fahren für Jom Kippur nach Hause, dachte ich.
Da es keinen freien Platz mehr gab, musste ich stehen. Niemand erhob sich für mich. Ich war in Israel, und hier musste ich selbst um einen Platz bitten. Sehnsüchtig blickte ich auf einen grünen Stoffrucksack am Boden, der zum halbwegs bequemen Sitzen einlud.
Ich nahm meinen ganzen Mut zusammen und fragte den Soldaten neben mir: »Can I sit here?«, und wies mit dem Finger auf den Rucksack.
Ich verstand seine Antwort nicht, aber seinen Gesten

nach gehörte der Rucksack einem der Schlafenden. Ich blieb also stehen, bis sich jemand in unser Gespräch einmischte und rief: »Sit!«

Ich schaute mich um.

»You sit. Yes you. Sit!«, nickte mir ein älterer Mann zu.

Meine Beine schmerzten so sehr, dass ich beschloss, mich zu setzen. Der Bus rüttelte uns alle durch, und die Erschöpften ruckelten im Halbschlaf hin und her, doch sie wachten nicht auf.

Ziemlich mutig von dir, dachte ich bei mir und war stolz auf mich. Auf dem Rucksack eines schlafenden Soldaten thronend, in einem fremden Land, dessen Sprache ich nicht beherrschte, allein in einem Omnibus reisend ... Bis meine Gedanken durch einen lauten Aufschrei unterbrochen wurden.

»Psssst!«, zischte jemand.

Galt das etwa mir, hatte ich laut vor mich hin gesprochen? Der aufgeregte Schrei hatte offenbar der Stimme des Nachrichtensprechers gegolten. Der Busfahrer fingerte nervös am Radio herum, um es lauter zu drehen, genauso wie es mein Vater morgens mit seinem Transistor zu tun pflegte. Augenblicklich lauschten alle und verfolgten angespannt die Durchsagen. Ich sorgte mich um meine Kinder, um meine Familie, aber ich fühlte mich hier sicherer als in Brasilien. Israel fand große Aufmerksamkeit in den Weltnachrichten, und es erstaunte mich, wie ein Land, nicht einmal halb so groß wie São Paulo, so eine Bedeutung im Weltgeschehen erlangen konnte und in die Schlagzeilen kam. Nicht die zwanzig Jahre Diktatur in Brasilien, wo die Zahl der Verschwundenen und Gefolterten höher war als die Toten der Kriege Israels, hatte das Interesse der Welt so geweckt.

Das laute Radio ließ den Soldaten vor mir aus dem Schlaf fahren. Er richtete sich auf und setzte sich zu meinen Füßen hin, als wäre er mein Sohn. Dann zog er seine Waffe näher zu sich heran und sagte gar nichts.

Fasten

Der Bus näherte sich der Endstation, einem kleinen Busbahnhof aus Lehmziegeln, in der Stadt Bet Shean. Die Türen öffneten sich, und eine heiße Staubwolke drang ins Innere. Meine Kinder erwarteten mich mit dem Auto, um mit mir zurück zum Kibbutz zu fahren, der zwei Kilometer entfernt lag. Ich umarmte sie, bis sie sich lachend aus meiner Umklammerung lösten.

»Sehr interessant. Ich habe viel erlebt«, antwortete ich ausweichend auf ihre Fragen.

In das Auto quetschten sich außer uns noch vier Soldaten mit schweren Waffen, die wir an der staubigen Ausfallstraße auflasen. Mittlerweile hatte ich mich an den Anblick von Bewaffneten gewöhnt. Ich bat meine Kinder, ein Foto von uns mit den Soldaten zu machen.

»Mutter, das sind Soldaten, das ist das, was es hier am meisten gibt. Wir sind in Israel«, sagten sie und drängten zur Weiterfahrt. »Lass uns ein anderes Mal ein Foto machen.«

Sie waren in Eile, es gab noch viel zu tun bis Jom Kippur, das in einigen Stunden beginnen würde.

»Und die Hühner? Wie viele Personen wohnen insgesamt im Kibbutz?«

»Vierhundert.«

»Donnerwetter!«

»Dazu noch an die zehn schwangere Frauen und eine Menge Besucher. Macht fünfhundert Hühner. Mindes-

tens.«
Erschrocken riss ich die Augen auf. Ich hatte versprochen, im Kibbutz beim obligatorischen Hühnerrupfen zu helfen. Ich sah einen Berg aus toten Hühnern mit nach unten hängenden Hälsen vor mir. Mit Schaudern erklärte ich meinen Kibbutznik, dass ich müde sei, da ich die letzten beiden Nächte kaum geschlafen hatte. Die beiden kicherten, und ich wurde für eine Stunde ins Bett beordert.
Dieses Jom Kippur in Israel würde zweifelsohne anstrengend werden. Ob wohl viele bei den Vorbereitungen mithalfen? Ich wusste es nicht, weder ob die Köpfe und Krallen in die Suppe kamen noch ob sie einen Rupf-Apparat hatten. Kurzum: Ich wusste nicht, was auf mich zukam.
Ermattet taumelte ich ins Bett. Der Schlaf fand schnell zu mir, doch bald wehte die heiße Luft im Zimmer seltsame Träume heran. Ich sah mich, angetan mit einer bodenlangen Schürze, vor einem Berg ungerupfter Hühner sitzen, die alle auf den Kochtopf warteten. Sie baumelten mit den schlaffen Köpfen und glitten mir durch die glitschigen Hände. Ich verfolgte sie mit dem Messer und versuchte sie zu fangen. Mit flatterndem Flügelschlag schwirrten sie um meinen Kopf und hackten nach mir, während die gerupften Hühner am Boden aus nackten, baumelnden Gurgeln hämisch gackerten.
»Mutter? Kommst du zum Essen?«
Mit einem Ruck setzte ich mich im Bett auf.
»Habe ich verschlafen?«
»Gehen wir essen?«
»Und die Hühner?«
»Sind angerichtet.«
»Alle fünfhundert?«
»Ja.«

Die Hühnersuppe schmeckte köstlich. Ich hörte erst auf zu essen, als ich spürte, dass ich für das kommende Fasten gewappnet war. Der Speisesaal war voll, doch niemand betete. Weder vor dem Essen noch danach.
»Wo ist die Synagoge?«
»Hier gibt es keine Synagoge.«
»Nicht?«
»Nein.«
»Wo wird der Schofar geblasen?«
»Es gibt keinen Schofar.«
Ich blickte ungläubig drein.
»Es gibt eine Synagoge in der Stadt, aber jetzt können wir nicht mit dem Auto dorthin fahren, Jom Kippur hat schon angefangen ...«
Jom Kippur ohne Schofar?

Nachdem ich in den fast 50 Jahren meines Lebens immer den Schofar gehört hatte, würde ich nun mein erstes Jom Kippur ohne den vertrauten Klang verbringen. Es war eigenartig, fast schon seltsam. Hier – im *Heiligen Land* – lebten meine streng religiöse Schwester und meine Kinder, die Jom Kippur ohne Schofar feierten. Ein friedlich vereinter Kontrast.
Wir begannen das Fasten mit einem Spaziergang durch den Kibbutz. Die Hitze hatte nachgelassen, und eine angenehme Brise hatte den heißen Wind vom Morgen abgelöst.
Ich dachte an mein Bom Retiro, an die Nachbarn in meiner Straße. Hier im Kibbutz fiel ich auf, und ich schämte mich für meine Kleidung. In meinem schmalen Rock war ich viel zu elegant. Überhaupt war es überflüssig, einen Rock zu tragen. Die Frauen hier trugen Hosen und sogar Shorts. Die Bewohner saßen müßig vor ihren Häusern oder trafen sich auf ein Schwätzchen.
Wir gingen in Richtung des Parks, auf der Seite des

Schwimmbads. Auf dem Weg dorthin roch es nach Essen, und ich verspürte wieder Appetit. Ob wohl schon das Abendessen für das Ende des Fastens vorbereitet wurde?

»Mutter, hier wird gerade gegrillt.«

»Na dann los, hungrig genug sind wir ja«, sagte ich ironisch.

»Nein, das ist kein Spaß. Hier wird jetzt gegessen.«

»Wie bitte?«

»Ja.«

»Grillen an Jom Kippur?«

»Ja.« Ein Achselzucken. »Hier wird eben gegrillt.«

»Wie das?«, empörte ich mich.

»Möchtest du lieber im Zimmer bleiben?«

Ich wusste nicht, was ich sagen sollte. Entsetzt rang ich nach Fassung.

»Und die Hühner? Warum hat man dann überhaupt die Kapara gemacht?«

»Niemand hat die Kapara gemacht. Es war nur ein Spaß«, erklärten sie augenzwinkernd.

»Ich bin auch nicht so religiös, aber Essen an Jom Kippur? Und noch dazu Gegrilltes?«

»Du musst ja nicht essen.«

Mir fiel keine Antwort ein. Ich brauchte ja nicht zu essen. Das war das, was ich meinen Kindern beigebracht hatte: Jeder hat die Freiheit, zu tun, was er will, solange er die Grenzen des Nächsten respektiert.

Wir gingen weiter zu dem Platz, an dem gegrillt wurde, und setzten uns zu den anderen Jugendlichen aus dem Kibbutz. Sie waren alle fröhlich, sie feierten den Feiertag wie einen freien Tag, ohne viel Aufhebens um seine Bedeutung zu machen. Sie aßen mit Genuss, ohne sich schuldig zu fühlen, und lachten viel. Ich war schockiert. So also feierten sie Jom Kippur in Israel. Meine ganze Lebenserfahrung und alle meine Gewohnheiten als Jüdin waren mit einem Mal unwichtige Vergangenheit. Vorwurfsvoll blickte ich auf das appetitlich brutzelnde Fleisch. Rauch stieg anklagend zum Himmel empor. Die Tatsache, dass die Jugendlichen aßen, passte mir nicht, aber dass es mir nicht passte, gefiel mir noch weniger. Unbehaglich versuchte ich mich von meinem eigenen Erziehungsprinzip zur Freiheit des Einzelnen zu überzeugen.

»Do you want?«, wandte sich eine junge Blondine an mich und hielt mir einen Teller hin, auf dem Fleisch und Würste lagen. »Take. You can take!«, bekräftigte sie, als sie sah, dass ich zögerte.

Schnell eilten meine Kinder herbei und baten das junge Mädchen, eine Schwedin, die freiwillig im Kibbutz mitarbeitete, mir kein Fleisch anzubieten. Sie fragte nach dem Grund, wartete aber die Antwort nicht ab.

Ich war die Älteste in dieser Runde. Da wurde mir erneut ein großer Teller vor die Nase gehalten. Diesmal mit Hühnerschenkeln. Ich griff danach, um ihn weiterzureichen. Mit den Augen suchte ich meine Kinder, doch die achteten nicht auf mich. Ich nahm einen Schlegel. Betrachtete das Stück Fleisch in meiner Hand und schnupperte den Wohlgeruch, der mir in die Nase stieg. Schaute mich vorsichtig um, doch ich entdeckte niemanden, der sich um mich und meine Sünde kümmerte. Die Musik stimmte ein neues Lied an. Ich blickte nach oben, wo ich Gott vermutete.

»Darf ich?«, fragte ich ihn.

Er antwortete nicht. Auch nicht mit einem Nein.

Ich nahm den unwiderstehlichen Geschmack der Gewürze in mich auf und schloss die Augen. Die Musik hörte auf zu spielen, keiner redete mehr. Ich war allein mit mir und biss hinein. Ein köstliches Stück des duftenden, knusprigen, zarten, saftigen Fleisches glitt auf meine Zunge. Ich musste es nicht kauen, es zerging von selbst. Dann schluckte ich es hinunter. Ich öffnete die Augen und prüfte, ob alles noch so war wie zuvor. Die Jugendlichen lauschten der wieder einsetzenden Musik. Die Vögel zwitscherten. Ich aß weiter. Meine Tochter blickte erstaunt auf mich und zupfte ihren Bruder am Ärmel, beide ließen aber kein Wort verlauten. Dieses Jom Kippur veränderte mein Leben.

Die Klinik

Das Jahr, das auf meinen Besuch in Israel folgte, verflog wie der Wind, doch die Zeit bei meinen Kindern stand mir in der Erinnerung klar und deutlich vor Augen. Dieses letzte Jom Kippur konnte ich nicht so schnell vergessen. Mein Leben mit Samuel füllte mich aus. Ich verkaufte an die Kunden in unserem Viertel Kleidung, Taschen und Schmuck. Enzyklopädien waren inzwischen völlig aus der Mode gekommen. Ich verkaufte auch die gestickte und gestrickte Ware, die ich von den Einkaufsreisen mit Samuel mitbrachte. Wir arbeiteten viel und lebten unsere Liebe glücklich und sorglos. Ich kümmerte mich weiter um meine Eltern. Schließlich war ich die Tochter, die ihnen geblieben war und die praktischerweise auch noch in ihrer Nähe wohnte!

Als mein Vater erkrankte, wurde er auf mein Drängen in eine Klinik eingeliefert. Er verlor rasch an Gewicht und magerte zusehends weiter ab. Ein Leben lang gewohnt, alles zu kontrollieren, begann er nach einigen Tagen in dem ungeliebten Klinikbett die Ausgaben zu berechnen. Er erkundigte sich nach dem Preis für seine Behandlungen und lehnte einige energisch ab. Er schickte die Ärzte aus dem Krankenzimmer, weil er überzeugt war, dass sie nur zum Zweck des Gelderleichterns um sein Bett standen. Nach einem Monat in der Klinik beschloss er, sich selbst zu entlassen. Doch aufgrund seines Alters durfte er die Entlassungspapiere nicht selbst unterschreiben. Vorwurfsvoll streckte er mir das Dokument entgegen. Wie immer gehorchte ich ihm und widersprach nicht. Obwohl ich mit dieser Entscheidung ganz und gar nicht einverstanden war, brachte ich es nicht fertig, es nicht zu unterzeichnen. Er wollte zurück, heim in sein Bett, mit dem kleinen Radio auf dem Nachttisch. Meine Mutter wiederum machte mir Vorwürfe, da er in der Klinik besser versorgt wäre. Meine Schwester aus Israel rief mich wütend an und beschimpfte mich. Ob ich nicht an unsere Mutter dächte, an der nun die Pflege meines Vaters hing? Niemand wollte ihn zu Hause haben.

Ich beauftragte eine Krankenschwester, die dafür sorgte, dass er die richtigen Medikamente zur richtigen Zeit bekam, die ihm die schmerzstillenden Spritzen verabreichte und die tägliche Körperpflege übernahm.

Es verging kein Tag, an dem ich ihn nicht besuchte. Eines Tages brachte ich ihm einen kleinen, tragbaren Schwarz-Weiß-Fernseher mit, den er auf die Frisierkommode meiner Mutter stellen ließ. Direkt vor den Spiegel, ihren Lieblingsplatz. Fortan hielt sich meine Mutter fast nur noch im Wohnzimmer auf und sah – zusammen mit der Krankenschwester – die tägliche Novela im Fernsehen. Ins Schlafzimmer ging sie nur noch zum Schlafen und um kurz nach meinem Vater zu sehen.

Die wenigen Besucher, die zu ihm kamen, blieben nur ein paar Minuten im Krankenzimmer, um sich gleich darauf ins Wohnzimmer zu setzen und Kekse, Mamules oder Kuchen zu essen und eine Tasse Tee dazu zu trinken. Die Einzige, die öfter kam, war Loris, seine jüngste, unverheiratete Schwester. Ich kam jeden Abend, holte einen Küchenstuhl und setzte mich zu meinem Vater an das niedrige hölzerne Bett mit dem geschnitzten Blumenmuster. Das gleiche Muster wie am Frisiertisch, den Nachttischchen und der großen Kommode. Im Ehebett gab es zwei Matratzen; meine Mutter schlief auf einer harten, orthopädischen Matratze mit niedrigem Kopfkissen, mein Vater mochte auf seine Strohmatratze und das hohe Kopfkissen nicht verzichten.

Unser Gesprächsstoff war das Wetter von São Paulo, das zum Glück jeden Tag wechselte. Sobald mein Vater einschlief, schaltete ich den Fernseher aus, löschte das Licht und machte mich auf den Heimweg. Eines Tages, als ich zu ihm kam, starrte mein Vater auf den abgeschalteten Fernseher. Er war noch nicht eingeschlafen. Meine Mutter, Loris und die Krankenschwester klebten vor dem Fernseher im Wohnzimmer, um die Novela nicht zu versäumen. Ich setzte mich auf einen Stuhl neben dem Bett und blickte meinem Vater direkt in die Augen. Er erwiderte den Blick. Sein Kopf zitterte leicht.

Ich schöpfte plötzlich Mut und stellte die Frage, die mir schon lange den Schlaf raubte: »Vater, warum mögen Sie es nicht, Geld für sich auszugeben?«

Mein Vater hatte sich nämlich wegen des hohen Preises strikt geweigert, ein spezielles Krankenbett zu kaufen. Er antwortete nicht. Ich setzte mich auf die Bettkante. Dann nahm ich seine Hand in meine Hände. Mein Vater blickte unverwandt auf unsere ineinandergelegten Hände.

»Machen Sie sich keine Sorgen, alles wird gut, Sie werden gesund!«, sprach eine zuversichtliche Stimme aus mir.

Ich fühlte mich so sicher neben ihm, doch ich wusste nicht, woher diese Zuversicht kam. Sein Blick glitt hoch zur Decke, und langsam schloss er die Augen. Seine Züge blieben starr und ohne jede Regung, als schiene er meine Anwesenheit abzulehnen. Aber Tränen verrieten ihn, sie quollen durch seine geschlossenen Lider, rannen ihm über das Gesicht und tropften auf das aufgebauschte Kopfkissen. Seine Wangen fühlten sich kalt an. Ich wartete bange Minuten auf ein Wort von ihm, doch er blieb stumm. Sein Atem wurde tiefer, er öffnete ein wenig den Mund. Ich wartete einen Augenblick, dann stand ich auf und gab ihm einen Kuss auf die Stirn. Ihn zu küssen, während er schlief, war nicht schwer.

»Gute Nacht, schlafen Sie wohl«, flüsterte ich ihm zu und verließ den Raum. Besorgt bat ich die Nachtschwester, besonders aufmerksam zu sein und mir jede Veränderung seines Zustands mitzuteilen.

Trotz der großen Sorge um ihn war ich von einer eigenartigen Zufriedenheit erfüllt. Er war dabei, sich mir zu öffnen: Er hatte mich direkt angesehen, ohne das Gesicht abzuwenden.

Ich wartete im Wohnzimmer auf den Schluss der Novela, um mich von meiner Mutter zu verabschieden. Auch Loris brach auf; sie bat mich, sie zum Taxistand zu begleiten.

Schweigend setzten wir uns auf die überdachte Bank am Taxistand. Der heftige Wind ließ nach, und es begann zu tröpfeln. Ich fasste mir ein Herz, traute mich, ihr eine Frage über meinen Vater zu stellen. Eine harmlose Frage, und es sprudelte aus ihr heraus. Unter dem Erzählen begann sie zu weinen.

»Unsere Eltern hatten einen Lieblingssohn: Jacó, den haben sie bewundert und respektiert. Vielleicht weil er der Intelligenteste von uns allen war. Das hat Salím sehr verletzt. Als Kind hat er darunter gelitten. Von klein auf hat er versucht, die Liebe seiner Eltern zu gewinnen. Er wurde wirklich traurig. Aber das war nicht das Schlimmste.«

»Was war das Schlimmste?«

»Das Taxi ist da«, sagte sie und erhob sich.

Nair

Ich sprang auf, packte Loris am Arm und winkte das Taxi weiter. Wir setzten uns wieder auf die hölzerne Bank. Loris' Blick verlor sich in dem dunklen Geäst eines Baumes am Straßenrand. Sie schwieg, doch dann begann sie zögernd zu erzählen.

»Nair war rothaarig. Sie hatte wundervoll gelockte Haare, die sie stets zu einem Knoten im Nacken geschlungen hatte, damit sie bei der Hausarbeit nicht störten. In der Küche hatte sie ein Kopftuch umgebunden. Sie trug immer knielange, schmale Röcke, ihre Taille hätte man mit zwei Händen umfassen können. Salím konnte den Blick nicht von ihr wenden.«

Loris schloss die Augen und lauschte in sich hinein.

»Es ist schon lange her, aber ich habe sie nie vergessen können«, fuhr sie fort. »Ihre Augen waren sehr groß und von dunklem Blau. Auf den Wangen hatte sie kleine Sprenkel in der Farbe ihrer Haare. Ihre Lippen waren tiefrot und, was ich immer sehr merkwürdig fand, sie hatte auch Sommersprossen auf den Lippen. Sie wohnte mit ihrem Vater und noch einem Bruder zusammen, aber sie hatte keine Mutter mehr, zumindest habe ich sie nie gesehen. Ihr Haus lag ganz am Ende von Santos, schon in der Nähe von São Vicente, zwei Häuserblocks vom Strand entfernt. Sie hatte immer eine Schürze umgebunden, wenn wir kamen.«

»Sind Sie immer mit ihm dorthin gegangen?«

»Er hat mich mitgenommen ... Mir hat es dort gefallen.« Loris lehnte sich auf der Bank zurück. »Immer wenn Nair uns kommen sah, hat sich ihr Mund zu einem fröhlichen Lächeln geöffnet, das nicht mehr von ihrem Gesicht wich. Sie kam uns an das niedrige Eingangstor entgegen. Damals hat man noch keine Küsse zur Begrüßung getauscht, doch sie hat ausgelassen gelacht, uns die Hand entgegengestreckt und uns ins Wohnzimmer zu ihrem Vater gebeten. Gleich nachdem wir Platz genommen hatten, schickte mich Salím in die Küche, damit ich ihr helfen sollte. Ich ging, aber sie hat mich nicht helfen lassen. Ich war sechs Jahre alt, wie hätte ich ihr auch helfen können?«

»Und mein Vater?«

»Der müsste so 25 oder 26 gewesen sein, im besten heiratsfähigen Alter. In der Küche hat mir Nair irgendeine Süßigkeit zugesteckt und ist in ihr Zimmer gegangen, um sich umzuziehen. Ich habe sie begleitet. Dann hat sie ihre langen kupferfarbenen Haare gelöst und angefangen, sich zu kämmen. Ich setzte mich hin und schaute wie gebannt auf dieses wogende Meer an Haaren, leuchtend und gelockt, die so angenehm nach Parfüm geduftet haben. Wenn sie fertig war, sind wir gegangen. Für mich war es wunderbar, sie haben mich mitgenommen in einen Park, und während ich in den Bäumen herumgeklettert bin, saß sie auf einer Bank mit Salím.

Auf dem Heimweg hob er mich auf den Arm, schaute mir in die Augen und sagte mit ernster Stimme: *Das ist unser Geheimnis, du darfst es niemandem erzählen!* Er hat mir eine syrische Süßigkeit mit viel Zuckerguss gekauft und mir zugezwinkert. Ich habe versprochen, niemandem etwas zu sagen, und schleckte den Zucker von meinen Fingern. Das heißt, ich breche gerade mein Versprechen, indem ich es dir erzähle.«

»Das ist jetzt über sechzig Jahre her!«

»Erzähl bloß nichts deiner Mutter!«

»Natürlich nicht!«

»Ich glaube, er hat sie sehr gemocht ... ja, er hat Nair wirklich geliebt. Sie waren lange Zeit in diesem Techtelmechtel. Niemand wusste etwas davon, nur ich.« Loris schwieg eine Weile. Dann erzählte sie weiter.

»Eines Tages haben unsere Eltern ihm eröffnet, dass er endlich ans Heiraten denken müsste. Salím kaufte einen Blumenstrauß und ging den vertrauten Weg zu Nairs Wohnung. Ich trabte wie üblich neben ihm her. Er holte sie ab, und wir gingen in den Park. Sie zu ihrer Bank und ich zu meinem Baum. Ich habe gesehen, wie sie das Geschenk ausgepackt hat, aber ich konnte nicht erkennen, was es war. Es war zu klein. Ich weiß nur, dass sie sehr glücklich war. Genau an diesem Tag hat er seinen Eltern mitgeteilt, dass er eine Braut gefunden hätte. Sie haben ihn gebeten, ihre Familie kennenzulernen, und haben angefangen, Fragen über sie zu stellen.«
»Was für Fragen?«
»Es sind immer dieselben Fragen. Wo die Eltern herkommen, wie sie mit Nachnamen heißt. Alles halt, was für die anderen wichtig ist. Und nach der ganzen Fragerei, bei der Salím hilflos versucht hat, diesen Fragen auszuweichen, kam heraus, dass sie nicht aus einer jüdischen Familie stammte. Die Miene der Eltern hat sich verdüstert. Sie haben Salím nicht verstanden. *Wie kannst du es wagen, auch nur daran zu denken, so etwas zu tun? Bist du völlig verrückt geworden? Denkst du gar nicht an uns?* Sie waren so entrüstet. Unsere Eltern haben die Braut und die Hochzeit abgelehnt.«
»War er mit sechsundzwanzig Jahren immer noch auf seine Eltern angewiesen?«
»Nein. Seit er elf Jahre alt war, hat er schon gearbeitet und sein eigenes Geld verdient. Aber Salím hat gehorcht.«
»Ich kann mir bei meinen Vater nicht vorstellen, dass er sich in etwas fügt, was er nicht will, oder dass er überhaupt irgendetwas gegen seinen Willen tut.«
»Ja. Es ist wirklich schwierig, sich das vorzustellen ... Es ging ihm sehr schlecht. Er war so wütend. Und noch wütender darüber, dass er nichts dagegen tun konnte.«
»Wenn er doch wusste, dass er nichts dagegen tun konn-

te, warum hat er dann diese Beziehung angefangen?«
»Ich weiß es nicht. Er hat es mir nie erzählt, ich war ja noch ein Kind. Salím hat mit ihr geredet, und sie hat viel geweint. Ihr Gesicht war ganz verquollen, und ihre Augen waren voller Tränen und sahen aus wie gesprungenes Glas.«
»Und dann?«
»Dann war es vorbei. Salím hat sich bei Bekannten erkundigt, wo es eine jüdische Frau für ihn gebe. Als er gehört hat, dass in Rio eine Familie mit mehreren jungen Frauen im heiratsfähigen Alter wohnt, hat er innerhalb einer Woche eine Reise nach Rio organisiert. Den Rest kennst du.«
»Und Nair? Was ist aus ihr geworden?«
»Ich weiß es nicht. Doch ich konnte sie nie vergessen. Sie, mit ihrem rotgoldenen Haar und den blauen Augen wie aus Glas.«

Schiwa

Ich ging im Dunkel der Nacht nach Hause.
Um sechs Uhr morgens klingelte das Telefon. »Dona Jamile, können Sie gleich kommen? Ich glaube, Ihrem Vater geht es sehr schlecht. Es wäre gut, wenn Sie ihn ins Krankenhaus bringen würden.«
Bestürzt legte ich auf und eilte los, so schnell ich konnte. Meine Mutter empfing mich in der Küchenschürze und trocknete sich die Hände am Geschirrtuch ab.
»Mutter, was ist mit Vater? Die Krankenschwester sagt, dass es ihm nicht gut geht?«
»Keine Ahnung.«

Keine Ahnung? Warum hatte sie keine Ahnung, wenn sie doch neben ihm im selben Bett schlief?
Ich ging ins Zimmer. Die Krankenschwester war aufgeregt, sagte mir, dass sein Blutdruck zu niedrig und der Puls sehr schwach, kaum zu spüren sei. Da rief ich den Krankenwagen.

Mein Vater starb in meinen Armen. Ich weinte. Ich presste seinen leblosen Körper an meinen warmen, lebendigen. Ich hielt ihn in den Armen, wollte ihn wärmen, ihm ein Teil meines Lebens geben, damit er weiterlebte. Wir gehörten doch zusammen. Sein Tod hatte den Anfang unseres neuen Kennenlernens jäh beendet.
Der Leichnam wurde im Krankenhaus aufgenommen. Ich übergab dem Rabbiner den weißen Tallith meines Vaters, in dem er beerdigt werden sollte. Nach der Bestattung folgten die sieben Tage der Schiwa. Wir saßen auf dem Boden, auf den Kissen des Sofas, die wir auf dem Boden ausgelegt hatten. Wir verhängten die Spiegel im Haus und versahen ein Kleidungsstück mit einem Riss. Für eine Familie, die hauptsächlich aus Frauen bestand, war unsere jüdische Form des Trauerns nicht einfach. Es war eine unbedingte Pflicht, dass zum Beten zehn Männer, der Minjan, anwesend sein mussten. Ohne den Minjan durften wir nicht beten. Ich konnte David, den Bruder meines Vaters, holen und den einen oder anderen Ehemann meiner Tanten, doch das reichte nicht aus. Zum Minjan des Morgengebets mussten wir zehn Männer herbeischaffen und nochmals zehn für das Nachmittagsgebet und das sieben Tage hintereinander. Zweimal am Tag, sieben Tage lang, brauchten wir zehn Männer.
In der Früh ging ich hinunter auf die Straße und bat Bekannte, zu kommen, Ladenbesitzer aus der Nachbarschaft oder Rentner, die in den kleinen Cafés die Zeit

verstreichen ließen. Ich lockte sie mit heißem Kaffee zu uns nach Hause und nutzte mein ganzes Geschick, um sie davon zu überzeugen, dass unsere Trauer von ihnen abhänge, und dass sie ein wichtiges jüdisches Gebot vollzogen.

Am Anfang gelang es mir. Dann gelang es mir nur noch am Nachmittag, den Minjan vollzählig zu versammeln. Die Männer verloren schnell das Interesse, und die Speisen und Getränke, die meine Mutter ihnen vorsetzte, schmeckten ihnen nicht so, dass wir sie damit hätten auf Dauer locken können. Meine Mutter war in diesen Tagen keine eifrige Köchin, und ich, ich hatte genug damit zu tun, in der Nachbarschaft die Männer zusammenzubringen.

Aber viele Frauen kamen. Alle Frauen der Familie, die Frauen aus der Nachbarschaft, die Freundinnen. Wir durften an diesen sieben Tagen nicht allein sein, und wir waren auch nicht allein. Die meisten Frauen blieben bei uns, obwohl ich mir manchmal nichts sehnlicher wünschte, als allein zu sein.

Niemand hatte es eilig.

»Wenigstens wird Bida jetzt nicht mehr herumkommandiert.«

Ihre Schwestern, so gewissenhaft sie sich der Trauer auch hingaben und ihr Beileid ausdrückten, konnten sich doch die eine oder andere maliziöse Bemerkung nicht verkneifen, sobald sich die Gelegenheit dazu bot.

»Dass er mit Gott gehe und dort bei ihm bleibe! Schade, dass er nicht vorher gegangen ist ...«

Die vielen Nadelstiche meiner Tanten hatten mich nicht so verletzt wie dieser unerhörte Satz. Ich konnte keine Wut mehr auf meinen Vater empfinden, auch wenn mir sehr bewusst war, dass er es war, der meinen Lebenstraum verhindert hatte.

Jom Kippur nahte; in wenigen Wochen würden wir

wieder das Fest der Vergebung und Entsühnung feiern. Das erste Jom Kippur ohne meinen Vater. Nun erst, schien mir, begann ich die Bedeutung dieses Tages zu verstehen.
Die letzten Tage der Schiwa verliefen ruhiger. Mit meinem Verhalten hatte ich einige der Verwandten vergrault. Unsere Runde wurde etwas kleiner. Den Minjan herbeizubringen erschöpfte meine ganze Energie. Bald schaffte ich auch das nicht mehr. Am siebten und letzten Tag gaben wir dem Sofa die Kissen zurück, enthüllten die Spiegel und verstauten die kleinen englischen Porzellantassen wieder hoch oben auf dem Schrank.

Glossar

Aleph: Erster Buchstabe des hebräischen Alphabets

Amida: Hebräisch: Stehend
Das Achtzehngebet, das stehend und leise gesagt wird. Das Kernstück jeden Gottesdienstes.

Aschkenasi, -m: Jude, -n aus Mittel- und Osteuropa

Bar Mitzwah/ Bat Mitzwah:
Mitzwah: religiöses Gebot bzw. gute Tat
Bar Mitzwah: Sohn der Mitzwah
Bat Mitzwah: Tochter der Mitzwah

Jüdische Jungen werden mit 13 Jahren religiös initiiert, indem sie öffentlich einen Abschnitt aus den fünf Büchern Moses vortragen. Danach gelten sie in religiösen Belangen als Erwachsene und haben alle religiösen Rechte und Pflichten (wie z. B. das 25-stündige Fasten an Jom Kippur).
Mädchen werden mit 12 Jahren Bat Mitzwah.

Bima: Hebräisch: Bühne
Erhöhtes Podium, auf dem aus der Thora-Rolle vorgelesen wird. Befindet sich in der Regel im Zentrum der Synagoge.

Brit Mila: Hebräisch: Bund der Beschneidung
Entfernung der Vorhaut bei Jungen. Wird in der Regel am achten Tag nach der Geburt vollzogen. Bedeutet den Eintritt in den Bund mit Gott.
Im Judentum gibt es keine Beschneidung bei Frauen.

Chanukkah: Achttägiges Fest, das an den Aufstand der Makkabäer gegen die hellenistischen Seleukiden und die Wiedereinweihung des Tempels in Jerusalem 164 v.d.Z. erinnert.
Acht Abende lang werden Kerzen angezündet. Am ersten Abend wird eine Kerze angezündet, am zweiten Abend zwei Kerzen, usw. bis am achten Abend acht Kerzen brennen.
Es ist üblich, an Chanukkah frittierte Speisen wie z. B. Krapfen und Kartoffelpuffer zu essen.

Chevra Kadischa: Hebräisch: Heilige Gesellschaft
Jüdische Bestattungsgesellschaft, die sich um Verstorbene und deren Bestattung kümmert.

Chicse/ Schickse: Jiddischer Ausdruck für eine nichtjüdische Frau (insbesondere in der Bedeutung einer Geliebten). In Brasilien auch Bezeichnung für Hausangestellte.

Chuppa: Bezeichnet sowohl die Trauungszeremonie als auch den Baldachin, unter dem die Trauung durchgeführt wird.

Goi, Goijim: Hebräisch: Volk
Wird meist gleichgesetzt mit »Nichtjude«.

Groisse Schil: Jiddisch: Große Schule
Gemeint ist damit eine große Synagoge.

Jiddisch: Sprache der osteuropäischen Juden.
Eine Mischung aus mittelalterlichem Deutsch und hebräisch.

Jom Kippur: Hebräisch: Tag der Versöhnung
Der höchste jüdische Feiertag, bei dem um die Vergebung der Sünden gebeten wird. An diesem Tag wird ca. 25 Stunden lang, von Sonnenuntergang bis Sonnenuntergang, gefastet. Im jüdischen Kalender beginnt und endet jeder Tag mit dem Sonnenuntergang.

Kapara: Hebräisch: Sühneopfer
Manche Juden pflegen die Tradition, am Tag vor Jom Kippur ein Huhn dreimal über dem Kopf zu schwingen und es anschließend zu schlachten. Das Huhn soll die Sünden des Menschen aus dem vergangenen Jahr übernehmen.

Keren Kajemet: Spendenfinanzierte Organisation, die Aufforstungsprogramme in Israel durchführt.

Ketuba: Hebräisch: das Geschriebene
Der Ehevertrag

Kibbutz,- im: Hebräisch: Gemeinschaft
Selbstverwaltetes, basisdemokratisches Kollektiv in Israel. In der Regel sind Kibbutzim Agrarsiedlungen.

Kibbutznik: Mitglied eines Kibbutz

Kiddusch: Segenspruch (z.B. vor dem Essen)

Kippa: Kopfbedeckung der Männer

Kaschrut: Reinheitsgebote für Speisen
Z.B. darf nur geschächtetes Fleisch verzehrt werden, Fleisch- und Milchprodukte werden strikt getrennt, Schweinefleisch ist verboten.

koscher (adj.): Hebräisch: gut, rein, geeignet, erlaubt

Entspricht etwas den Reinheitsgeboten, ist es koscher.

Macumba: Afro-brasilianische magische Religion
Macumbeiro: Der Macumbeiro ist ein Priester der Macumba.

Mamule: Mit Datteln gefüllte Teigtasche. Typisch arabische Speise.

Mazza, Mazzot: Ungesäuertes Flachbrot, das zu Pessach gegessen wird. Es erinnert an den Auszug der Israeliten aus Ägypten, als keine Zeit war, das Brot säuern zu lassen.

Mikwe: Das rituelle Bad zur Reinigung.

Minjan: Gruppe von mindestens zehn jüdischen Männern, die bei bestimmten Gebeten und Zeremonien erforderlich sind. In orthodoxen Gemeinden werden Frauen nicht zum Minjan gezählt.

Pessach: Jüdisches Fest der Freiheit
Es erinnert an den Auszug der Israeliten aus Ägypten.

Purim: Jüdisches Äquivalent zum Karneval
Es ist ein religiöses Gebot, sich an diesem Tag zu freuen, zu verkleiden und Alkohol zu trinken.

Rosch haSchana: Hebräisch: Kopf des Jahres
Das jüdische Neujahrsfest

Schabbat: Hebräisch: Ruhetag, Samstag
Der siebte Tag der Woche, an dem der Mensch ruhen soll. Der Schabbat beginnt Freitagabend mit Sonnenuntergang und endet Samstagabend mit Sonnenuntergang.

Schiwa: Hebräisch: Sieben
Die Trauerwoche nach dem Tod eines Angehörigen.

Schma Jisrael Ad'nai Eloheinu, Ad'nai Echad:
Hebräisch: Höre Israel, der Herr (ist) unser Gott, der Herr (ist) Eins (oder Einzig).
Der Grundsatz des jüdischen Glaubens und zugleich ein wichtiges Gebet.

Schofar: Biblisch überliefertes Blasinstrument aus einem ganzen Widderhorn
Wird am jüdischen Neujahrsfest Rosch haSchana und am Ende des Versöhnungstages Jom Kippur als Blasinstrument eingesetzt.

Schochet: Hebräisch: Schächter
Der Schochet führt die koschere Schlachtung durch, um die Reinheit des Fleisches zu garantieren.

Seder: Hebräisch: Ordnung
Bezeichnung für das in einer vorgegebenen Ordnung ablaufende Pessach-Festmahl, bei dem an den Auszug aus Ägypten erinnert wird.

Sefarde, -n: Orientalischer Jude, -n

Siddur: Gebetsbuch

Sobrado: Portugiesisch: Das Obergeschoß eines zweistöckigen Hauses

Sochnut: (Eigentlich: **HaSochnut ha'Jehudit le Israel**)
Hebräisch: Die jüdische Agentur für Israel
Die Sochnut fördert die Einwanderung von Juden nach Israel.

Sukkot: Laubhüttenfest
Erinnert daran, dass die Juden nach dem Auszug aus Ägypten 40 Jahre in der Wüste umherzogen und in Hütten lebten. Für die Zeit des achttägigen Laubhüttenfestes wird unter freiem Himmel eine stroh- oder laubbedeckte Hütte gebaut, in der auch gegessen wird.

Tallith: Gebetsumhang
Meistens weiß mit schwarzen oder blauen Streifen.

Tefillin: Gebetsriemen mit Kapseln aus Leder. Tefillin werden während des Morgengebetes am linken Arm und auf der Stirn getragen. Die Kapseln enthalten Zitate aus der Thora.

Thora: Hebräisch: Die Lehre
Gemeint sind die fünf Bücher Moses.
Die Thora-Rolle wird von Hand auf Pergamentrollen geschrieben.

Zizit: Schaufäden, die unter der Kleidung heraushängen und an die Einhaltung der göttlichen Gebote erinnern sollen.